第五册

王光铭　选编

诗词探玄

事
部

ZHEJIANG UNIVERSITY PRESS
浙江大学出版社

目　录

第四　事部

（一）国　事

一、兴　国

二、丧乱（附灾害）

（二）家　事

一、爱　情

二、婚　姻

（三）仕　途

一、及第　落第

二、乞官 得官 辞官 休官

四、落　托

五、刑狱　赦释

(四)离 别

一、送 留别

二、羁 旅

三、怀人　忆旧

四、思乡 归

(五)交　往

一、访　友

二、倡 酬

(六)喜 庆

一、游 宴

（七）贫 病

（八）哀　悼

一、帝王及宗室挽辞

二、文武大臣

三、师　友

（一）国事

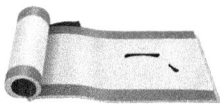

一、兴　国

收京三首　　（唐）杜　甫

　　仙仗离丹极，妖星照玉除。须为下殿走，不可好楼居。暂屈汾阳驾，聊飞燕将书。依然七庙略，更与万方初。钱笺曰："此诗大意似借玄宗西幸而有灵武之事，遂失大柄，故婉辞而叹惜之也。"

　　生意甘衰白，嵇康《养生论》："积损成衰，从衰到白，从白得老。"天涯正寂寥。忽闻哀痛诏，又下圣明朝。羽翼怀商老，文思忆帝尧。谓禅位也。叨逢罪己日，洒泪望青霄。

　　汗马收宫阙，春城铲贼壕。赏应歌杕读第，去声。树木孤立貌。杜，《诗·唐风》："有杕之杜。"归及荐樱桃。杂虏横戈数，功臣甲第高。万方频送喜，无乃圣躬劳。

　　（宋）蔡启：……然则人亦有事非当用，而炉锤驱驾，若出自然者。杜子美《收京》诗，以"樱桃"对"杕杜"。"荐樱桃"事初若不类，及其云"赏因歌杕杜，归及荐樱桃"，则浑然天成，略不见牵强之迹。如此乃为工耳。——《蔡宽夫诗话》

（明）胡应麟：盖诗富硕则格调易高，清空则体气易弱。至于终篇洗削，尤不易言。惟杜《登梓州城楼》、《上汉中王》、《寄贺兰二》、《收京》等作，通篇一字不粘带景物，而雄峭沉着，句律天然。古今能为诗者，仅见此老。世人率以雄丽掩之，余故特为拈出。第肉少骨多，意深韵浅，故为盛唐稍别，而黄、陈一代尸祝矣。——《诗薮》

（明）陆时雍：《收京》数首多血诚语，忧喜所至，如写家事。——《唐诗镜》

（明）王嗣奭："归及荐樱桃"，（刘）须溪云"不言宗庙，而颠覆之感，收京之事俱见，非虚点缀者"。"杂虏横戈"，谓回纥、吐蕃以兵相助。——《杜臆》

（清）杨伦：此首预拟。是时王师复二京，围安庆绪于邺城未下，故言方春必可平贼，正值樱桃荐庙之时，盖预期之也。末后一转，尤见挚情切虑。——《杜诗镜铨》

闻官军收河南河北　　（唐）杜 甫

剑外忽传收蓟北，初闻涕泪满衣裳。却看妻子愁何在，漫卷诗书喜欲狂。白日放歌须纵酒，青春作伴好还乡。即从巴峡穿巫峡，便下襄阳向洛阳。

（明）王嗣奭：说喜者云喜跃，此诗无一字非喜，无一字不跃。其喜在"还乡"，而最妙在束语直写还乡之路，他人决不敢道。——《杜臆》

（清）仇兆鳌：顾宸曰"杜诗之妙，有以命意胜者，有以篇法胜者，有以俚质胜者，有以仓卒造状胜者"。此诗之"忽传"、"初闻"、"却看"、"漫卷"、"即从"、"便下"，于仓卒间，写出欲歌、欲哭之状，使人千载如见。——《杜诗详注》

（清）浦起龙：八句诗，其疾如飞。题事只一句，余具写情。得力全在次句。于情理，妙在逼真，于文势，妙在反振。三、四以转作承，第五乃能缓受，第六上下引脉，七、八紧申"还乡"，生平第一首快诗也。——
《读杜心解》

　　（清）施补华："剑外忽传收蓟北"，今人动笔，便接"喜欲狂"矣。忽
拗一笔云"初闻涕泪满衣裳"，以曲取胜。活动全在"初闻"二字，从"初
闻"转出"却看"，从"却看"转出"漫卷"，才到喜得"还乡"正面，又不遽接
"还乡"，用"白日放歌"一句垫之，然后转到"还乡"。收笔"巴峡穿巫
峡"、"襄阳下洛阳"，正说还乡矣，又恐通首太流利，作对句锁之。即走
即守，再三读之，思之，可悟俯仰用笔之妙。——《岘佣说诗》

喜闻盗贼蕃寇总退口号五首　　（唐）杜　甫

　　萧关陇水入官军，青海黄河卷塞云。北极转愁龙
虎气，西戎休纵犬羊群。

　　赞普多教使入秦，数通和好止烟尘。朝廷忽用哥
舒将，杀伐虚悲公主亲。

　　崆峒西极过昆仑，驼马由来拥国门。逆气数年吹
路断，蕃人闻道渐星奔。

　　勃律天西采玉河，坚昆《唐书》："坚昆国名，在康居西，葱岭北。"
碧碗最来多。旧随汉使千堆宝，少答胡王万匹罗。

　　今春喜气满乾坤，南北东西拱至尊。大历三年调
玉烛，玄元皇帝圣云孙。《尔雅》："晜孙之子为仍孙，仍孙之子为云
孙。"注：言轻远如浮云也。

承闻河北诸道节度入朝欢喜口号十二首

（唐）杜 甫

禄山作逆降天诛，更有思明亦已无。汹汹人寰犹不定，时时战斗欲何须。

社稷苍生计必安，蛮夷杂种错相干。周宣汉武今王是，孝子忠臣后代看。

喧喧道路多歌谣，河北将军尽入朝。始是乾坤王室正，却教江汉客魂销。

不道诸公无表来，茫然庶事遣人猜。拥兵相学干戈锐，使者徒劳万里回。

鸣玉锵金尽正臣，修文偃武不无人。兴王会静妖氛气，圣寿宜过一万春。

英雄见事若通神，圣哲为心小一身。燕赵休矜出佳丽，宫闱不拟选才人。

抱病江天白首郎，空山楼阁暮春光。衣冠是日朝天子，草奏何时入帝乡。

澶漫山东一百州,削成如案抱青丘。苞茅重入归关内,王祭还供尽海头。

东逾辽水北滹沱,星象风云喜共和。紫气关紫气关即函谷关。临天地阔,黄金台贮俊贤多。

渔阳突骑邯郸儿,酒酣并辔金鞭垂。意气即归双阙舞,雄豪复遣五陵知。

李相将军指李光弼。拥蓟门,白头惟有赤心存。竟能尽说诸侯入,知有从来天子尊。

十二年自天宝十四载至大历二年。来多战场,天威已息阵堂堂。神灵汉代中兴主,功业汾阳异姓王。

次潼关先寄张十二阁老使君　　　（唐）韩　愈

荆山已去华山来,日出潼关四扇开。刺史莫辞迎候远,相公指统师宰相裴度。新破蔡州来。蔡州为淮西强藩吴元济的巢穴。元和十二年十月,唐将李愬雪夜攻破蔡州,生擒吴元济。此诗写在淮西大捷后作者随军凯旋途中。当时唐军抵达潼关,即将向华州进发。作者以行军司马身份写成此诗,由快马递交华州刺史张贾,一则抒发胜利豪情,一则通知对方准备犒军。所谓"先寄"。

（清）查慎行：气象开阔,所谓卷波澜入小诗者。——《初白庵诗评》
（清）沈德潜：没石饮羽之技,不必以寻常绝句法求之。——《唐诗别裁集》

（清）王士禛：此作颂而不谀，铺而有骨，格高调高，中唐不可多得，真大手笔也。——《唐人万首绝句选评》

（清）施补华：《望岳》一题，若入他人手，不知作多少语，少陵只以四韵了之，弥见简劲；"齐鲁青未了"五字，囊括数千里，可谓雄阔。后来惟退之"荆山已去华山来"七字足以敌之。○七绝亦切忌用刚笔，刚则不韵……退之"荆山已去华山来"一绝，是刚笔之最佳者。然退之亦不能为第二首，他人亦不能效退之再作一首，可见此非善道。——《岘佣说诗》

圣德致兹休运，岁终功就，合咏承明呈上指收复河湟事。

（唐）白敏中

一诏皇城四海颁，丑戎无数束身还。戍楼吹笛人休战，牧野嘶风马自闲。河水九盘收数曲，天山千里锁诸关。西边北塞今无事，为报东南夷与蛮。

和白敏中收复河湟诗　　（唐）崔铉

边陲万里注恩波，宇宙群方洽凯歌。右地名王争解辫，远方戎垒尽投戈。烟尘永息三秋戍，瑞气遥清九折河。共遇圣明千载运，更观俗阜与时和。

复　京　　（唐）李商隐

虏骑胡兵一战摧，万灵回首贺轩台。轩辕之台，见《山海经》。此借指朝廷。天教李令心如日，兴元元年（784）李晟破贼。德宗

008

曰："天生李晟以为社稷万人，不为朕也。"事见《旧唐书》。**可要昭陵石马来**。可要，那要也。

和白敏中收复河湟诗　（唐）魏　扶

萧关新复旧山川，古戍秦原景象鲜。戎虏乞降归惠化，皇威渐被慑腥羶。穹庐远戍烟尘灭，神武光扬竹帛传。左衽尽知歌帝泽，从兹不更备三边。

过故关　（北宋）韩　琦

春日并州路，群芳夹故关。前驺驱弩过，别境荷戈还。古戍余荒堞，新耕入乱山。时平民自适，白首乐农闲。

（元）方回：承平之际，并州用武之地亦闲乐如此，五、六有味。——《瀛奎律髓汇评》

（清）冯舒：古戍仅余荒堞，时平无事也。新耕至入乱山，民皆务农，无旷土也。宰相气度，治平景色，二语写出。——同上

（清）冯班：盛世之音，岂病其规抚晚唐风格耶！第三联秒。——同上

（清）纪昀：六句写开垦之广，极有景象。五句犹是常语。——同上

次韵元厚之平戎献捷　（北宋）王安石

朝廷今日四夷功，先以招怀后殄戎。胡地马牛归陇底，汉人烟火起湟中。投戈更讲诸儒艺，免胄争趋

上将风。文武佐时惭吉甫,宣王征伐自肤公。肤,大也,公通功。见《诗经·小雅·六月》注。

(清)冯班:不及"昆体"。○次联好。——《瀛奎律髓汇评》

(清)查慎行:格调不落元和以后。——同上

(清)纪昀:荆公不应作此庸肤语。——同上

(清)无名氏(甲):荆公相业败坏自不必言,然其收复河湟,未可尽非。此乃中国旧地,因天宝之乱,陷于吐蕃,后来大中时收复而未尽者。此正国家当为之事,与其他开边生事不同,奈何议之? 今此诸作,文词亦斐亹可观。乃宋朝最难得之事。韩、范经略,无寸功可纪。虽欲扬厉,何从加之? 故荆公此举,未可厚非耳。——同上

水调歌头·闻采石战胜　　　(南宋)张孝祥

雪洗虏尘静,风约楚云留。何人为写悲壮? 吹角古城楼。湖海平生豪气,用《三国志·陈登传》许汜语:"陈元龙湖海之士,豪气未除。"关塞如今风景,用《世说新语》东晋周𫖮"风景不殊,举目有河山之异"语意。剪烛看吴钩。剩喜燃犀处,晋温峤平乱还镇至牛渚(即采石矶),传云其下多怪物,燃犀角照之,见水族奇形怪状。怪物,指金兵。骇浪与天浮。　　忆当年,周与谢,富春秋。周瑜赤壁之战时年三十四岁,谢玄淝水之战时年四十一岁,皆富春秋。小乔初嫁,周瑜。香囊未解,谢玄少好佩紫罗香囊,谢安因戏赌焚之。勋业故优游。"优游"为从容不迫貌。赤壁矶头落照,淝水桥边衰草,渺渺唤人愁。我欲乘风去,击楫誓中流。用祖逖击楫中流事。南宋绍兴三十一年(1161),金主完颜亮大举南侵。十一月初八日,虞允文集合王权溃卒,与金兵会战于采石(今属马鞍山市)江面,大败金兵。完颜亮被阻,不得渡江。

（明）杨慎：如《歌头》、《凯歌》（按：指此等作品）诸曲，骏发蹈厉，寓以诗人句法者也。——《词品》

（清）冯煦：于湖在建康留守席上赋《六州歌头》，感愤淋漓，主人为之罢席。他若《水调歌头》之"雪洗虏尘静"一首……率皆眷怀君国之作。——《蒿庵论词》

木兰花慢·混一后赋　　（元）刘秉忠

望乾坤浩荡，曾际会、好风云。风云际会，君臣相得。想汉鼎初成，鼎为帝业之象征，汉鼎借指元朝。唐基始建，生物如春。东风吹遍原野，但无言、红绿自纷纷。花月流连醉客，江山憔悴醒人。醉客喻众人，醒人喻作者自己。　　龙蛇一曲一还伸。未信丧斯文。斯文指文物制度，丧斯文言文物制度被毁弃，文人学士被埋没。语出《论语·子罕》："天之将丧斯文也，后死者不得与于斯文也。"复上古淳风，先王大典，不费经纶。天君几时挥手，倒银河、直下洗嚣尘？鼓舞五华五华即五色。鸑鷟，鸑鷟读岳浊，皆入声。凤凰的别称。讴歌一角麒麟。古代传说中代表祥瑞的动物。

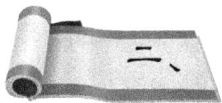

二、丧乱（附灾害）

在军中赠先还知己　　（唐）骆宾王

蓬转俱行役，瓜时独未还。魂迷金阙路，望断玉

门关。献凯多惭霍,论封几谢班。风尘催白首,岁月损红颜。落雁低秋塞,惊凫起暝湾。胡霜如剑锷,汉月似刀环。别后庭边树,相思几度攀。

(元)方回:王、杨、卢、骆,老杜所不敢忽,谓轻薄为文者,哂之未休,然轻薄之人,身名俱灭,王、杨、卢、骆,如江河万古,所不可废也。斯言厥有旨哉!宾王史不书字,武后见其檄,始咎宰相失人。诗多佳句,近似庾信,时有平仄字不协。此篇乃字字入律,工不可言。——《瀛奎律髓汇评》

(清)冯舒:字字精工。——同上

(清)冯班:似小庾。——同上

(清)查慎行:"胡霜"、"汉月"一联,太白"边月随弓影"一联似之。〇"刀环"含归意。——同上

(清)纪昀:纯就自己一边说,又自一格,诗亦勃勃有气。〇通首俱承次句。——同上

王　命 （唐)杜　甫

汉北豺狼满,巴西道路难。血埋诸将甲,骨断使臣鞍。牢落新烧栈,苍茫旧筑坛。深怀喻蜀意,恸哭望王官。广德二年李之芳使吐蕃,被留二年方得归。筑坛似谓严武。

(明)王嗣奭:"骨断使臣鞍",谓遣使之无益也,故题云《王命》,诗意在此。要在得名将以御之,而时尚无之,故云"苍茫旧筑坛"也。——《杜臆》

(清)浦起龙:双起单收,在蜀言蜀也。——《读杜心解》

警　急　　(唐)杜 甫

才名旧楚将,妙略拥兵机。玉垒虽传檄,松州会解围。和亲知计拙,公主漫无归。青海今谁得,西戎实饱飞。时高适领西川节度使。

洛　阳　　(唐)杜 甫

洛阳昔陷没,胡马犯潼关。天子初愁思,都人惨别颜。清笳去宫阙,翠盖出关山。故老仍流涕,龙髯幸再攀。

历　历　　(唐)杜 甫

历历开元事,分明在眼前。无端盗贼起,忽已岁时迁。巫峡西江外,秦城北斗边。为郎从白首,卧病数秋天。

归　梦　　(唐)杜 甫

道路时通塞,江山日寂寥。偷生惟一老,伐叛已三朝。谓玄、肃、代三朝。雨急青枫暮,云深黑水遥。梦魂归未得,不用《楚辞》招。

地 隅 　（唐）杜 甫

江汉山重阻，风云地一隅。年年非故物，处处是穷途。丧乱秦公子，悲凉楚大夫。平生心已折，行路日荒芜。

城 上 　（唐）杜 甫

草满巴西绿，城空白日长。风吹花片片，春动水茫茫。八骏随天子，群臣从武皇。遥闻出巡守，早晚遍遐荒。

岁 暮 　（唐）杜 甫

岁暮远为客，边隅还用兵。烟尘犯雪岭，鼓角动江城。天地日流血，朝廷谁请缨？济时敢爱死，寂寞壮心惊。

（元）方回：明皇、妃子之酣淫，林甫、国忠之狡贼，养成渔阳之变，史思明继之，回纥掎之，吐蕃踵之，四方藩镇不臣，盗贼蜂起。老杜卒于大历五年庚戌，自天宝十四年乙未始乱，流离凡十六年。唐中叶衰矣，却只成就得老杜一部诗也。不知终始不乱，老杜得时行道如姚、宋。此一部杜诗，不过如其祖审言能雅歌咏治象耳，不过皆《何将军山林》、《李监宅》等诗耳，宁有如今一部诗乎？然则亦可发一慨也。——《瀛奎律髓汇评》

（清）纪昀：沉郁顿挫，后半首中有海立云垂之势。○中四句俱承"用兵"说下，末句仍暗缴首句"为客"意，运法最密。——同上

去　蜀　（唐）杜甫

五载客蜀郡，一年居梓州。如何关塞阻，转作潇湘游。世事已黄发，残生随白鸥。安危大臣在，不必泪长流。

（元）方回：公以乾元二年己亥弃官之秦州，冬自同谷入蜀，上元元年庚子，二年辛丑，皆在成都，时则严武帅蜀，依之。宝应元年壬寅，自绵州至梓州，则严武去蜀矣。晚秋既迎家至梓，广德元年癸卯亦在梓州。严武再镇成都，辟入幕府。广德二年甲辰在成都，永泰元年乙巳严武卒，乃再游东川，除京兆功曹不赴。大历六年丙午移居夔州。起句所以云"五载客蜀郡，一年居梓州"也。"世事已黄发"，此句哀甚。尾句则为大臣者贤否，亦可见矣。——《瀛奎律髓汇评》

（清）何焯：第七正言若反，梅都官所谓不尽之意。——同上

（清）纪昀：末二句乃无可奈何，强作排遣之词。注家或曰有所推许，或曰有所刺讥，皆强生支节。——同上

春　望　（唐）杜甫

国破山河在，城春草木深。感时花溅泪，恨别鸟惊心。烽火连三月，家书抵万金。白头搔更短，浑欲不胜簪。

（宋）司马光：古人为诗，贵于意在言外，使人思而得之，故言之者无罪，闻之者足以戒也。近世诗人惟子美最得诗人之体，如"国破山河在……恨别鸟惊心"。"山河在"，明无余物矣；"草木深"，明无人矣；花鸟，平时可娱之物，见之而泣，闻之而悲，则时可知矣。他皆类此，不可遍举。——《温公续诗话》

（元）方回：此第一等好诗。想天宝、至德以至大历之乱，不忍读也。——《瀛奎律髓汇评》

（清）查慎行：此亦陷贼中作。〇六句，杜诗后人引作故实者，如"万金"、"屋乌"之类，不必更寻出处也。——同上

（清）何焯：起联笔力千钧。——同上

（清）纪昀：语语沉着，无一毫做作，而自然深至。——同上

喜达行在所三首 原注：自京窜至凤翔。　　　（唐）杜 甫

西忆岐阳信，无人遂却回。眼穿当落日，心死着寒灰。雾树行相引，莲峰望忽开。所亲惊老瘦，辛苦贼中来。

（清）浦起龙：起倒提凤翔，暗藏在京。四句一气下，是未达前一层也。五为窜去之路径，六为将至之情形，七、八就已至倒点自京。着"西忆"、"眼穿"、"心死"等字，精神已全注欲达矣。又妙在结联说至凤翔处，用贴身写，令"喜"字反迸而出；而自身"老瘦"，又从旁眼看出，笔尤跳脱也。——《读杜心解》

愁思胡笳夕，凄凉汉苑春。生还今日事，间道暂时人。司隶章初睹，南阳气已新。喜心翻倒极，呜咽泪沾巾。

（明）王嗣奭：“胡笳”、“汉苑”，追言贼中愁悴之感。直到今日，才是生还；向在“间道”，不过“暂时人”耳。说得可伤。“司隶”二句，以光武比肃宗之中兴。喜极而呜咽者，追思道途之苦，从死得生也。——《杜臆》

（清）浦起龙：前首本从未达时起也，却预忆行在，此则写初达之情矣。起反转忆贼中，笔情往复入妙……五、六，明写“达”，暗写“喜”也。七、八，明写喜，反说“悲”，而喜弥深，笔弥幻矣。○此为“喜”字点睛处，看翻点法。——《读杜心解》

死去凭谁报，归来始自怜。犹瞻太白雪，喜遇武功天。影静千官里，心苏七校前。今朝汉社稷，新数中兴年。

（清）浦起龙：“犹瞻”，从死去说来，则死不得瞻，今犹得瞻矣；来归而遇尧天，“喜”可知矣。五、六才见君面，而以“心苏”对“影静”，仍不脱窜至神理也。七、八结出本愿，乃为“喜”字真命脉。又云：文章有对面敲击之法，如此三诗写“喜”字，反详言危苦情状是也。言言着痛，笔笔能飞，此方是欲歌欲哭之文。——《读杜心解》

（清）沈德潜：前章喜脱贼中，次章喜见人主，三章喜睹中兴之业，章法井然不乱。——《唐诗别裁集》

遣　兴　（唐）杜　甫

干戈犹未定，弟妹各何之？拭泪沾襟血，梳头满面丝。地卑荒野大，天远暮江迟。衰疾那能久，应无见汝期。

（清）浦起龙：伤离叹老，一诗之干。以三、四作转枢。“沾襟血”，

申上"弟妹何之"之惨;"满面丝",起下"衰疾那久"之悲。——《读杜心解》

巴西驿亭观江涨呈窦十五使君　　（唐）杜 甫

宿雨南江涨,波涛乱远峰。孤亭凌喷薄,万井逼春容。霄汉愁高鸟,泥沙困老龙。天边同舍客,携吾豁心胸。

临邑舍弟书至,苦雨黄河泛溢堤防之患,簿领所忧,因寄此诗,用宽其意　　（唐）杜 甫

二仪积风雨,百谷漏波涛。闻道洪河坼,遥连沧海高。职司忧悄悄,郡国诉嗷嗷。舍弟卑栖邑,防川领簿曹。尺书前日至,版筑不时操。难假鼋鼍力,空瞻乌鹊毛。燕南吹畎亩,济上没蓬蒿。螺蚌满近郭,蛟螭乘九皋。徐关深水府,碣石小秋毫。白屋留孤树,青天失万艘。吾衰同泛梗,利涉想蟠桃。却赖天涯钓,犹能掣巨鳌。"难假"二句言大水桥毁。《竹书纪年》:"周穆王东至九江,叱鼋鼍以为梁。"

恨　别　　（唐）杜 甫

洛阳一别四千里,胡骑长驱五六年。草木变衰行

剑外，兵戈阻绝老江边。思家步月清宵立，忆弟看云白日眠。闻道河阳近乘胜，司徒急为破幽燕。

（元）方回：河阳之胜，在至德二年己亥冬十月。禄山之反，在天宝十四年乙未十一月。继以史思明反，今四五年。司徒，谓李光弼。——《瀛奎律髓汇评》

（清）何焯："老"字正与结句"急"字呼应。——同上

（清）纪昀：六句是名句。然终觉"看云"不贯"眠"字。——同上

（清）无名氏（甲）：末二句为篇结穴，最宜着眼。——同上

（清）许印芳："眠"与"看云"不贯？眠时不可看云乎？若谓夜眠不合，诗固明云"白日眠"矣。此二句全在转换处用意，盖"清宵"本是眠时，偏说"立"而"步月"；"白日"本是"立"时，偏说"眠"而"看云"。所以见思家，忆弟之无时不然也。沈归愚云："若说如何思，如何忆，情事易尽。步月看云，有不言神伤之妙。"此又见其措词浑含，为诗人之极轨矣。〇起句对。——同上

同温丹徒登万岁楼　　（唐）皇甫冉

高楼独上思依依，极浦遥山合翠微。江客不堪频北顾，塞鸿何事又南飞。丹阳古渡寒烟积，瓜步空洲远树稀。闻道王师犹转战，谁能谈笑解重围。

（清）金人瑞：遥山是一带翠微，极目遥山，则不止一带翠微。盖其依依之思，更在翠微之北，故曰合也。不堪北望，是伤其事；何事南飞，是伤其时。犹言正逢多难，早已深秋（前四句下）。〇七，"犹"字，八，"谁"字，连用甚妙。盖初转战，或问谁解围；犹转战，则眼见无能解围者。而又故问，殆于自欲慨然请缨也。故又特写寒烟远树，言奈何羁身此间耶（后四句下）？——《贯华堂选批唐才子诗》

（清）赵臣瑗："闻道"一起，"谁能"一落，不是别起波澜，乃是结出主意，古人作诗规矩留主意倒结出也。——《山满楼笺注唐诗七言律》

自苏台至望亭驿，人家尽空，春物增思怅然有作，因寄从弟纾 （唐）李嘉祐

南浦菰蒋覆白蘋，东吴黎庶逐黄巾。野棠自发空流水，江燕初归不见人。远岫依依如送客，平田渺渺独伤春。那堪回首长洲苑，烽火年年报虏尘。全诗写空江、空屋、空岸、空野。横插第二句所以空之故，此是唐人律诗极熟，故有是笔。"依依"虚写送客之树，"渺渺"实写无耕之田。

（清）赵臣瑗：此舟行纪事之作，通篇只写得"不见人"三字，而此三字却于第四句末轻轻带出，奇矣。其所以不见人者，惟逐黄巾之故，然则"东吴"句乃是一篇之主，看他有意无意，将南浦一带春物，先写过一句，而后陡然横插此句，又如对偶然，真大奇事也。一是言水路不见有行人，三是言陆路不见有行人，四是言屋中不见有居人，五是言客过不见人送迎，六是言田荒不见有人耕种。夫无人送客犹之可也，若无人耕田且奈之何哉？故足之曰"独伤春"。……"年年"字最惨，如此景色，如此情事，一年已不堪矣，况年年乎。嗟夫，尔日之黎庶，宁尚有生理哉！——《山满楼笺注唐诗七言律》

（清）薛雪：李从一"野棠自发空流水，江燕初飞不见人"，高青丘"阊门一带垂杨柳，绿到皋桥不见人"于此脱胎。如"细雨湿衣看不见，闲花落地听无声"，觉烘染太过。——《一瓢诗话》

题灵台县东山村主人 （唐）李嘉祐

处处征胡人渐稀，山村寥落暮烟微。门临苍莽经年闭，身逐嫖姚几日归。贫妻白发输残税，余寇黄河未解围。天子如今能用武，只应岁晚息兵机。

观祈雨　　　（唐）李　约

桑条无叶土生烟，箫管迎龙水庙前。朱门几处耽歌舞，犹恐春阴咽管弦。

贞元十四年旱甚，见权门移芍药花　　　（唐）吕　温

绿原青垅渐成尘，汲井开园日日新。四月带花移芍药，不知忧国是何人？

河　湟　　　（唐）杜　牧

元载相公曾借箸，宪宗皇帝亦留神。旋见衣冠就东市，忽遗弓剑不西巡。牧羊驱马虽戎服，白发丹心尽汉臣。惟有凉州歌舞曲，流传天下乐闲人。

（宋）吴可："元载相公曾借箸，宪宗皇帝亦留神"，此联甚陋，唐人多如此……子苍云："小杜《河湟》一篇第二联'旋见衣冠就东市，忽遗弓剑不西巡'极佳，为'借箸'一联累耳。"——《藏海诗话》

（明）杨慎："元载相公（略）"，观此则载曾谋复河湟，史亦不言其事。——《升庵诗话》

过申州作　　（唐）方干

万人曾死战，几户免刀兵。井邑初安堵，儿童未长成。凉风吹古木，野火烧残营。寥落千余里，山高水复清。

己亥岁二首（其一）原注：僖宗广明元年。　　（唐）曹松

泽国江山入战图，生民何计乐樵苏。凭君莫话封侯事，一将功成万骨枯。

（明）高棅：谢枋得云：仁人君子闻此诗者，必不以干戈立功名矣。——《唐诗品汇》

（明）周敬等：敖英曰："千古滴泪，后之仗钺临戎者，读此诗而不感动者，是无人心也。"金献之曰："边城诗不过叙从军之苦而已。若此诗可写一通，置之人主座右。"按《唐史》："僖宗乾符六年己亥春，高骈破黄巢于亳州。巢趋广南，十一月复趋襄阳，刘巨客又破之，所谓'江山入战图'也。时诸将多乐于贪功，忍视民肝脑涂地，故松发此叹。"——《唐诗选脉会通评林》

自沙县抵龙溪县，值泉州军过后，村落皆空，因有一绝　　（唐）韩偓

水自潺湲日自斜，尽无鸡犬有鸣鸦。千村万落如寒食，不见人烟空见花。

（近代）刘永济：此偓南依王审知于闽时所作，二十八字中一片乱后荒芜景象。如寒食者，无有举火之人家也。——《唐人绝句精华》

安　贫　（唐）韩偓

手风慵展八行书，眼暗休寻九局图。窗里日光飞野马，野马，尘埃也。见《庄子》。案头筸管长蒲卢。谋身拙为安蛇足，报国危曾捋虎须。举世可能无默识，未知谁拟试齐竽。

（元）方回：韩偓当崔胤、朱全忠表里乱国，独守臣节不变，宁不为相，而在翰苑无俸，竟忤全忠贬濮州司马。事见本传。所谓"报国危曾捋虎须"非虚语也。王荆公选唐诗多取之，诗律精确。——《瀛奎律髓汇评》

（清）何焯："飞野马"言天子蒙尘也。《诗·小宛》笺"蒲卢取桑虫之子，负持而去，以成其子"。喻有万民不能治，则能治者将得之。言社稷将输他族也。——同上

（清）纪昀：此为致尧最沉着之作。然终觉浅弱，风会为之也。——同上

（清）无名氏（甲）：诗有远神，迥非宋人可及，并端己亦似逊然，盖端己才有余而含蓄未逮。——同上

（清）朱三锡：题曰《安贫》是托意也。一、二自写疏懒之状，言交游一概谢绝，胜负可以相忘。三、四自写淹留之苦，言游气不过借光，螟蛉总属依人。五六感前事，"安蛇足"是自悔其拙，"捋虎须"是自蹈其危。当此为国忘身之际，世无有知而试之者，是终不免于安贫矣。——《东岩草堂评订唐诗鼓吹》

乱后春日途经野塘　　（唐）韩　偓

世乱他乡见落梅，野塘晴暖独徘徊。船冲水鸟飞还住，袖拂杨花去又来。季重旧游多丧逝，子山新赋极悲哀。眼看朝市成陵谷，始信昆明是劫灰。

（元）方回：吴质季重，为曹操所杀。致尧之交，有为朱全忠所杀者。引庾信子山赋事，可谓极悲哀矣。——《瀛奎律髓汇评》

（清）冯舒：查。——同上

（清）纪昀：此事何出，可谓空疏杜撰。——同上

（清）无名氏（甲）：曹丕《与吴质书》谓建安七子多丧逝耳，非谓季重丧逝也，读《文选》不精，遂有此误。——同上

（清）何焯：三、四反接"徘徊"，透出"经"字，斯须不可止泊矣。后四句极言其乱。——同上

（清）纪昀：致尧难得有此沉实之作。——同上

（清）金人瑞："见落梅"，言又开春也。"独徘徊"，言一无所依，一无所事也。"飞还止"、"去又来"，虽写"水鸟"、"杨花"，然皆自比徘徊野塘，无聊无赖也。看他一、二，"乱世"下又接"他乡"字，"他乡"上又加"乱世"事，"乱世他乡"下又对"野塘晴暖"字，使读者心头眼头，一片荒荒凉凉，直是试想不得（前四句下）。○魏文帝《与吴季重书》"昔年疾疫，亲故罹灾。徐、陈、应、刘，一时俱逝"，庾子山序《哀江南赋》"不无危苦之辞，惟以悲哀为主"，言此二篇之论，今日恰与我意怅然有当也。"眼看"妙！"始信"妙！不是眼看，亦不始信，此极伤痛之声也。——《贯华堂选批唐才子诗》

乱后却至近甸有感　　（唐）韩　偓

狂童容易犯金门，比屋齐人作旅魂。夜户不扃生

茂草,春渠自溢浸荒园。关中却见屯边卒,塞外翻闻有汉村。堪恨无情清渭水,渺茫依旧绕秦原。

(元)方回:唐僖、昭以来,其乱如此。——《瀛奎律髓汇评》

(清)纪昀:语亦沉着。中二联皆对句胜出句。——同上

(清)无名氏(甲):此言黄巢乱长安之事。——同上

(清)许印芳:次句改"齐民"作"齐人",避唐讳也。唐人文字皆然。——同上

八月六日作四首(录三首)　(唐)韩偓

日离黄道十年昏,敏手重开造化门。火帝动炉销剑戟,风师吹雨洗乾坤。左牵犬马诚难测,右袒簪缨最负恩。丹笔不知谁定罪,莫留遗迹怨神孙。

(明)胡震亨:前四语纪昭宗天复反正事,后四语纪甲子事。"神孙"殆指哀宗。——《唐音戊签》

(清)纪昀:次句不佳,"风师"句好,"火帝"句即鄙矣,此故可思。五、六露骨。——《瀛奎律髓汇评》

(清)无名氏(甲):此言昭宗出凤翔之围,大杀宦官。夫宦官犬马,诚难测矣。而附和朝绅,岂得无罪乎?——同上

(清)杜诏:昭宗天复二年壬戌十月,全忠表迎车驾。癸亥正月,幸其营;至壬申,凡十年。此十年内,君弑国亡,天日昏惨。"敏手"以下三句,谓乘贼内变,兴复可为,乃悬望之词,非实事也。"犬马"指全忠,"簪缨"指附逆者,二语乃昭宗一朝定案。结言唐亡于诸臣之手,未可委罪昭宗。史臣谓:"昭宗有志兴复,而外乱已成,内无贤佐,正与此诗同指。"——《中晚唐诗叩弹集》

金虎挺灾不复论，构成狂猘犯车尘。御衣空惜侍
中血，国玺几危皇后身。图霸未能知盗道，饰非惟欲
害仁人。黄旗紫气今仍旧，免使老臣攀画轮。

（清）何焯：纪朱温弑昭宗事。○连用"犬马"字，古人多有。○晋帝
播迁，汉家失国，未有如今日之酷也。不忍斥言，以古事相近者见忆，极
得《春秋》书"子般卒"之旨。——《瀛奎律髓汇评》

（清）纪昀：三、四自是实语，然少蕴藉。五、六叠韵对，老杜"卑枝低
结子，接叶暗巢莺"亦是此格。然佳不在此。——同上

（清）无名氏（甲）：此言凤翔李茂贞在西，灾由"金虎"而构成。朱温
狂犬，以至被困。"图霸"二句纯说朱温，此时尚未迁洛，故云"仍旧"
耳。——同上

（清）杜诏：此因全忠弑逆而并及刘季述之乱也。季述幽昭宗于少阳
院，凡官人左右为上所宠信者皆榜杀之。又胁帝内禅，何后恐贼加害，即
取玺授之。"御衣"、"国玺"二语皆切指当时事迹。夫昭宗、何后前后为全
忠所弑。曰"空惜"，曰"几危"，若未弑者，然此深恶全忠而借季述以甚其
罪也。全忠杀宦官数百人，名起晋阳之甲，以清君侧，似乎图霸，曾盗之不
如，寻逐陆扆、王溥，又欲害偓。贬濮阳二语显罪全忠也。末又申首章之意，
言王气如存，庶几中兴可待，后死之辱吾知免夫。——《中晚唐诗叩弹集》

簪裾皆是汉公卿，尽作锋铓剑血腥。显负旧恩归
乱主，难教新国用轻刑。穴中狡兔终须尽，井上婴儿
岂自宁。底事亦疑惩未了，更应书罪在泉扃。

（明）胡震亨："用轻刑"，指蒋玄晖、朱友恭、叔琮辈。"穴中狡兔"指
附逆诸臣。"井上婴儿"为哀宗危也。——《唐音戊签》

（清）杜庭珠：《周礼》"刑新国，用轻典；刑乱国，用重典"郑玄曰："乱
国，篡弑、叛逆之国。"上句"归乱主"，盖互文见义。○杜诏按：天祐二

年，全忠与柳璨、李振谋杀宰相以下三十余人于白马驿，投尸黄河，"簪裾"、"剑血"谓此也。负恩、从逆诸臣，宜从乱国之典。然全忠同穴相噬，危机已萌，自取陨灭。既又言：虽赤族之诛，未足蔽滔天之恶，更当正名定罪，戮及幽冥，皆极其愤懑之辞。——《中晚唐诗叩弹集》

彭门用兵后经汴路　　（唐）吴　融

隋堤风物已凄凉，堤下仍多旧战场。用兵后故曰"旧战场"。然上句从隋堤写来，故又曰"仍多"。金镞有苔人拾得，芦花无主鸟衔将。秋声暗促河声急，野色遥连日色黄。五写大河大风；六写荒原荒日。十四字只为下句"独上寒城"之"独"字引泪也。独上寒城正愁绝，戍鼙惊起雁行行。

（清）朱三锡：三、四，战场必有之事，是虚写。五、六，战场现在之景，是实写。"日色黄"，"黄"字妙，妙，是一派昏惨之色，正为"独上寒城"之"独"字引泪也。——《东岩草堂评订唐诗鼓吹》

（清）赵臣瑗：欲写战场，而必先用风物之凄凉作衬，所谓"殷鉴不远"也。……人拾金镞，鸟衔芦花，皆纪实事。言外有其地一荒，不惟无人开垦，并亦无人收管意。——《山满楼笺注唐诗七言律》

渚宫乱后作　　（唐）郑　谷

乡人来话乱离情，泪滴残阳问楚荆。白社已应无故老，清江依旧绕孤城。高秋军旅齐山树，昔日渔家尽野营。牢落故园灰烬后，黄花绿蔓上墙生。

（清）金人瑞：前解问，后解答。〇一、二只是随手叙事，却为其中间乘空插得"残阳"二字，遂令下所问之二语，读之加倍衰飒。此为句前添色法也。〇白社应无，此正问也，而又问清江仍绕者，此是其情慌意迫，急不见答，于是无伦无次，接口沓问。犹言若使江城如旧，然则白社之无已信也。疑之甚，惧之甚，悉盖此无伦无次接口之一沓问中也（前四句下）。〇人之私心则固独急其家也。而问则又必全及乡国者，乡国幸完，则家或幸完；乡国已破，则家分必破，此固不必烦致其辞者也。而答则又必由国而乡，而仍详及其家者，人同即心同，心同即急同，此又自然必至之情理，初不待其必问也。看他高秋、渔家渐及故园，真为体物缘情之妙作矣（后四句下）！——《贯华堂选批唐才子诗》

（清）毛张健：从外景渐渐引入故居，布置有序，伤感弥深。——《唐体余编》

又闻湖南荆渚相次陷没　　（五代）韦庄

几时闻唱凯旋歌，处处屯兵未倒戈。天子只凭红旆壮，将军空恃紫髯多。尸填汉水连荆阜，血染湘云接楚波。莫问流离南越事，战余空有旧山河。

（清）胡以梅：此伤黄巢寇湖南、荆、渚陷没也。……按此诗一、二言徒用兵，从未有奏凯旋，而处处尚执戈未倒；三、四刺任将非其人，只以红旆为烜赫、紫髯多者为雄健。取外观而无实效，以致汉水、荆山、湘江、洞庭尸横血染、惨不可言，更莫问广州、南越之事，亦空剩旧山河而已。——《唐诗贯珠》

书　事　　（五代）黄滔

望岁心空切，耕夫尽把弓。千家数人在，一税十

年空。没阵风沙黑,烧城水陆红。飞章奏西蜀,明诏
与殊功。

（清）陆次云：红兼水陆,说得烽火薰天,可骇可畏。——《五朝诗善
鸣集》

观　水 并序　　（北宋）梅尧臣

庚辰秋七月,汝水暴至溢岸,亲率县徒以土塞郭门。居者
知其势危,皆结庵于木末。傍徨愁叹,故作此诗。

秋水漫长堤,郊原上下迷。孤城闭版筑,高树见
巢栖。耳厌蛙声极,沤生雨点齐。渚间牛不辨,谁为
扫阴霓。

（元）方回：康定元年庚辰,公年三十八,知襄城县。又有诗,题云：
"城中坏庐舍千余。"——《瀛奎律髓汇评》
（清）冯班：语皆工密,然未尽题意。○不辨牛马,直云"牛不辨",亦
未妥。——同上

唐崇徽公主手痕和韩内翰　　（北宋）欧阳修

故乡飞鸟尚啁啾,何况悲笳出塞愁。青冢埋魂知
不返,翠崖遗迹为谁留。玉颜自古为身累,肉食何人
与国谋。行路至今空叹息,岩花涧草自春秋。崇徽公主系
仆固怀恩女,唐代宗册立之以嫁吐蕃。

和张昌言喜雨 　　（北宋）苏 轼

二圣忧勤忘寝食，百神奔走会风云。禁林夜直鸣江濑，清洛朝回起縠纹。梦觉酒醒闻好句，帐空簟冷发余薰。秋来定有丰年喜，剩作新诗准备君。

和张问喜雨 　　（北宋）苏 辙

已收蚕麦无多日，旋喜山川同一云。禾黍趁时青覆陇，池塘流润渌生文。两宫尚废清晨乐，中禁初消永夜薰。仓粟半空民望足，深耕疾耨肯忘君。

和张昌言喜雨 　　（北宋）黄庭坚

三雨全清六合尘，诗翁喜雨句凌云。埏漂战蚁余追北，柱击乖龙有裂纹。减去肥鲜忧玉食，遍宗河岳起炉薰。圣功惠我丰年食，未有涓埃可报君。

次韵太守向公登楼眺望二首 　　（北宋）秦 观

茫茫汝水抱城根，野色偷春入烧痕。千点湘妃枝上泪，一声杜宇水边魂。遥怜鸿隙陂穿路，西汉末年，翟方进为相，奏废鸿隙陂。从此水无归宿，经常为害。**尚想元和贼负恩**。贼指吴元济。唐宪宗元和间，吴元济割据蔡州等地，擅改汝水故道，虽贼被讨平，却贻害无穷。**粉堞女墙都已尽，恍如陶侃梦天门**。陶侃少时梦生八翼而上天门。后果至八州都督。见《晋书·陶侃传》。此对太守向公之期望。

　　庖烟起处认孤村，天色清寒不见痕。车辋湖边梅溅泪，壶公祠畔月销魂。洪水给汝南人民带来的灾难尚未消除。车辋湖与壶公祠是该地的两大名胜。**封疆尽是春秋国，庙食多怀将相恩**。蔡州在春秋时代是蔡、沈等国的封地，颇多先贤，人们为之主庙祭祀。**试问李斯长叹后，谁牵黄犬出东门**。李斯亦是蔡州人。此首的李斯与上首的陶侃形成鲜明的对照。

己酉乱后寄常州使君侄四首　　（北宋）汪　藻

　　汾水游仍远，瑶池宴未归。航迁群庙主，矢及近臣衣。胡马窥天堑，边烽断日畿。百年淮海地，回首复成非。

（清）冯班：尚有子美之意，不在文字也。——《瀛奎律髓汇评》
（清）查慎行：南渡初，少见此种诗。余所见《浮溪集》此四首存第一首。——同上
（清）纪昀：四首入之杜集不辨。○起二句斡旋得体。——同上
（清）无名氏（甲）：此拟老杜于形模声响之间，亦稍得其仿佛。至于神情骨气，终不似真。——同上

　　草草官军渡，悠悠虏骑旋。方尝勾践胆，已补女娲天。诸将争阴拱，苍生忍倒悬。乾坤满群盗，何日

是归年!

（清）查慎行：结句老杜成语。——《瀛奎律髓汇评》

（清）纪昀：三、四言有志复仇，立国亦易，南渡即其小验也。末乃惜其不能即已成之绪而大之，诗人之旨如是。○五句言其力可为，六句言遗民不忘宋，方忍苦以待中兴。——同上

身老今何向，兵挐未肯休。经句甘半菽，尽室委扁舟。台拆星犹彗，农饥麦未收。日边无一使，儿女讵知愁？

（清）冯舒：己酉年情景，第四句写出。——《瀛奎律髓汇评》

（清）冯班：此首佳。——同上

（清）纪昀：儿女不知愁，则知愁者在言外矣。此从杜"遥怜小儿女，未解忆长安"化出，对面落笔法也。——同上

春到花仍笑，时危特自哀。平城隆准去，瓜步佛狸来。地下皆冤肉，人间半劫灰。只今衰泪眼，那得向君开！

（元）方回：此建炎三年己酉冬，兀术入吴，航海避乱之后也。靖康中在围城中者，吕居仁、徐师川、汪彦章皆诗人也。居仁多有痛愤之诗。师川以邦昌之名名其婢，而诗无所见。彦章至此，乃有乱后诗。岂当时诸人，或言之太过，恐忤时相而删之乎？后秦桧既相，卖国求和，则士大夫噤不能发一辞矣。此等诗皆本老杜，亦惟老杜多有此等诗。庾信犹赋《哀江南》，皆知此意。——《瀛奎律髓汇评》

（清）纪昀：三、四警切。——同上

（清）无名氏（甲）：索虏寇（刘）宋至瓜步，酋名佛狸。——同上

鹧鸪天　　（北宋）朱敦儒

唱得梨园绝代声。前朝惟数李夫人。指李师师。自从惊破霓裳后，白居易《长恨歌》："渔阳鼙鼓动地来，惊破霓裳羽衣曲。"此"惊破霓裳"喻北宋灭亡也。楚奏吴歌扇里新。歌妓演唱时，以曲名书于歌扇，由听众点唱，所谓"歌尽桃花扇底风"者也。秦嶂雁，越溪砧。北方南飞的雁唳和南方妇女的砧声。西风北客两飘零。尊前忽听当时曲，侧帽停杯泪满巾。此词与刘子翬《汴京纪事》诗有异曲同工之妙。刘诗云："辇毂繁华事可伤，师师垂老过湖湘。缕衣檀板无人识，一曲当时动帝王。"

（清）吴衡照：朱希真诗"解唱阳关别调声，前朝惟有李夫人"，即师师也。而要之樊楼往事，已莫可考矣。——《莲子居词话》

水龙吟　　（北宋）朱敦儒

放船千里凌波去，略为吴山留顾。云屯水府，涛随神女，九江东注。北客翩然，壮心偏感，年华将暮。念伊、嵩旧隐，巢由故友，南柯梦、遽如许！　　回首妖氛未扫，问人间、英雄何处？奇谋报国，可怜无用，尘昏白羽。铁锁横江，锦帆冲浪，孙郎良苦。但愁敲桂棹，悲吟《梁父》，泪流如雨。

夏日绝句　　（北宋）李清照（女）

生当作人杰，死亦为鬼雄。至今思项羽，不肯过江

東。项羽的不肯南渡正是对南宋君臣的安于半壁江山、不思进取的最大讽刺。

丁未二月上旬日二首　（南宋）吕本中

厄运虽云极，群公莫自疑。民心空有望，天道本无知。野帐留华屋，青城插皂旗。燕云旧耆老，宁识汉官仪？

主辱臣当死，时危命亦轻。谁吞豫让炭，肯结仲由缨。泣血瞻行殿，伤心望虏营。尚存仪卫否？早晚复神京。

（元）方回：此靖康二年丁未事，五月改建炎。——《瀛奎律髓汇评》

（清）纪昀：题原有得说，诗故不失风格。——同上

（清）冯班：当此时候，不嫌其词之直矣。——同上

兵乱后杂诗五首　（南宋）吕本中

晚逢戎马际，处处聚兵时。后死翻为累，偷生未有期。积忧全少睡，经劫抱长饥。欲逐范仔辈，同盟起义师。

（元）方回：原注云"近闻河北布衣范仔起义师"。——《瀛奎律髓汇评》

（清）纪昀：五首全摹老杜，形模亦略似之，而神采终不及也。〇三、四好，结太率易。此欲为老杜而失之者。——同上

034

羽檄连朝暮,戎旃匝迍邅。未教知死所,讵敢作生涯。东郭同逃户,西郊类破家。萍蓬无定迹,屡欲过三巴。

(清)纪昀:次句笨拙,五、六太质。——《瀛奎律髓汇评》

碣石豺狼种,长驱出不虞。是谁遗此贼,故使乱中都。官府室如罄,人家锥也无。有司少恩惠,何忍复追呼!

(元)方回:《左传》"室如悬罄"。"如"训而,谓室而将空也。后人误以为似罄之空,非是。观此对,则得本意矣。——《瀛奎律髓汇评》

(清)纪昀:后四句太尽。——同上

万事多返覆,萧兰屈原离骚以兰蕙象征君子,以萧艾比作小人。不辨真。汝为误国贼,我作破家人。求饱羹无糁,浇愁爵有尘。往来梁上燕,相顾却情亲。

(清)冯舒:第三、四可赠荆溪。——《瀛奎律髓汇评》

(清)冯班:"汝"字未曾下根。——同上

蜗舍嗟芜没,孤城乱定初。篱根留弊屦,屋角得残书。云路惭高鸟,渊潜羡巨鱼。客来阙佳致,亲为摘山蔬。

(元)方回:《东莱外集》凡二十九首,取其五。他如"水水但争渡,城城各点兵"、"牛亡春夺种,马死尽徒行"、"风雨无由障,牛羊自入庐"、

"簷楹铩可拾，草木血犹腥"、"六龙时艴虺，百雉日孤危"、"报国宁无策，全躯各有词"，皆佳句也。老杜后始有此。——《瀛奎律髓汇评》

(清)纪昀："全躯各有词"，五字深痛，绘尽小人情状。——同上

(清)查慎行：五、六本柴桑，微换数字耳。——同上

闻寇至，初去柳州　　(南宋)曾 幾

剥啄谁敲户，苍茫客抱衾。只看人似蚁，共道贼如林。两岸俦千里，扁舟抵万金。病夫桑下恋，万一有佳音。

(元)方回：此篇虽未见忠愤之意，辽亡金炽，盗贼充斥，自中原破，至于岭表，非士大夫之罪乎？当任其咎者，读之而思可也。——《瀛奎律髓汇评》

(清)冯班：此正诗人有关系处，较杜荀鹤如何？——同上

(清)冯舒：妙得光景。——同上

(清)冯班：起句宋。中四句非经乱不知。七句是宋。——同上

(清)纪昀：二句趁韵，三、四真而太俚，后半自好。——同上

满江红·丁未九月南渡，泊舟仪真江口作

(南宋)赵 鼎

惨结秋阴，西风送、霏霏雨湿。凄望眼、征鸿几字，暮投沙碛。试问乡关何处是，水云浩荡迷南北。但一抹、寒青有无中，遥山色。　　天涯路，江上客。肠欲断，头应白。空搔首兴叹，暮年离拆。须信道消

忧除是酒，奈酒行有尽情无极。便挽取、长江入尊罍，
浇胸臆。

（明）杨慎："惨结秋阴"一首，世皆传诵之矣。——《词品》

（清）黄苏：忠简公此词，当与"身骑箕尾归天上，气作山河壮本朝"
二语同其不朽。——《蓼园词选》

（清）王奕清：《百琲明珠》云：忠简丁未九月南渡泊真州，作《满江
红》词最佳。——《历代词话》

（清）陈廷焯：通首无一字涉南渡事迹，只摹眼前景物，而一片忠爱
之诚，幽愤之气溢于言表，人品既高，词亦超脱。——《词则·放歌集》

又云：二帝蒙尘，偷安南渡，苟有人心者，未有不拔剑斫地也。南渡
后词，如赵忠简《满江红》……皆慷慨激烈，发欲上指，词境虽不高，然足
以使懦夫有立志。——《白雨斋词话》

秦楼月　　（南宋）向子諲

芳菲歇。故园目断伤心切。伤心切。无边烟水，
无穷山色。　　可堪更近乾龙节。北宋钦宗赵桓的生日。《宋
史·礼志》："靖康元年四月十三日，太宰徐处仁等表请为乾龙节。"盖取《易·乾》
"九五，飞龙在天"之意。眼中泪尽空啼血。空啼血。子规声
外，晓风残月。

渡　江　　（南宋）陈与义

江南非不好，楚客自生哀。庾信有《哀江南赋》。摇楫天
平渡，迎人树欲来。雨余吴岫立，日照海门开。虽异

中原险，方隅亦壮哉！

（元）方回：此谓渡浙江也。简斋绍兴初避地广南，赴召由闽入越。行在时寓会稽、过钱塘。简斋，洛阳人。诗逼老杜，于渡浙江所题如此，可谓亦壮矣哉！——《瀛奎律髓汇评》

（清）冯舒：第四句是好句，然亦何必是江？"立"字欠自然。到落句应结出楚客生哀意。第七句硬驳。——同上

（清）冯班：至结尾不见生哀意，何也。——同上

（清）陆贻典：一起脱，中四句用意妙绝。所见者东南半壁，不堪回望中原矣。末句反言之而愈不胜其哀也。——同上

（清）查慎行：简斋与后山才力相近，而烹炼不及后山，观其全集自见。○结语微含讽意。——同上

（清）何焯：与义是去非。○简斋诗名颇重，《容斋四笔》载其以《墨梅》诗召见，擢置馆阁。自此仕至参政，然《墨梅》二绝乃恶诗也。——同上

（清）纪昀：颇见风格。○末言虽属偏安，然形胜如是，天下事尚可为也。冯氏讥其与"自生哀"意不合，失其旨矣。——同上

（清）无名氏（乙）：有深致。——同上

感　事　（南宋）陈与义

丧乱那堪说，干戈竟未休。公卿危左衽，江汉故东流。风断黄龙府，云移白鹭洲。云何舒国步，持底副君忧。世事非难料，吾生本自浮。菊花纷四野，作意为谁秋。

（元）方回："危"、"故"二字最佳。"黄龙府"谓二帝北狩，"白鹭洲"谓高庙在金陵。——《瀛奎律髓汇评》

（清）许印芳：此说是。——同上

（清）冯班：好。——同上

（清）纪昀：此诗真有杜意，乃气味似，非面貌似也。○第八句"底"字缪鄙。——同上

（清）许印芳：评似杜处的当、惟斥"底"字非是。盖"底"字作"何"字解，句意自不错，何得云缪？此字诗家常用，"底事"、"底物"、"底须"之类，不一而足，亦不得谓之为鄙。惟此句与上句意复，未免合掌耳。——同上

（清）无名氏（甲）：此诗亦有少陵遗意，而筋节神情不甚融亮，此其病也。——同上

伤　春　　（南宋）陈与义

庙堂无策可平戎，坐使甘泉照夕烽。初怪上都闻战马，岂知穷海看飞龙。孤臣霜发三千丈，每岁烟花一万重。稍喜长沙向延阁，疲兵敢犯犬羊锋。

（元）方回：谓潭州向伯恭。——《瀛奎律髓汇评》

（清）冯舒：学杜，故下句多露。但杜尚有不尽之致。——同上

（清）冯班：此亦未工，宋人多不会用古语。——同上

（清）纪昀：此首真有杜意。○"白发三千丈"太白诗；"烟花一万重"少陵句，配得恰好。——同上

（清）无名氏（甲）：汉文时匈奴入寇，烽火通于甘泉。——同上

北　风　　（南宋）刘子翚

雁起平沙晚角哀，北风回首恨难裁。淮山已隔胡

尘断,汴水犹穿故苑来。紫色蛙声比喻邪僻不正。颜师古注《汉书·王莽传赞》引应劭曰:紫间色,蛙,邪音也。真倔强,翠华龙衮暂徘徊。庙堂此日无遗策,可是忧时独草莱。

（元）方回：忠愤至矣。五、六尤精，命意尤切。○屏山又有《汴京纪事》绝句二十首，今书四首于此："空嗟覆鼎误前朝，骨朽人间骂未消。夜月池台王傅宅，春风杨柳相公桥。""万炬银花锦绣围，景龙门外软红飞。凄凉但有云头月，曾照当时步辇归。""梁园歌舞足风流，美酒如刀解断愁。忆得少年多乐事，夜深灯火上樊楼。""辇毂繁华事可伤，师师垂老过湖湘。缕衣檀板无颜色，一曲当时动帝王。"不减唐人。——《瀛奎律髓汇评》

（清）无名氏（甲）：此当与王建《宫词》并传，皆一代典故所存。"王傅"即王黼，"相公"即蔡京。——同上

（清）查慎行：紫色蛙声，余分闰位。出《汉书·王莽赞》传。——同上

（清）纪昀：末二句沉郁之至，感慨至深，其音哀厉，而措语浑厚，风人之旨如斯。——同上

（清）无名氏（甲）：高宗委弃中原，以淮为界，而女真以刘豫潜号汴京，故托"北风"为喻。——同上

戊辰即事嘉定元年(1208)即农历戊辰年,和议告成。从此宋每年向金纳银三十万两,细绢三十万匹。 （南宋）刘克庄

诗人安得有青衫？今岁和戎百万缣。缣读兼,平声。质地细软的丝织品。从此西湖休插柳,剩栽桑树养吴蚕。吴蚕为当时的优良品种。

忆秦娥　　（南宋）刘克庄

梅谢了。塞垣冻解鸿归早。鸿归早。凭伊问讯，大梁战国时魏都。在今河南开封。遗老。　　浙河西面即浙江西路。边声悄。淮河北去炊烟少。炊烟少。宣和北宋年号宫殿，冷烟衰草。

（清）冯煦：伤时念乱，可以怨矣。——《蒿庵论词》

贺新郎·送陈子华赴真州真州在今江苏仪征县。当时是宋、金对峙的前哨阵地。　　（南宋）刘克庄

北望神州路。试平章、这场公事，怎生分付。记得太行山百万，曾入宗爷宗泽留守东京时，降附者皆称宗爷爷。驾驭。今把作、握蛇骑虎。指南宋统治者视起义军如蛇虎似危险。语出《北史·彭城王勰传》。君去京东豪杰喜，想投戈、下拜真吾父。张用向岳飞投降时称岳飞云："果吾父也。"谈笑里，定齐鲁。　　两河萧瑟惟狐兔。问当年、祖生东晋名将祖逖。去后，有人来否？多少新亭挥泪"新亭挥泪"见《世说新语》。客，谁梦中原块土。算事业、须由人做。应笑书生心胆怯，向车中、闭置如新妇。用曹景宗事。言被"闭置车中如三日新妇"，见《梁书·曹景宗传》。空目送、塞鸿去。

江月晃重山《词律》云："用《西江月》、《小重山》串合，故名《江月晃重山》。"此词每阕上三句为《西江月》，下二句用《小重山》。　　（金）元好问

塞上秋风鼓角，城头落日旌旗。少年鞍马适相宜。

从军乐，莫问所从谁。魏建安十二年，曹操出师西征张鲁，王粲作《从军诗》有"从军有苦乐，但问所从谁"。此反用其意。候骑才通蓟北，先声已动辽西。归期犹及柳依依。春闺月，红袖不须啼。

师师檀板　　（明）瞿　佑

千金一曲擅歌场，曾把新腔动帝王。老大可怜人事改，缕衣檀板过湖湘。

乱后初入吴，舍弟小酌其弟名王世懋。　　（明）王世贞

与尔同兹难，重逢恐未真。一身初属我，万事欲输人。天意宁群盗，时艰更老亲。不堪追往昔，醉语亦伤神。王世贞《江阴黄氏祠记》云："倭衅起自壬子（嘉靖三十一年，1552）至壬戌（嘉靖四十一年，1562）而稍息。此十年间，大者破城邑，小者蹒闾井，三吴之地，几无处不受其锋镞之施。"

粮折耗增四倍本朝指明朝。时明已亡，作者以"生为大明人"自许，故称。而酷吏敲朴又并征五载，血肉遗民罔不涕泣思汉，有感而作　　（明）陈　璧

年来民骨已枯憔，四倍加征五载敲。却令东南千万亿，一时恸哭望前朝。

有　赠　　（清）冯　班

隔岸吹唇_{吹口哨}。日沸天，用《南齐书·魏虏传》典故。羽书惟道欲投鞭。用《晋书·苻坚载记》"投鞭断流"事。八公山色还苍翠，虚对围棋忆谢玄。借淝水之战抒发感慨。诗应作于清兵攻破扬州与南京之前。作者在希望与失望之中，唱出此矛盾与惆怅之歌。

荒年诗　　　　（清）陈　确

荒年不怕怕来年，典尽衣资卖尽田。去岁债期今岁满，新冬租课旧冬捐。家家籴米仍无米，色色沽钱不值钱。翻道荒年容易过，荒年已过更堪怜。

李映碧廷尉遗地图　　　（清）陈　瑚

图画山川感慨多，边陲风景近如何？入关无复萧丞相，萧何。聚米空思马伏波。光武西征隗嚣不敢深入，马援就御前聚米为山川，指画行军路线力请进军。两戒一江横似线，一行和尚谓天下山河之象："北戒限戎狄，南戒限蛮夷。"见《唐书·天文志》。九州五岳小于螺。错疑留守魂归夜，风雨声声唤渡河。南宋东京留守宗泽，念念不忘北上收复失地。临终时连呼三声"渡河"。李映碧名清，官大理寺左丞，故称廷尉。据宋琬《前明大理寺左丞李公行状》：李清拜官大理寺左丞，后即奉命出祀南镇"行甫及杭，而南都失守矣"。可见"遗地图"之意。

京口即事二首　　（清）顾炎武

白羽出扬州,黄旗下石头。六双归雁落,千里射蛟浮。河上三军合,神京一战收。祖生多意气,击楫正中流。

大将临江日,匈奴出塞时。两河通诏旨,三辅急王师。转战收铜马,还兵饮月支。从军无限乐,早赋仲宣诗。

海上四首　　（清）顾炎武

日入空山海气侵,秋光千里自登临。十年天地干戈老,四海苍生痛哭深。水涌神山来白鸟,云浮仙阙见黄金。此中何处无人世,只恐难酬烈士心。

满地关河一望哀,彻天烽火照胥台。名王白马江东去,故国降幡海上来。秦望云空阳鸟散,冶山天远朔风回。遥闻一下亲征诏,梦想犹虚授钺才。

南营乍浦北南沙,终古提封属汉家。万里风烟通日本,一军旗鼓向天涯。楼船已奉征蛮敕,博望空乘泛海槎。愁绝王师看不到,寒涛东起日西斜。

长看白日下芜城，又见孤云海上生。感慨河山追失计，艰难戎马发深情。埋轮拗镞周千亩，蔓草枯杨汉二京。今日大梁非旧国，夷门愁杀老侯嬴。

乱后和刘文伯郊行　　（清）施闰章

斜日照荒野，乱山横白云。到家成远客，访旧指新坟。战地冤魂语，空村画角闻。相看皆堕泪，风叶自纷纷。

溪　涨　　（清）施闰章

溪涨全无岸，沙田又可哀。舟航浮城郭，荇藻挂楼台。过雨重云黑，奔雷动地回。蛟龙横得意，白日向人来。

赠涂年侄女南归四首　　（清）朱中楣（女）

每话家园泪雨潸，蓟门秋老雁初还。惊魂自逐潇湘水，忍见溢城山外山。

时慰愁容强作欢，漫伤亲串半凋残。珠帘暮雨西江月，尽付离人马上弹。

啮雪餐毡苦自持,谁怜弱息委燕支。青青柳色仍如旧,寄与韩郎知不知。

共羡山公古道稀,黄金解尽出重围。丰城剑合珠还浦,故国文姬此日归。自序云:涂映薇次女,王公子小韩之配也。兵乱入都,熊雪堂少宰解骖赎之,育余邸舍,数月小韩使使迎归。

秋 怀 　(清)周在浚

沙窝门外尽黄云,野哭秋来不忍闻。谁向郊原埋战骨,谩言功业尽将军。荒村禾黍无人迹,落日尘沙散马群。海内销兵烽火熄,健儿此地学耕耘。

广武原 　(清)梦 麟

秋高广武原,日落断云奔。天地一龙斗。风尘千里昏。平沙生朔气,残垒驻征魂。拨马寻遗迹,荒郊战骨存。

夜将半,南望书所见 　(清)黎 简

乍冷初冬密云黑,忽惊万丈曙霞红。远知何处中宵火,低拜用刘昆典。《后汉书·儒林传》:"时县连年火灾,(刘昆)向火叩头,多能降雨止风。"前头北海风。五岭三年千里内,多时十室

九家空。已怜泪眼啼饥尽，更使无家作转蓬。

苏武慢·寒夜闻角　　（清）况周颐

　　愁入云遥，寒禁霜重，红烛泪深人倦。情高转抑，思往难回，凄咽不成清变。风际断时，迢递天涯，但闻更点。枉教人回首，少年丝竹，玉容歌管。　　凭作出、百绪凄凉，凄凉惟有，花冷月闲庭院。珠帘绣幕，可有人听？听也可曾肠断？除却塞鸿，遮莫尽管，任凭之意。城乌，替人惊惯。料南枝明月，应减红香一半。此词作于清光绪十五年，乙丑。即公元 1889 年。中法战争已经结束，中日战争爆发之前。处于两大战争间隙的"乙丑"，词人所听到的"角声"该是什么样的声音，可以想见。

水龙吟　　（清）况周颐

　　己丑（1889）秋夜，赋角声《苏武慢》一阕，为半塘（王鹏运号半塘老人）所击赏。乙未（1895）四月，移寓校场五条胡同，地偏宵警，呜呜达曙，凄彻心脾。漫拈此解，颇不逮前作，而词愈悲，亦天时人事为之也。

　　声声只在街南，夜深不管人憔悴。凄凉和并，更长漏短，毂读构，去声。人毂人，困居之人。作者自指。无寐。灯烬读谢，灯烬，灯烛灰也。花此指灯花。残，香消篆冷，此指香形如篆书"心"字。又称心字香。或云：其香烟袅袅如篆书。悄然惊起。出帘栊

四望，半珪残月，更堪在，烟林外。　　愁入阵云天末，犹天边。费商音、无端凄戾。戾读厉，去声。鬓丝搔短，壮怀空付，龙沙万里。莫漫伤心，家山更在，杜鹃声里。有啼乌见我，空阶独立，下青衫泪。作此词之前一年，中国在甲午战争战败。此年四月十七日，中国签订了丧权辱国的《马关条约》，日本割据台湾、澎湖列岛等。故云"词愈悲，亦天时人事为之也"。

三、亡　国

菩提寺禁，裴迪来相看，说逆贼等凝碧池上作音乐，供奉人等举声便一时泪下，私成口号，诵示裴迪　　（唐）王　维

万户伤心生野烟，百官何日更朝天？秋槐叶落空宫里，凝碧池头奏管弦。顾可久评此诗云："感慨、沉着、婉曲、深长。"

（明）王鏊："凝碧池头奏管弦"，不言亡国，而亡国之意溢于言外。——《震泽长语》

（明）李沂：有无限说不出处，而满腔悲愤俱在其中，非摩诘不能为。——《唐诗援》

（明）唐汝洵：盛唐绝句妙在言外，此极可想。藉令晚唐人为之，必露筋骨。——《唐诗解》

（明）周敬等：蔡正声曰"此诗深寓凄愤之意"。○吴山民曰"意厚不露"。——《唐诗选脉会通评林》

临江仙　（五代）鹿虔扆

金锁重门荒苑静,绮窗愁对秋空。翠华一去寂无踪。玉楼歌吹,声断已随风。　　烟月不知人事改,夜阑还照深宫。藕花相向野塘中。暗伤亡国,清露泣香红。陈邦炎云："（作者）在写荒凉的同时,以'金锁'、'绮窗'、'翠华'、'玉楼'、'歌吹'、'香红'等字样来暗示当年的繁华,使荒凉中闪现着繁华的余辉。这一明笔与暗笔的错杂运用,以暗笔写昔日的繁华来反衬今日的荒凉,就使这一荒凉景象显得更加可悲,也使今昔之慨与兴亡之感自然浮现纸上。此外,作者在使用拟人化手法的同时,也交叉重叠地使用了衬托手法,以增强艺术效果。在这首词中被赋予生命和浓烈的感情,并赖以点明主题的是'藕花',但她不是孤零零地出现的。作者不仅在上半阕中就已经安排了'绮窗'作为陪衬,以绮窗的愁对秋空,遥遥引出'藕花'的'露泣香红',而且把懵懂的'烟月'穿插在'绮窗'与'藕花'之间,使其上下起衬托作用,一方面反衬上面'绮窗'的愁恨,另一方面更为下面相向而泣的'藕花'形成强烈对比,从而更有力地托出了通过'藕花'来表达的'暗伤亡国'的主题。"

（明）杨慎：故宫禾黍之思,令人默然。此词比李后主《浪淘沙》词更胜。——《花间集评注》

（明）汤显祖："曲终人不见,江上数峰清"似有神助。以此方之,可为勍敌。——《评花间集》

（明）沈际飞：结引藕花泣露,伤感复伤感。——《草堂诗余正集》

（清）许昂霄：曰"不知",曰"暗伤",无情有恨,各极其妙。——《词综偶评》

（明）陈廷焯："一声河满子,双泪落君前",深情苦调,有《黍离》、《麦秀》之悲。——《云韶集》

蜀主_{五代十国时前蜀。} 降唐_{五代十国时后唐。} 应制　　（五代）牛希济

满城文武欲朝天，不觉邻师犯塞烟。唐主再悬新日月，蜀王还却旧山川。非干将相扶持拙，自是君臣数尽年。古往今来亦如此，几曾欢笑几潸然。何光远《鉴诚录》云："天成初，明宗临朝，宣亡蜀宰臣王锴、张格、庾传素、许寂、御史中丞牛希济等各赋一韵，试《蜀主降唐》诗，限五十六字。王锴等皆讽蜀主潜号，荒淫失国，独牛希济得'川'字（韵），所赋诗意但述数尽，不谤君亲。明宗览诗曰：'如牛希济才思敏捷，不伤两国，迥存忠孝者，罕矣。'"

虞美人　　（五代）李 煜

春花秋月何时了？往事知多少。小楼昨夜又东风，故国不堪回首月明中。　　雕栏玉砌应犹在。只是朱颜改。问君能有几多愁？恰似一江春水向东流。高原云：以上六句的章法是三度对比，隔句相承。三度对比是：1.头两句以春花秋月的无休无尽与人间多少往事的短暂无常作对比；2.第三句"小楼昨夜又东风"，"又东风"三字翻回头与首句"春花"、"何时了"相呼应，而与第四句"故国不堪回首"的变化无常相对比；"不堪回首"又呼应第二句"往事知多少"；3.五、六两句又以"雕栏玉砌应犹在"与"朱颜改"相对比。○在这六句中"何事了"、"又东风"、"应犹在"一脉相承，专说宇宙永恒不变；而"往事知多少"、"不堪回首"、"朱颜改"也一脉相承，专说人生短暂无常。如此回环往复，一唱三叹。○最后悲慨之情，如奔向大海的滔滔流水，一发而不可收拾。人生啊！不就有着无穷无尽的悲愁吗？

（宋）罗大经：诗家有以山喻愁者，杜少陵云"忧端如山来，澒洞不可掇"，赵嘏云"夕阳楼上山重叠，未抵闲愁一倍多"是也。有以水喻愁者，李颀云"请量东海水，看取浅深愁"，李后主云"问君能有几多愁，恰似一江春水向东流"，秦少游云"落红万点愁如海"是也。贺方回云："试问闲愁都几许。一川烟草，满城风絮，梅子黄时雨。"盖以三者比愁之多也，尤为新奇，兼兴中有比，意味更长。——《鹤林玉露》

（明）王世贞："归来休放烛花红，待踏马蹄清夜月"，致语也。"问君能有几多愁，恰似一江春水向东流"，情语也。后主直是词手。——《艺苑卮言》

（明）孙绪：李白有诗云："请君试问东流水，别意与之谁短长？"又云："桃花流水深千尺，不及汪伦送我情。"赵嘏曰："此时愁望情多少，万里春流绕钓矶。"李后主曰："问君能有几多愁，恰似一江春水向东流。"李赵皆祖于白者也。——《沙溪集》

（清）冯金伯：《词洁》云："王介甫问黄鲁直，李后主词何句最佳，鲁直举'问君能有几多愁，恰似一江春水向东流'，介甫以为未若'细雨梦回鸡塞远，小楼吹彻玉笙寒'。介甫之言是矣。顾以专论后主之词可耳，尚非词之至也。若总统诸家求其极致，于不食烟火、不落言诠，如女中之有国色，无事矜庄修饰，使当之者忽然自失，而未由仿佛其皎好，其惟太白'暝色入高楼，有人楼上愁'乎。借乎今之才人，动而不静，往而不返，识此宗趣者盖寡。"——《词苑萃编》

（清）王闿运：常语耳，以初见故佳，再学便滥矣。"朱颜"本是山河，因归宋故不敢言耳。若直说"山河改"反又浅也。结亦恰到好处。——《湘绮楼词选》

相见欢　　（五代）李　煜

无言独上西楼。月如钩。寂寞梧桐深院锁清秋。剪不断，理还乱，是离愁。别是一般滋味在心头。

（宋）黄昇：此词最凄婉，所谓亡国之音哀以思也。——《唐宋诸贤绝妙词选》

（明）沈际飞：七情所至，浅尝者说破，深尝者说不破。破之浅，不破之深。——《草堂诗余续集》

（明）茅暎：绝无皇帝气。可人，可人。——《词的》

（清）陈廷焯：凄凉况味，欲言难言，滴滴是泪。——《云韶集》

浪淘沙　　（五代）李 煜

往事只堪哀。对景难排。秋风庭院藓侵阶。一行珠帘闲不卷，终日谁来？　　金锁即铁锁。刘禹锡诗："千寻铁锁沉江底，一片降幡出石头。"已沉埋。壮气蒿莱。晚凉天净月华开。想得玉楼瑶殿影，空照秦淮。

（明）沈际飞：此在汴京念秣陵事作，读不忍竟。——《草堂诗余续集》

（清）陈廷焯：起五字凄婉，却来得突兀，故妙。凄恻之词而笔力精健，古今词人谁不低首。——《云韶集》

（近代）俞陛云：藓阶帘静，凄寂等于长门，"金锁"二句有铁锁沉江，王气黯然之慨。回首秦淮，宣其凄咽。——《唐五代两宋词选释》

浪淘沙　　（五代）李 煜

帘外雨潺潺。春意阑珊。罗衾不耐五更寒。梦里不知身是客，一晌贪欢。　　独自莫凭栏。无限江山。别时容易见时难。流水落花春去也，天上人间。

（明）郎瑛：梁简文帝为侯景幽于永福省，将崩，诗云："宝剑藏龙匣，神龙逐陆居;有意聊思句,无情堪著书。"湘东王被害时诗:"南风且绝唱,西陵最可悲。今日还蒿里,终非封禅时。"北齐高欢后主为周所灭时,为诗曰:"龙楼绝行迹,凤阙求无因。独知明月夜,遥想邺城人。"李后主归宋后,念嫔妃散落,作长短句云"帘外雨潺潺(略)"数日后下世。杨溥为徐知诰逼迁于江南时,诗云:"烟凝楚岫愁千点,雨洒吴江泪万行。兄弟四人三百口,不堪独坐细思量。"宋徽宗在北时诗:"国破山河在,人非殿宇空。中原何日事,搔首赋《车攻》。投老汗城北,西江又是秋。中原心耿耿,南北泪悠悠。尝胆思贤佐,颙情忆旧游。故宫禾黍遍,行役闵宗周。"又:"杳杳神京路八千,宗祧隔越已经年。衰残病渴那能久,辛苦穷荒敢怨天。"右六主所咏,虽有高下,皆非闻蟆声而问公私,黜大臣而不知者,甘于困辱而不能死社稷,此帝王所以贵德而不贵才云。——《七修类稿》

(明)沈际飞:"梦觉"语妙,那知半生富贵,醒亦是梦耶? 末句,可言不可言,伤哉。——《草堂诗余正集》

(清)贺裳:南唐后主《浪淘沙》曰"梦里不知身是客,一晌贪欢"。至宣和帝《燕山亭》则曰"无据。和梦也、有时不做"。其情更惨矣。呜呼,此犹《麦秀》之后有《黍离》也。——《皱水轩词筌》

(清)端木埰:"梦里不知身是客,一晌贪欢",正陈叔宝之全无心肝,亡国之君千古一辙也。次章又有"往事堪哀"、"终日谁来"、"想得玉楼"等句。明明觖望不甘,被祸之由,牵机药所由来也。前已荒昏失国,此又妄露圭角,可为千古龟鉴。睹此则知后帝"此间乐"之语,未可全非。——《词选批注》

(清)陈廷焯:结得怨惋,尤妙在神不外散,而有流动之致。——《词则·大雅集》

破阵子　　　(五代)李　煜

四十年来家国,三千里地山河。凤阁龙楼连霄

汉，琼枝玉树作烟萝，此句有两层意：一，身处深宫视琼枝玉树为寻常草木；二，在深宫过着不问世事的隐居生活。几曾识干戈？ 一旦归为臣俘。沈腰沈约与徐勉书曰："百日数旬，革带常应移孔。"谓腰围顿减。潘鬓潘岳《秋兴赋序》："余春秋三十有二，始见二毛。"指鬓发花白。销磨。最是苍惶辞庙日，教坊犹奏别离歌，垂泪对宫娥。

（宋）苏轼："四十年来家国（略）。"后主既为樊若水所卖，举国与人，故当恸哭于九庙之外，谢其民而后行，顾乃挥泪宫娥，听教坊离曲何哉！——《东坡志林》

（清）梁绍壬：讥之者曰仓皇辞庙，不挥泪于宗社而挥泪于宫娥，其失业也宜矣。不知以为君之道责后主，则当责之于垂泪之日，不当责之于亡国之时。若以填词之法绳后主，则此泪对宫娥挥为有情，对宗社挥为乏味也。此与宋蓉塘讥白香山诗谓忆妓多于忆民，同一腐论。——《两般秋雨庵随笔》

眼儿媚 （北宋）赵佶

玉京曾忆昔繁华。万里帝王家。琼林玉殿，朝喧弦管，暮列笙琶。 花城人去今萧索，春梦绕胡沙。家山何处，忍听羌笛，吹彻梅花。

（明）陈霆：宋二帝北狩，金人徙之云州。一日，夜宿林下，时碛月微月，有胡雏吹笛，其声呜咽。太上因口占《眼儿媚》。此词少帝有和篇，意更凄怆，不欲并载。吾谓其父子至此，虽噬脐无及矣。每一批阅，为酸鼻焉。——《渚山堂词话》

燕山亭·北行见杏花　　（北宋）赵佶

裁剪冰绡，轻叠数重，冷淡燕脂匀注。新样靓^{此读}净，去声。艳丽、美好。妆，艳溢香融，羞杀蕊珠宫^{蕊珠宫为道家所言之仙人宫殿。}女。易得凋零，更多少、无情风雨。愁苦。问院落凄凉，几番春暮。　　凭寄离恨重重，这双燕，何曾会人言语。天遥地远，万水千山，知他故宫何处。怎不思量，除梦里、有时曾去。无据。和梦也、新来不做。公元 1127 年北宋灭亡，徽宗赵佶与其子钦宗赵桓被金兵掳至北方五国城，囚禁致死。在押道途中见到盛开的杏花，百感交集写下了这一首词。

（明）杨慎：宋徽宗北随金虏，后见杏花，作《燕山亭》一词云"裁剪冰绡（略）"，词极凄惋，亦可怜矣。又在北遇清明日诗曰："茸母初生认禁烟，无家对景倍凄然。帝城春色谁为主，遥指乡关涕泪连。"——《词品》

（明）卓人月：人生何日非梦，道君梦游霓幕而不痛，复寻故宫之梦，岂非梦梦。绍兴间金人以梓官来归，元僧杨琏真伽发其冢，止朽木一段。——《古今词统》

（明）潘游龙：《古今诗余醉》云"怎不思量"下，足令征马踟蹰，寒云不飞。——《草堂诗余正集》

（清）贺裳：南唐后主《浪淘沙》曰"梦里不知身是客，一晌贪欢"，至宣和帝《燕山亭》则曰"无据。和梦也、新来不做"，其情更惨矣。呜呼，此犹《麦秀》之后有《黍离》也。——《皱水轩词筌》

（清）陈廷焯：情见于词，宋构之罪，发难数矣。——《词则·大雅集》

（近代）王国维：尼采谓一切文学，余爱以血书者。后主之词，真所谓以血书者也。宋道君皇帝《燕山亭》词亦略似之。然道君不过自道身世之戚，后主则俨有释迦、基督担荷人类罪恶之意。其大小固不同也。——《人间词话》

人月圆·宴北人张侍御家有感　　（金）吴　激

　　南朝千古伤心事，犹唱后庭花。即《玉树后庭花》，南朝亡国皇帝陈叔宝制，其辞轻荡，而其音甚哀，后遂用以称亡国之音。杜牧《泊秦淮》："商女不知亡国恨，隔江犹唱《后庭花》。"旧时王谢，堂前燕子，飞向谁家？刘禹锡《乌衣巷》："旧时王谢堂前燕，飞入寻常百姓家。"　　　恍然一梦，仙肌胜雪，宫鬓堆鸦。指宫女头发乌黑。江州司马，青衫泪湿，同是天涯。借用白居易的《琵琶行》诗意。据元好问的《中州乐府》等书记载，作者吴激使金被留后，一日与其时文坛宗主宇文虚中同赴燕山张侍御家宴，席间，张侍御出歌妓劝酒，中有一人神态忧郁，问其故，原是宋宣和殿宫姬，座客十分感慨，各赋乐章一阕。宇文虚中有《念奴娇》先成，及见吴激此词，茫然自失。

金人捧露盘·庚寅岁春，奉使过京师，感怀作
（南宋）曾　觌

　　记神京、繁华地，旧游踪。正御沟、春水溶溶。平康巷陌，绣鞍金勒跃青骢。解衣沽酒醉弦管，柳绿花红。　　　到如今、余霜鬓，嗟前事，梦魂中。但寒烟、满目飞蓬。雕栏玉砌，空锁三十六离宫。塞笳惊起暮天雁，寂寞东风。庚寅为南宋孝宗乾道六年（1170），据《资治通鉴》载："汪大猷为贺金正旦使，俾觌副之。"作者于此年二月完成使命，回到临安。在归途中，过京师汴梁而作。

　　（宋）黄昇：曾纯甫名觌，号海野。东都故老，及见中兴之盛者。词多感慨，如《金人捧露盘》、《忆秦娥》等曲，凄然有黍离之悲。——《中兴

以来绝妙词选》

（清）丁绍仪：海野及见汴都之盛，逮南渡后，奉使过汴，感赋云：（略）。汴都钟鼎胥移，故曾词后阕，尤觉悲凉。——《听秋声馆词话》

（清）陈廷焯：黍离麦秀之悲，暗说则深，明说则浅。曾纯甫词如"雕栏玉砌，空余三十六离宫"，又云"繁华一瞬，不堪思忆"，又云"丛台歌舞无消息。金樽玉管空陈迹"，词极感慨，但说得太显，终病浅薄。碧山咏物诸篇，所以不可及。——《白雨斋词话》

好事近·汴京时已被金人占领。赐宴闻教坊乐有感
（南宋）韩元吉

凝碧旧池头，一听管弦凄切。多少梨园声在，总不堪华发。正如陆游诗所说的："汉使作客胡作主。"在这样的宴会上，顷刻之间会老了许多。　　杏花无处避春愁，也傍野烟发。惟有御沟声断，似知人呜咽。宋孝宗乾道八年（1172）作者奉命出使金国，祝贺万春节（金主完颜雍生辰），在金人宴会上作此。

木兰花慢　　（金）元好问

拥都门冠盖，瑶圃秀，转春晖。怅华屋生存，山丘零落，事往人非。以人亡比国亡。追随。旧家谁在？但千年，辽鹤去还归？系马凤凰楼柱，倚弓玉女窗扉。用庾信《哀江南赋》意："倚弓于玉女窗扉，系马于凤凰楼柱。"庾信言侯景攻陷建康后其士兵蹂躏梁朝宫廷之况。　　江头花落乱莺飞，南望重依依。渺天际归舟，云间汀树，水绕山围。相期，更当何处？算古来，相接眼中稀。寄与兰成兰成即庾信。新赋，也应为我沾衣。

念奴娇·驿中言别友人　　（南宋）文天祥

　　水天空阔，恨东风不借、世间英物。蜀鸟吴花残照里，忍见荒城颓壁。铜雀春情，金人秋泪，此恨凭谁雪？堂堂剑气，斗牛空认奇杰。　　　那信江海余生，南行万里，属扁舟齐发。正为鸥盟留醉眼，细看涛生云灭。睨柱吞嬴，回旗走懿，千古冲冠发。伴人无寐，秦淮应是孤月。

　　（明）陈霆：文丞相既败，元人获置舟中，既而挟之蹈海。厓山既平，复逾岭而北。道江右，作《酹江月》二篇，以别友人，皆用东坡赤壁韵。其曰"还障天东半壁"，曰"地灵尚有人杰"，曰"恨东风不借世间英物"，曰"只有丹心难灭"，其于兴复，未尝不耿耿也。——《渚山堂词话》

　　（清）陈廷焯：悲壮雄丽，并无叫嚣气息。——《词则·放歌集》

　　（清）张宗橚：陈卧子云："气冲斗牛，无一毫委靡之色。"——《词林纪事》

梦中作四首　　（南宋）林景熙

　　珠亡忽震蛟龙睡，轩敝宁忘犬马情。亲拾寒琼出幽草，四山风雨鬼神惊。

　　一抔自筑珠丘土，双匣犹传竺国经。独有春风知此意，年年杜宇泣冬青。

昭陵玉匣走天涯，金粟堆前几暮鸦。水到兰亭转鸣咽，不知真帖落谁家。

珠凫玉雁又成埃，斑竹临江首重回。犹忆年时寒食祭，天家一骑捧香来。

西台哭所思东台为严子陵钓台，西台与东台相对而言，皆在富春江。　　（南宋）谢　翱

残年哭知己，白日下荒台。泪落吴江指富春江。水，随潮到海回。故衣犹染碧，后土皇天后土，指天地而言。不怜才。未老山中客，作者自指。惟应赋《八哀》。杜甫《八哀诗》哀悼八位人物。

过杭州故宫二首　　（南宋）谢　翱

禾黍何人为守阍，落花台殿黯销魂。朝元阁下朝元阁是唐代长安骊山上阁名，为唐玄宗、杨贵妃游宴之所。归来燕，不见前头鹦鹉言。

紫云楼阁临安故宫殿阁名。燕同宴。流霞，指酒。今日凄凉佛子家。残照下山花雾散，万年枝上挂袈裟。昔为宫殿今为佛寺。

瑞鹤仙·乡城见月　　（南宋）蒋 捷

绀烟迷雁迹。渐断鼓零钟，街喧初息。风檠背寒壁。放冰蜍飞到，丝丝帘隙。琼瑰暗泣。念乡关、霜芜似织。漫将身、化鹤归来，忘却旧游端的。　　欢极。蓬壶蕖浸，花院梨溶，醉连春夕。柯云罢弈。樱桃在，梦难觅。劝清光，乍可幽窗相伴，休照红楼夜笛。怕人间、换谱《伊凉》，素娥未识。^{"劝清光"以下意谓：月}光只可在乡间伴我，若城市之中，万事皆非，恐素娥有所未识也。

　　（明）卓人月：语妙非诗，意浓如画。樱桃事，见《酉阳杂俎》。——《古今词统》

　　（清）先著：蒋捷《瑞鹤仙》"绀烟迷雁迹（略）"。句意警拔，多由于拗峭，然须炼之精纯殆不失于生硬。竹山此词云"劝清光，乍可幽窗相伴，休照红楼夜笛"，梦窗云"问阊门，自古送春多少"，玉田云"能几番游，看花又是明年"。妙语独立，各不相假借，正不必举全词，即此数语，可长留数公天地间。——《词洁辑评》

贺新郎·兵后寓吴　　（南宋）蒋 捷

深阁帘垂绣。记家人、软语灯边，笑涡红透。万叠城头哀怨角，吹落霜花满袖。影厮伴、东奔西走。望断乡关知何处，羡寒鸦、到着黄昏后。一点点、归杨柳。　　相看只有山如旧。叹浮云、本是无心，^{陶渊明}《归去来兮辞》："云无心以出岫。"也成苍狗。^{杜甫《可叹》"天上浮云如白衣，}

060

斯须改变如苍狗"，言世事变幻无常。**明日枯荷包冷饭，又过前头小阜。趁未发、且尝村酒。醉探枵囊**囊内空空也。枵读消，平声。**毛锥**毛锥为毛笔的别称。始见《汉书》。锥读追，平声。**在，问邻翁，要写牛经否？翁不应，但摇手。**本词特点，将对比发挥到淋漓尽致。1."深阁绣帘"、"灯边软语"与"城头哀角"、"满袖霜花"比；2.寒鸦归栖杨柳与浪人难觅乡关比；3.枯荷冷饭的困顿与村酒浇愁的疏放比；4.昔日的妙笔华章与今日的抄写《牛经》比。在这一层层的对比中，作者的身世及世道的变迁；他的生活态度和人生的追求，甘心沦为贫贱者而不肖屈节于异族的统治，又透露出几分傲气。

菩萨蛮·和詹天游　　（南宋）刘　壎

故园青草依然绿。故宫废址空乔木。狐兔入岩城，岩城，高城也。指南宋都城临安。**悠悠万感生。　　胡箛吹汉月。北语南人说。红紫闹东风。湖山一梦中。**无须多加笔墨亦可表达汉民族在劫后的处境与心态。此亦小令写亡国哀思之特色。

后归兴诗　原注：乙酉六月。　　（明）邝　露

南北神州竟陆沉，六龙潜幸楚江阴。三河十上频炊玉，四壁无归尚典琴。蹈海肯容高士节，望乡终轸越人吟。台关傥拟封泥事，回首梅花塞草深。按：顺治二年乙酉五月初八日，清兵渡江。初十日，明福王出奔太平。十二日奔芜湖。十五日，清兵入南京。二十五日，明叛将刘良佐挟福王至南京。"六龙潜幸楚江阴"，指福王幸皖，事在五月，诗作于六月，时邝露在广州，得知消息已在六月矣。

柳梢青　　　(明)张煌言

锦样江山,何人坏了,雨瘴烟峦。故苑莺花,旧家燕子,一例阑珊。　　此身付与天顽。天顽是谦词。说自己天生愚钝,不懂得迎合潮流。休更问、秦关汉关。白发镜中,青萍古代宝剑名。匣里,和泪相看。

夏日宴新乐小侯于燕誉堂　　　(清)钱谦益

宝玦相逢沟水头,长衢交语路悠悠。西京甲观论新乐,南国丁年说故侯。春燕归来非大厦,夜乌啼处似延秋。曾闻天乐梨园里,忍听吴歈不泪流。新乐侯刘文炳其弟文炤称为小侯。甲申之变,文炤年十五,文炳执其手曰:"汝幼,可无死,留延刘氏祀也。"遂逃回海州故里,已复流寓高邮。辟畦种菜,与一二遗老觞咏,尝有句云:"去住向谁商出处,飘零到我负平生。"闻者伤之。

丙戌岁朝二首　　　(清)冯 舒

投老余生又到春,萧萧短发尚为人。世情已觉趋时便,天道难言与善亲。梦里山川存故国,劫余门巷失比邻。野人忆着前年事,洒泪临风问大钧。

喔喔荒鸡到枕边,魂清无梦未安眠。起看历本惊新号,忽睹衣冠换昨年。华岳空闻山鬼信,缇群谁上蹇人天。年来天意浑难会，剩有残生只惘然。

秋杪同庄宜樨、金孝章、祖生袁重、其家兄奉倩泛虎丘，用阳字　　（清）黄翼圣

淹留市馆不成觞，愁里相携一笑强。枫早半山明晚照，菊迟十月作重阳。剑光消歇空池在，鹿迹纵横古寺荒。莫叹锦官遥万里，只今吾地是他乡。邓之诚《清诗纪事初编》云："末句与亭林'今日大梁非旧国'句，命意同而更婉。"

哀江南三篇　　（清）陈　确

封侯百里内王畿，令主东迁古制违。牧贡近嗟三楚薄，左镇不臣。州粮久割两淮肥。淮南诸郡、各镇皆得自赋租。争夸忧国祭征虏，翻作降胡郭重威。惟有靖南真铁汉，孤臣力尽死如归。

新皇拱默九天高，朝士喧哗门户牢。夹辅周侯谁晋郑？中兴汉相失萧曹。长江无计拦胡马，空国何劳问楚茅！谁掣师贞长子去？奴兵一夜渡寒潮。主政者掣靖南兵，会剿左贼，虏遂乘无备，渡长江。

楼堞横江古帝城，高皇陵墓柏青青。吴儿莫顾维桑地，汉主先驰细柳营。走靖南军。百代儒冠沦草莽，六朝宫粉污羶腥。契丹莫漫贪降晋，自古南人不易平。

自序云：一篇哀藩屏也，二篇哀朝廷也，三篇哀金陵也。

沈文奎以文丞相见拟，盖罪余也，笑作五首

（清）阎尔梅

泗上歌风士，云何拟宋人？死将为厉鬼，生且作顽民。绝粒尝持钵，披裘独负薪。文山当大任，微贱岂其伦？

昔者文丞相，燕山卧小楼。一生无二姓，三载足千秋。元主高其义，降臣愧作仇。教忠坊_{教忠坊在北京国子监前，即文山尽节之柴市。}下路，风雨每含愁。

忠孝平常事，捐躯亦等闲。天如存赵祀，谁可杀文山？北市春云黯，西台夜月闲。惟闻歌正气，千载诵人间。

鼎没尝思返，山高妄想移。已曾兼将相，安可乱华夷。徒死心犹恨，偷生耻不为。休言成败事，成败总男儿。

愧尔相称引，高秋气爽然。国恩无厚薄，人事有经权。仗义追前哲，流风起后贤。崇祯非德祐，烈烈好书年。

乙酉岁除绝句　　（清）傅　山

纵说今宵旧岁除，未应除得旧臣荼。摩云即有回阳雁，寄得南枝芳信无？

秣陵口号　　（清）吴伟业

车马垂杨十字街，河桥灯火旧秦淮。放衙非复通侯第，自注：中山赐宅改作公署。废圃谁知博士斋。易饼市傍王殿瓦，换鱼江上孝陵柴。无端射取原头鹿，收得长生苑内牌。作者又有《赴召北行过淮安》云："我是淮王旧鸡犬，不随仙去落人间。"

满江红·感旧　　（清）吴伟业

满目山川，那一带、石城东冶据《舆地纪》载，景冶亭在石头城东八里。记旧日、新亭高会，用"新亭对泣"事，见《世说新语·语言》。人人王谢。风静旌旗瓜步瓜步，山名。在今南京六合东南。为古代军事要地。垒，月明鼓吹秦淮夜。秦淮河畔多歌楼酒馆。算北军、天堑隔长江，飞来也。《南史·孔范传》："长江天堑，古来限隔，虏军岂能飞渡？"借此典暗示清兵为虏军。　　暮雨急，寒潮打。苍鼠窜，宫门瓦。化用杜甫"苍鼠窜古瓦"诗意，写明宫宅荒废。看鸡鸣埭下，射雕盘马。庾信哀时庾信初仕梁，后历仕西魏、北周。著《哀江南赋》有"三日哭于都亭"等句，作者借以自况。惟涕泪，登

高却向西风洒。问开皇，_{开皇为隋文帝年号，此借指满清。}将相
复何人？亡陈_{陈指明朝。}者。

独往　　（明）方以智

同伴都分手，麻鞋独入林。一年五变姓，十字九
椎心。_{椎心，以拳垂胸，极为伤心。}听惯干戈信，愁因风雨深。
死生容易事，所痛为知音。_{作者出身名门，博学多能。青年时与侯方}
_{域、陈贞慧、冒襄等共同主盟"复社"为明季著名的"四公子"之一。明亡后，变姓易}
_{服，出家为僧。此诗为出家以后作。}

观田家收获　　（清）归庄

稻香秫熟暮秋天，阡陌纵横万亩连。五载输粮女
真国，天全我志独无田。

己丑元日　　（清）归庄

四年绝域度新正，此夕空将两目瞠。天下兴亡凭
揲策，一身进退类悬旌。商君法令牛毛细，_{杜甫诗："秦时任}
_{商君，法令如牛毛。"}王莽征徭鱼尾赪。_{《诗·周南》"鲂鱼赪尾"注：鱼劳}
_{则尾赤。以喻人民劳苦。}不信江南百万户，锄耰_{锄耰出贾谊《过秦}
_{论》。}只向陇头耕。

又酬傅处士次韵　　（清）顾炎武

愁听关塞遍吹笳，不见中原有战车。三户已亡熊绎国，一成犹启少康家。少康为夏朝中兴的国君。"有田一成，有家一旅"终能恢复夏朝。见《左传·哀公元年》。苍龙日暮还行雨，老树春深更着花。待得汉廷明诏近，五湖同觅钓鱼槎。

述哀四首　　（清）陈子升

心摧娲后石，泪尽蜀山鹃。自恨无容地，谁还共戴天。飞尘金齿路，沉日点苍烟。愿挽乌号射，椹枪会应弦。

黄竹歌残雪，苍梧泣断云。三年曾克鬼，诸夏乃无君。逐日还何及，呼天竟不闻。定知图篆秘，哀痛为斯文。

列圣恒如在，孤臣尚苟生。生年从万历，往恨积崇祯。流落捐躯免，传闻洗耳惊。将来纪年月，良史正含情。

云沉六诏外，天远七盘西。不义为彭宠，休屠无日碑。难期大树赏，空使具茨迷。他日还钟簴，如何慰鼓鼙。

赠歌者南归　　（清）龚鼎孳

长恨飘零入洛身，自比陆机入洛。陆机为东吴名士，西晋灭吴后，机偕其弟陆云入洛，事新朝求功名。结果受尽西晋名流的揶揄嘲讽，终于中年被杀。作者方此，所以"长恨"。相看憔悴掩罗巾。所赠者乃前明宫廷歌女也，有"同是天涯沦落人"之感。后庭花落肠应断，巧用陈后主"玉树后庭花"故事。也是陈宫失路人。"也是"把自己也搭进去了。

永遇乐·舟中感旧　　（清）徐　灿（女）

无恙桃花，依然燕子，春景多别。前度刘郎，重来江令，江总历任梁、陈、隋三朝，任陈时官至尚书令。他有宅在金陵，入隋后曾南归寻故宅，有《南还寻草市宅》诗。往事何堪说。逝水残阳，龙归剑杳，用雷焕持剑行经延平津，腰间宝剑堕入水中化龙而去事，见《晋书·张华传》。多少英雄泪血。千古恨、河山如许，豪华一瞬抛撇。　　白玉楼前，李贺临终前，有绯衣人驾赤虬，召贺曰："帝成白玉楼，立召君为记。"见李商隐《李贺传》。黄金台畔，战国时燕昭王筑台河北易县，置千金台上，延揽天下贤士。夜夜只留明月。休笑垂杨，而今金尽，秾李还销歇。世事流云，人生飞絮，都付断猿断猿即悲啼之猿。悲咽。西山在、愁容惨黛，如共人凄切。

次韵黄九烟民部思古堂诗　　（清）吕留良

跃马谁当据要津，骑牛何处问真人。闭门甲子书亡国，阖户丁男坐不臣。黥卒敢争荁豆食，髡钳未许漆涂身。纵然不死冰霜下，到底难回漠北春。

题屈翁山诗札，石涛、石溪、八大山人山水小幅，并白丁墨兰共一卷　（清）郑 燮

国破家亡鬓总皤，一囊诗画作头陀。横涂竖抹千千幅，墨点无多泪点多。屈翁山即屈大均，抗清失败后即出家为僧，诗人。石涛即原济，明宗室、画家。石溪，俗姓刘，字介丘，号石溪。八大山人，即朱耷，明宗室。白丁，明宗室，字过峰。以上五人明亡后皆为僧。

唐多令　（清）蒋春霖

枫老树流丹。芦花吹又残。系扁舟、同倚朱阑。还似少年歌舞地，听落叶、忆长安。　哀角起重关。霜深楚水寒。背西风，归雁声酸。一片石头城上月，浑怕照、旧江山。作者江苏江阴人。此词当作于南京城被太平军攻下以后，身在北地，故有故国之思。

（二）家事

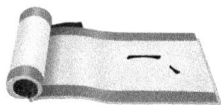

一、爱　情

移家别湖上亭　　（唐）戎昱

好是春风湖上亭，柳条藤蔓系离情。黄莺久住浑相识，欲别频啼四五声。据孟棨《本事诗》载："韩晋公镇浙西，戎昱为部内刺史。郡有酒妓善歌，色亦烂妙。昱情属甚厚。浙西乐将闻其能，白晋公，召置籍中。昱不敢留，饯于湖上，为歌词以赠之，且曰：'至彼令歌，必首唱昱词。'既至，韩为开筵，自持杯令歌之，遂唱戎词。曲既终，韩问曰：'戎使君于汝寄情耶？'竦然起立曰：'然。'泪下随言。韩令更衣待命，席上为之忧危。韩召乐将责曰：'戎使君名士，留情郡妓，何故不知而召置之，成余之过！'乃十笞之。命与妓百缣，即时归之。"

（明）周珽：极情极语。情也，吾见其厚；语也，吾见其秀。超轶绝伦之诗。——《唐诗选脉会通评林》

（清）王尧衢：句句推开，句句牵扯，妙绝。——《古唐诗合解》

（清）徐增：二句句法交互移换，有如此之妙，诗家丘壑，和盘托出（末二句下）。——《而庵说唐诗》

和令狐八戏赠二首　　（唐）李商隐

东望花楼会不同，西来双燕信燕子寄信见《开元遗事》。休通。仙人掌冷三霄露，神霄、玉霄、太霄称三霄。玉女窗《鲁灵

光殿赋》:"玉女窥窗而下棋。"虚五夜风。翠袖自随回雪转,烛房寻类外庭空。殷勤莫使清香透,牢合金鱼门钥必以鱼,取其不目瞑守夜之义。锁桂丛。

迢递青门有几关,柳梢楼角见南山。明珠可贯须为佩,白璧堪裁且作环。子夜休歌团扇掩,新正未破剪刀闲。猿啼鹤怨终年事,未抵熏炉一夕间。言终岁相思不如一夕佳会。纪昀曰:前一首属其防闲,后一首代写闺怨,所谓戏也。

赠邻女 　　(唐)鱼玄机(女)

羞日遮罗袖,愁春懒起妆。易求无价宝,难得有心郎。枕上潜垂泪,花间暗断肠。自能窥宋玉,何必恨王昌。

(明)陆时雍:三、四理而旨。——《唐诗镜》

(清)黄周星:鱼老师可谓教猱升木,诱人犯矣,罪过,罪过!——《唐诗快》

寄子安 　　(唐)鱼玄机(女)

醉别千卮不浣愁,离肠百结解无由。蕙兰销歇归春圃,杨柳东西绊客舟。《才调集补注》:"钝吟云,二句托兴,真诗人也。"聚散已悲云不定,恩情须学水长流。有花时节知难遇,未肯厌厌醉玉楼。孙光宪《北窗琐言》:"(玄机)咸通中为李亿补阙执箕帚。后爱衰下山，隶咸宜观为女道士，有怨李公诗曰：'易求无价宝，难得有心郎。'又云：'蕙兰销歇归春浦，杨柳东西绊客舟。'自是纵怀。"

（明）陆时雍：语有芬气。——《唐诗镜》

（清）宋邦绥：钝吟云，名作。颔联之妙，虽风人无以过之。不以人废言可也。——《才调集补注》

幽　窗　（唐）韩偓

刺绣非无暇，幽窗自鲜欢。手香江橘嫩，齿软越梅酸。密约临行怯，私书欲报难。无凭谙鹊语，犹得暂心宽。

（元）方回：致尧笔端甚高。唐之将亡，与吴融诗律皆不全似晚唐。善用事，极忠愤，惟"香奁"之作词工格卑，岂非世事已不可救，姑留连荒亡以纾其忧乎？——《瀛奎律髓汇评》

（清）纪昀：致尧诗格不高，惟不忘忠愤，是其高于晚唐处。"纾忧"云云，论似是，然考致尧本叙，《香奁集》实作于未遇之前。——同上

（清）冯舒：能作"香奁体"者定是情至人，正用之决为忠臣义士。——同上

（清）何焯：五、六为"幽"字写神。三、四承"鲜欢"意。结句反激，暗寓"喜"字。止闻"鹊语"，仍见其幽。——同上

（清）纪昀：此真正淫词，非义山有所寄托者比，就彼法论之，亦自细微。——同上

（清）陆次云：此曲子相公之言耶，抑冬郎之句耶？嫁名与不嫁名姑不论，存此以法不删郑、卫之意。——《五朝诗善鸣集》

（清）屈复：写美人从虚处比拟，不落熟径。临行转怯，欲报又难，写尽低徊一寸心也。——《唐诗成法》

浣溪沙　　（五代）张　泌

晚逐香车入凤城，东风斜揭绣帘轻。慢回娇眼笑盈盈。　　消息未通何计是，便须伴醉且随行。依稀闻道太狂生。

何满子　　（五代）和　凝

写得鱼笺无限，其如花锁春晖。目断巫山云雨，空教残梦依依。却爱熏香小鸭，羡他长在屏帏。

（清）冯金伯：和成绩《何满子》词（略）。末二句为世所传咏。——《词苑萃编》

（清）沈雄：末二句"却爱"下又是"羡他"，为重叠语病。殊不知羡出于爱，更申明一层语意。——《古今词话·词辨》

（清）许昂霄：王安国《减字木兰花》结语和和凝"却爱熏香小鸭，羡他长在屏帏"等句，俱从龙标"玉颜不及寒鸦色，犹带昭阳日影来"悟出。——《词综偶评》

天仙子二首　　（五代）和　凝

柳色披衫金缕凤。纤手轻捻红豆弄。翠蛾双脸正含情，桃花洞。瑶台梦。一片春愁谁与共？

（明）汤显祖：刘改之别妾赴试作《天仙子》，语俗而情真，世多传之，

遇此不免小巫。——《评花间集》

洞口春红飞薮薮。仙子含愁眉黛绿。阮郎何事不归来，懒烧金。慵篆玉。流水桃花空断续。烧金，炼丹也。篆玉，书符也。

（近代）俞陛云：花雨霏红，愁眉锁绿，年年流水依然，奈阮郎不返。写闺思而托之仙子，不作喁喁尔汝语，乃词格之高。——《唐五代两宋词选释》

鹊踏枝四首(录二首)　　　（五代）冯延巳

谁道闲情抛掷久。每到春来，惆怅还依旧。日日花前常病酒。敢辞镜里朱颜瘦。　　河畔青芜堤上柳。为问新愁，何事年年有？独立小桥风满袖。平林新月人归后。

（清）陈廷焯：正中《蝶恋花》云"谁道闲情抛掷久（略）"。始终不渝其志，亦可谓自信而不疑，果毅而有守矣。〇又云："沉着痛快之极，然却是从沉郁顿挫来，浅人何足知之。"——《白雨斋词话》

又云：起得风流跌宕。"为问"二句映起笔。"独立"二语，仙境、凡境？断非凡笔。——《云韶集》

秋入蛮蕉风半裂。狼藉池塘，雨打疏荷折。绕砌蛩声芳草歇。愁肠学尽丁香结。　　回首西风看明月，孤雁来时，塞管声呜咽。历历前欢无处说。关山何日休离别。

鹧鸪天 　　（北宋）宋 祁

画毂读谷，入声。车轮，此指车。画毂，华丽之车。雕鞍狭路逢。一声肠断绣帘中。身无彩凤双飞翼，心有灵犀一点通。用李商隐《无题》诗句。　　　金作屋，玉为笼。车如流水马如龙。用李煜《望江南》词句。刘郎已恨蓬山远，更隔蓬山一万重。用李商隐《无题》句。此词运用前人现成句到了出神入化境地，是一特色。据说作者一次在街上遇见一皇宫车辆，一宫女褰帘呼了一声"小宋也"，遂作了此词，并传为佳话。仁宗皇帝闻之，而不见怪，并笑说："蓬山不远矣。"遂将此宫女赐给了他。

减字木兰花 　　（北宋）王安国

画桥流水。雨湿落红飞不起。月破黄昏。帘里余香马上闻。　　　徘徊不语。今夜梦魂何处去？不似垂杨。犹解飞花入洞房。

（明）卓人月：读"马上"句，觉"马上续残梦"及"带得诗来马上敲"之句，皆劣。——《古今词统》

（清）许昂霄：结语与和凝"却爱熏香小鸭，羡他长在屏帏"等句，俱从龙标"玉颜不及寒鸦色，犹带昭阳日影来"悟出。——《词综偶评》

水龙吟 　　（北宋）秦 观

小楼连远横空，下窥绣毂雕鞍骤。朱帘半卷，单衣初试,清明时候。破暖轻风,弄晴微雨,欲无还有。卖花声过尽,斜阳院落,红成阵、飞鸳鸯。　　玉佩丁东别后。怅佳期、参差难又。名缰利锁,天还知道,和天也瘦。花下重门,柳边深巷,不堪回首。念多情但有,当时皓月,向人依旧。《花庵词选》调下注云:"寄营妓娄琬,琬字东玉,词中藏其姓名与字在焉。"

(宋)曾季狸:少游词"小楼连远横空",为都下一妓,姓楼,名琬,字东玉。词中欲藏"楼琬"二字。然少游亦自用出处,张籍诗云:"妾家高楼连苑起。"——《艇斋诗话》

(宋)王楙:又少游词"天还知道,和天也瘦"之语,伊川先生闻之,以为亵渎上天。是则然矣。不知此语盖祖李贺"天若有情天亦老"之意尔。——《野客丛书》

(宋)俞文豹:东坡问少游别后有何作,少游举"小楼连苑横空,下窥绣毂雕鞍骤"。坡曰:"十三个字,只说得一个骑马楼前过。"——《吹剑三录》

(宋)张炎:大词之料,可以敛为小词,小词之料,不可展为大词。若为大词,必是一句制意,引而为两三句,或引他意入来,捏合成章,必无一唱三叹。如少游《水龙吟》云"小楼连苑横空,下窥绣毂雕鞍骤",犹且不免为东坡所诮。——《词源》

(明)王世贞:词内"人瘦也,比梅花,瘦几分",又"天还知道,和天也瘦",又"莫道不消魂,帘卷西风,人比黄花瘦",三瘦俱妙。——《艺苑卮言》

忆秦娥　　(北宋)贺　铸

晓朦胧。前溪百鸟啼匆匆。啼匆匆凌波人去,拜

月楼空。　　去年今日东门东。鲜妆辉映桃花红。桃花红。吹开吹落，一任东风。

（明）卓人月：翻得雪淡，正是伤心之极。——《古今词统》

（明）沈际飞：无深意，独像唐调，不像宋调。——《草堂诗余别集》

（清）陈廷焯：另有别调，骨气高古，他手未易到此。——《云韶集》

又云：别饶姿态。○何等哀怨，却以浅淡语出之。躁心人不许读也。——《词则·别调集》

（近代）俞陛云：上阕以远韵胜。下阕有"崔护桃花已隔年"之感。开落听诸东风，妙在不说尽，味在酸咸外矣。——《唐五代两宋词选释》

玉楼春　　（北宋）周邦彦

桃溪不作从容住。秋藕绝来无续处。当时相候赤栏桥，今日独寻黄叶路。　　烟中列岫青无数。雁背夕阳红欲暮。人如风后入江云，情似雨余粘地絮。

（明）潘游龙："当时"二语用刘阮事，转有醒悟，惜"秋藕"句甚俗。至"人如风后"二语，又妙如神矣。——《古今诗余醉》

（清）黄苏：美成由秘书监徽猷阁待制出知顺昌，是其被出后借题寄托也。——《蓼园词选》

（清）周济：只赋天台事，态浓意远。——《宋四家词选》

（清）陈廷焯：只纵笔直写，情味愈出。——《云韶集》

又云：美成词，有似拙而实工者，如《玉楼春》结句云："人如风后入江云，情似雨余沾地絮。"上言人不能留，下句情不能已。呆作两譬，别饶姿态，却不病其板，不病其纤，此中消息难言。——《白雨斋词话》

谒金门　　　（北宋）李从周

花似匦。两点翠蛾愁压。人又不来春且恰。谁留春一霎。　　消尽水沉金鸭。鸭形香炉。写尽杏笺信笺的美称。红蜡。可奈薄情如此黠。黠读瞎，入声。慧猾之人。寄书浑不答。

蝶恋花又名《黄金缕》。以冯延巳《蝶恋花》词有"杨柳风轻，展尽黄金缕"句故也。　　（北宋）司马槱

妾本钱塘江上住。花落花开，不管流年度。燕子衔将春色去。纱窗几阵黄昏雨。　　斜插犀梳云半吐。檀板轻敲，唱彻黄金缕。望断行云无觅处。梦回明月生南浦。

（宋）张耒：司马槱制举中第，调关中一幕官。行次里中，一日昼寐，恍惚间见一美妇人，衣裳甚古。入幄中执板歌曰："妾本钱塘江上住。花落花开，不管流年度。燕子衔将春色去。纱窗几阵黄昏雨。"歌阕而去。槱因续成一曲："斜插犀梳云半吐（略）。"后易杭州幕官。或云其官舍下乃苏小墓，而槱竟卒于官。——《张耒集》

（明）王世贞：吾爱司马才仲"燕子衔将春色去，纱窗几阵黄昏雨"。有天然之美，令斗字者退舍。——《艺苑卮言》

（明）潘游龙：最薄媚，最优柔。"燕子"二句美妙天然。——《古今诗余醉》

鹧鸪天·寄李之问　　（南宋）聂胜琼（女）

玉惨花愁出凤城。莲花楼下柳青青。尊前一唱《阳关》后，别个人人指李之问。第五程。极言道路之遥。寻好梦，梦难成。况谁知我此时情。枕前泪共帘前雨，隔个窗儿滴到明。温庭筠《更漏子》：梧桐树、三更雨。不道离情正苦。一叶叶，一声声。空阶滴到明。

　　（宋）杨湜：《绿窗新话》云："李公之问仪曹解长安幕，诣京师改秩。都下聂胜琼，名娼也，资性慧黠，公见而喜之。李将行，胜琼送之别，饮于莲花楼，唱一词末句曰：'无计留君住，奈何无计随君去。'李复留经月，为细君督归甚切，遂别。不旬日，聂作一词以寄之，名《鹧鸪天》曰（略）。李在中路得之，藏于箧间。抵家为其妻所得，因问之，具以实告。妻喜其语句清健，遂出妆奁资募。往京师取归。琼至，即弃冠栉，捐其妆饰，奉承李公之室以主母礼，大和悦焉。"——《古今词话》

　　（明）卓人月：美成词"泪珠都作，秋宵枕前雨"，泪与雨吾不知其是一，是二。——《古今词统》

酷相思　　（南宋）程　垓

月挂霜林寒欲坠。正门外、催人起。奈离别、如今真个是。欲住也、留无计。欲去也、来无计。马上离魂衣上泪。各自个、供憔悴。问江路梅花开也未？春到也、须频寄。人到也、须频寄。邱鸣皋云："此词有以下特点：1.回环复沓的格调。回环之中有回环，复沓之中又复沓，反复歌咏，自有一种回环往复，音韵天成的韵致。2.词中多逗。全词十句六逗，而且全是三字逗，音节短促，极易造成哽哽咽咽、如泣如诉的情调。3.词中多用"也"字以舒缓语气。全词十句之中有五句用语气词"也"，再配上多逗的特点，从而形成曼声低语，长吁短叹的语气。此外，词中虚字向称难用，既不可不用，又不可多用，向为词家所忌。此词仅'也'字多达五处，其他如'正'、'奈'、'个'等也属虚字，但读起来并不觉其多，反觉姿态生动，抑郁婉转，韵圆气足。其关键在于，凡虚处皆有感情实之，故虚中有实，而不觉其虚。"

（明）卓人月："真个是"三字妙。——《古今词统》

（清）李调元：程正伯垓为子瞻中表兄弟，工于词。如《酷相思》云（略）。此以白描擅长者。——《雨村词话》

（清）许昂霄：人人之所欲言，却是人人之所不能言。此之谓本色，无笔力者，未许妄作邯郸。——《词综偶评》

蝶恋花　　（南宋）陆　游

水漾萍根风卷絮。倩笑娇颦，忍记逢迎处。只有梦魂能再遇。堪嗟梦不由人做。　　梦若由人何处去？短帽轻衫，夜夜眉州路。不怕银缸深绣户。只愁风断青衣渡。青衣，水名。即青衣江。古称沫水，在四川中部，大渡河以东，岷江以西，自西北流向东南，至乐山，注入岷江。

（明）卓人月：廉叔度歌以"做"、"暮"同叶，则此词用韵亦未为杂。——《古今词统》

蝶恋花　　（南宋）史达祖

二月东风吹客袂。苏小门前，杨柳如腰细。蝴蝶

识人游冶地,旧曾来处花开未? 几夜湖山生梦寐。评泊_{评估,度量之义}。寻芳、只怕春寒里。今岁清明逢上巳,相思先到溅裙水。

(清)陈廷焯:起七字淡而弥永。(后结)情余言外。——《词则》

(近代)俞陛云:此词赋春景,若实赋春游,便少余味。上阕蝴蝶寻芳,而言花开犹未,后言水上溅裙,正"有女如云"之际,乃时犹未届祓禊之辰,而相思先达,前后皆空际盘旋,不沾边际。姜白石评梅溪词,谓"奇秀清逸,有李长吉之韵",此调可当"清逸"二字。——《宋词选释》

摸鱼儿·泰和中,大名民家小儿女,有以私情不如意赴水者,官为踪迹之,无见也。其后踏藕者得二尸水中,衣服仍可验,其事乃白。是岁,此陂荷花开无不并蒂者。沁水梁国用时为录事判官,为李用章内翰言如此

(金)元好问

问莲根、有丝多少,莲心知为谁苦? 双花脉脉娇相向,只是旧家儿女! 天已许,甚不教、白头生死鸳鸯浦? 夕阳无语,算谢客烟中,湘妃江上,未是断肠处。

香奁梦,好在灵芝瑞露。人间俯仰今古。海枯石烂情缘在,幽恨不埋黄土。相思树,流年度,无端又被西风误。兰舟少住,怕载酒重来,红衣半落,狼藉卧秋雨。

相思树指古代男女爱情的悲剧典型——韩凭夫妇。

相　思　　（元）杨维桢

深情长是暗相随，月白风清苦苦思。不似东姑痴醉酒，幕天席地了无知。

桂殿秋　　（清）朱彝尊

思往事，渡江干。青蛾女子的眉黛，代指女子。低映越山看。共眠一舸听秋雨，小簟读上声"垫"，竹席也。轻衾读亲，平声。被也。各自寒。据有关记载，朱彝尊在明亡之初，曾经同他所恋的女子一起乘船沿富春江逃难。此词追忆了此一段故事。

绮怀十六首　　（清）黄景仁

楚楚腰肢掌上轻，得人怜处最分明。千围步障难藏艳，百合葳蕤不锁情。朱鸟窗前眉欲语，紫姑乩畔目将成。玉钩初放钗初堕，第一销魂是此声。

妙谙谐谑擅心灵，不用千呼出画屏。敛袖挏成弦杂拉，隔窗掺碎鼓丁宁。湔裙斗草春多事，六博弹棋夜未停。记得酒阑人散后，共擎珠箔数春星。

旋旋长廊绣石苔，颤提鱼钥记潜来。阑前蓣藕乌龙卧，井畔丝牵玉虎回。端正容成犹敛照，消沉意可

渐凝灰。来从花底春寒峭，可借梨云半枕偎。

中表檀奴识面初，第三桥畔记新居。流黄看织回肠锦，飞白教临弱腕书。漫托私心缄荳蔻，惯传隐语笑芙蕖。锦江直在青天上，盼断流头尺鲤鱼。

虫孃门户旧相望，生小相怜各自伤。书为开频愁脱粉，衣禁多浣更生香。绿珠往日酬无价，碧玉于今抱有郎。绝忆水晶帘下立，手抛蝉翼助新妆。

小极居然百媚生，懒抛金叶罢调筝。心疑棘刺针穿就，泪似桃花醋酿成。会面生疏稀笑靥，别筵珍重赠歌声。沈郎莫叹腰围减，忍见青娥绝塞行。

白送云轷别玉容，泥愁如梦未惺忪。仙人北烛空凝盼，太岁东方已绝踪。检点相思灰一寸，抛离密约锦千重。何须更说蓬山远，一角屏山便不逢。

轻摇络索撼垂罳，珠阁银枕望不疑。栀子帘前轻掷处，丁香盒底暗携时。偷移鹦母情先觉，稳睡猧儿事未知。赠到中衣双绢后，可能重读定情诗。

中人兰气似微醺，香泽还疑枕上闻。唾点着衣刚半指，齿痕切颈定三分。辛勤青鸟空传语，佻巧鸣鸠浪策勋。为问旧时裙衩上，鸳鸯应是未离群。

容易生儿似阿侯，莫愁真个不知愁。夤缘汤饼筵前见，仿佛龙华会里游。解意尚呈银约指，含羞频整玉搔头。何曾十载湖州别，绿叶成阴万事休。

慵梳常是发髼鬙，背立双鬟唤不譍。买得我拌珠十斛，赚来谁费豆三升。怕歌团扇难终曲，但脱青衣便上升。曾作容华宫内侍，人间狙狯恐难胜。

小阁炉烟断水沉，竟床冰簟薄凉侵。灵妃唤月将归海，少女吹风半入林。炧尽兰钉愁的的，滴残虬水思愔愔。文园渴甚兼贫甚，只典征裘不典琴。

生年虚负骨玲珑，万恨俱归晓镜中。君子由来能化鹤，美人何日便成虹。王孙香草年年绿，阿母桃花度度红。闻道碧城阑十二，夜深清倚有谁同。

经秋谁念瘦维摩，酒渴风寒不奈何。水调曲从邻院度，雷声车是梦中过。司勋绮语焚难尽，仆射余情忏较多。从此飘蓬十年后，可能重对旧梨涡。

几回花下坐吹箫，银汉红墙入望遥。似此星辰非昨夜，为谁风露立中宵？缠绵思尽抽残茧，宛转心伤剥后蕉。三五年时三五月，可怜杯酒不曾消。

露槛星房各悄然,江湖秋枕当游仙。有情皓月怜孤影,无懒闲花照独眠。结束铅华归少作,屏除丝竹入中年。茫茫来日愁如海,寄语羲和快着鞭。李伯元《庄谐诗话》云:"黄仲则《绮怀》诗十六首,情文交至,传诵未衰。闻旧时相传之说,谓仲则意中人,所适者为四川屏山县知县之子。故诗句云:'何须更说蓬山远,一角屏山便不逢。'又云:'锦江疑在青天上,望断流头尺鲤鱼。'又云:'忍见青娥绝塞行。'是其明证也。"

梦中述愿作　　（清）龚自珍

湖西一曲坠明珰,猎猎纱裙荷叶香。乞貌风鬟"乞",请求。"貌"作动词用,"描摹"或塑一个像。"风鬟",头发被风吹散,指女子。陪我坐,他身谓来生之意。来作水仙王。杭州钱塘门外有水仙王庙。

二、婚　姻

送大理封主簿五郎亲事不合,却赴通州。主簿前阆州贤子,余与主簿平章郑氏女子,垂欲纳采。郑氏伯父京书至,女子已前许他族,亲事遂停

（唐）杜　甫

禁脔去东床,趋庭赴北堂。风波空远涉,琴瑟几

虚张。渥水出麒骥,昆山生凤凰。两家诚款款,中道许苍苍。颇谓秦晋匹,从来王谢郎。青春动才调,白首缺辉光。玉润终孤立,珠明得暗藏。余寒拆花卉,恨别满江乡。起四句总挈大意。"渥水"四句,追述封、郑约婚事。"颇谓"四句惜其停婚。结四句慰而送之。

同阎伯钧宿道士观有述　　（唐）包　何

南国佳人去不回,洛阳才子更须媒。绮琴白雪无心弄,罗幌清风到晓开。冉冉修篁依户牖,迢迢列宿映楼台。纵令奔月成仙去,且作行云入梦来。

新嫁娘词　　（唐）王　建

三日入厨下,洗手作羹汤。未谙姑食性,先遣小姑尝。

（清）沈德潜:五言绝句,右丞之自然,太白之高妙,苏州之古澹,并入化机……他如崔颢（长干曲）、金昌绪（春怨）、王建（新嫁娘）,张祜（宫词）等编,虽非专家,亦称绝调。——《说诗晬语》

又云:诗至真处,一字不可移易。——《重订唐诗别裁集》

（清）黄生:极细事,道出便妙,只是一真。——《唐诗摘钞》

闺意献张水部　　（唐）朱庆余

洞房昨夜停红烛,待晓堂前拜舅姑。妆罢低声问

夫婿，画眉深浅入时无？

　　（唐）范摅：朱庆余校书既遇水部郎中张籍知音，遍索庆余新制篇什数通，吟改后，只留二十六章，水部置于怀抱而推赞之。清列以张公重名，无不善录讽咏，遂登科第。朱君尚为谦退，作《闺意》一篇以献张公，公明其进退，亦和焉。诗曰"洞房昨夜（略）"。张籍郎中酬曰："越女新妆出镜新，自知明艳更沉吟。齐纨未足人间贵，一曲菱歌敌万金。"朱公才学，因张公一诗，名流海内矣。——《云溪友议》

　　（宋）刘克庄：世称朱庆余"妆罢低声问夫婿，画眉深浅入时无"之句，却不入选，岂嫌其自鬻耶？放翁云"谁言田家不入时？小姑画得城中眉"，比庆余尤工。——《后庄诗话》

　　（明）周敬等：洪容斋云："此诗不言美丽，而味其词意，非绝色第一，不足以当之。"○后二句，审时证己，敛德避妒，可谓善藏其用。与王仲初"三日入厨下，洗手作羹汤。未谙姑食性，先遣小姑尝"，一不恃才妄作，二不敢轻试违时，俱有无限深意。——《唐诗选脉会通评林》

客有新丰馆题怨别之词，因诘传吏，尽得其实，偶作四韵嘲之　（唐）许浑

　　春风白马紫丝缰，正值蚕眠未采桑。五夜有心随暮雨，百年无节待秋霜。重寻绣带朱藤合，更认罗裙碧草长。为报西游减离恨，阮郎才去嫁刘郎。

石　城　（唐）李商隐

　　石城夸窈窕，指女。《石城》乐名。宋臧质所作。石城在竟陵（今湖北天门西北），质为竟陵郡，于城上见少年，歌谣通畅，因作此曲。……《莫愁乐》出于

《石城乐》，石城有女子名莫愁，善歌谣，故歌云："莫愁在何处，莫愁石城西，艇子打两桨，催送莫愁来。"○《容斋随笔》云："莫愁石城人。卢家莫愁洛阳人，近世误以为金陵石头城为石城。"**花县更风流**。指男。《白氏六帖》："潘岳为河阳（今河南孟县境）令，遍树桃李。"○庾信《春赋》："河阳一县并是花，金谷从未满园树。"**簟冰将飘枕**，谓枕簟莹洁。簟文如水，故云"将飘枕"。**帘烘不隐钩**。谓灯火明亮。烘，火貌。**玉童收夜钥**，谓门已深闭，玉童，小童也。**金狄守更筹**。谓夜漏方长。夜漏旁的铜人（金狄）把箭指刻。以上总写欢会。**共笑鸳鸯绮**，鸳鸯两白头。共笑被上所绣之鸳鸯不及人有感情，但鸳鸯却永不会分离。以人生短暂作收。

明　日　　（唐）李商隐

天上参旗过，人间烛焰销。参横斗转，夜阑烛尽。**谁言整双履，便是隔三桥**。整衣一去，星河远隔。**知处黄金锁，曾来碧衣寮**。深居似海，相见非易。**凭栏明日**明日，次日也。**意，池阔雨潇潇**。一气贯下，追忆昨宵欢会和今日之寂寞情景。

代董秀才却扇　　（唐）李商隐

莫将画扇出帷来，遮掩春山滞上才。若道团团似明月，此中须放桂花开。唐人成婚之夕有催妆诗，却扇诗。○何逊《看新妇》诗云："如何花烛夜，轻扇掩红妆。"

戏赠张书记　　（唐）李商隐

别馆君孤枕，空庭我闭关。池光不受月，野气欲

沉山。星汉秋方会,关河梦几还。危弦伤远道,明镜惜红颜。古木含风久,平芜尽日闲。心知两愁绝,不断若寻环。戏张之忆家也,妙不伤雅。

韩同年新居饯韩西迎家室戏赠　　(唐)李商隐

藉藉征西万户侯,新缘贵婿起朱楼。一名我漫居先甲,千骑君翻在上头。云路招邀回彩凤,天河迢递笑牵牛。南朝禁脔无人近,瘦尽琼枝咏四愁。何焯曰:"义山与韩畏之俱为茂元之婿,玩前后词意,似乎义山悼亡之后,王氏待之差异往日,故云。"○畏之有四乐:茂元爱之,一也;仕宦通显,二也;新居三也,迎室四也。义山反是,安得不瘦尽琼枝乎?

闻袭美有迎亲之期因以寄贺　　(唐)陆龟蒙

梁鸿夫妇欲双飞,细雨轻寒拂雉衣。初下雪窗因眷恋,次乘烟幌奈光辉。参差扇影分华月,断续箫声落翠微。见说春风偏有贺,露花千朵照庭闱。

寓　意　　(北宋)晏　殊

油壁香车不再逢,峡云无迹任西东。梨花院落溶溶月,柳絮池塘淡淡风。几日寂寥中酒此中酒犹言醉酒也。后,一番萧索禁烟中。寒食时候。鱼书欲寄何由达,水远山长处处同。

（清）冯舒：自然美丽。〇第二联乱离时人决道不出。——《瀛奎律髓汇评》

（清）冯班：次联自然富贵，妙在无金玉气。腹联清怨，妙在无脂粉气。此艳体中之甲科也。〇"昆体"多用富贵语，此却自然不寒俭，胜杨、刘也。——同上

（清）陆贻典：艳体无脂粉气。——同上

（清）查慎行：晏工于填词，铼句每轻倩。——同上

（清）许印芳："中"字复，惟义不同耳。——同上

南歌子　　（北宋）欧阳修

凤髻金泥_{金泥即泥金。}带，龙纹玉掌梳。_{掌形玉梳。}去来窗下笑相扶，爱道画眉深浅、入时无。　　弄笔偎人久，描花试手初。等闲妨了绣功夫，笑问鸳鸯两字，怎生书？_{上片写新娘的妆饰和神态，下片集中展示了她的心理活动。}

生查子　　（北宋）晏幾道

长恨涉江遥，移近溪头住。闲荡木兰舟，误入双鸳浦。　　无端轻薄云，暗作帘纤雨。翠袖不胜寒，欲向荷花语。

（清）李调元：晏幾道小山词似古乐府。余绝爱其《生查子》云"长恨涉江遥（略）"。公自序云"补亡一篇，补乐府之亡也"，可以当之。——

《雨村词话》

（近代）俞陞云：起句用"涉江采芙蓉"诗，以呼应"荷花"结句，盖咏采莲女之作。上段写绮怀之幽杳，下段写丽情之宛转，殊有《竹枝词》意味。——《唐五代两宋词选释》

和邵同年戏赠贾收秀才三首　　（北宋）苏　轼

倾盖相欢一笑中，从来未省马牛风。卜邻尚可容三径，投社终当作两翁。古意已将兰缉佩，招词闲咏桂生丛。此身自断天休问，白发年来渐不公。

朝见新萤出旧槎，骚人孤愤苦思家。五噫处士大穷约，三赋先生多诞夸。<small>五噫处士指梁鸿，三赋先生指司马相如。</small>帐外鹤鸣奁有镜，筒中钱尽案无鲑。玉川何日朝金阙，白昼关门守夜叉。

生涯到处似樯乌，科第无心摘颔须。黄帽刺船忘岁月，白衣担酒慰鳏孤。狙公欺病来分栗，水伯知馋为出鲈。莫向洞庭歌楚曲，烟波渺渺正愁予。

醉桃源　　（北宋）周邦彦

菖蒲叶老水平沙。临流苏小家。画阑曲径宛秋蛇。金英垂露华。　　烧蜜炬，引莲娃。酒香醺脸霞。再来重约日西斜。倚门听暮鸦。<small>俞平伯《清真词释》云：</small>

"此词有三奇,一章法之奇,二句法之奇,三意境之妙。调凡八句,以四句写景,两句记艳(过片三三句法,即破七字句为二,以乐拍言只是一句,连酒香醺脸霞为两句),似乎明白,然忆之与想、真之与幻、今之与昔,咸不辨也,全为虚宕之笔,得末二句叫破之,此章法陡变之奇也。夫以上片写景,留出下文转环,方有回旋之地。今则不然,闲闲迤逦行来,无言佳染,有意延俄,直至四句之多,始以银台挂蜡,捧出吴娃,着一'引'字,抵得'千呼万唤始出来,犹抱琵琶半遮面',姿态全出矣。娇女丽矜,不仅娇羞无邪。起首到'脸霞',此三十五字一种境界,宜为一句,而下之七字却分三段,'再来'是一,'重约'是二,'日西斜'三也。合结尾言,实为跨句格。'日西斜'与'倚门听暮鸦'宜为一句,皆实景也。此句法繁简互用,分合变幻之奇也。夫再来必缘重约,似不待言者。然此约,何约也?设为密约,当无不践。设为近约,则明日不来可后日,后日不来可大后日,亦何致遽有春风人面,秋水蒹葭之感乎?必当时亦泛泛言词,通常酬应,然佳期刻骨,垂老犹忺,若夫惘惘寻来,门阑如旧,惟啼鸦三五、映带残红而已。以临歧一语之难忘,所谓未免有情,谁能遣此,漫谓之践约而来也,岂真尚有约之可践哉。寥落襟怀,苍茫境界,都在意中,而皆若意外。文心之细,文笔之佳,文情之厚,斯为三绝已。"

钗头凤　　　(南宋)陆　游

红酥手,黄縢酒,<small>縢读藤,平声。黄縢酒即有黄纸封口的黄封官酒。</small>满城春色宫墙柳。东风恶,欢情薄,一怀愁绪,几年离索。错、错、错。　　春如旧,人空瘦,泪痕红浥鲛绡透。桃花落,闲池阁。山盟虽在,锦书难托。莫、莫、莫。

钗头凤　　　(南宋)唐　琬(女)

世情薄,人情恶。雨送黄昏花易落。晓风干,泪痕残。欲笺心事,独语斜阑。难、难、难。　　　人成

各,今非昨,病魂常似秋千索。角声寒,夜阑珊。怕人寻问,咽泪装欢。瞒、瞒、瞒。

（清）沈雄:《乐府纪闻》云:"陆放翁初娶唐氏,伉俪相得,弗获于姑。陆出之,未忍绝,为别馆住焉。姑知而掩之,遂绝。后改适赵士程,春游相遇于禹迹寺之沈园。唐语其夫为致酒,放翁怅怅,赋此《钗头凤》云(略)。"《古今词谱》曰:"比《摘红英》只多三叠字句。"——《古今词话·词辨》

（清）陈廷焯:"山盟虽在,锦书难托。莫、莫、莫。"放翁伤其妻之作也。"不合画春山,依旧留愁住。"放翁妾别放翁词也。前则迫于其母而出其妻。后则迫于后妻而不能庇一妾,何所遭之不偶也。至两词皆不免于怨,而情自可哀。——《白雨斋词话》

（清）况周颐:放翁出妻为作《钗头凤》者,姓唐名琬。和放翁词见《御选历代诗余词话》及《林下词选》(词略)。前后段俱转平韵,与放翁词不同。——《蕙风词话续编》

江城子·戏同官　　（南宋）辛弃疾

留仙初试砑罗裙。小腰身。可怜人。江国幽香,曾向雪中闻。过尽东园桃与李,还见此,一枝春。

庾郎襟度最清真。挹芳尘。便情亲。南馆花深,清夜驻行云。拼却日高呼不起,灯半灭,酒微醺。

无　题　　（明）王次回

几层芳树几层楼,只隔欢娱不隔愁。花外迁延惟见影,月中寻觅略闻讴。吴歌凄断偏相入,楚梦微茫不易留。时节落花人病酒，睡魂经雨思悠悠。

春日早起　　（明）陈子龙

独起凭栏对晓风，满溪春水小桥东。始知昨夜红楼梦，身在桃花万树中。_{指的是柳如是。}

为杨苑仙赋二首　　（清）阮葵生

琢就琳腴泼练光，湘奁添得紫云香。才人一曲梅花引，不用吹笙学凤凰。

花影娟娟鬓影娇，东窗红日麝煤调。玉台好试珊瑚管，镜里春山着意描。_{法式善《梧门诗话》云："符幼鲁曾藏梅花砚，杨苑仙见而作歌。查俭堂爱苑仙之才，妻之以女，幼鲁即赠砚为聘，且图焉。"}

老女远嫁词　　（清）王甲荣

明镜羞看白发新，蓬门弱质可怜人。标梅早过今方嫁，压线翻思旧习贫。此去好从夫婿命，不知能免舅姑嗔。萧萧风雪苍梧野，稠叠云山隔断亲。

（三）仕途

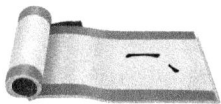

一、及第　落第

送綦毋潜落第还乡　　（唐）王　维

　　圣代无隐者，英灵尽来归。遂令东山客，不得顾采薇。既至君门远，孰云吾道非。《史记·孔子世家》："孔子被困于陈蔡之间，谓诸弟子曰：诗云'匪兕匪虎，率彼旷野'，吾道非耶，吾何为于此。"○此句意谓潜落第并不是自己的过错。江淮度寒食，京洛缝春衣。置酒临长道，同心与我违。行当浮桂棹，未几拂荆扉。远树带行客，孤村当落晖。吾谋适不用，《左传·文公十三年》："晋人担心秦国任用士会，设计使秦送士会还晋，秦大夫绕朝察知其情，谓士会曰：'子无谓秦无人，吾谋适不用也。'"勿谓知音稀。

　　（宋）刘辰翁："带"字画意，"当"字天然（"远树"二句下）。——《王孟诗评》
　　（明）钟惺：落第语说得气象（首二句下）。又云："带"字着"行客"上便妙（"远树"句下）。——《唐诗归》
　　（清）王士禛：一幅暮村送别图。——《唐贤三昧集笺注》
　　（清）沈德潜：反覆曲折，使落第人绝无怨尤。——《唐诗别裁集》

送丘为落第归江东　　（唐）王 维

怜君不得意，况复柳条春。为客黄金尽，还家白发新。五湖三亩宅，万里一归人。知祢不能荐，羞称献纳臣。末联用孔融荐祢衡事，作者时为谏官故称献纳臣。

（明）钟惺：似刘长卿句（"万里"句下）。○末二语出先达口，则为自责；出贫士口，则为尤人。易地则失之矣。——《唐诗归》

（明）谢榛：李林甫《璃岳应制》曰："云收二华出，天转五星来。十月农初罢，三驱礼后开。"两联皆用数字，不可为法。王摩诘《送丘为》曰："五湖三亩宅，万里一归人。"此联叠用数字，不可为病也。——《四溟诗话》

（清）张谦宣："五湖"宽说具区，"三亩"方切本家；"万里"约举往返，"一归人"紧贴本身。并非堆垛死胚。——《茧斋诗谈》

（清）黄生：尾联转换格。○三怜其困，四怜其老，五怜其穷，六怜其贱，如此写不得意，尽情尽状。则凡在相知不能效吹嘘之力者，对之自当抱愧，故结处不能再作他语，惟有痛而引咎而已。——《唐诗矩》

和友人下第北游感怀　　（唐）李 频

圣代为儒可致身，谁知又别五陵春。青门独出空归鸟，紫陌相逢尽醉人。"青门独出"苦，"紫陌相逢"更苦。江岛去寻垂钓远，塞山来见举头频。且须共漉边城酒，何必陶家有白纶。

送杜位下第归陆浑别业　　（唐）岑　参

正月今欲半，陆浑花未开。出关见青草，春色正东来。夫子且归去，明时方爱才。还须及秋赋，莫即隐嵩莱。

（明）钟惺：高、岑五言律只如说话，本极真、极老、极厚，后人效之，反用为就易之资，流为浅弱，使俗人堆积者，益自夸示。——《唐诗归》

（清）屈复：前半归陆浑，后半下第。春正东来，人方东去，下第人胸中、眼中何以堪此，却一字不曾说出，令人思而得之。后半亦不正写，全用侧笔，灵活。——《唐诗成法》

（清）沈德潜：此诗纯用慰勉，心和气平。盛唐人身分，故不易到。——《唐诗别裁集》

下第题长安客舍　　（唐）钱　起

不遂青云望，愁看黄鸟飞。梨花度寒食，客子未春衣。世事随时变，交情与我违。空余主人柳，相见却依依。

长安落第　　（唐）钱　起

花繁柳暗九门深，对酒悲歌泪满襟。数日莺花皆落羽，一回春至一伤心。唐代科举，每年仲冬由尚书省举行，考试结果在翌年春二三月才揭晓。落第者春至伤心即缘此。

送冷朝阳还上元　　（唐）韩翃

　　青丝缆引木兰船，名遂身归拜庆年。落日澄江乌榜外，秋风疏柳白门前。桥通小市家林近，山带平湖野寺连。别后依依寒食里，共君携手在东田。

　　（清）金人瑞：一解，看他将异样妙笔，只从自己眼中画出一船。只画一船者，便是从船中画出一冷朝阳，从冷朝阳心头画出无限快活也。如言缆是青丝缆，船是木兰船，端坐于中，顺流东下。每当落日，使看澄江于乌榜之外，一见秋风，早报疏柳在白门之前。看江，是写船之日近一日；报柳，是写船之已到其地也。船中一人，则即冷朝阳。而此冷朝阳之心头却有无限快活者，一是新及第，二是准假归，三是二人俱庆恰当上寿也。呜呼！人生世间，谁不愿有此事乎哉（前四句下）！〇前解纯写冷朝阳之得意，此始写送也。言今别是初秋，乃我别后依依，则欲前期必订仲春。于是先以五、六写他东田好景，言来年寒食，则我两人必携手其地也（后四句下）。——《贯华堂选批唐才子诗》

　　（清）黄生：五、六倒提东田之景。七、八言别后依依，唯当时寒食携手"东田"之乐，不能去怀耳。——《唐诗摘钞》

　　（清）赵臣瑗：首句无端只写一船，真是凭空结构。写船必写其富丽，如此者，正为衬出次句船中人之得意，非泛常可比也。——《山满楼笺注唐诗七言律》

下　第　　（唐）罗邺

　　谩把青春酒一杯，愁襟宁信洒能开。江边依旧空归去，帝里还同不到来。门掩残阳惟鸟雀，花飞何处好池台。此时惆怅便堪老，何用人间岁月催。

落第书怀寄友人　　（唐）罗　邺

清世谁能便陆沉，相逢休作忆山吟。若教仙桂在平地，更有何人肯苦心。去国汉妃还似玉，亡家石氏岂无金。且安怀抱莫惆怅，瑶瑟调高樽酒深。

东都望幸　　（唐）章　碣

懒修珠翠上高台，眉月连娟恨不开。纵使东巡也无益，君王自领美人来。此讽刺科举制度中的徇私舞弊。

（五代）王定保：乾符中，高侍郎湘自长沙携邵安石至京及第。碣赋《东都望幸》诗刺之。——《唐摭言》

（宋）李颀：高湘侍郎南迁归朝，途经连江，（邵）安石以所业投之，遂见知，同至辇下。湘知贡举，安石擢第，诗人章碣赋《东都望幸》诗刺之，曰"懒修珠翠上高台……"。——《古今诗话》

落第后归终南别业　　（唐）卢　纶

久为名所误，春尽始归山。落羽羞言命，逢人强破颜。交疏贫病里，身老是非间。不及东溪月，渔翁夜往还。

（清）黄生：尾联换意。三、四道心事极真，五、六写世情极透。名士落第，时名顿减，故六句云云。七、八另换一意，言不及东溪渔翁在月夜中往还，自由自便，是非之所不到也。——《唐诗摘钞》

（清）黄周星：落第诗无有不感慨者。此独怨而不怒，寄托悠然。——《唐诗快》

宣上人远寄贺礼部王侍郎放榜后诗，因而继和　　（唐）刘禹锡

礼闱新榜动长安，九陌人人走马看。一日声名遍天下，满城桃李属春官。自吟白雪诠词赋，指示青云借羽翰。借问至公谁印可，支郎天眼定中观。

送前进士蔡京赴学究科　　（唐）刘禹锡

耳闻战鼓带经锄，振发名声自里间。已是世间能赋客，更攻窗下绝编书。朱门达者谁能识，绛帐书生尽不如。幸遇天官旧丞相，知君无翼上空虚。原注：旧相杨尚书掌选。

下　第　（唐）贾岛

下第只空囊，如何住帝乡。杏园啼百舌，谁醉在花傍。泪落故山远，病来春草长。知音逢岂易，孤棹负三湘。

（清）吴乔：沈括《笔谈》以次联不对者为蜂腰，引贾岛《下第》诗为证云"下第只空囊（略）"。——《围炉诗话》

春日将欲东归，寄新及第苗绅先辈　　（唐）温庭筠

几年辛苦与君同，得丧悲欢尽是空。犹喜故人先折桂，自怜羁客尚飘蓬。三春月照千山道，十日花开一夜风。知否杏园无路入，马前惆怅满枝红。

赠孙绮新及第　　（唐）李商隐

长乐遥听上苑钟，彩衣称庆桂香浓。陆机始拟夸文赋，不觉云间有士龙。《世说新语》："陆云与荀隐会于张华坐，云抗手曰：'云间陆士龙。'"

及第东归次灞上，却寄同年　　（唐）李商隐

芳桂当年各一枝，行期未分压春期。江鱼朔雁长相忆，秦树嵩云自不知。下苑经过劳想像，东门送饯又差池。灞陵柳色无离恨，莫枉长条赠所思。

汴上送李郢之苏州　　（唐）李商隐

人高诗苦滞夷门，言在汴之落托。"人高诗苦"全诗眼目。"夷门"

107

侯嬴事，切地。**万里梁王有旧园**。梁园用司马相如事。曲言今日更无像梁王那样爱惜人才。**烟幌自应怜白纻，月楼谁伴咏黄昏**。言郢之才华。《晋书·乐志》有白纻舞。言走后愁怀更共谁倾诉。**露桃涂颊依苔井，风柳夸腰住水村**。明咏苏州，实借比郢之才华。"住水村"、"依苔井"借比退居乡里。**苏小小坟今在否？紫兰香径与招魂**。美人沦落与文士不遇相同。吊苏小小意尤微婉。

及第后宿平康里 　　（唐）裴思谦

银釭斜背解鸣珰，小语低声贺玉郎。从此不知兰麝贵，夜来新染桂枝香。

下第后上永崇高侍郎 　　（唐）高　蟾

天上碧桃和露种，日边红杏倚云栽。芙蓉生在秋江上，不向东风怨未开。

（五代）孙光宪：高蟾落第诗曰"天上碧桃和露种……"。盖守寒素之分，无躁进之心，公卿间许之。先是胡曾有诗曰"翰苑何时休嫁女，文章早晚罢生儿。上林新桂年年发，不许平人折一枝"。罗隐亦多怨刺，当路子弟忌之；由是渤海策名也。——《北梦琐言》

（宋）蔡居厚：高蟾累举不第，有诗云"月桂数条楂白日，天门几扇锁明时。阳春发处无根蒂，凭仗东风次第吹"，怨而切。又《下第上主司马侍郎诗》云"天上碧桃和露种……"，人颇怜其意。明年，李昭知举，遂擢第。——《诗史》

（明）周珽：凡士值数奇，率多怨辞，未免得罪于人。如高蟾《下第》

诗，不尤知贡举者不与吹嘘，但托意"芙蓉"自不开向东风，则其中含蓄何深远也！章碣亦有闻知贡举者以私意取其门客，不欲显言，而借"望幸"为题以写其心。○胡济鼎曰：此所谓"主文而谲谏"者也。○熊勿轩曰：孟东野《下第》诗不如高蟾一绝，为知时守分，无所怨慕，斯可贵也。——《唐诗选脉会通评林》

（清）黄生：语含比兴。前二句喻得第者沐知遇之恩；后二句喻己下第，皆时命使然，不敢归怨于主者，犹有诗人温柔敦厚之意。若孟郊之"恶诗皆得官，好诗抱空山"，几于怒骂矣，岂复可以为诗乎！——《唐诗摘钞》

（明）沈德潜：存得此心，化悲愤为和平矣。——《唐诗别裁集》

（明）李瑛：时命自安，绝无怨尤，唐人下第诗以此为最。——《诗法易简录》

送进士赵能卿下第南归　　（唐）郑　谷

不归何慰亲，归去旧风尘。洒泪惭关吏，无言对越人。远帆花月夜，微岸水天春。莫便随渔钓，平生已苦辛。《唐摭言》云：唐时举子即称进士，得第则称前进士。○袁枚《随园诗话》云："落第诗唐人极多。本朝程鱼门云：'也应有泪流知己，只觉无颜对俗人。'陈梅岑云：'得原有命他休问，壮不如人后可知。'家香亭云：'共说文章原有价，若论侥幸岂无人？'又云：'愁看童仆凄凉色，怕读亲朋慰藉书。'王菊庄云：'亲朋共怅登程日，乡里先传下第名。'皆可与唐人颉颃。然读姚武功云：'须凿燕然山上石，登科记里足闻名。'则爽若失矣。读唐青臣云：'不第远归来，妻子色不喜。黄犬恰有情，当门卧摇尾。'则吃吃笑不休矣！其他如：'不辞更写公卿卷，恰是难修骨肉书。''失意雅不惬，见花如见仇。路逢白面郎，醉簪花满头。''枉坐公车行万里，譬如闲看华山来。''乡连南渡思菰米，泪滴东风避杏花。'俱妙。"

曲江春草　　（唐）郑　谷

花落江堤蔟暖烟，雨余草色远相连。香轮莫碾青

青破，留与愁人一醉眠。此因下第而作也。得意者看花而去，我欲醉眠芳草，情绪可闵。

（明）杨慎：成文干《中秋月》"王母妆成镜未收，倚栏人在水晶楼。笙歌莫占清光尽，留与溪翁下钓舟"，此厌繁华而乐清静之意。郑谷《春草》诗"香轮莫碾青青破，留与愁人一醉眠"，亦此意也。——《升庵诗话》

（清）洪吉亮：诗除《三百篇》外，即《古诗十九首》亦时有化工之笔。即如"青青河畔草"及"四顾何茫茫，东风摇百草"，后人咏草诗有能及之否？次则"池塘生春草"、"春草碧色"，尚有自然之致。又次则王胄之"春草无人随意绿"，可称佳句。至唐，白傅之"草绿裙腰一道斜"、郑都官之"香轮莫碾青青破"，则纤巧而俗矣。孰谓诗不以时代降矣？——《北江诗话》

癸丑年下第献新先辈　　（五代）韦　庄

五更残月省墙边，绛旆霓旌卓晓烟。千炬火中莺出谷，一声钟后鹤冲天。皆乘骏马先归去，独被羸童笑晚眠。对酒暂时情豁尔，见花依旧涕潸然。未酬阚泽佣书债，《三国志》："阚泽字德润，好学居贫，无资，常为人佣书，以供纸笔，所写既毕，诵读亦遍。"犹欠君平卖卜钱。何事欲休休不得，来年公道似今年。

下第题青龙寺僧房　　（五代）韦　庄

千骑万毂读谷，入声。车轮，此代指车。一枝芳，要路无媒果自伤。**题柱**司马相如初离蜀赴长安，曾于成都城北升仙桥题字于桥柱曰："不乘赤车驷马，不过汝下也。"事见常璩《华阳国志》。杜甫《投哥舒开府二十韵》："壮志初题柱，生涯独转蓬。"**未期归蜀国，曳裾何处谒吴王。**《汉书·邹阳传》："邹阳谏吴王刘濞云：'饰固陋之心，则何王之门不可曳长裾乎？'"杜甫《追酬故高蜀州人日见寄》："鼓瑟至今悲帝子，曳裾何处觅王门。"**马嘶春陌金羁闹，鸟睡华林**泛指佛教园林。**绣羽香。酒薄恨浓消不得，却将惆怅问支郎。**汉魏时月支僧人支谦，博学多才，人称支郎，见《高僧传》。郑谷《重访黄神谷策禅者》："初尘芸阁辞禅关，却访支郎是老郎。"

（清）胡以梅：千蹄万毂止争一枚丹桂之芳，予因无要路之媒，果然不中而自伤也。题桥之愿未遂，蜀国难归，欲作客而曳裾又无王可谒，但见得意者马嘶金勒而喧闹，如鸟睡华林园中，绣羽皆香，羡之至也。酒薄恨浓、不能消愁，惟惆怅而问上人耳。——《唐诗贯珠》

鹤冲天　　（北宋）柳　永

黄金榜上，偶失龙头望。明代暂遗贤，如何向？未遂风云便，争不恣狂荡。何须论得丧。才子词人，自是白衣卿相。　　烟花巷陌，依约丹青屏障。幸有意中人，堪寻访。且恁偎红翠，风流事、平生畅。青春都一饷。忍把浮名，换了浅斟低唱！据吴曾《能改斋漫录》载，略云："仁宗留意儒雅，而柳永好为淫冶讴歌之曲，传播四方，尝有《鹤冲天》词云云，及临轩放榜，特落之，曰：'且去浅斟低唱，何要浮名！'"按：柳永初试进士落第后填《鹤冲天》词以抒不平，为仁宗闻知，后来再次应试，本已中式，于临发榜时，仁宗故意将其黜落，并说了那番话。于是便自称"奉旨填词柳三变"。

较艺和王禹玉_{王珪。}内翰　　（北宋）梅尧臣

分庭答拜士倾心，却下朱帘绝语音。万蚁战酣春日永，五星明聚夜堂深。力槌顽石方逢玉，尽拨寒沙始见金。淡墨榜_{王定保《唐摭言》记唐贞观故事云："礼部书吏书榜名迄，尚差'礼部贡院'四字即暴卒，仓卒间令礼部令史王昶书之。时王昶酒醉，笔不加墨，清晨榜出，浓淡相间，反致其妍。后遂以此为式，称'淡墨榜'。"}名何日出，金明池苑可能寻。

（元）方回：诗话以前联为"万蚁战酣春昼永，五星明聚夜堂深"，承平时省试诸公，例有倡和，于考校两不相妨。是年欧阳公知举，王岐公以翰学与圣俞俱在院，得二苏与南丰之年也。元祐三年，东坡为知举，黄山谷、李伯时俱为属，倡和尤盛。张宛丘集后有同文馆倡和数卷，晁无咎、曹子方、蔡天启、邓忠臣皆与，佳句无算，亦考试时作。南渡以后，此风颓落，知举监试官，用从官言路之长，小试官四十余人，虽宣锁四十余日，未有一篇诗传于世者。于熟烂时文之中，求天下之士，赋必有一定之说，经必拘破题四句小巧，以此为了事痴儿，世道日以衰矣。欧、苏大老，昔司文衡，赋诗较艺，两用其至，绰绰有余，盖不可复见矣。悲夫！——《瀛奎律髓汇评》

（清）纪昀：三、四句宜从诗话本。——同上

（清）冯舒：末联凑韵。○蚁比士子可乎？——同上

（清）冯班：此诗若在唐人则为笑话矣，宋人便可作一故事用。○第三句，以士人为蚁何也？可恶。——同上

（清）陆贻典：按以蚁比人，本《灌顶经》。二诗亦可证宋时试士故事。○五、六佳句何以抹之？——同上

（清）无名氏（乙）：五、六合掌——同上

（清）查慎行：出榜后主司例游金明池，故有落句。○"酣"字有力，且与"永"字有关会。——同上

（清）纪昀："力槌"二字俚，此一联宋诗中之劣调，二句亦合掌。——同上

（清）无名氏（乙）：焕朗深秀。——同上

较艺赠永叔和禹玉　　（北宋）梅尧臣

今看座主与门生，事事相同举世荣。<small>王珪乃十五年前欧公所取之门生。</small>并直禁林司诏令，又来西省选豪英。飞龙借马天边下，光禄供醥月底倾。食叶蚕声句偏美，当时曾记赋将成。<small>欧阳修诗云："无哗将士衔枚勇，下笔春蚕食叶声。"</small>

（元）方回："食叶蚕声"谓欧公句也。王岐公乃欧公十五年前所取之门生。——《瀛奎律髓汇评》

（清）查慎行："无哗将士衔枚勇，下笔春蚕食叶声。"六一居士试院旧句——同上

（清）纪昀：三、四太率易。——同上

谢永叔答述旧之作和禹玉　　（北宋）梅尧臣

天下才名罕有双，今逢陆海与潘江。笔生造化多多办，声满华夷一一降。金带系袍回禁署，翠娥持烛侍吟窗。人间荣贵无如此，谁爱区区拥节幢。

（元）方回：此亦试院作，谓永叔、禹玉二学士大才也。前联壮哉，次联丽甚。——《瀛奎律髓汇评》

（清）冯舒：决不及唐，时世为之也。——同上

（清）纪昀：诸诗皆牵率应酬，谓之盛时则可，谓之佳作则未然。○结太浅，亦是为仄声所牵。——同上

送王平甫安国。下第　　（北宋）欧阳修

归袂摇摇心浩然，晓船鸣鼓转风滩。朝廷失士有司耻，贫贱不忧君子难。执手聊须为醉别，还家何以慰亲欢。自惭知子不能荐，白首胡为侍从官。

（元）方回：细味欧阳公诗，初与梅圣俞同官于洛，所作已超元、白之上，一扫"昆体"。其古诗甚似韩昌黎，以读其文过熟故也。其五言律诗不浓不淡，自有一种萧散风味。其七律诗，自然之中有壮浪处，有闲远处，又善言富贵而无辛苦之态。未尝不立议论，而斧凿之痕泯如也。如《送王平甫下第》诗三、四已似"江西"，末句尤见好贤乐善之诚心。所与交游及门下士，为宋一代文人巨擘焉。诗乃公之一端，后之作者亦无所容其喙也。——《瀛奎律髓汇评》

（清）冯舒：超元、白未敢许，只元、白以上亦能许之。——同上

（清）纪昀：诗是论诗，每遇元祐名人，洛闽道学，必有诗外推尊评论，以为依草附木之计，亦是一种习气。——同上

（清）查慎行：第六句极淡，却有斤两，真情至之语。——同上

（清）纪昀：三、四调法不雅。五、六真切感人。七、八句生吞王右丞《送丘为》诗，殊为可怪。——同上

详定试卷二首　　（北宋）王安石

帘垂咫尺断经过，把卷空闻笑语多。论众势难专可否，法严人更谨谁何。文章直使看无颣，颣读类，去声。

_{缺点、毛病也。}勋业安能保不磨。疑有高鸿在寥廓，未应回首顾张罗。

童子常夸作赋工，暮年羞悔有扬雄。当时赐帛倡优等，今日论才将相中。细甚客卿因笔墨，卑于尔雅注鱼虫。汉家故事真当改，新咏知君胜弱翁。

夜读试卷，呈君实待制、景仁内翰　　（北宋）王安石

篝灯时见语惊人，更觉挥毫捷有神。学问比来多可喜，文章非特巧争新。蕉中得鹿初疑梦，牖下窥龙稍眩真。邂逅两贤时所服，坐令孤朽得相因。

李璋下第　　（北宋）王安石

浩荡宫门白日开，君王高拱试群材。学如吾子何忧失，命属天公不可猜。意气未宜轻感慨，文章尤忌数悲哀。男儿独患无名尔，将相谁云有种哉！

与潘三失解_{举进士者皆由地方发送入试，称"解"。故科举时中乡榜者称发解，不中者称落解或失解。}后饮酒　　（北宋）苏　轼

千金敝帚人谁买？半额蛾眉世所妍。_{《后汉书·马廖传》："长安语曰：城中好高髻，四方高一尺，城中好广眉，四方且半额，城中好大袖、}

四方全匹帛。"顾我自为都眊瞍，《唐摭言》："我唐进士不捷，谓之打眊瞍。"
怜君欲斗小婵娟。青云岂易量他日，黄菊犹应似去
年。醉里未知谁得丧，满江风月不论钱。

试院书怀　　（南宋）陈与义

　　细读平安字，愁边失岁华。疏疏一帘雨，淡淡满枝
花。投老诗成癖，经春梦到家。茫然十年事，倚杖数栖鸦。

（元）方回：虽止一句说雨，然雨与花作一串。《渔隐丛话》盛称此
联。——《瀛奎律髓汇评》
（清）纪昀：通体清老，结亦有味。——同上

鹧鸪天·送廓之秋试　　（南宋）辛弃疾

　　白苧新袍梅尧臣在礼部考试时和欧阳修《春雪》："有梦皆蝴蝶，逢袍只
纻麻。"入嫩凉。春蚕食叶欧阳修《礼部贡院阅进士就试》诗："无哗将士
衔枚勇，下笔春蚕食叶声。"响回廊。禹门已准桃花浪，月殿先
收桂子香。　　　鹏北海，凤朝阳。又携书剑路茫茫。
明年此日青云去，却笑人间举子忙。

沁园春·卢蒲江卢姓疑是浦江县令。浦江在浙江，钱塘上游。
席上，时有新第宗室　　（南宋）刘　过

　　一剑横空，飞过洞庭，又为此来。有汝阳琎者，唐

116

玄宗之侄李琎，封汝阳王，切宗室。唱名殿陛；玉川公子，诗人卢仝号玉川子，此指主人，切姓。开宴尊罍。四举无成，十年不调，大宋神仙刘秀才。作者自指。如何好？将百千万事，付两三杯。　　未尝戚戚于怀。问自古英雄安在哉？任钱塘江上，潮生潮落；姑苏台畔，花谢花开。盗号书生，强名举子，未老雪从头上催。谁羡汝，拥三千珠履，指门多宾客。见《史记·春申君传》。十二金钗。指婢妾成群，语出白居易《酬思黯戏赠》："钟乳三千两，金钗十二行。"此词及第者与落第者同一宴席，咫尺荣枯，悲欢异趣，心情自难平静，更何况是"四举无成，十年不调"。悲愤之余，借酒发泄，只能自封为"大宋神仙"了。

点绛唇　　（金）元好问

痛负花朝，半春犹在长安道。故园春早。红雨深芳草。　　愁里花开，愁里花空老。西归好。一尊倾倒。乞与花枝恼。与花枝一起恼也。

贺庄有恭二首　　（清）尹继善

久知鸣凤本朝阳，赋笔凌云拟谢庄。绛帐惭叨一日长，琼林曾占百花王。不虚民望为霖旱，共励臣心似水凉。暂对篷窗频剪烛，良宵话旧引杯长。

卅读息，入声。四十。载关情重回首，老年怀抱为谁开。南邦驻节同三至，黄阁宣麻亦再来。好句时歌鲜比

雪,春江初涨绿于苔。相期并佐挥弦理,处处薰风拂草莱。

赠岑春兆　　(清)商　盘

秋榜才名标第一,本朝科甲重三元。如何自听霓裳后,五度春风负杏园？李调元《雨村诗话》云:"商宝意太史博学多闻,以诗主坛浙东,为风雅冠。……善对成句,随手拈来便趣。邑有岑春兆(松),丙辰乡试第一,五蹶礼闱。赠岑云:'秋榜(略)。'用唐寅、解缙诗如己出。"

慰戢园程鱼门也。 下第　　(清)赵　翼

眊瞍粗心也。春官又一回,谁从爨底识琴材？生花不律行将秃,弃甲于思忍复来。官烛空修书满案,子钱欲避债无台。只应一卷名山业,消尔平生磊落才。

壬申下第　　(清)赵　翼

也知得失等鸿毛,舍此将何术改操。亲老河难人寿俟,时清星散少微高。长鸣栈马还思豆,未解庖牛忍善刀。回首短檠残烛在,搬姜自笑鼠徒劳。

喜大儿麟梦连捷南宫,诗以勖之　　(清)恽　珠(女)

乍见泥金喜复惊,祖宗慈荫汝身荣。功名虽并春

风发,心性须如秋水平。处世毋忘修德业,立身慎莫坠家声。言中告戒休轻忽,持此他年事圣明。

笆仙弟中举赋此四首　　　(清)钱振伦

秋风闻捷笑颜开,莫道方干壮志灰。心境须从宽处着,功名多向苦中来。楼头翠荫芬终袭,原注:先大夫集名《香荫楼草》。堂北金萱色早摧。赢得识途称老马,弟兄名字各抡魁。

我夸早达汝迟成,学博难求刻楮精。千卷类林劳摭拾,百函书记代经营。翘材地擅湖山美,扸藻文垂雅颂声。羲叟终然登进士,高名岂让玉溪生。

劫灰经后笑萍浮,王粲年年事远游。蜃气蒸腾炎海瘴,雁声嘹唳楚天秋。葵藜占负齐眉约,苜蓿官存送老谋。苦向故乡求葬玉,可能坚卧归林邱。

阳鲁阴齐接堠烟,畏途谁送孝廉船。难逢旅馆同怀集,依旧寒灯乐事偏。小草出山窥志略,鲇鱼上竹即因缘。风波阅惯浑无惧,听拥飚轮碧海边。

乙卯榜发后述怀四首　　　(清)方浚师

一纸传喧喜气融,登高差不负秋风。漫夸灯火三

年足,已是名场六试中。得失无心惭我辈,升沉有泪为诸公。请看初日黄金榜,射出天门分外红。

自料才如上水船,偶抛席帽亦欣然。功名凤阁增新谱,文字牛山结夙缘。捧砚忍教忘祖德,着鞭曾记让人先。光明殿里抽毫日,几个书生是少年。

当时水部擅词场,试卷双藤早瓣香。共羡文孙承庇荫,却令贱子列门墙。抡才何幸收珊网,觅句于今得锦囊。忽顾驽骀翻一笑,和凝衣钵敢相望。

小草敷荣美托根,十年长养狄公门。曾携读史诗千首,重与论文酒一尊。话到艰难金许擭,拟将道德玉还温。春官桃李知多少,珍重成阴是报恩。

十二月初七日阅邸抄作　　　(清)严 复

自笑衰容异壮夫,岁寒日暮且踟蹰。平生献玉常遭刖,此日闻韶本不图。岂有文章资黼黻,敢从前后说王卢。一流将尽犹容汝,青眼高歌见两徒。宣统元年十二月初七,上谕钦赐严复文科进士出身。邸抄指此事。

和　诗　此和严复《十二月初七日阅邸抄作》诗也。　　(清)陈 衍

夫子雄才敌万夫,苦吟字字费踟蹰。偶将雁塔题

名记,写入诗龛祭脯图。五十本来少进士,百年能几大胡卢。看君放荡无涯思,莫管南公与左徒。

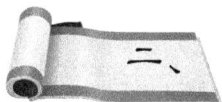

二、乞官　得官　辞官　休官

酬郭给事　　（唐）王　维

洞门高阁霭余晖,桃李阴阴柳絮飞。禁里疏钟官舍晚,省中啼鸟吏人稀。晨摇玉佩趋金殿,夕奉天书拜琐闱。强欲从君无那老,将因卧病解朝衣。

（宋）刘辰翁:顾云:"看其结中下字,乃见盛唐温厚。右丞善作富丽语,自其胸怀本色,开口便是。结语深厚,作者少及。"——《王孟诗评》

（明）李沂:结语多少蕴藉,令人一唱一叹。岑嘉州《西掖省》诗后四与此略同,但结语太直、为不及耳。——《唐诗援》

（清）金人瑞:看他写余晖,却从"洞门高阁"字着手,此即"反景入深林,复照青苔上"文法,言余晖从洞门穿入,倒照高阁也。再加"桃李"句写余晖中一人闲坐,真是分明如画。再如禁钟、省鸟,写此花阴柳絮中间闲坐之一人,方且与时俱逝,百事都捐,真又分明如画也。前解先生自道,比来况味,只得如此(前四句下)。○后解始酬郭给事也。言摇玉佩,奉天书,与君同事,岂不夙愿?然晨趋夕拜,老不堪矣。诵之使人油然感其温柔惇厚,不觉平时叫嚣之气皆失也(后四句下)。——《贯华堂选批唐才子诗》

（清）毛张健：岑诗"官拙自悲头白尽，不如岩下掩荆扉"，以"官拙"二字顺带，此以"朝衣"二字倒煞，同一法。○三字关锁。若作"返岩扉""未尝不是，而局稍散矣。细心人试参之（"将因卧病"句下）。——《唐体余编》

（清）屈复：前四夜之寓直寂寞，浑涵不露。五、六昼之公务不闲，逼出七、八欲谢病，和平典雅，具自然之致。——《唐诗成法》

赠献纳使起居舍人澄　　（唐）杜　甫

献纳司存雨露边，地分清切任才贤。舍人退食收封事，宫女开函近御筵。晓漏追趋青琐闼，晴窗检点白云篇。扬雄更有河东赋，唯待吹嘘送上天。

赠阙下裴舍人　　（唐）钱　起

二月黄莺飞上林，春城紫禁晓阴阴。长乐钟声花外尽，龙池柳色雨中深。阳和不散穷途恨，霄汉长悬捧日心。《三国志·魏书》："昱少时常梦上泰山，两手捧日。昱私异之，以语荀或……于是或以昱梦白太祖，太祖曰：'卿当终为吾心腹。'"献赋十年犹未遇，羞将白发对华簪。

（明）邢昉：天然富丽，气象宏远，文房之所不及。——《唐风定》

（清）贺裳：昔人推钱诗者，多举"长乐钟声花外尽，龙池柳色雨中深"。予以二语诚一篇警策，但读其全篇，终似公厨之馔，餍腹有余，爽口不足，去王维、李颀尚远。——《载酒园诗话又编》

（清）杨逢春：通首逐层顶接，丝缕细密。——《唐诗绎》

（清）朱之荆："花外尽"者，不闻于外也；"雨中深"者，独蒙其泽

也。——《增订唐诗摘钞》

（清）屈复：前半羡舍人之得志，后半伤己之不遇。——《唐诗成法》

（清）黄叔灿：上四句从阙下想象着笔，下半悲不遇，故有"羞对华簪"之句。——《唐诗笺注》

（清）陶元藻：钟声从里面一层一层想出来，柳色从外面一层一层看进去，才觉得"尽"字、"深"字之妙，而神韵悠长，气味和厚，殊难遽造此诣，宜当时之脍炙人口。——《唐诗向荣集》

和程员外春日东郊即事　　（唐）包　何

郎官休浣怜迟日，野老欢娱为有年。几处折花惊蝶梦，数家留叶待蚕眠。藤垂宛地萦珠履，泉迸侵阶浸绿钱。直到闭关朝谒去，莺声不散柳含烟。

（元）方回：第三句绝妙。——《瀛奎律髓汇评》

（清）查慎行：有何妙处？——同上

（清）何焯：第七句应"休浣"。——同上

（清）纪昀：三、四好，余不称。○结句以"语"复"声"，故改为"散"。其实"语"字虽复而有意，"散"字不复而无味。——同上

（清）金人瑞：一写郎官，二却无端陪写一野老。三"几处折花"承郎官，四"数家留叶"却无端亦承他野老，此为何等章法耶？不知郎官到休沐时，必须异于野老几希，然后始成其为休沐。又此休沐之郎官，必须欢娱实过野老，然后始成其为郎官。然则写野老，正是出像写郎官。先生用意，固加人一等也（前四句下）。○五、六忽写藤萦泉浸，一似攀辕卧辙，不听郎官便去者。将东郊无情景物，特地写出一片至情，此又奇情妙笔也。七、八又言，便使郎官假满终去，然东郊莺柳，只是眷恋不已。作诗有何定态？庄子云，手触、肩倚、足履、膝踦，官自止，神自行，技之至此，盖真有之也矣（后四句下）。——《贯华堂选批唐才子诗》

123

（清）赵臣瑷：一竟点郎官，主也。二无端请一野老相陪，不可谓之宾。三承一，极写"怜迟日"，言郎官休浣则有如是之风致也，赋也。四承二，又无端极写"为有年"，言野老欢娱则有如是之情事也，不可谓之比与兴。从来诗家并未见有此等章法也。……作诗有何一定，亦在神而明之耳。五、六写东郊景物眷恋郎官，如不听其开关者然。七、八写郎官到底不免朝谒而去，而东郊景物之眷恋则如故也，此又是另辟蹊径，总不屑一字寄人篱下也。——《山满楼笺注唐诗七言律》

酒中留上襄阳李相公　　（唐）韩　愈

浊水污泥清路尘，还曾同制掌丝纶。眼穿长讶双鱼断，耳热何辞数爵频。银烛未销窗送曙，金钗半醉座添春。知公不久归钧轴，应许闲官寄病身。前半写己之倾倒于李，后半则写李之倾倒于己，并非不堪久困而摇尾求人也。

罢郡归洛阳闲居　　（唐）刘禹锡

十年江外守，旦夕有归心。及此西还日，空成《东武吟》。花间数盏酒，月下一张琴。闻说功名事，依前惜寸阴。瞿蜕园《笺证》云："考鲍照、沈约皆有《东武吟》，大抵寓时移事异，荣华徂谢之感。鲍照诗云：'将军既下世，部曲亦罕存。时事一朝异，孤绩谁复论？''弃席思君幄，疲马恋君轩。顾垂晋主惠，不愧田子魂。'禹锡盖有取其意，复申之曰：'闻说功名事，依前惜寸阴。'自谓用世之态，未曾少衰也。"

别州民　　（唐）白居易

耆老遮归路，壶浆满别筵。甘棠无一树，那得泪潜然。税重多贫户,农饥足旱田。惟留一湖水,与汝救凶年。自注:今春,增筑钱塘湖堤,贮水以防天旱。

上礼部侍郎陈情 　　(唐)施肩吾

九重城里无亲识,八百人中独姓施。弱羽飞时攒箭险,蹇驴行处薄冰危。晴天欲照盆难反,贫女如花镜不知。却向从来受恩地,再求青律变寒枝。

送陆洿郎中弃官东归 　　(唐)杜　牧

少微星动照春云,魏阙衡门路自分。倏去忽来应有意,世间尘土谩疑君。

令狐舍人说昨夜西掖玩月因戏赠
(唐)李商隐

昨夜玉轮明,点明昨夜。传闻近太清。此句为全篇眼目。"太清"比"西掖"。"传闻"二字点题中"说"字。结二句与此句呼应。凉波冲碧瓦,晓晕落金茎。此二句描绘月光、月华的晶莹,极写"玩"字。露索秦宫井,风弦汉殿筝。五、六二句再展开。拿风露中的井索、殿筝从旁烘托。"碧瓦""金茎""宫井""殿筝"紧切西掖。几时此二字即题中之"戏赠"。绵竹颂,扬雄尝作《绵竹颂》,成帝(刘骜)时直宿郎杨庄诵此文,帝曰:"此似相如之文。"庄曰:"非也,此臣之邑人扬子云也。"拟荐子虚名。《史记·司

马相如传》："蜀人杨得意为狗监，侍上。上读《子虚赋》而善之……得意曰：'臣邑人司马相如自言为此赋。'上惊，乃召问相如。"○作者因嫌太浅直，故意把扬雄和司马相如二事合为一谈。措辞遂较婉曲。杨庄当时是直宿郎，与令狐之值宿西掖也正切合。说几时才像杨庄那样推荐人才呢？"

赠宇文中丞 宇文鼎时为御史中丞。 （唐）李商隐

欲构中天《列子》："周穆王改筑宫室、其高千仞临终南之上，名曰：中天之台。"正急材，自缘烟水恋平台。人间只有嵇延祖，最望山公启事来。《晋书》："嵇绍字延祖，康之子，以父得罪，清居私门。山涛领选，启武帝请为秘书郎。帝谓涛曰：'如卿所言乃堪为丞相，何但郎也。'"《晋书·山涛传》："所奏甄拔人材，各为题目，人称'山公启事'。"

寄令狐学士 （唐）李商隐

秘殿崔嵬拂彩霓，极言地势之崇高。令狐新任翰林学士，学士院在大明宫，所以用"秘殿"。王延寿《鲁灵光殿赋》："乃立灵光之秘殿。"注："秘，神也。"曹司今在殿东西。谓其部门在殿之左右也。赓歌太液翻黄鹄，从猎陈仓获碧鸡。此两句说令狐的恩遇优渥。《西京杂记》："汉始元元年，黄鹄下太液池，帝为歌曰：'黄鹄飞兮下建章。'"○"碧鸡"见《汉书·郊祀志》："宣帝即位，或言益州有金马、碧鸡之神，可醮而致。"晓饮岂知金掌迥，夜吟应讶玉绳低。五、六承一、二，言地势崇高。玉绳，星名，玉绳低则夜已深。钧天虽许人间听，阊阖门多梦自迷。结二句暗含望援引之意，但说得很蕴藉。我自迷惘于君门九重。

玉　山　　（唐）李商隐

玉山高与阆风齐，玉水清流不贮泥。何处更求回日驭，此中兼有上天梯。珠容百斛龙休睡，桐拂千寻凤要栖。闻道神仙有才子，赤箫吹罢好相携。纪昀云："此望荐之诗，借玉山以托意。首二句言其地望清高，三、四言其势力可凭借，五句戒以远小人，六句折入求进之意，七、八以本意结之。"

退　栖　　（唐）司空图

宦游萧索为无能，移住中条最上层。得剑乍如添健仆，亡书久似失良朋。燕昭不是空怜马，支遁何妨亦爱鹰。自此致身绳检外，肯教世路日兢兢。

（清）钱谦益、何焯：三、四是遭乱避地人语，所以有味。放翁专学此等句子，即得其皮也。三、四状萧索，五、六反"无能"，落句应"移住"。——《唐诗鼓吹评注》

（清）施补华：晚唐七律，非无佳句，特少完章。且所云佳句，又景尽句中，句外并无神韵。如……"得剑乍如添健仆，亡书久似忆良朋"、"芳草有情多碍马，好云无处不遮楼"等类，皆无事外远致也。——《岘佣说诗》

（近代）俞陛云：此类诗句难于言情写景之诗，因须取譬工切，且有意味也。近人有"欲霁山如新染画，重游路比旧温书"，与此诗相似。若林逋之"春水净于僧眼碧，远山浓似佛头青"，及"巫峡晓云笼短鬓，楚江秋水曳长裙"，则借风景取譬，较易着想也。——《诗境浅说》

即 目　　（唐）韩 偓

书墙暗记移花日，洗瓮先知酝酒期。须信闲人有忙事，早来冲雨觅渔师。

寄华山司空图二首（其一）　　（五代）僧虚中

门径放莎垂，往来投刺稀。有时开御札，特地挂朝衣。岳信僧传去，仙香鹤带归。他年二南化，无复更衰微。

（宋）阮阅：《群阁雅谈》云："僧虚中《寄华山司空图侍郎》诗云：'门径放莎垂……'司空侍郎有诗言怀云：'十年华岳峰前住，只得虚中一首诗。'"——《诗话总龟》

（宋）尤袤：柳璨为相，臣僚多被放逐。图为监察御史，尤加畏慎。昭宗郊礼毕，上章恳乞致仕，曰："察臣本意，非为官荣，可验衰羸，庶全名节。"上特赐归山……时多以四皓、二疏誉之。惟僧虚中云"道装汀鹤识，春醉野人扶"，言其操履检身，非傲世者也。又云"有时看御札，特地挂朝衣"，言其尊戴存诚，非要君也。——《全唐诗话》

彭泽解印　　（唐）廖 凝

五斗徒劳谩折腰，三年两鬓为谁焦。今朝官满重归去，还挈来时旧酒瓢。

醉蓬莱　　（北宋）柳 永

渐亭皋叶下，陇首云飞，素秋新霁。华阙中天，锁葱葱佳气。嫩菊黄深，拒霜红浅，近宝阶香砌。玉宇无尘，金茎有露，碧天如水。　　正值升平，万几多暇，夜色澄鲜，漏声迢递。南极星中，有老人呈瑞。此际宸游，凤辇何处，度管弦清脆。太液波翻，披香帘卷，月明风细。谭玉生《论词》云："空传饮水处能歌，谁使言翻太液波。诗学杜诗词学柳，千秋论定却如何？"

（宋）王辟之：柳三变，景佑末登进士第。少有俊才，尤精乐章。后以疾，更名永，字耆卿。皇祐中，久困选调，入内部知史某，爱其才而怜其潦倒，会教坊进新曲《醉蓬莱》，时司天台奏老人星见，史乘仁宗之悦，以耆卿应制。耆卿方冀进用，欣然走笔，甚自得意，词名《醉蓬莱慢》。比进呈，上见首有"渐"字，色若不悦。读至"宸游凤辇何处"乃与御制真宗挽词暗合，上惨然。又读至"太液波翻"，曰"何不言'波澄'"，乃掷于地。永自此不复进用。——《渑水燕谈录》

（宋）曾季狸：柳三变词"渐亭皋叶下，陇首云飞"，全用柳恽诗"亭皋木叶下，陇首秋云飞"。——《艇斋诗话》

（清）焦循：柳屯田《醉蓬莱》词，以篇首"渐"字与"太液波翻"见斥。有善词者问，余曰：词所以被管弦，首用"渐"字起调，与下"亭皋叶落，陇首云飞"，字字响亮。尝欲以他字易之，不可得也。至"太液波翻"，仁宗谓何不言"波澄"？无论"澄"字，前已用过；而"太"为徵音，"液"为宫音，"波"为羽音，若用"澄"字商音，则不能协，故仍用羽音之"翻"字。两羽相属，盖宫下于徵，羽承于商，而徵下于羽。"太液"二字，由出而入，"波"字由入而出，再用"澄"字而入，则一出一入，又一出一入，无复节奏矣。且由"波"字接"澄"字，不能相生。此定用"翻"字。"波翻"二字，同是羽音，而一轩一轾，以为俯仰，此柳氏深于音调也。——《雕菰楼词话》

次韵酬徐仲元　　（北宋）王安石

投老逍遥屺与堂，《诗经·秦风·终南》："终南何有,有屺有堂。"朱熹注曰："屺,山之廉角也;堂,山之宽平处也。"屺读起,上声。天刑真已脱桁杨。《庄子·在宥》："桁杨者相推也,刑戮者相望也。"成玄英疏："桁杨者,械也。夹脚及颈,皆名桁杨。"桁读航。缘源静翳鱼无淰，淰读审,上声。鱼惊散貌。渡谷深追有鸟颃。每苦交游寻五柳，最嫌尸祝扰庚桑。《庄子·庚桑楚》："畏垒之人言曰:胡不尸而视之,社而稷之乎?"○《石林诗话》云："尝有人面称公(指王安石)喜'五柳'、'庚桑'之句以为对。公笑曰:'君但知柳对桑为的,然庚亦自是数,盖以十干数之也。'"相看不厌惟夫子，风味真如顾建康。

次韵王廷老退居见寄　　（北宋）苏　轼

浪蕊浮花不辨春，归来方识岁寒人。回头自笑风波地，闭眼聊观梦幻身。北牖已安陶令榻，西风还避庾公尘。更搔短发东南望，试问今谁裹旧巾。

题王诜都尉设色山卷后　　（北宋）苏　辙

还君横卷空长叹，问我何年便退休？欲借岩阿着茅屋，还当溪口泊渔舟。经心蜀道云生足，上马胡天雪满裘。万里还朝径归去，江湖浩荡一轻鸥。

浣溪沙·自述　　（北宋）苏　轼

倾盖相逢胜白头，故山空复梦松楸。此心安处是菀裘。菀裘，地名，是春秋早期属于鲁国之地。菀读图，平声。《左传·隐公十一年》鲁隐公云："使营菀裘，吾将老焉。"（派人造菀裘住所，我将在此安度晚年也。）

卖剑买牛吾欲老，乞浆此读姜，平声。得酒更何求。愿为同社宴春秋。韩愈《南溪姑泛》诗："愿为同社人，鸡豚燕春秋。"

减字木兰花·送东武令赵晦之　　（北宋）苏　轼

贤哉令尹，三仕已之无喜愠。《论语·公冶长》："令尹子文三仕为令尹，无喜色；三已之，无愠色。"愠读韵，去声。怨也。我独何人，犹把虚名玷此读点，上声。玉之斑点也。缙绅。　　不如归去，二顷良田无觅处。《史记·苏秦传》："且使我有洛阳负郭田二顷，吾岂能佩六国相印耶。"归去来兮，待有良田是几时。

次韵盖郎中率郭郎中休官二首　　（北宋）黄庭坚

世态已更千变尽，心源不受一尘侵。一作："险阻艰难亲得力，是非忧患饱经心。"青春白日无公事，紫燕黄鹂俱好音。付与儿孙知伏腊，听教鱼鸟遂飞沉。黄公垆下曾知味，定是逃禅入少林。

（元）方回："青春白日"、"紫燕黄鹂"，变体。——《瀛奎律髓汇评》

（清）纪昀：此就句对,亦非变体。——同上

（清）纪昀：此种句法屡用,亦是滥调。○五、六两句却对得活变。——同上

（清）许印芳：宋诗好作理语,往往腐气熏人。此诗次句亦理语,而尚不恶。晓岚抹之,未免太刻。三、四自是佳句,晓岚谓屡用亦是滥调。则凡诗皆然,不独此一联也。○原选只录后章,今全录之。"仕路风波双白发,间曹笑傲两诗流。故人相见自青眼,新贵即今多黑头。桃叶柳花明晓市,荻芽蒲笋上春洲。定知趁健休官去,酒户家园得自由。"此首上半蕴藉,后半亦称。——同上

仕路风波双白发,闲曹笑傲两诗流。故人相见自青眼,新贵即今多黑头。桃叶柳花明晓市,荻芽蒲笋上春洲。定知闲健闲健为唐人口语,犹"趁健"、"趁早"之意。休官去,酒户家园得自由。

送常子正赴召二首 （南宋）吕本中

属者居闲久,今来促召频。但能消党论,便足扫胡尘。众水应归海,殊途必问津。如何彼黠虏,敢谓汉无人。

（清）纪昀：三、四切中当时之弊。——《瀛奎律髓汇评》

疾病老逾剧,交亲穷转疏。惟公不变旧,怪我未安居。日月干戈里,江山瘴疠余。因行见李白,亦莫问何如。

（元）方回：常子正讳同。二诗俱有少陵风骨。——《瀛奎律髓汇评》

（清）冯班：似是而非。——同上

（清）冯班："江山"恶语，太露。——同上

（清）纪昀：三句太质，后四句自好。——同上

寄德升、大光德升李姓，大光席姓。　　　　（南宋）陈与义

君王优诏起群公，作者被诏，以病辞免。也置樵夫尺一中。李贤注《后汉书》："尺一之板谓诏策也。"易着青衫随世事，难将白发犯秋风。共谈太极非无意，能系苍生本不同。却倚紫阳千丈岭，遥瞻黄鹄九霄东。

（清）冯班："东"字趁韵。——《瀛奎律髓汇评》

（清）纪昀：看似率易，而笔力极为雄阔。——同上

致仕述怀二首　　（南宋）陆　游

弹冠绍兴末，解组庆元中。滟滪危途过，邯郸幻境空。闲传相牛法，醉唤斗鸡翁。冲雨归来晚，山花满笠红。

（清）冯班：首四句无限感慨。——《瀛奎律髓汇评》

（清）陆贻典：久历仕途，饱尝忧患，一旦解组归去，回思往事，真如梦觉耳。首四句无限感慨。——同上

（清）查慎行："山花满笠"，从冲雨得来，故非支凑。——同上

（清）纪昀：结得好，再作旷语，便套矣。——同上

韦布还初服,蓬蒿卧故庐。所惭犹火食,更恨未巢居。叱叱驱黄犊,行行跨白驴。交亲各强健,不必问何如。

(清)纪昀:此亦清稳。——《瀛奎律髓汇评》

蝶恋花　　(南宋)陆　游

桐叶晨飘蛩夜语。旅思秋光,黯黯长安路。忽记横戈盘马处,散关清渭_{散关,指大散关,清渭指清澈的渭河。皆在南郑以北,当时为宋、金交界的边境地带。}应如故。　　江海轻舟今已具。一卷兵书,叹息无人付。早信此生终不遇。当年悔草《长杨赋》。_{扬雄作《长杨赋》对成帝进行讽谏。}

(清)陈廷焯:放翁《蝶恋花》云"早信此生终不遇,当年悔草《长杨赋》",情见乎词,更无一毫含蓄处。稼轩《鹧鸪天》云"却将万字平戎策,换得东家种树书",亦即放翁之意,而气格迥乎不同。彼浅而直,此郁而厚也。——《白雨斋词话》

和陆放翁见寄　　(南宋)姜特立

遥知三径长荒苔,解组东归亦快哉。津岸纷纷群吏去,船头衮衮好山来。平时佳客应相过,胜日清樽想屡开。若许诗篇数还往,直须共挽古风回。_{放翁赠诗末云:"弹压风光须健笔,相期力翰万钧回。"末联正答其意。}

十 里　　　（南宋）赵师秀

　　乌纱巾上是黄尘，落日荒原更恐人。竹里怪禽啼似鬼，道傍枯木祭为神。亦知远役能添老，无奈高眠不救贫。此地到城惟十里，明朝难得自由身。

（元）方回：此乃赴高安推官时诗，未至郡十里之作。中四句皆可喜。——《瀛奎律髓汇评》

（清）查慎行：三、四险而劲。——同上

（清）纪昀：三句太偬，五、六真语好，占身份人必不肯道，不知说出转有身份，胜于诡激虚矫也。——同上

一剪梅·袁州今江西宜春。解印即罢官。　　（南宋）刘克庄

　　陌上行人怪府公，泛指州府长官。还是诗穷，还是文穷。下车上马太匆匆，来是春风，去是秋风。　　阶衔免得带兵农，嬉到昏钟，睡到斋钟。不消提岳与知宫，提岳、知宫，为宋代虚掌岳庙和道观借名食禄之官。见《宋史·职官志》。唤作山翁，唤作溪翁。

满江红　　　（南宋）刘克庄

　　落日登楼，谁管领、倦游狂客。待唤起、沧浪渔父，隔江吹笛。看水看山身尚健，忧晴忧雨头先白。对暮云、不见美人来，遥天碧。　　山中鹤，应相忆。

沙上鹭,浑相识。想石田茅屋,草深三尺。空有鬓如潘骑省,断无面见陶彭泽。便倒倾、海水浣衣尘,难湔涤。

> (清)陈廷焯:潜夫感激豪宕,其词与安国相伯仲,去稼轩虽远,正不必让刘(过)、蒋(捷)。世人多好推刘、蒋,直以为稼轩后劲,何也? ○又云:直截痛快。——《词则·放歌集》

自邓州幕府暂归秋林　　(金)元好问

升斗微官不疗饥,中林春雨蕨芽肥。归来应被青山笑,可惜缁尘染素衣。

临江仙·夏馆秋林在内乡北山　　(金)元好问

夏馆秋林山水窟,家家林影湖光。三年闲为一官忙。簿书愁里过,笋蕨梦中香。　　父老书来招我隐,临流已盖茅堂。白头兄弟共论量。山田寻二顷,他日作桐乡。 二顷见《史记·苏秦传》:苏秦言:"且使我有洛阳负郭田二顷,吾岂能佩六国相印乎?"负郭,良田也。《汉书·朱邑传》:朱邑尝为桐乡啬夫,廉平不苛,为吏民所敬爱。后来官至大司农。将死时,嘱其子曰:"我故为桐乡吏,吏民爱我,必葬我桐乡。后世子孙,奉尝我必不如桐乡之民。"作者时为内乡令。

满江红·送廖叔仁赴阙　　(南宋)严羽

日近觚棱,秋渐满、蓬莱双阙。正钱塘江上,潮头如雪。把酒送君天上去,琼琚玉佩鹓鸿列。丈夫儿、富贵等浮云,看名节。　　天下事,吾能说。今老矣,空凝绝。对西风慷慨,唾壶歌缺。不洒世间儿女泪,难堪亲友中年别。问相思、他日镜中看,萧萧发。

答陈百史三首　(清)阎尔梅

海外生还九死余,先慈未葬故踌躇。绝无世上弹冠想,徒有年来却聘书。伏腊不关新晦朔,湖山犹访旧樵渔。侍郎休问田园事,先帝宫陵亦廛墟。

放废苦茨学种蔬,劳君频寄欲何如?逢萌应诏还迷路,矫慎逃名不报书。清夜闻钟呼客梦,空山结屋傍僧居。当时风雨鸡鸣约,二十年来岂尽虚。

未必长安好僦居,五云堂下即穹庐。五云堂即北都翰林院旧名,百史仍居其中,故云。百史时为吏部左侍郎。谁无生死终难避,各有行藏两不如。龚胜坚辞新室组,臧洪迟复故人书。寥寥此意期君解,捃拾还来共鹿车。

再答百史　(清)阎尔梅

四野霜高不可尘,孤峰天外有谁邻?歌来恐复如狂疾,泣下嫌其类妇人。已见沧洲沈义士,何妨洛邑

恕顽民。只今惟独君知我,莫遣渔郎屡问津。

三答百史二首　　(清)阎尔梅

落落生平耻受恩,甘为寡合住秋村。每当花发尝沽酒,犹恐人来独闭门。邴子无书酬北海,留侯何事苦东园。闲云过去相忘好,莫使空山有挂痕。

三过平陵匪偶然,山亭久已刻来贤。自注:来贤亭在溧阳县城西强埠,其乡人为余创者,即百史家居。科名得意交游重,国步伤心出处悬。旧社遗忘如幻梦,新诗感触作愁缘。闲时每痛河梁句,临到吾侪更可怜。褚人获《坚瓠补集》:"崇祯庚午孝廉,徐州阎尔梅字用卿,又字古古,恃才傲睨,交游不轻许人。遇溧阳陈百史(名夏)于虎丘,独许其必发巍科。癸未,果以会元榜眼及第。鼎革后,百史入内阁,在汉人中最用事。古古奔走于外。当事物色之,祸将及,乃入都,与百史相闻。一日,百史令亲信至阎寓,谓如肯会试,当以会元相赠,古古笑而不答。其人屡促回音。古古令仲掌,书一吓字于其上,云以此复之,盖以鸱枭得腐鼠喻陈,而以鹓雏自谓也。其诗有:'谁无生死终难避,各有行藏两不如。'亦上百史句也,百史见之,不敢复言。"

满巡抚赵福星遣官张龙、刘三奇、辛金、褚光铣招余,余却之四首　　(清)阎尔梅

辫髻读悭,平声。鬓秃也。颧魋暑汗腥,丝蟠藤笠缀鹙翎。横鞭疾走城阖市,下马呼过水畔亭。共劝张宾从石勒,却劳苏武谢丁灵。伤心击楫沧州去,风雨淮南

一望冥。

明明周道尽荒芜，一剑凄其海上通。丧节事人何异死，有家劳梦不如无。众山皆响琴逾静，寒火将灰燧未枯。华毂敝裘行各适，毋甘金紫茜菰芦。

为乞援师阻射阳，江淮祲气杂苍黄。殷周全赖西山士，蜀汉孤生北地王。岂有丈夫臣异类，羞于华夏改胡装。祖宗功德原高厚，白水春陵未可量。

我心匪石故难移，乡里人来总未知。生死百年终是尽，须眉两姓绝堪悲。燕丹将破还求客，赵孟虽亡尚有儿。言念大行零涕久，欲奔天寿赋哀辞。

春日漫兴二首　　（清）严　沆

吏隐淹微尚，栖迟帝里春。虚名惭谏草，薄禄慰慈亲。马度垣松直，莺啼苑柳匀。主恩殊未报，不敢慕垂纶。

补衮瞻天近，斑衣爱日长。生成看燕雀，战伐剩豺狼。纸笔儿孙好，柴桑妇不忘。闭门焚草毕，归梦五湖旁。

阅邸报，见群公荐表滥及野老姓名，将修辞启，先成二首 （清）孙枝蔚

浪得姓名悔已迟，如今檄恐北山移。自经乱后无恒产，误喜朝中有故知。魏野方思看舞鹤，庄周只愿作生龟。忽蒙匠石频相顾，栎社神应替我悲。

百岁风狂实可惊，眼昏头白骨峥嵘。纵曾在位冠须挂，岂合辞山网更撄！文举何劳称一鹗，许鹾长使忆三生。鲁郊金奏虽堪悦，谁识当时海鸟情。

送絜庵家少司农致仕归里 （清）严我斯

朝衣初脱拜君恩，归去田园喜尚存。七泽云深秋放艇，九嶷花发夜开尊。毋劳清梦惊鱼钥，剩有闲身到鹿门。只恐熙时问遗老，不容孤笠住江村。

授职翰林学士感恩述怀 （清）叶方蔼

麻衣席帽满尘埃，亲荷先皇恩沐来。敢道齐贤留异日，屡称苏轼是奇才。自注：戊戌充贡士入都，先皇帝拔第一，八月举南宫，九月胪传曰："亲谕：'朕知汝久，特拔汝为一甲进士，又数对臣下称道文学。'"身离牛口惊还在，梦挽龙髯恨不回。今遇吾君重拂拭，孤桐果否爨余材。

送李天生归养 　　(清)王顼龄

廿年高隐为承欢,诏趣蒲轮却聘难。圣主爱才非
强志,大儒报国岂须官。邹枚词赋清时重,黄绮风流
异代看。遥想彩衣归拜舞,朝恩家庆话团栾。

挂　冠 　　(清)袁 枚

曳紫拖青笑蛤鱼,年年户限最难居。未能闭阁常
思过,且乞还山再读书。杨素无儿供洒扫,潘安有母
奉花舆。一湾春水千竿竹,容得诗人住草庐。李调元《雨
村诗话》云:"人当去官,多作不平语。袁子才江宁罢官,诗独和平,诗云云。颇得随
遇而安之乐。"

送人之金陵 　　(清)宋咸熙

隐侯此去始归闲,笑向沧江破醉颜。双桨落花三
月渡,短筇孤寺六朝山。聚听说剑来豪士,偷学吹笙
有小鬟。名列蓬瀛仙亦苦,何如游戏在尘寰。

乞养南归,留别都中诸同好四首 　　(清)朱 琦

七载离家念又深,何须往事问升沉。白云望远真

无极,黄叶惊秋自不禁。陟屺诗魂知啮指,循陔画帧动关心。自注:时余为兰陔春永图。匆匆采药从兹去,未暇缠绵订盍簪。

儤读暴,去声。旧官吏连日直宿称儤。见李肇《翰林志》。直经年敢惮劳,闲身且喜息蓬蒿。邀怜圣主宣恩綍,赋别诸王试彩毫。自注:皇长子与瑞亲王皆有诗赠别。非薄好官思自熟,但穷清境气犹豪。此衷恋阙终殷恳,回首云霄万仞高。

颒洞缁璧染旧衫,蓬壶两度换头衔。自注:前月蒙恩擢右赞善。名山妄觊千秋业,急浪坚收一桁帆。已觉年华成老大,曾经世味别酸咸。诸公若问归休地,碧涨前溪翠滴岩。

散脱条轭作野鹰,生涯寂历任如冰。水乡可种无田亩,尘海难忘是友朋。莲社再逢知几日,菊樽同把尽三升。重阳节候尤萧飒,触迕离怀一夕增。

辞　阙　　　(清)安维峻

多少都人拥马看,回天无力我何安?风霜亦是生成德,休道龙城行路难。

三、贬谪　流放

初到黄梅临江驿　　（唐）宋之问

马上逢寒食，愁中属暮春。可怜江浦望，不见洛阳人。北极怀明主，南溟作逐臣。故园肠断处，日夜柳条新。

（元）方回：之问之为人不足道也，然唐律诗起于之问与沈佺期。此诗贬泷州参军时所作，坐媚张易之事而败。其《早发韶州》律诗有云："珠厓天外郡，铜柱海南标。日夜晴明少，冬春雾雨饶。身经山火热，颜入瘴江销。触景含沙怒，逢人毒草摇。露浓看袂湿，风扬觉船飘。"又如《发藤州》云："云峰刻不似，苔壁画难成。雾里千花气，泉和万籁声。恋结芝兰砌，悲缠梧檟茎。"如《发端州》云"人意长怀北，江行日向西。破颜看鹊喜，拭泪听猿啼"，如"失意潜行盅，猜颜辄报仇"，如"吴将水为国，楚用火耕田"，皆佳。此篇"北极"、"南溟"一联，老杜"壮阔心长恋，西江首独回"，亦何以异乎？乃知以言语文字取人，工则工矣。又当观其人之心行为如何？之问后逃还，为考功，复以丑行贬越州长史，流钦州，赐死桂州。故曰：其为人不足道也。——《瀛奎律髓汇评》

（清）冯班：五、六妙极。〇忠厚有体。——同上

（清）纪昀：次句"途中"即"马上"，"暮春"即"寒食"，未免合掌。〇和平温厚，不为怨怒之词，蹙蹙之音，以诗而论，固自不愧古人。——同上

被出济州　　（唐）王　维

微官易得罪，谪去济川阴。济水之南。执政方持法，明君无此心。间阎河润上，河水浸润之地。《庄子·列御寇》："河润九里。"井邑海云深。指济川近海。纵有归来日，各愁年鬓侵。

（清）沈德潜：（"明君"句）亦周旋，亦感愤。——《唐诗别裁集》

送杨少府贬郴州　　（唐）王　维

明到衡山与洞庭，若为秋月听猿声。愁看北渚三湘远，恶说南风五两轻。青草瘴时过夏口，白头浪里出瞿城。长沙不久留才子，贾谊何须吊屈平。

（宋）刘辰翁：顾云："善赋矣。临结又用一故实翻缴公案，用意忠厚，其味深长，他作所无。"——《王孟诗评》

（明）陆时雍：五、六语非漫下，正是别情种处。气自项联贯下，与"黄河碛里沙为岸，白马津边柳南城"者自别。——《唐诗镜》

（明）唐汝询：三、四弱在"愁看"、"恶说"四字。五、六滥觞晚唐。——《唐诗解》

（清）金人瑞：此前解手法最奇，看他一、二，公然便向并未曾别之人预先用勾魂摄魄之笔，深探入去，逆料其后到衡山，到洞庭，必不能对秋月而听猿声者。于是三、四方更抽笔出来，重写愁看北渚、恶说南风，目今一段惜别光景，此皆是先生一生学佛，深入旋陀罗尼法门，故能有如此精细曲畅之文也（前四句下）。○此五、六只是急赶"不久留才子"之一句也。言今一路且过夏口,径出溢城,不妨解维,放心便去,多恐未必前到郴州,而赐环之命且下也(后四句下)。——《贯华堂选批唐才子诗》

(清)毛张健:六句彬州,尾联结出贬谪,易明。妙在六句中写景物风波之异,贬谪意已动。——《唐体肤诠》

(清)屈复:六句写愁景,句句令贬郴州者愁死,至七、八方逼出"不久"、"何须"四字,足令少府开颜。此前六一段,后二一段,格奇。然一首中七用地名,虽气逸不觉,必竟非法。——《唐诗成法》

(清)沈德潜:不能北归,反恶南风,语妙意曲。——《唐诗别裁集》

(清)谭宗:悲者语多婉,愤者语多直。首二句直起,既浩而愤,复险而悲。——《近体阳秋》

送王、李二少府贬潭峡　　(唐)高 适

嗟君此别意何如?驻马衔杯问谪居。巫峡啼猿数行泪,衡阳归雁几封书。青枫江上秋帆远,白帝城边古木疏。圣代只今多雨露,暂时分手莫踌躇。

(元)方回:两谪客,李峡中,王长沙。中四句指土俗所尚,末句开以早还。亦一体也。——《瀛奎律髓汇评》

(清)纪昀:中四句非士俗。方批谬甚。○虚谷论体殊陋。夫体者,例之谓也。声调有例,不可易也。格局有例,已随人变化矣。若诗意则惟人自运,岂有例可拘哉?——同上

(清)冯班:中二联从次句生下。——同上

(清)何焯:中四句神往形留,直是与之俱去。结句才非世情常语,乃嗟惜之极致也。——同上

(清)纪昀:通体清老,结更和平不遍。○平列四地名,究为碍格,前人已议之。——同上

（清）王闿运：中联以二人谪地分说，恰好切峡中、长沙事，何等工确，且就中便含别态。末复收拾，以应起句。——《唐诗选》

（清）赵臣瑗："驻马衔杯"一连五句，俱承"嗟君此别"来，惟其嗟之，是以问之，而巫峡、长沙种种不堪之景况，皆足令人扼腕，是朋友之情所必至也。"圣代"、"只今"二句紧照"意何如"三字，惟其嗟之，是以宽之慰之，丁宁苦诫之。——《山满楼笺注唐诗七言律》

（清）毛张健：中四句景物如何分虚实先后？盖"巫峡"二句于景中寓事，便为实中之虚，且承谪居意下，其势宜在前；后联可不烦言而解矣。——《唐体肤诠》

（清）吴瑞荣：只似送一人，唐人高脱处。——《唐诗笺要》

（清）徐增："青枫江上秋天远，白帝城边古木疏"，青枫江在长沙，白帝城在峡中。峡中远，长沙近；王少府先到，李少府后到。计其到时，王少府当在秋尽，故云"秋天远"；李少府当在冬初，故云"古木疏"。真做到极尽头也。——《而庵说唐诗》

奔亡道中五首 　（唐）李 白

苏武天山上，田横海岛边。万重关塞断，何日是归年？

亭伯崔骃字亭伯，事见《后汉书》。去安在，李陵降未归。愁容变海色，短服改朝衣。

谈笑三军却，交游七贵疏。泛指权贵。西汉及隋时皆有七贵。仍留一只箭，未射鲁连书。

函谷如玉关，几时可生还？洛阳为易水，嵩岳是

燕山。俗变羌胡语，人多沙塞颜。申包惟恸哭，七日
鬓毛斑。

森森望湖水，青青芦叶齐。归心落何处，日没大
江西。歇马傍春草，欲行远道迷。谁忍子规鸟，连声
向我啼。

秋日寄题郑监湖上亭三首　　（唐）杜　甫

碧草违春意，沅湘万里秋。池要山简马，月净庾
公楼。磨灭余篇翰，平生一钓舟。高唐寒浪减，仿佛
识昭丘。

新作湖边宅，还闻宾客过。自须开竹径，谁道避
云萝。官序潘生拙，才名贾傅多。捨舟应卜地，邻接
意如何？

暂阻蓬莱阁，终为江海人。挥金《汉书》："疏广为太傅归乡
里，数问其家所赐金余尚有几，趣卖以具酒食，请族人故旧归娱乐。"应物理，拖
玉《西征赋》："飞翠缕，拖鸣玉，以出入禁门者众矣。"岂吾身？羹煮秋莼
滑，杯凝露菊新。赋诗分气象，佳句莫辞频。

郑驸马池台喜遇郑广文同饮　　（唐）杜　甫

不谓生戎马，何知共酒杯。燃脐郿坞败，秃节汉

臣回。白发千茎雪，丹心一寸灰。别离经死地，披写
忽登台。重对秦箫发，俱过阮宅来。留连春夜舞，泪
落强徘徊。

送郑十八虔贬台州司户，伤其临老陷贼之故，阙为面别，情见于诗　　　(唐)杜甫

　　郑公樗散鬓成丝，酒后尝称老画师。万里伤心严
谴日，百年垂死中兴时。苍惶已就长途往，邂逅无端
出饯迟。便与先生成永诀，九重泉路尽交期。

（元）方回：工部又有《题郑十八著作主人》诗，七言八韵，起句云"台
州地阔海冥冥，云水长和岛屿青"。尾句云"穷巷悄然车马绝，案头乾死
读书萤"，尤为哀痛。——《瀛奎律髓汇评》

（明）王嗣奭：首记其状，次记其言。两句已为虚撰一个影。○卢世
潅曰：虔之贬，既伤其垂老陷贼，又阙为临行面别，故篇中彷徨特至。如
中二联，清空一气，万转千回，纯是泪点，都无墨痕。诗至此直可使暑日
霜飞，午时鬼泣，杜七言律中尤难。末经作永诀之词，诗到真处，不嫌其
直，不妨于尽也。——《杜臆》

（清）浦起龙：诗从肺腑中流出，四联两潇洒，两沉痛，相间成章……
三、四，还题中临老贬台，妙着"中兴时"三字，人沐更新雨露，郑偏自外
栽培也。——《读杜心解》

（清）冯班：首四句微妙。——《瀛奎律髓汇评》

（清）纪昀：一气盘旋，清而不弱，非具大神力不能。然此只是诗家
一体，陈后山始专以此见长。而"江西诗派"源出老杜之说亦从此而兴，
杜实不以此为宗旨也。——同上

负谪后登干越亭在江西。作　　（唐）刘长卿

天南愁望绝，亭上柳条新。落日独归鸟，孤舟何处人。生涯投越徼，世业陷胡尘。杳杳钟陵暮，悠悠鄱水春。秦台悲白首，楚泽怨青蘋。草色迷征路，莺声傍逐臣。独醒空取笑，直道不容身。得罪风霜苦，全生天地仁。青山数行泪，沧海一穷鳞。牢落机心尽，惟怜鸥鸟亲。

（清）吴乔：禅者问答之语，其中必有人，不知禅者不觉耳。余以此知诗中亦有人也。人之境遇有穷通，而心之哀乐生焉。夫子言诗，亦不出于哀乐之情也。诗而有境有情，则自有人在其中。如刘长卿之"得罪风霜苦，全生天地仁。青山数行泪，白首一穷鳞"。……有情有境，有人在其中也。〇又：刘长卿在《登干越亭》诗，前段尚宽和，至"得罪"三联，忽出哀苦之辞，遂觉通篇尽是哀苦。唐人诗法如是，若通篇哀苦，失操纵法。——《围炉诗话》

（清）乔亿：十韵中声泪俱下。文房诗之深悲极怨无愈于此者，真绝唱也。——《大历诗略》

送流人　　（唐）司空曙

闻说南中事，悲君重窜身。山村枫子鬼，江庙石郎神。童稚留荒宅，图书托古人。青门好风景，为尔一沾巾。

（清）冯班：哀哉！——《瀛奎律髓汇评》

（清）纪昀：有"闻说"二字，三、四便有根。不似项诗痴征土风，只如自说所历。○五、六凄楚。——同上

（清）无名氏（甲）：粤俗好巫鬼，故凡树石之异者多列祭祀。——同上

韶州留别张使君 （唐）韩 愈

来往再逢梅柳新，别离一醉绮罗春。久钦江总文才妙，自叹虞翻骨相屯。鸣笛急吹催落日，清歌缓送感行人。已知奏课当征拜，那复淹留咏白蘋。

从潮州量移袁州，张韶州以诗相贺，因酬之 （唐）韩 愈

明时远逐事何如？遇赦移官罪未除。北望诋令随塞雁，南迁幸免葬江鱼。将经贵郡烦留客，先惠高文谢起予。暂欲系舟韶石下，上宾虞舜整冠裾。此系韩愈以佛骨事贬潮州量移袁州时作。

左迁至蓝关示侄孙湘 （唐）韩 愈

一封朝奏九重天，夕贬潮阳路八千。欲为圣朝除弊事，肯将衰朽惜残年。云横秦岭家何在，雪拥蓝关马不前。知汝远来应有意，好收吾骨瘴江边。

（元）方回：人多讳死，时谓有谶。昌黎自谓必死潮州，明年量移袁

州,寻尔还朝。——《瀛奎律髓汇评》

（清）纪昀：语极凄切,却不衰飒。三、四是一篇之骨,末二句即归缴此意。——同上

（清）金人瑞：一、二不对也,然为"朝"字与"夕"字对,"奏"字与"贬"字对,"一封"、"九重"字与"八千"字对,"天"字与潮州"路"字对,于是诵之遂觉极其激昂。谁谓先生起衰之功,止在散行文字！○才奏便贬,才贬便行,急承三、四一联,老臣之诚悃,大臣之丰裁,千载如今日（首四句下）。○五、六非写秦岭云、蓝关雪也,一句回顾,一句前瞻,恰好逼出"瘴江边"三字。盖君子诚幸而死得其所,即刻刻是死所,收骨江边,正复快语。安有谏迎佛骨韩文公,肯作"家何在"妇人之声哉（后四句下）！——《贯华堂选批唐才子诗》

再授连州,至衡阳酬柳柳州赠别　　（唐）刘禹锡

去国十年同赴召,渡湘千里又分歧。重临事异黄丞相,三黜名惭柳士师。归目并随回雁尽,愁肠正遇断猿时。桂江东过连江下,相望长吟有所思。

（元）方回：柳士师事甚切。——《瀛奎律髓汇评》

（清）纪昀：此酬柳子厚诗,笔笔老健而深警,更胜子厚原唱。○七句绾合得有情。——同上

（清）无名氏（甲）：黄丞相指霸,霸再为颍州守。——同上

（清）王夫之：字皆如濯,句皆如拔,何必出沈、宋下？"长吟有所思"五字一气。"有所思",乐府篇名,言相望而吟此曲也,于此可得七言命句之法。——《唐诗评选》

（清）胡以梅：一、二对起,上下有情。三、四典瞻工切。五、六沉着,名家不同。——《唐诗贯珠》

（清）金人瑞：永贞元年,刘禹锡、柳宗元等八人,以附王叔文,皆贬。

至元和十年,例召至京师,又皆出为刺史。此诗乃二公至衡阳,水陆分路,因而有赠有酬也。一解四句,凡写四事:一写十年重贬,是伤士宦颠踬;二写千里又分,是悲知己隔绝;三写坐事重大,未如颍川小过;四写不曾自失,无异柳下不浼;最为曲折详至也(前四句下)。〇五、六为衡阳写景,此是二人分路处。七为桂江写景,此是二人相望处也(后四句下)。——《贯华堂选批唐才子诗》

朗州窦常员外寄刘二十八诗见促行骑,走笔酬赠　(唐)柳宗元

投荒垂一纪,作者自永贞元年谪为永州司马。至是元和十年为十一年,故云"垂一纪"也。新诏下荆扉。疑比庄周梦,情如苏武归。赐环留逸响,五马助征骓。不羡衡阳雁,春来前后飞。窦常字中行。元和七年冬,自水部员外郎为朗州刺史。先是刘禹锡与作者同贬。今例召至京师,常有此寄,公因酬谢。

诏追赴都,二月至灞亭上韩醇曰:"灞,水名,在京城之左。"

此将入京时作也。　(唐)柳宗元

十一年前南渡客,四千里外北归人。诏书许逐阳和至,驿路开花处处新。

闻乐天授江州司马　(唐)元稹

残灯无焰影幢幢,此夕闻君谪九江。垂死病中惊

坐起,暗风吹雨入寒窗。

（清）徐增：此诗重"此夕"二字。○大凡诗中用字,最不可杂乱,此诗若"残"字,若"无焰"字,若"谪"字,若"垂死"字,若"惊"字,若"暗"字,若"寒"字,如明珠一串,粒粒相似。用字之妙,无逾于此。——《而庵说唐诗》

（清）吴昌祺：衬第三句,而末复以景终之,真有无穷之恨。——《删订唐诗解》

寄迁客　　（唐）张 祜

万里南迁客,辛勤岭路遥。溪行防水弩,野店避山魈。瘴海须求药,贪泉莫举瓢。但能坚志义,白日甚昭昭。

（清）冯班：妙极,真诗人之文也。后四句沈、宋不过矣。——《瀛奎律髓汇评》

（清）纪昀：纯作戒词,立言有体,愈于感慨之言。末二句立意尤正大,惜其词未工,病在"甚昭昭"三字太腐气。——同上

（清）无名氏（甲）："水弩"即蜮,有箭射人。地有贪泉,饮之者多黩贿,惟有吴隐之偏酌而不改其廉。——同上

见宋拾遗题名处感而成诗　　（唐）杜 牧

窜逐穷荒与死期,饿惟蒿藿病无医。怜君更抱重泉恨,不见崇山谪去时! 崇山为放驩兜之所。

赠刘司户　　（唐）李商隐

江风吹浪动云根，重碇危樯白日昏。首二句赋当前景物，兼含比喻。表面只是写景，但对官场恶势力，描画得淋漓尽致。妙造自然。已断燕鸿初起势，指刘之被斥。更惊骚客后归魂。指刘之遭贬。汉廷急诏谁先入，说朝廷那有急诏求贤之意。楚路高歌意欲翻。在楚地与刘相遇。"意欲翻"言胸中愤激。万里相逢欢复泣，凤巢西隔九重门。欢指"万里相逢"，泣指"九重远隔"。二句将前六句一并写入，收到极简洁而又包涵不尽。按：刘司户即刘蕡。唐敬宗宝历年间切论黄门太横，将危社稷。泛为柳州司户，途至江西而卒。

木兰花　　（北宋）钱惟演

城上风光莺语乱。城下烟波春拍岸。绿杨芳草几时休，泪眼愁肠先已断。情怀渐变成衰晚。鸾鉴朱颜惊暗换。昔时多病厌芳尊，今日芳尊惟恐浅。

（宋）胡仔：《侍儿小名录》云："钱思公谪汉东（即随州）日，词云云，每酒阑歌之则泣下。后阁有白发姬，乃邓王（惟演父俶）歌鬟惊鸿也，遽言：'先王将薨，预戒挽铎中歌《木兰花》引绋为送，今相公亦将亡乎？'果薨于随州。邓王旧曲，亦尝有'帝乡烟雨锁春愁，故国山川空泪眼'之句。"——《苕溪渔隐丛话》

（明）吴从先：芳尊恐浅，正断肠处，情尤真笃。——《草堂诗余》

（明）杨慎：（末二句）不如宋子京"为君持酒劝斜阳，且向花间留晚照"，更委婉。——《词品》

次韵王郁林　　（北宋）苏 轼

晚途流落不堪言,海上春泥手自翻。汉使节空余皓首,故侯瓜在有颓垣。平生多难非天意,此去残年尽主恩。误辱使君相扠拭,宁闻老鹤更乘轩。

虞美人·宜州今广西宜山。见梅作　　（北宋）黄庭坚

天涯也有江南信。梅破知春近。夜阑风细得香迟。不道晓来开遍、向南枝。　　玉台弄粉花应妒。飘到眉心住。《太平御览·时序》:"宋武帝女寿阳公主人日卧于含章殿檐下。梅花落公主额上,成五出花,拂之不去。"平生个里此中。愿杯深。去国十年老尽、少年心。作者少年有寻花问柳的经历。但事隔十年。作者自绍圣元年被贬,至崇宁三年作此词时正好十年,昔日的风流化为沦落天涯,不胜今昔矣。

（近代）俞陛云:山谷受谴之日,投床酣卧,人服其德性坚定。此词殊方逐客,重见梅花,仅感叹少年,而绝无怨尤之语,诵其词可知其人矣。上阕"夜阑风细"二句,殊清婉有致。——《唐五代两宋词选释》

踏莎行　　（北宋）秦 观

雾失楼台,月迷津渡。桃源望断无寻处。可堪孤馆闭春寒,杜鹃声里斜阳暮。　　驿寄梅花,鱼传尺素。砌成此恨无重数。郴读瞋,平声。郴州属湖南长沙郡。江幸

155

自绕郴山，为谁流下潇湘去。

（宋）胡仔：少游到郴州，作长短句云"雾失楼台（略）"。东坡绝爱其尾两句，自书于扇曰："少游已矣，虽万人何赎？"——《苕溪渔隐丛话》

（宋）陈模：作诗作词虽曰殊体，然作词亦须要不粘皮着骨方高。秦少游词好者，如"郴江幸自绕郴山，为谁流下潇湘去"，自是有一唱三叹之味。何必语意必着，而后足以写此情。然作词亦须要艳丽之语。观此，诗之高者，须要刮去脂粉方是，此则其不同也。——《怀古录》

（明）王世贞："平芜尽处是青山，行人更在青山外"，又"郴江幸自绕郴山，为谁流下潇湘去"，此淡语之有情者也。——《艺苑卮言》

（清）先著、程洪："斜阳暮"犹唐人"一孤舟"句法耳，升庵之论破的。——《词洁》

（清）黄苏：按少游坐党籍，安置郴州。首一阕是写在郴，望想玉堂天上，如桃源不可寻，而自己意绪无聊也。次阕言书难达意，自己同郴水自绕郴山，不能下潇湘以向北流也；语意凄切，亦自蕴藉，玩味不尽。"雾失"、"月迷"，总是被谗写照。——《蓼园词选》

江城子　　（北宋）秦 观

西城杨柳弄春柔。动离忧。泪难收。犹记多情，曾为系归舟。碧野朱桥当日事，人不见，水空流。

韶华不为少年留。恨悠悠。几时休。飞絮落花时候、一登楼。便做春江都是泪，流不尽，许多愁。

（明）卓人月：前结似谢，后结似苏。《词钞》曰，词人佳句，多是翻案古人语。如此词"便做春江多是泪，流不尽，许多愁"。虽用李密数隋炀语，亦自李后主"问君能有几多愁，恰似一江春水向东流"句来，不过易"江"为"海"耳。——《古今词统》

（明）沈际飞：前结似谢，后结似苏，易其名，几不能辨。李后主"问君能有几多愁，恰似一江春水向东流"。少游翻之。文人之心，溶于不竭。——《草堂诗余·正集》

（清）陈廷焯："飞絮"九字凄咽，以下尽情发泄，却终未道破。——《词则·大雅集》

临江仙·信州作　　（北宋）晁补之

谪宦江城无屋买，残僧野寺相依。松间药臼竹间衣。水穷行到处，云起坐看时。　　一个幽禽缘底事，苦来醉耳边啼？月斜西院愈声悲。青山无限好，犹道不如归。前片结句用王维《终南别业》诗"行到水穷处，坐看云起时"，下片结句用范仲淹《越上闻子规》成句。

次景初见寄韵　　（北宋）唐　庚

此生正坐不知天，岂有豨苓解引年。但觉转喉都是讳，就令摇尾有谁怜。腰金已付儿童佩，心印当还我辈传。他日乘车来问道，苇间相顾共延缘。

（元）方回：任景初亦蜀人，大观四年同子西入京师。子西贬之明年，景初亦谪江左，皆数岁未得归。——《瀛奎律髓汇评》

（清）陆贻典：此首大有唐气，无一语直率也。——同上

（清）纪昀：三、四太尽情。——同上

点绛唇　　（北宋）汪　藻

新月娟娟，夜寒江静山衔斗。起来搔首。梅影横窗瘦。　　好个霜天，闲却传杯手。君知否？乱鸦啼后。归兴浓于酒。

（明）潘游龙：此乃"月落乌啼霜满天"景。——《古今诗余醉》

（清）黄苏：此首写在外栖栖不得意，思家之作耳。霜天无酒，落寞可知，写来却蕴藉。——《蓼园词选》

（近代）俞陛云：彦章出守泉州，移知宣城，内不自得，乃作此词。或问彦章词中"乱鸦"句命意所在，答曰"奈此群小何"。《能改斋漫录》云："有改'乱鸦'为'晚鸦'，'归兴'为'归梦'者，全乖本旨矣。"——《唐五代两宋词选释》

送胡邦衡之新州贬所二首　　（北宋）王庭珪

一封朝上九重关，是日清都虎豹闲。百辟动容观奏牍，几人回首愧朝班。名高北斗星辰上，身落南州瘴疠间。不待百年公议定，汉庭行召贾生还。

（清）查慎行：起句犯昌黎。——《瀛奎律髓汇评》

（清）纪昀：微伤謇直，而其词自壮。——同上

大厦元非一木支，要将独力拄倾危。痴儿不了公家事，男子要为天下奇。当日奸谀皆胆落，平生忠义只心知。端能饱吃新州饭，在处江山足护持。

　　(元)方回：王卢溪先生讳庭珪,字民瞻,庐陵人,政和八年登第,调茶陵丞,以上官不合,去隐卢溪者五十年。绍兴八年戊午十一月,编修胡公铨,字邦衡,以和议奏封事乞斩王伦、秦桧、孙进翮,十一年谪新州,卢溪作是诗送之。同邑人欧阳炎识遣其里人匡求告诗谤讪,送虎狱送勘。卢溪引咎追官,送辰州编管,时年七十矣,桧殂得归。孝庙立,召除国子监薄,再召除直敷文阁,时年九十余。有《卢溪集》传于世,杨诚斋作序。胡公谓于民瞻初未识面,胡再谪朱崖,桧殂,绍兴二十六年移衡州,又久之,始得自便。孝庙立,召用至从官资政殿学士。张魏公谓秦桧之专权,只成就得胡邦衡一人。如卢溪隐节固高,因此诗得罪,大名愈著。夫人不可以为不善,造物者未尝肯泯没之。又以见夫正人义士之不幸,乃国家之不幸,生灵之大不幸也。选此诗识中国之所以衰也。——《瀛奎律髓汇评》

　　(清)冯班：方君大好气节!　——同上

　　(清)冯班：二诗极似罗东江。——同上

　　(清)纪昀：语未免太粗,太激。前首已足,此首可省。——同上

次韵谢吕居仁居仁居贺州。　　　　(南宋)陈与义

　　别君不觉岁时荒,岂意相逢魑魅乡。箧里诗书总零落,天涯形貌各昂藏。江南今岁无胡虏,岭表穷冬有雪霜。倘可卜邻吾欲住,草茅为盖竹为梁。

　　(元)方回：读诸家诗,忽到后山、简斋,犹掊培塿而瞻太华,不胜高耸,自是一种风调。——《瀛奎律髓汇评》

　　(清)冯舒：阅诸家诗,忽到后山,犹去德士、美女而就面目生狞之伧父,或头童齿豁之老人,自是一种独夫臭。——同上

　　(清)冯班：犹去华堂而入厕屋。后山尚可,简斋可恨。——同上

　　(清)纪昀：简斋诗诚峭健。此诗殊无可取,不称此评。——同上

（清）冯舒：落笔便宋。——同上

（清）查慎行：穷冬雪霜，在岭表则为异事，亦所以寓迁谪之感。——同上

（清）纪昀："荒"字未妥。——同上

雷州和朱彧秀才诗，时欲渡海　　（南宋）胡　铨

何人着眼觑征骖，赖有新诗作指南。螺髻层层明晚照，蜃楼隐隐倚晴岚。仲连蹈海徒虚语，鲁叟乘桴亦谩谈。争似澹庵乘兴往，银山千叠酒微酣。

（元）方回：绍兴十八年戊辰十一月十五日，新州编管人胡铨，移吉阳军编管。先是广东经略使王铁问知新州张棣曰："胡铨何故未过海？"铨尝赋词云："欲驾巾车归去，有豺狼当辙。"棣奏铨倡和毁谤，而有是命。棣选使臣游崇部送，封小项筒过海。铨徒步赴贬，人皆怜之。至雷州，守臣王趯捕游崇私茗，械治，厚饷铨。趯后亦得罪。澹庵此诗，不少屈挠，真铁汉，又过于刘器之云。丙子年始移衡州。——《瀛奎律髓汇评》

（清）纪昀：过海用"骖"字不妥。○后四句不免颓唐。○必说"乘兴"亦是习气。——同上

和李参政泰发送行韵　　（南宋）胡　铨

落网端从一念差，崖州前定复何嗟。万山行尽逢黎母，双井浑疑到若耶。山鬼可人曾入梦，相君谈《易》更名家。此行所得诚多矣，更愿从公北泛槎。

160

（元）方回：原注云："李参政诗云：'梦里分明见黎母,生前定合到朱崖。'盖予尝在新州,梦一媪立床前,曰吾黎母也。黎姑山在琼崖、儋万之间,子瞻所谓四山环一岛是也。"先是,秦桧大书三人姓名于其家格天阁下曰：赵鼎、李光、胡铨。所必欲杀者也。鼎谪琼州,绍兴十七年丁卯卒。光字泰发,上虞人,时谪儋州。澹庵朱崖之行,经过儋州,故泰发以诗送之。澹庵素有黎母之梦,付诸前定,如谪新州时亦谓前定。福唐幕中分扇,得一画骑驴人西南行者,后新州之命,亦若暗合。夫不以迁谪介意,而付之于分,非达人不能也。——《瀛奎律髓汇评》

（清）冯班：黎母事可用。——同上

（清）纪昀：此首清稳。——同上

好事近　　（南宋）胡　铨

富贵本无心,何事故乡轻别？空使猿惊鹤怨,孔稚珪《北山移文》："蕙帐空兮夜鹤怨,山人去兮晓魂惊。"误薜萝风月。囊锥刚要出头来,不道甚时节！欲驾巾车归去,有豺狼当辙。"豺狼当道,休问狐狸"语出《东观汉记·张纲传》。绍兴八年,秦桧再次入相,力主和议,派王伦往金议和。此事激起了朝野一片抗议。当时作者为枢密院编修,尤为愤慨,上书高宗云："臣备员枢属,义不与桧等共戴天。区区之心,愿斩三人头(指秦桧、王伦、孙近)竿之藁街。……不然,臣有赴东海而死,宁能处小朝廷求活耶！"(《戊午上高宗封事》)此书一上,秦桧等人十分恐惧、恼怒,以"狂妄凶悖,鼓众劫持"罪名将胡铨除名,编管昭州(今广东乐平),四年后又押配新州(今广东新兴)。胡铨在逆境中不改操守,十年后在新州作此词,郡守张棣缴上之,以谓讥讪。秦愈怒,移送吉阳军(今海南崖县)编管。

清平乐·罢镇平_{今河南镇平县。}归西山草堂

（金）元好问

垂杨小渡,处处归鞍驻。八十田翁良愧汝,把酒

千言万语。 　　细侯竹马相从,笑渠奔走儿童。东汉郭
伋字细侯,竹马事见《后汉书·郭伋传》。十里村箫社鼓,依然傀儡
棚中。

怀季天中辽左　　　(清)严 沆

万里边城问谪居,躬耕辽海意何如。龙沙更作投
湘赋,凤阙长悬谏猎书。鸭绿流渐春水下,医间积雪
暮寒余。柳条渐识阳和近,未必君恩雨露疏。《清史稿·
季开生传》:"开生字天中,江南泰兴人。顺治六年进士,改庶吉士地,累迁至兵科右
给事中。十二年秋,乾清宫成,发帑遣内监往江南采购陈设器皿,民间讹言往扬州
买女子。开生上疏极谏。(按大清制度,宫中从无汉女)因责开生肆诬沽直,流尚阳
堡,寻卒戍所。"

季天中给事以直谏谪塞外,追送不及
(清)施闰章

策马送君君出门,朔风动地卷蓬根。孤臣抗疏甘
身死,万里投荒是主恩。笳奏天山边月小,城连沙碛
塞云昏。心知去国无多泪,肠断慈乌声自吞。

戊戌三月九日,自礼部被遣赴刑部口占二律
(清)吴兆骞

仓黄荷索出春官,扑目风沙掩泪看。自许文章堪

报主,那知罗网已摧肝。冤如精卫悲难尽,哀比啼鹃血未干。若道叩心天变色,应教六月见霜寒。

庭树萧萧暮景昏,那堪缧绁赴圜门。衔冤已分关三木,无罪何人叫九阍。肠断难收广武哭,心酸空诉鹄亭魂。应知圣泽如天大,白日还能照覆盘。

感怀诗呈家大人二首　　（清）吴兆骞

棘寺阴沉树色长,故园何处泪沾裳。独怜积毁能销骨,无那衔冤易断肠。授简圜扉思夏胜,上书梁狱泣邹阳。金门咫尺招贤地,不得雄文达建章。

寂坐匡床饮浊醪,临风愁听角声高。谤书何事腾三箧,壮士由来泣二桃。目断乡关空涕泗,心伤乌鸟自悲号。可怜一片江南月,永夜苍苍客梦劳。

帐　夜　　（清）吴兆骞

穹帐连山落月斜,梦回孤客尚天涯。雁飞白草年年雪,人老黄榆夜夜笳。驿路几通南国使,风云不断北庭沙。春衣少妇空相寄,五月边城未着花。

163

怀友人远戍四首<small>此怀吴兆骞远戍也。</small>　　　　（清）徐乾学

诏许宽恩徙朔方，那堪国士锁银铛。虎须校尉鞭车侧，绣韬将军踞道旁。马向千山关月白，雁飞万里塞云黄。龙兴事业伴丰沛，吊古应悲旧战场。

边城日日听鸣笳，极目辰韩道路赊。三袭貂裘犹未暖，一生雪窖便为家。晨看军府飞金镝，暮向溪山引犊车。千载管宁传皂帽，难从辽海问生涯。

已甘罪谴戍荒溪，又发家人习鼓鼙。孟博暂能随老母，子卿犹得见生妻。鹳鹆原上闻猿啸，鸡鹿山前听马嘶。梦里依稀归故国，千重关隘眼终迷。

十载西园载笔从，于令惨戚苦无悰。遂令文士虚江左，忍见诸公徙上庸。患难谁能存李燮，交游无计比何颙。可怜逐客无消息，盼绝金鸡下九重。

金缕曲二首　　（清）顾贞观

寄吴汉槎宁古塔，以词代书。丙辰（1676）冬寓京师千佛寺冰雪中作。

季子<small>春秋时吴王寿梦之子季札贤能，人称"延陵季子"。此指吴兆骞，既切</small>

姓，又附合他在兄弟中之排行。平安否？便归来、平生万事，那堪回首。行路悠悠谁慰藉？母老家贫子幼。记不起、从前杯酒。魑魅读痴妹，平去声。能害人的鬼怪。搏人应见惯，总输他覆雨翻云手。指坏人反覆无常的手段。杜甫《贫交行》："翻手作云覆作雨，纷纷轻薄何须数。"冰与雪，周旋久。　　泪痕莫滴牛衣汉代王章家很穷，尝卧牛衣中与妻子相对而泣。见《汉书·王章传》。透。数天涯，依然骨肉，吴兆骞遣戍宁古塔后其妻葛氏出关探亲，并在戍所一住十余年，生下一子四女。几家能够？比似红颜多命薄，犹言"文章憎命达"。更不如今还有。只绝塞、苦寒难受。廿载自吴获罪至作此词时间。包胥承一诺，春秋时伍子胥父兄被杀，从楚国逃往吴国时说"我必灭楚"。其朋友申包胥则说"我必存楚"。后伍子胥率兵攻陷楚国都城，申包胥入秦求救，在秦庭哭了七日七夜，终于感动秦王，出兵救楚。盼乌头马角指不可能发生的事。战国燕太子丹入秦为人质，求归。秦王说："乌（乌鸦）头白、马生角，乃可耳。"终相救。置此札，君怀袖。

我亦飘零久。十年来、作者自康熙五年（1666）中举后至作此词时间已十年。深恩负尽，死生师友。宿昔齐名非忝窃，作者与吴文坛齐名，时人誉为二妙。试看杜陵消瘦。作者以杜甫自比。曾不减、夜郎僝僽。僝僽读潺宙，平去声，憔悴。张辑《如梦令》："僝僽，僝僽。比着梅花谁瘦？"薄命长辞作者妻子已与世长辞。知己别，问人生到此凄凉否？千万恨，从君剖。　　先生辛未1631年。吾丁丑。1637年。共此时，冰霜摧折，早衰蒲柳。《世说新语》："晋简文帝与顾悦同年，见顾发早白，曰：'卿何以先白？'顾答：'蒲柳之姿，望秋而落。松柏之质，经霜犹茂。'"词赋从今须少作，留取心魂相守。但愿得、河清黄河之水本浊，古人则以黄河水清为太平盛世之象征。

人寿。归日急翻行戍稿，<small>指吴兆骞在塞外写的诗词文稿。</small>把空名料理传身后。言不尽，观顿首。

闻稚存遣伊犁 　　（清）王 昶

胸中五岳本难消，醉后狂言荷圣朝。<small>借用苏东坡句。</small>对簿已蒙宽一死，投荒何恨窜三苗。老泉谏术终须读，湘浦羁魂不待招。取次金鸡竿下信，阳关风雪返征轺。<small>洪亮吉，字稚存，以修高宗实录事忤旨，拟大辟，免死遣戍伊犁。</small>

赴戍登程口占示家人 　　（清）林则徐

力微任重久神疲，再竭衰庸定不支。苟利国家生死以，<small>春秋时期，郑国大夫在国内进行政治、经济改革，遭到国人诽谤时说："何害，苟利社稷，生死以之。"</small>岂因祸福避趋之？谪居正是君恩厚，养拙刚于<small>正好以。</small>戍卒宜。戏与山妻谈故事，试吟断送老头皮。<small>自注云：宋真宗闻隐者杨朴能诗，召对，问："此来有人作诗送卿否？"对曰："臣妻有一首云：更休落魄耽杯酒，且莫猖狂要咏诗。今日捉将官里去，这回断送老头皮。"上大笑放还山。东坡赴召狱，妻子送出门，皆哭，坡顾谓曰："子独不能如杨处士妻作一首诗送我乎？"妻子失笑，坡乃出。</small>

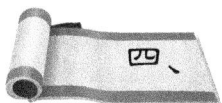

四、落　托

自洛之越　　（唐）孟浩然

遑遑三十载，书剑两无成。山水寻吴越，风尘厌
洛京。扁舟泛湖海，长揖谢公卿。且乐杯中物，谁论
世上名。

闻王昌龄左迁龙标，遥有此寄　　（唐）李　白

杨花落尽子规啼，闻道龙标过五溪。我寄愁心与
明月，随风直到夜郎西。王昌龄被贬为龙标尉。龙标在今湖南潜阳
县，唐时极荒凉，与贵州的辰溪、酉溪、巫溪、武溪、沅溪接壤。又：此夜郎即古夜郎
县，非汉时的夜郎王之地也。

（明）李攀龙：梅禹金曰曹植"愿作东北风，吹我入君怀"，齐澣"将心
寄明月，流影入君怀"，此诗兼裁其意，撰成奇语。——《唐诗广选》

（明）胡应麟：太白七言绝如"杨花落尽子规啼"、"朝辞白帝彩云
间"、"谁家玉笛暗飞声"、"天门中断楚江开"等作，读之真有挥斥八极、
凌属九霄意。贺监谓为"谪仙"，良不虚也。——《诗薮》

（清）毛先舒：太白"杨花落尽"与元微之"残灯无焰"体同题类，而风

趣高卑,自觉天壤。——《诗辩坻》

(清)黄生:趣。一写景,二叙事,三、四发意,此七绝之正格也。若单说愁,便直率少致,衬入景语,无其理而有其趣。——《唐诗摘钞》

(清)沈德潜:即"将心寄明月,流影入君怀"意,出以摇曳之笔,语意一新。——《唐诗别裁集》

(清)黄叔灿:"愁心"二句,何等缠绵悱恻!而"我寄愁心",犹觉比"隔千里兮共明月"意更深挚。——《唐诗笺注》

楼 上 　　(唐)杜 甫

天地空搔首,频抽白玉簪。皇舆三极北,身事五湖南。恋阙劳肝肺,论材愧杞楠。乱离难自救,终是老湘潭。

(明)王嗣奭:"乱离难自救,终是老湘潭",苦语次骨。——《杜臆》

(清)仇兆鳌:公律诗多在首联领起,亦有在三、四领下者。如七律"万古云霄一羽毛"领下"伊吕"、"萧曹","三分割据纡筹策"领下"运移"、"身歼"是也。五律此诗"皇舆三极北"领下"恋阙"、"论材","身事五湖南"领下"乱离"、"湘潭"是也。——《杜诗详注》

(清)浦起龙:起联声激而情壮,是虚领。次联为实拈,正指实"搔首"、抽簪之故,而又已分引下截。——《读杜心解》

(清)杨伦:李子德云:"语淡而雄,雄而悲,于此见大家身份。"——《杜诗镜铨》

远 游 　　(唐)杜 甫

江阔浮高栋,云长出断山。尘沙连越寓,风雨暗荆蛮。雁矫衔芦内，猿啼失木间。弊裘苏季子，历国未知还。上四阔远迷离，"远游"之景色也；下四进退失据，"远游"之心事也。

寄杜位 原注：顷者与位同在故严尚书幕。　　　（唐）杜　甫

寒日经檐短，穷猿失木悲。峡中为客恨，江上忆君时。天地身何往，风尘病敢辞。封书两行泪，沾洒裹新诗。

（明）王嗣奭："穷猿失木悲"，哀严武之死也。"天地身何往"，便堪流涕。既无可往，身健何益，病亦奚辞！——《杜臆》

（清）浦起龙：起，兴而比也，寓日暮途穷意。"江上"，指成都严幕。——《读杜心解》

江南逢李龟年　　　（唐）杜　甫

岐王宅里寻常见，崔九堂前几度闻。正是江南好风景，落花时节又逢君。乾隆敕编《唐宋诗醇》云："休唱贞元供奉曲，当时朝士已无多"，刘禹锡之婉情；"钿筝金雁皆零落，一曲伊州泪万行"，温庭筠之哀调。以彼方此，何其超妙！此千秋绝调也。

（清）黄生：一、二总藏一"歌"字。"江南"字见地，"落花时节"见时，四字将"好风景"三字衬润一层。"正是"字、"又"字紧醒前二句，明"岐宅"、"崔堂"听歌之时，无非"好风景"之时也。今风景不殊，而回思天宝之盛，已如隔世，流离异地，旧人相见，亦复何堪？无限深情，俱藏于数虚字之内。——《唐诗摘钞》

（清）黄叔灿："落花时节又逢君"，多少盛衰今昔之思！上二句是追旧，下二句是感今，却不说尽，偏着"好风景"三字，而意含在"正是"字、"又"字内。——《唐诗笺注》

寄江州白司马　　（唐）杨巨源

江州司马平安否？惠远东林住得无。溢浦曾闻似衣带，庐峰见说胜香炉。题诗岁晏离鸿断，望阙天遥病鹤孤。莫漫拘牵雨花社，青云依旧是前途。

（清）朱三锡：一起先作通候语。随以"惠远东林"询之，已含讽意。三、四就江州绝胜而言，正所谓"住得无"也。后四句招之也。五招以友生之至情；六招以君臣之大义，故曰"青云依旧"也。——《东岩草堂评订唐诗歌吹》

（清）金人瑞：看他轻轻动笔，只作通候语耳；却乃凭空取一"惠远东林"，与之如对不对。于是更不重起笔，便竟随手一顺写去，言江州与庐山只隔溢口一衣带水，传闻香炉峰为天下绝胜，定知司马日住其下也。本是极萧散之笔，偏自写来字字成双捉对。佛言不经烧打磨，决不成真金。试想其烧打磨之多，岂特一遍而已哉（前四句下）！○此欲招之归朝也。五将招之以友生之至情；六将招之以君父之至恩。然此二者，自是人所同有，何得我独毅然语之哉？夫亦从本人自己心窝中，设身处地代抒其诚然者，而本人乃自不觉幡然其遂起。末句又带"雨花"字来，销缴上文"惠远"字也（后四句下）。——《贯华堂选批唐才子诗》

（清）毛张健：是诗起伏照应，句句有着落，然又参差融洽，不拘故方，惟纯熟之候乃有此境。○斗作问询之词，便带起"离鸿"句意。——《唐体肤诠》

酬元员外三月三十日慈恩寺相忆见寄

（唐）白居易

怅望慈恩三月尽,紫桐花落鸟关关。诚知曲水春相忆,其奈长沙老未还。赤岭猿声催白首,黄茅瘴色换朱颜。谁言南国无霜雪,尽在愁人鬓发间。苏渊雷先生云:此首系白谪江州时作,故以贾谊谪长沙自况。慈恩曲水,长安胜境,赤岭黄茅江表荒寒,形成了强烈对照;而猿声瘴气,白首朱颜,更是对照中之对照。

夜宿江浦,闻元八改官,因寄此什　　（唐）白居易

君游丹陛已三迁,我泛沧浪欲二年。剑佩晓趋双凤阙,烟波夜宿一渔船。交亲尽在青云上,乡国遥抛白日边。若报生涯应笑杀,结茅栽芋种畲田。

答柳子厚　　（唐）刘禹锡

年方伯玉早,蘧瑗字伯玉。庄子曰:"蘧伯玉行年六十而六十化。"恨比四愁多。张衡作《四愁诗》。会待休车骑,《文选·谢朓〈休沐重还道中〉》诗:"还邛歌赋似,休汝车骑非。"相随出蔚罗。《礼记·月令》:"鸠化为鹰,然后设蔚罗。"

罢郡归洛阳寄友人　　（唐）刘禹锡

远谪年犹少,初归鬓已衰。门闲故吏去,室静老

171

僧期。不见蜘蛛集，频为偻句欺。颖微囊未出，寒甚谷难吹。用邹衍寒谷吹律事，见刘向《别录》。濩落惟心在，平生有已知。商歌夜深后，听者竟为谁。

陕州河亭陪韦五大夫雪后眺望，因以留别，与韦有布衣之旧，一别二纪，经迁贬而归　　（唐）刘禹锡

雪霁大阳津，城池表里春。河流添马颊，原色动龙鳞。万里独归客，一杯逢故人。登高向西望，关路正飞尘。

（宋）周弼：思归之念，百折千萦；故人偶聚，谈心握手，此际襟期，千万笔写之不出。此篇三联以十字合写。不过加"万里"、"一杯"四字，使读之者怆然，情在此，所谓手笔独高处；况起句浑雄，次句浩大，二联景色恰接表里；在春来又复旷远，而后衬出十字，愈觉凄恻。结句又极含蓄不尽。如此诗者，非唐人特绝乎？——《碛砂唐诗》

重答柳柳州　　（唐）刘禹锡

弱冠同怀长者忧，临岐回想尽悠悠。耦耕若便遗身世，黄发相看万事休。

听旧宫中乐人穆氏唱歌　　（唐）刘禹锡

曾随织女渡天河，记得云间第一歌。休唱贞元供

奉曲,当时朝士已无多。

> (宋)谢枋得:不言"无",而言"无多",此诗人巧处。——《注解选唐诗》
>
> (近代)俞陛云:诗以织女喻嫔妃,以云间喻宫禁,白头宫女如穆氏者,曾供奉披庭,岁月不居,朝士贞元,已稀如星凤,解听《清平》旧调者能有几人?梦得闻歌诗凡三首,赠嘉荣与何戡,皆专赠歌者,此则兼有典型之感。——《诗境浅说续编》

三赠刘员外　　(唐)柳宗元

信书成自误,经事渐知非。今日临岐别,何年待汝归。

答刘连州邦字　　(唐)柳宗元

连璧本难双,分符刺小邦。崩云下漓水,劈箭上浔江。负弩啼寒狖,鸣桴惊夜狵。遥怜郡山好,谢守但临窗。

重别梦得　　(唐)柳宗元

二十年来万事同,今朝岐路忽西东。皇恩若许归田去,晚岁当为邻舍翁。《韩柳诗选》云:"'二十年'、'今朝'、'晚岁'笔法相之妙。"

闻藉田有感　　（唐）柳宗元

天田不日降皇舆，留滞长沙岁又除。宣室无由问
厘事，周南何处托成书。<small>司马迁《太史公自叙》："太史公留滞周南，执
迁手泣曰：'今天子封泰山，而余不得从行，是命也夫。汝为太史，无忘吾所欲论著
矣。'"元和五年十月宪宗诏，来年正月十六日东郊藉田，敕有司修撰仪注。公自言
留滞永州如太史公不得从行。</small>

酬张祜处士见寄长句四韵　　（唐）杜 牧

七子论诗谁似公，曹刘须在指挥中。荐衡昔日知
文举，乞火无人作蒯通。北极楼台长挂梦，西江波浪
远吞空。可怜故国三千里，虚唱歌辞满六宫。<small>其时令狐楚
以张祜诗三百篇随状表进。祜至京，上问元稹，稹曰："雕虫小技，奖激之恐变陛下
风教。"祜乃罢归。</small>

金塘路中　　（唐）李群玉

山连楚越复吴秦，蓬梗何年是住身？黄叶黄花
古城路，秋风秋雨别家人。冰霜想渡商于冻，桂玉愁
居帝里贫。十口系心抛不得，每回回首即长颦。<small>按：
金塘路去楚、去越、去吴、去秦均可，不知何处为是，亦不能一处都不去。黄叶黄
花写路，秋风秋雨写人；路即楚越吴之路，人即飘蓬断梗之人。亦三承一，四承
二法。</small>

风　雨　　（唐）李商隐

凄凉宝剑篇，羁泊欲穷年。言遭摒弃，长年漂泊。黄叶仍风雨，青楼自管弦。不只拿得意失意的人作对照，而且有得意人自享荣华，而把寒士置之度外之意。新知遭薄俗，遇到新交的谗嫉，排斥。旧好隔良缘。指令狐绹的暌隔。心断新丰酒，消愁斗几千？意谓望断新丰之酒，不知需几千银子始容一销愁恨。直言之，不知如何才能入官京师也。

（明）陆时雍：三、四语极自在。诗以不做为佳。中、晚刻核之极，有翻入自然者，然未易多摘耳。——《唐诗镜》

（清）姚培谦：凄凉羁泊，以得意人相形，愈益难堪。风雨自风雨，管弦自管弦，宜愁人之肠断也。夫新知既日薄，而旧好且终暌，此时虽十千买酒，也消此愁不得，遑论新丰价值哉！——《李义山诗集笺注》

（清）屈复：当凄凉羁泊时，风雨之夕，听青楼管弦，因感新知旧好，而思斗酒消愁，情甚难堪。——《玉溪生诗意》

（清）纪昀：神力完足。"仍"字、"自"字，多少悲凉！——《玉溪生诗说》

晓　坐　　（唐）李商隐

后阁罢朝眠，前墀思黯然。梅应未假雪，柳自不胜烟。泪续浅深绠，肠危高下弦。红颜无定所，得失在当年。何焯云："结语似指与令狐交谊不终，微有悔意。"○纪昀云："有悔从茂元之意。"

酬别令狐补阙　　（唐）李商隐

惜别夏仍半，回途秋已期。那修直谏草，更赋赠行诗。锦段_{张衡《四愁诗》："美人赠我锦绣段，何以报之青玉案。"}知无报，青萍肯见疑。人生有通塞，公等系安危。警露鹤_{《埤雅》："鹤性警，八月白露降于草上，点滴有声，则高鸣相警。"}辞侣，吸风蝉抱枝。弹冠_{《汉书》："王阳在位，贡禹弹冠。"}如不问，又到扫门_{《史记》："魏勃欲见齐相曹参，家贫无以自通，早晚扫齐相舍人门，舍人见之，参拜为内史。"}时。

寓　目　　（唐）李商隐

园桂悬心碧，池莲饫_{饱也，厌也。}眼_{佛书：眼以色为食。}红。此生真远客，几别即衰翁。小幌风烟入，高窗雾雨通。新知他日好，锦瑟傍朱栊。_{纪昀云："前四句乃触目生感，后四句乃追寻旧迹，故两层写景而不复，非屋上架屋之比。格意殊高，不以字句香倩掩之。"}

寄罗劭兴　　（唐）李商隐

棠棣_{棠棣即常棣，《诗经》篇名。后常用以指兄弟。}黄花发，忘忧_{萱草忘忧，俗名金针菜。}碧叶齐。人闲微病酒，燕重远嗔_{此读衔，平声。通衔。《史记·大宛列传》："昆莫生弃于野，鸟嗔肉蜚其上，狼往乳之。"司马贞索引："嗔音衔。"}泥。混沌何由凿，_{《庄子·应帝王》："南海之帝为儵、北海之帝为忽，中央之帝为混沌……儵与忽谋报混沌之德，曰：'人皆有七窍，此独无有，尝试凿之。'日凿一窍，七日而混沌死。"}青冥_{天也。}未有梯。高阳旧

176

徒侣，高阳酒徒见《史记》。时复一相携。叶葱奇疏解曰："三四二句，对法极活，'燕重远嗛泥'暗比谋生的劳苦。"

赠子直花下 子直，令狐绹也。　　　　（唐）李商隐

池光忽隐墙，花气乱侵房。屏缘蝶留粉，窗油蜂印黄。官书推小吏，侍史从清郎。并马更吟去，寻思有底忙。

假　日　　（唐）李商隐

素琴弦断酒瓶空，倚坐欹眠日已中。谁向刘伶天幕内，更当陶令北窗风。刘伶《酒德颂》："幕天席地，纵意所如。"何焯曰："下句却是家无四壁，却写得如此绮丽。"

任弘农尉献州刺史乞假还京　　（唐）李商隐

黄昏封印点刑徒，愧负荆山入座隅。却羡卞和双刖足，一生无复没阶趋。按作者《本传》："调弘农尉以活狱忤观察使孙简，将罢去。"此诗当是此时所作。

寄在朝郑、曹、独孤、李四同年　　（唐）李商隐

昔岁陪游旧迹多，风光今日两蹉跎。不因醉本兰亭在，兼忘当年旧永和。

春日寄怀　　（唐）李商隐

世间荣落重逡巡，我独丘园坐四春。纵使有花兼有月，可堪无酒又无人。青袍似草年年定，白发如丝日日新。如逐风波千万里，未知何路到龙津。"青袍似草年年定"，"定"字奇。

和刘评事永乐闲居见示　　（唐）李商隐

白社《晋书》："董京与陇西计吏俱至洛阳逍遥吟咏，常宿白社中。"幽闲君暂居，青云器《文选·颜延之〈五君咏〉》："仲容青云器。"业我全疏。看封谏草归鸾掖，殿旁小门称掖。尚贲衡门待鹤书。莲耸碧峰关路近，荷翻翠盖水堂虚。自探典籍忘名利，欹枕时惊落蠹鱼。

寄令狐学士绹也。　　（唐）李商隐

秘殿崔嵬拂彩霓，曹司今在殿东西。赓歌太液翻黄鹄，从猎陈仓护碧鸡。晓饮岂知金掌迥，夜吟应讶玉绳低。钧天虽许人间听，阊阖门多梦自迷。《西京杂记》："昭元元年，黄鹄下太液池，帝为歌曰：'黄鹄飞兮下建章。'"○何焯曰："顾瞻玉堂如在天上，流落人间者九关万里，梦不得到而君则晓饮夜吟于其中，因不啻浊水污泥清路尘也。"○朱彝尊曰："无门而曰门多，微词可想。"

偶　题　　(唐)罗　隐

　　钟陵醉别十余春，重见云英掌上身。我未成名君未嫁，可能俱是不如人。何光远《鉴诫录》云："罗秀才隐，傲睨于人，体物讽刺。初赴举之日，于钟陵筵上与妓云英同席。一纪后，下第，又经钟陵，复与云英相见。云英抚掌曰：'罗秀才犹未脱白矣。'隐虽内耻，寻亦嘲之曰：'钟陵醉别十余春……'"

宛陵送李明府罢任归江州　　(唐)来　鹄

　　菊花村晚雁来天，共把离杯向水边。官满便寻垂钓侣，家贫已用卖琴钱。浪生溢浦千层雪，云起炉峰一炷烟。倘见吾乡旧知己，为言憔悴过年年。

和杨乐道见寄　　(北宋)王安石

　　宅带园林五亩余，萧条还似茂陵居。杀青满架书新缮，生白当窗室久虚。孤学自难窥奥密，重言犹得慰空疏。相思每欲投诗社，只待青蒲叶可书。

南康望湖亭　　(北宋)苏　轼

　　八月渡长湖，萧条万象疏。秋风片帆急，暮霭一山孤。许国心犹在，匡时术已虚。峨嵋家万里，投老得归无。

次韵郑介夫二首　　（北宋）苏 轼

一落泥途迹愈深，尺薪如桂米如金。长庚到晓空陪月，太岁今年合守心。《汉书》："岁星守心，年谷丰登。"相与啮毡持汉节，何妨振履出商音。刘向《新序》："原宪曳杖拖履，行歌商颂，声满天地，如出金石。"孤云倦鸟空来往，自要闲飞不作霖。

一生忧患萃残年，心似惊蚕未易眠。海上偶来期汗漫，苇间犹得见延缘。良医自要经三折，老将何妨败两甄。甄读坚，平声。战阵有左甄右甄，称两甄，即左右翼也。收取桑榆种梨枣，祝君眉寿似增川。增川见《诗·小雅》。

被命南迁，途中寄定武同寮　　（北宋）苏 轼

人事千头及万头，得时何喜失何忧。只知紫绶三公贵，不觉黄粱一梦游。适见恩纶临定武，忽遭分职赴英州。南行若到江干侧，休宿浔阳旧酒楼。末句用白居易浔阳江头送客事。

十二月二十八日蒙恩责授检校水部员外郎黄州团练副使，复用前韵二首　　（北宋）苏 轼

百日归期恰及春，余年乐事最关心。出门便旋风

吹面，走马联翩鹊啅人。却对酒杯浑是梦，试拈诗笔已如神。此灾何必深追咎，窃禄从来岂是因。

平生文字为吾累，此去声名不厌低。塞上纵归他日马，城东不斗少年鸡。休官彭泽贫无酒，隐几维摩病有妻。堪笑睢阳老从事，为予投檄向江西。自注：子由闻予下狱，乞以官爵赎予罪。贬筠州监酒。○便旋，徘徊也。旧注小便非。《左传·宣公十二年》："少进而还。"杜预注："还，便旋不进。"邵晋涵曰："此用《广雅》徘徊，便旋也。"

和孙莘老次韵　　（北宋）苏　轼

去国光阴春雪消，还家踪迹野云飘。功名正自妨行乐，《晋书·向秀传》："秀注《庄子》。嵇康曰：'此书讵复须注？正自妨人作乐耳。'"迎送才堪博早朝。白乐天诗："昏昏一觉睡，不博早朝人。"虽去友朋亲吏卒，却辞谗谤得风谣。明年我亦江南去，不问繁雄与寂寥。

送吴先生谒惠州苏副使　　（北宋）陈师道

闻名欣识面，异好有同功。我亦惭吾子，人谁恕此公。百年双白鬓，万里一秋风。为说任安在，依然一秃翁。

（元）方回：此吴子野有道术者。东坡以绍圣元年谪惠州，意谓子野

之访东坡,我其门下士亦惭之也。任安秃翁事,后山自以不负东坡。自颍教既罢之后,绍圣中不求仕也。——《瀛奎律髓汇评》

(清)冯班:腹联学杜套。——同上

(清)查慎行:第六逊前。止言景,景中无情。落套。——同上

(清)纪昀:题目好,诗自忱爽。三句"我"、"吾"字复。五、六未免自套。——同上

(清)无名氏(甲):卫青失势,宾客皆归去病,惟任安不去,与韩长孺共一老秃翁。——同上

寄钦用　　(金)元好问

憔悴京华苜蓿盘,南山归兴夜漫漫。长门有赋人谁买? 坐榻无毡客亦寒。虫臂偶然烦造物,《庄子·大宗师》:"以汝为鼠肝乎,以汝为虫臂乎?"成玄英疏云:"难彼大造,弘著无私,偶尔为人,忽然通化。不知方外适往何道变作何物。将汝五脏为鼠之肝,或化四支为虫之臂。任化而往,所遇皆适也。"麇头何者亦求官。《旧唐书·李揆传》:"初揆秉政,侍中苗晋卿累荐元载为重官。揆自恃门望,以载地寒,甚轻易,不纳,而谓晋卿曰:'龙章凤姿之士不见用,麇头鼠目之子乃求官。'"故人东望应相笑,世路羊肠乃尔难。

喜李彦深过聊城　　(金)元好问

围城十月鬼为邻,异县相逢白发新。恨我不如南去雁,羡君独是北归人。言诗匡鼎功名薄,《汉书·匡衡传》:"诸儒为之语曰:无说诗,匡鼎来,鼎说诗,解人颐。"匡鼎,即匡衡也。去国虞翻骨相屯。韩愈《韶州留别张端公使君》:"久钦江总文才妙,自叹虞翻骨相屯。"注云："虞翻仕吴为散骑都尉，尝云：'自恨骨体不媚，犯上获罪。'"老眼天公只如此，穷途无用说悲辛。

出国门作四首　　（清）杭世骏

西风凉入袷衣轻，似促羁人出凤城。雁隔断云联远阵，马衡残月带班声。湖山待我看秋色，驿路从头问旧名。稍喜渐能除妄想，仁祠还证古先生。

尘涨都亭失翠微，一行风柳扑人飞。蝶将晒午先垂翅，荷为延秋早褪衣。七载旧游程可按，卅年壮志事全违。穷檐肯负名山业，史稿还堪证昔非。

辘轳短绠汲银华，古井无波剩可嗟。隔岁梦违仙鹤发，满湖香负妙莲花。人材似此三十过，骨相看来百事差。萧瑟风前一回首，可怜眯目尽黄沙。

馆号翘材傍禁除，花砖绫被近何如？神仙窟宅元难占，玉雪才华似可居。史局未知谁秉笔，翰林闻说有群书。相参分与疏慵隔，依旧秋风下泽车。按：以上诗为杭世骏落职后离京作。

五、刑狱 赦释

既蒙宥读又,去声,赦免也。**罪,旋复拜官,伏感圣恩,窃书鄙意,兼奉简新除使君等诸君** （唐）王 维

忽蒙汉诏还冠冕,始觉殷王《史记·殷本纪》:"汤出,见野张网四面,祝曰:'自天下四方皆入吾网。'汤曰:'嘻,尽之矣!'乃命去其三面,祝曰:'欲左,左,欲右,右。不用命,乃入吾网。'诸侯闻之曰:'汤德至矣,及禽兽。'"解网罗。日比皇明犹自暗,天齐圣寿未云多。花迎喜气皆知笑,鸟识欢心亦解歌。闻道百城新佩印,还来双阙共鸣珂。

（清）金人瑞:既赦罪,又复官,若顺事各写,此成何章句,今看其小出手法,只将二事拧作二句,言我直至复官之后,始悟既以赦罪矣。便令前此畏罪之深,后此蒙恩之重,前此惊魂一片,后此衔感万重,所有意中意外如恍如惚,无数情事,不觉尽出。此谓临文变化生心之能也。三、四承"忽蒙""始觉"文势,自更不得不出于感颂。三是感,四是颂,此自是一时至情至理,切不得样其陋俗也(前四句下)。○上解,伏感圣恩。此解奉简诸公也。言诸公新除百城,诚无便来双阙之理,然我今无限欢喜,实已更不自持,安得知己都来,一齐看我欢喜。五、六,花皆含笑,鸟亦解歌者,盖事出望外,心神颠倒,所谓不自知其手之舞之,足之蹈之也(后四句下)。——《贯华堂选批唐才子诗》

狱中见壁画佛　　（唐）刘长卿

不谓衔冤处，而能窥大悲。独栖丛棘下，还见雨花时。地狭青莲小，城高白日迟。幸亲方便力，犹畏毒龙欺。

狱中闻收东京有赦　　（唐）刘长卿

传闻阙下降丝纶，为报关东灭虏尘。壮志已怜成白首，余生犹待发青春。风霜何事偏伤物，天地无情亦爱人。持法不须张密网，恩波自解惜枯鳞。

酬张芬有赦后见赠　　（唐）司空曙

紫凤朝衔五色书，阳春忽报网罗除。已将心变寒灰后，岂料光生腐草余。建水风烟收客泪，杜陵花竹梦郊居。劳君故有诗相赠，欲报琼瑶恨不如。

徐方平后闻赦，因寄袭美　　（唐）陆龟蒙

新春旒扆御翚轩，海内初传涣汗恩。秦狱已收为厉气，瘴江初返未招魂。英才尽作龙蛇蛰，战地多成虎豹村。除却数般伤痛外，不知何事及王孙。

己未十月十五日，狱中恭闻太皇太后不豫，有赦，作诗 （北宋）苏 轼

庭柏阴阴昼掩门，乌知有喜闹黄昏。《南史》："宋元康中，徙彭城王义康为豫章。临川王义庆时为江州，相见而笑。文帝闻而怪之。召还宅。义庆大惧。妓妾夜闻乌鹊声，叩斋阁云：明日应有赦。因制《乌夜啼》曲。"汉宫自种三生福，楚客还招九死魂。纵有锄犁及田亩，已无面目见丘园。只应圣主如尧舜，犹许先生作正言。雍熙四年改补阙为左右司谏，拾遗为左右正言。

予以事系御史台狱，狱吏稍见侵，自度不能堪，死狱中，不得一别子由，故作二诗授狱卒梁成，以遗子由二首 （北宋）苏 轼

圣主如天万物春，小臣愚暗自亡身。百年未满先偿债，十口无归更累人。是处青山可埋骨，他时夜雨独伤神。与君今世为兄弟，又结来生未了因。

柏台霜气夜凄凄，风动琅珰月向低。梦绕云山心似鹿，魂惊汤火命如鸡。眼中犀角《后汉书·李固传》："固貌状有奇表，鼎角匿犀。"注："谓骨当额上入发际隐起也。"真吾子，身后牛衣愧老妻。百岁神游定何处，桐乡知葬浙江西。自注：狱中闻杭、湖间民为余作解厄道场累月，故有此句。

怀　古　　　（辽）萧观音（女）

宫中只数赵家妆，败雨残云误汉王。惟有知情一片月，曾窥飞燕入昭阳。据王鼎《焚椒录》载，此诗作于辽道宗大康元年(1075)，身为皇后的萧观音因谏阻道宗单骑驰猎，已久被疏远，心情孤寂与苦闷。因而对赵飞燕的遭遇，很容易引起共鸣。诗中对赵飞燕的某些同情，也是作者的自我伤悼。然而此诗却引起了萧的仇家，时为枢密使的耶律乙辛的可乘之机。据《焚椒录》记载，耶律乙辛伪作《十香词》骗取萧观音抄写。萧在没有丝毫防备的情况下，在抄写之后，又题上了这首《怀古诗》。耶律乙辛利用道宗的弱点，编造情节，上奏道宗，把《十香词》作为萧观音赠给乐官赵惟一的"淫词"，而《怀古》诗中又有"赵"、"惟"、"一"三字，遂诬萧后与赵惟一"淫通"。道宗在盛怒之下"族诛"赵惟一，并逼萧后自尽。可怜一代才女，便如此百口莫辩，了却一生，年仅三十六岁。

大名总督马光辉，移会总河杨芳兴、总漕沈文奎特疏参余，下山东按察司狱　　（清）阎尔梅

一蹇何劳八县兵，凌霜踏醉济南城。方昏适值髡头午，近晓犹看贯索横。埋骨应怜无净土，招魂可惜是虚名。愁中静想明夷数，箕子文王结伴行。

狱中赋七律一首　　（清）阎尔梅

死国非轻死逆轻，鸿毛敢与泰山争。楚衰未必无三户，夏复由来起一成。日月有时经晦蚀，乾坤何旦不皇明。宠新岂是承恩者，空自将身买贼名。朱庭珍《筱园诗话》："（阎尔梅）献吴三桂诗曰：'力穷楚覆求秦救，心冷韩亡受汉封。'籍家得

诗,逮下狱。圣祖爱其才,谓使事雅切,且曰:'少陵亦曾有上哥舒翰诗,一时慕势,安能逆料其后之猖獗?朕终不以诗文罪人。'时相亦为之解,遂蒙恩宥。赦后谢冯益都、魏柏乡两相国诗云:'君相殊恩能造命,湖山归隐好藏身。'立言清婉,尤可味也。"

春夜集孝升斋中,偕魏子存、刘公勇、程蕉麓、王西樵、王贻上、崔兔床、伯紫、仲调限韵二首 　　　　(清)阎尔梅

冰栗金柑涤玉觥,山人春仲出春明。螳螂误入琴工指,鹦鹉虚传鼓吏名。饮饯何妨呼竟夜,还家不复惮长征。吴歈丝竹齐讴板,近晓骊歌一再赓。

六十年余对一灯,诗书厄与数相承。关西鸟冢悲杨震,洛下龙门祸李膺。履杖暂陪新鸟绶,渔樵长别旧山陵。同人唱和含凄恻,有似河梁怆不胜。杨钟羲《雪桥诗话》云:"阎古古参史阁部军事,乙酉以还,刊章名捕,龚芝麓救之而免。尝于龚座上赋诗,有'螳螂误入琴工指,鹦鹉虚传鼓吏名'之句,一时名流,咸为之阁笔。"

释后携儿繁露,晚发钱塘 　　　　(清)陆圻

作客新城道,登车挈汝来。可怜怀橘孝,幸免覆巢灾。人比圜扉长,天从远嶂开。莫愁江水落,明日送潮回。

林天孙自漳州来访，天孙乃黄石斋先生弟子，时黄先生被逮　（清）宋徵舆

燕市霜飞五月寒，投荒君子更南冠。谪同贾谊官仍夺，时异灵均死亦难。大涤春阴猿鹤怨，武夷秋雨薜萝残。自注：大涤、武夷皆先生讲学处。凭君归报金鸡信，重扫先生旧讲坛。

送方太夫人西还　（清）徐　灿(女)

旧游京国久相亲，三载同淹紫塞尘。玉佩忽携春色至，兰灯重映岁华新。多经坎坷增交谊，遂判云龙断凤因。料得鱼轩回首处，沙场犹有未归人。沈德潜按：此羡方太夫人归，而己未能归也。在极愁惨中不失和平气象，是为正声。

慰李琳枝侍御诏狱　（清）丁　澎

抗疏今何事，身危直道难。忽闻收北寺，不敢问南冠。草莽臣无状，朝廷法屡宽。圣明汝汝懃，频取谏书看。

怀汉槎在狱　（清）徐乾学

吴郎才笔胜诸昆，多难方知狱吏尊。谁为解骖存

国士，可怜一饭困王孙。蝉吟织室秋声静，剑没丰城夜气昏。闻道龙沙方议谴，圣朝解网有新恩。

弼教坊　　（清）钮琇

绝命悲辞狱里成，衔须赴市气峥嵘。曾无富贵娱杨恽，偏有文章杀祢衡。白骨几人收远瘞，青编何日署空名。只应日夜钱塘水，怒作寒涛千载声。此为吴炎作也。吴炎被难，其妻子流离冀北，老母年且七十余，幼孙被羁继走辽海数千里道……○翁广平《书湖州庄氏史狱》：吴江吴炎、潘柽章等十余人，并刻书鬻书者，同磔于杭之弼教坊。时康熙二年（1663）癸卯五月五日也……是狱也，死者七十余人，遣戍者百余人。

感　事　　（清）钮琇

赭服南冠两鬓华，却携妻子系天涯。春风客泪河桥柳，夜月乡心驿路笳。恸哭范滂犹有母，飘零张俭已无家。只今知己多豪侠，空忆当时广柳车。

喜吴汉槎归自关外，次座主徐先生韵

（清）纳兰性德

才人今喜入榆关，回首秋笳冰雪间。玄菟漫闻多白雁，黄尘空自老朱颜。星沉渤海无人见，枫落吴江有梦还。不信归来真半百，虎头每语泪潺湲。

述哀二首　　（清）长二姑（女）

谁道今皇恩遇殊，法宽难为罪臣舒。坠楼空有偕
亡志，望阙难陈替死书。白练一条君自了，愁肠万缕
妾何如？可怜最是黄昏后，梦里相逢醒也无。

掩面登车涕泪潜，便如残叶下秋山。笼中鹦鹉归
秦塞，马上琵琶出汉关。自古桃花怜命薄，者番这番也。
萍梗恨缘艰。伤心一派芦沟水，直向东流竟不还。作者
为和珅之妾，事见《清朝野史大观》及郭则沄《十朝诗乘》。

癸卯闰秋被命东归，少穆尚书林则徐。以诗赠行，次韵却寄二首　　（清）邓廷桢

秋净天山正合围，忽传宽大许东归。余生幸保精
魂在，往日沉思事业非。遇雨群疑知并释，抟风独翼
让先飞。河梁自古伤心地，无那分携泪满衣。

事如春梦本无痕，绝塞生还独戴恩。未必茝兰香
共揽，要留姜桂性常存。百年多难思招隐，半壁殷忧
敢放言。此去刀环听续唱，迟公归骑向青门。

少穆被命还朝以诗二章迎之　　（清）邓廷桢

高皇拓地越乌秅，圣主筹边轶汉家。拟向轮台置

191

田卒,特教博望泛秋槎。八城户版输泉赋,千骑旃裘拥节华。载笔他年增掌故,羁臣乘传尽流沙。

夔蚿心事最怜君,燕羽差池惜暂分。宣室忽闻新涣汗,霸陵真起故将军。春风远度天山雪,卿月重依帝阙云。往岁诗篇盟息壤,道周相候慰离群。

狱中题壁　　(清)谭嗣同

望门投止思张俭,事见《后汉书·张俭传》。忍死须臾待杜根。东汉杜根为郎中,当时邓太后临朝摄政,外戚弄权,杜根上书要求归政安帝。太后大怒,令人将他装在布袋里,欲在殿上将其摔死,执法者知他是忠臣,手下留情,载出城外逃亡,隐姓名为酒店酒保,后太后被诛,复职后为侍御史。我自横刀向天笑,去留肝胆两昆仑。去者疑指康有为,留者疑指自己。

（四）

离

别

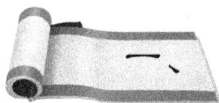

一、送　留　别

赠苏绾书记　　（唐）杜审言

知君书记本翩翩，为许从戎赴朔边。红粉楼中应计日，燕支山下莫经年。

（明）胡应麟：唐初五言绝，子安之作已入妙境。七言初变梁陈，音律未谐，韵度尚乏。惟杜审言《渡湘江》《赠苏绾》二首，结皆作对，而天然工致，风味可掬。——《诗薮》

（明）邢昉：初唐风华迥绝，已启盛、中唐妙境。——《唐风定》

春夜别友人　　（唐）陈子昂

银烛吐青烟，金樽对绮筵。离堂思琴瑟，别路绕山川。明月隐高树，长河没晓天。悠悠洛阳道，此会在何年？

（清）顾安：清晨送别，乃于隔夜设席饮至天明。此等诗，在射洪最为不经意之作，而后人独推之，何也？此诗不用主句，看他层次照应之法。○射洪识见高超，笔力雄迈，胸中若不屑作诗，即一切法若不屑用，故读者

195

一时难寻其端倪,及详绎之,则纵横变化之中,仍不失规矩准绳之妙。此文章中之《国策》《史记》也。唐人清旷一派,俱本此法。——《唐律消夏录》

（清）黄生：全篇直叙格。〇拈着便起兴,体极佳。明月已隐高树,长河又没晓天,别思之急可知。用"已""又"二字分背面,谓之背面对,使不知此对法,未有不以"隐""没"二字为重复者矣。用"此会"二字绾住起处,写景方有着落。此题有二首,"春"字在第二首见,昔人病其五、六不切春景,终管窥之论也。——《唐诗矩》

送张子容赴举 　（唐）孟浩然

夕曛山照灭,送客出柴门。惆怅野中别,殷勤醉后言。茂林予偃息,乔木尔飞翻。无使谷风诮,《诗经·谷风》序："'谷风'刺幽也。天下俗薄,朋友道绝焉。"须令友道存。

都下送辛大之鄂 　（唐）孟浩然

南国辛居士,言归旧竹林。未逢调鼎用,徒有济川心。予亦忘机者,田园在汉阴。因君故乡去,遥寄式微吟。

广陵别薛八 　（唐）孟浩然

士有不得志,凄凄吴楚间。广陵相遇罢,彭蠡泛舟还。樯出江中树,波连海上山。风帆明日远,何处更追攀。

留别王维　　　（唐）孟浩然

　　寂寂竟何待？朝朝空自归。欲寻芳草去，惜与故人违。当路谁相假？知音世所稀。只应守索寞，还掩故园扉。

　　（宋）刘辰翁：个中人，个人语，看着便不同（首四句下）。○末意更悲。——《王孟诗评》

　　（清）王士禛：三、四醇茂，胎息汉人。——《唐贤三昧集》

　　（清）沈德潜：（首句）客中无聊之况。——《唐诗别裁集》

送贺遂员外外甥　　　（唐）王　维

　　南国有归舟，荆门泝上流。苍茫葭菼外，云水与昭丘。樯带城乌去，江连暮雨愁。猿声不可听，莫待楚山秋。

送　别　　　（唐）王　维

　　下马饮君酒，问君何所之？君言不得意，归卧南山陲。但去莫复问，白云无尽时。

　　（明）李攀龙：蒋仲舒曰："第五句一拨便转，不知言外多少委婉。"——《唐诗广选》

　　（明）钟惺：（"但去"二句）感慨寄托，尽此十字，蕴藉不觉。深味之，

197

知右丞非一意清寂,无心用世之人。——《唐诗归》

(明)李沂:语似平淡,却有无限感慨,藏而不露。——《唐诗援》

(清)黄周星:白云无尽,得意亦无尽矣,除却白云,亦何足问。——《唐诗快》

(清)沈德潜:白云无尽,足以自乐,勿言不得意也。——《唐诗别裁集》

淇上送赵仙舟　　(唐)王　维

相逢方一笑,相送还成泣。祖帐已伤离,荒城复愁入。天寒远山净,日暮长河急。解缆君已遥,望君犹伫立。

(清)沈德潜:着此"相逢"二句,下"望君"逾觉黯然。——《唐诗别裁集》

(清)施补华:"天寒"二句,用写景之笔宕开,而情在景中,篇幅遂短而不促,此法宜学。——《岘佣说诗》

送魏万之京　　(唐)李　颀

朝闻游子唱离歌,昨夜微霜初渡河。鸿雁不堪愁里听,云山况是客中过。关城树色催寒近,御苑钟声向晚多。莫见长安行乐处,空令岁月易蹉跎。

(元)杨士弘:此篇起语平平,接句便新,初联优柔,次联奇拔,结蕴可兴,含蓄不露,最为佳作。——《批点唐音》

(明)胡应麟:盛唐脍炙佳作,如李颀"朝闻游子唱离歌……","朝"、

"曙"、"晚"、"暮"四字重用，惟其诗工，故读之不觉。然一经点勘，即为白璧之瑕，初学首所当戒。——《诗薮》

（清）胡以梅：三承二，四承起，用虚字为脉，诸句皆灵活。五、六单承第二，言到京之景。——《唐诗贯珠》

（清）方东树：《送魏万之京》言昨夜微霜游子，今朝渡河耳，却炼句入妙。中四情景交写，而语有次第。三、四送别之情。五、六渐次至京。收句勉其立身立名。初唐人只以意兴温婉轻轻赴题，不著豪情重语。杜公出，乃开雄奇快健，穷极笔势耳。——《昭昧詹言》

别董大　　（唐）高 适

千里黄云白日曛，北风吹雁雪纷纷。莫愁前路无知己，天下谁人不识君。

（明）周珽：上联见景物凄惨，分别难以为情，下联见美才易知，所如必多契合；至知满天下，何必依依尔我分手！就董君身上想出赠别至情。妙！妙。——《唐诗选脉会通评林》

送友人　　（唐）李 白

青山横北郭，白水绕东城。此地一为别，孤蓬万里征。浮云游子意，落日故人情。挥手自兹去，萧萧班马鸣。《唐宋诗醇》云："首联整齐，承则流走，而下联健劲，结有萧散之致。大匠运所，自成规矩。"

（清）屈复："青山"、"白水"，先写送别之地，如此佳景为"孤蓬万里"对照。"此地"紧接上二句，"一别"，送者、去者合写。五、六又分写。

199

"自兹"二字,人、地总结。八止写"马鸣",黯然魂销,见于言外。——
《唐诗成法》

黄鹤楼送孟浩然之广陵今江苏扬州。　　（唐）李　白

故人西辞黄鹤楼,烟花三月下扬州。孤帆远映碧山尽,惟见长江天际流。陆游《人蜀记》云:"太白登黄鹤楼送孟浩然诗云'征帆远映碧山尽,惟见长江天际流',盖帆樯映远山尤可观,非江行久不能知也。"

（明）唐汝询:"黄鹤"分别之地,"扬州"所往之乡,"烟花"叙别之景,"三月"纪别之时。帆影尽,则目力已极;江水长,则离思无涯。怅望之情,俱在言外。——《唐诗解》

（清）黄生:不见帆影,惟见长江,怅别之情,尽在言外。——《唐诗摘钞》

（清）朱之荆:"烟花三月"四字,插入轻婉;"三月"时也,"烟花"景也。第三句只接写"辞"字、"下"字。——《增订唐诗摘钞》

赠汪伦　　（唐）李　白

李白乘舟将欲行,忽闻岸上踏歌声。《通鉴·唐纪》:"阎知微为虏踏歌。"胡三省注:"踏歌者,连手而歌,踏地以为节也。"桃花潭《一统志》:"桃花潭在宁国府泾县西南一百里,深不可测。"水深千尺,不及汪伦送我情。

（宋）杨齐贤:白游泾县桃花潭,村人汪伦常酝美酒以待白。伦之裔孙至今宝其诗。——《李翰林集》

（明）唐汝询：伦一村人耳，何亲于白？既酯酒以候之，复临行以祝之，情固超俗矣。太白于景切情真处，信手拈出，所以调绝千古。后人效之，如"欲问江深浅，应如远别情"，语非不佳，终是杞柳杯棬。——《李太白全集》

公安送李二十九弟晋肃入蜀余下沔鄂

（唐）杜　甫

正解柴桑缆，仍看蜀道行。樯乌相背发，塞雁一行鸣。南纪连铜柱，西江接锦城。凭将百钱卜，飘泊问君平。晋肃，李贺之父也。

泛江送客　　（唐）杜　甫

二月频送客，东津江欲平。烟花山际重，舟楫浪前轻。泪逐劝杯下，愁连吹笛生。离筵不隔日，那得易为情。此诗起结好。悲不在客，而在送客；不在送客，而在频送客也。故脱所送之人。

送李卿晔　　（唐）杜　甫

王子思归日，长安已乱兵。沾衣问行在，走马向承明。暮景巴蜀僻，春风江汉清。晋山虽自弃，魏阙尚含情。时公在阆州。其地有晋安县绵上山，用介子推绵上山事，因公曾扈从也。嘉陵江在阆州亦名汉水。暮景句言老在远方也。

201

送 远　　(唐)杜 甫

　　带甲满天地,胡为君远行? 亲朋尽一哭,鞍马去孤城。草木岁月晚,关河霜雪清。别离已昨日,因见古人情。

　　(元)方回:前四句悲壮,乱世之别也。——《瀛奎律髓汇评》

　　(明)许学夷:子美五言律,沉雄浑厚者是其本体,而高亮者次之。他如"胡马大宛名"、"致此自僻远"、"带甲满天地"、"岁暮远为客"、"何年顾虎头"、"光细弦欲上"、"亦知戍不返"等篇,气格遒紧而语复矫健,虽若小变,然自非大手笔不能。其他琐细者非其本相,晦僻者抑又变中之大弊也。——《诗源辩体》

　　(清)沈德潜:何等起手! 读杜诗要从此等处着眼(前四句下)。此既别后作诗赠之。——《唐诗别裁集》

　　(清)浦起龙:不言所送,盖自送也。知公已发秦州。玩下四,当是就道后作也。……结联尤有味。……不曰故人情,而曰"古人情",不独聚散之悲,兼见炎凉之态;又知公在秦州,人情冷落也。——《读杜心解》

　　(清)何焯:末二句已别而复送,又以时艰行远,情不能已也。——《瀛奎律髓汇评》

　　(清)纪昀:"已"字必"如"字之误,此用江淹《古别离》语。——同上

　　(清)无名氏(乙):起得矫健。——同上

奉济驿重送严公严武。　　(唐)杜 甫

　　远送从此别,青山空复情。几时杯重把,昨夜月同行。列郡讴歌惜,三朝严武在肃、代、德三朝居内外大任。出入

荣。江村独归处，寂寞养残生。结二句杜自指。

（元）方回：此知己之别也。"远送从此别"，此一句极酸楚。末句尤觉徬徨无依。后严武再帅蜀，卒于位，公遂去蜀云。——《瀛奎律髓汇评》

（清）查慎行：三、四说两头，空着中间，与"眼复几时暗，耳从前月聋"同一句法。——同上

（清）纪昀：三、四对法活。义山《马嵬》、飞卿《苏武》诗，俱从此出，后半稍平直。——同上

（清）许印芳：第四句乃逆挽法，老杜惯用此法，学杜者亦多用之，不独温李二家。晓岚谓后半平直，未免苛刻。纪公评诗最严细，然太严细则有苛刻之病，此类是也。〇"重"字义从平声，音从去声。——同上

（清）申凫盟：三、四别绪凄然，若下句意在前则索然矣。——同上

送韦书记赴安西　　　（唐）杜　甫

夫子欻读恤，入声。忽然。通贵，云泥相望悬。白头无藉在，赵注："谓无所依藉。"朱绂有哀怜。唐制、御史赐金印朱绂，时韦必兼官御史。书记赴三捷，公车留二年。《汉书》注："公车令属卫尉，上书者所诣，时公方待制集贤。"欲浮江海去，此别意茫然。言知己去而已亦将遁矣。一、二由韦合己，三、四一己一韦，五、六一韦、一己，七、八由己及韦。亦送亦别，通首如罗文。此献赋召试不遇后诗，韦就辟而己将隐，送韦兼以别韦也。

（清）杨伦：结语前路茫茫，真觉黯然泪下。——《杜诗镜铨》

暮秋将归秦，留别湖南幕府亲友　　　（唐）杜　甫

水阔苍梧野，天高白帝秋。途穷那免哭，身老不

禁愁。大府才能会,诸公德业优。北归冲雨雪,谁悯敝貂裘。白帝秋言白帝司秋,与白帝城无涉。

（元）方回：三、四极羁旅琐琐之态。五、六虽无华丽,非老笔不能,然其实雄深雅健也。末句十字,可怜甚矣,诸亲友能无情乎？——《瀛奎律髓汇评》

（清）纪昀：五、六乃应酬庸熟之词,评语殊有意标格。——同上

（清）冯舒：出题却在五、六,高甚。——同上

留别贾、严二阁老两院补阙　　（唐）杜 甫

田园虽暂住,戎马惜离群。去远留诗别,愁多任酒醺。一秋常苦雨,今日始无云。山路晴吹角,那堪处处闻。

送路六侍御入朝　　（唐）杜 甫

童稚情亲四十年,中间消息两茫然。更为后会知何地,忽漫相逢是别筵。不分桃花红似锦,生憎柳絮白于绵。剑南春色还无赖,触忤愁人到酒边。

（明）王嗣奭：四十年相知,后会不可期,而相逢即别,真不可堪,写得曲折条达。"桃花"、"柳絮",寻常景物,句头添两虚字,桃柳遂为我用。——《杜臆》

（清）金人瑞：别四十年而得会,会却是"别筵",奇绝事。"桃花红胜锦,柳絮白于绵",岂复成诗？诗在"不分"、"生憎"字。加四俗字,便成

佳笔,固知文章贵法也。——《杜诗解》

（清）仇兆鳌：朱瀚曰,始而相亲,继而相隔,忽而相逢,俄而相别,此一定步骤也。能反覆照应,便觉神彩飞动。及细按之："后会"无期,应"消息茫然";"忽漫相逢",应"童稚情亲";"无赖",即花"锦"絮"绵";"触忤",即"不分"、"生憎"。脉理之精密如此。——《杜诗详注》

（清）吴乔："童稚情亲"篇,只前二联,诗意已足,后二联无意,以兴完之。义山《蜀中离席》诗,正仿此篇之体。——《围炉诗话》

（清）杨伦：王元美曰,(七律)句法有直下者,有倒插者。倒插最难,非老杜不能也。〇李云：一气滚注,只如说话,而浑成不可及。无限曲折,正以倒插入妙("更为后会"二句下)。——《杜诗镜铨》

（清）查慎行：第四句方入题。何等缠绵委婉！——《瀛奎律髓汇评》

（清）何焯：第三先起"别"字,曲折有力。〇路入朝复命,不顾私留滞者独我。结句得体有味。——同上

（清）纪昀：五、六究非雅音,七句承五、六句来。——同上

（清）许印芳：中四句皆用虚字装头,亦是一病。〇"分",去声。——同上

送裴侍御归上都　　　（唐）张　谓

楚地劳行役,秦城罢鼓鼙。舟移洞庭岸,路出武陵溪。江月随人影,山花趁马蹄。离魂将别梦,先已到关西。

（明）周珽：烹炼极融,针线不漏。送别诗之最上品。——《唐诗选脉会通评林》

（清）王谦：末句应起联,有一笔双钩之妙。——《碛砂唐诗》

送张子尉南海　　（唐）岑 参

　　不择南州尉,高堂有老亲。楼台重蜃气,邑里杂鲛人。海暗三山雨,江明五岭春。此乡多宝玉,慎莫厌清贫。

　　(清)冯舒:落句有古人之风。——《瀛奎律髓汇评》

　　(清)陆贻典:结寓规练。——同上

　　(清)查慎行:南海不闻出玉,且为政宝珠玉,何等下劣?○一、二两句高。——同上

　　(清)何焯:落句言不择官而仕,止求禄养耳,不可为贫而忘薏苡之嫌也。深婉有味。——同上

　　(清)纪昀:结作戒词,得古人赠言之意。妙于入手先揭破为贫而仕,已伏末句之根。——同上

　　(清)无名氏(乙):留《三百篇》元气。——同上

送韩司直　　（唐）刘长卿

　　游吴还适楚,来往任风波。复送王孙去,其如春草何?岸明残雪在,潮满夕阳多。季子留遗庙,停舟试一过。

送康判官往新安得江路西南尹　　（唐）皇甫冉

　　不向新安去,那知江路长。猿声比庐霍,水色胜

潇湘。驿树收残雨，渔家带夕阳。何须愁旅泊，使者有辉光。

（元）方回：唐人诗，多前六句说景物，末两句始以精思议论结裹。亦一体也。"新安"、"江路"，实如所言。——《瀛奎律髓汇评》

（清）纪昀：此种已开"九僧"、"四灵"先练腹联，后装头尾一派。——同上

（清）冯舒：清丽。——同上

（清）冯班：颔联可用。——同上

（清）纪昀：五、六如画。结虽近鄙，然不落套。——同上

送陆沣仓曹西上　　　（唐）刘长卿

长安此去欲何依？先达谁当荐陆机？日下凤翔双阙迥，雪中人去二陵稀。舟从故里难移棹，家住寒塘独掩扉。临水自伤流落久，赠君空有泪沾衣。五、六二句只写一"久"字。

送李判官之润州行营　　　（唐）刘长卿

万家辞家事鼓鼙，金陵驿路楚云西。江春不肯留行客，草色青青送马蹄。

（元）杨士弘：首句调好。末二句意虽佳，效之恐堕晚唐。太白云"桃花潭水深千尺，不及汪伦送我情"，与此末句同格，其气韵自别。——《批点唐音》

207

（明）唐汝询：不言行客不留，而言"江春不留"，正绝句中翻弄法。——《唐诗解》

（近代）俞陛云：起二句叙别意，题之本意也。后言草色青青，无情送客，就诗句论之，有"春草碧色，送君南浦"之思。但观其首句云"万里辞家"，则客游殊有苦衷，故三句言江春不留行客，盖有所指也。——《诗境浅说续编》

送严士元　　（唐）刘长卿

春风倚棹阖闾城，水国春寒阴复晴。细雨湿衣看不见，闲花落地听无声。日斜江上孤帆影，草绿湖南万里程。东道若逢相识问，青袍今已误儒生。

（明）郝敬：清空飘逸，文房之诗大体皆然。——《批选唐诗》

（清）张世炜：语甚工警，以极作意，所以是中唐（"闲花落地"句下）。——《唐七律隽》

谪仙怨·赠梁耿　　（唐）刘长卿

晴川落日初低，惆怅孤舟解携。鸟向平芜远近，人随流水东西。"向"字写飞鸟凌空，任意在平芜上自由往来。下句"随"字写人随名利束缚，随人俯仰，人反不如鸟。内心的酸楚悲愤之情，写来含蓄。　白云千里万里，明月前溪后溪。"明月"上承首句"落日"，言落日初低时离去，而送在伫立溪畔之久，月明前溪后溪。独恨长沙谪去，江潭春草萋萋。

（清）毛先舒：《谪仙怨》，明皇幸蜀路，感马嵬事，索长笛制新声，乐工一时竞习。其调六言八句，后刘长卿、窦弘余多制词填之。疑明皇初制此曲时，第有调无词也。说详康骈《剧谈录》。案此调即唐人六言律，盖权舆于《回波乐》词而衍之，郭茂倩《乐府》称《回波乐》为商调曲，疑此词亦商调也。——《填词名解》

（清）张德瀛：小令本于七言绝句夥矣，晚唐人与诗并而为一，无所判别。若皇甫子奇《怨回纥》，乃五言律诗一体。冯正中《阳春录》、《瑞鹧鸪》题为《舞春风》乃七言律诗一体，词之名诗余，盖以此。——《词征》

（近代）俞陛云：长卿由随州左迁睦州司马，于祖筵之上，依江南所传曲调，撰词以被之管弦。"白云千里"，怅君门之远隔；"流水东西"，感谪宦之无依，犹之昌黎南去，拥风雪于蓝关；白傅东来，泣琵琶于浔浦，同此感也。——《唐五代两宋词选释》

鳌厔读舟致，平去声。地名，在陕西。县郑礒宅送钱大

（唐）郎士元

暮蝉不可听，落叶岂堪闻？共是悲秋客，那知此路分。荒城背流水，远雁入寒云。陶令门前菊，余花可赠君。

（清）毛先舒：《中兴间气》称郎士元"暮蝉不可听，落叶岂堪闻"工于发端，谢朓惭沮。然二语排而弱，思致浅竭，遽驾玄晖乎？——《诗辩坻》

（清）顾安："不可听"、"岂堪闻"，先含一"悲"字在内。三、四虽顺接，而笔力亦爽健。——《唐律消夏录》

（清）沈德潜：高仲武谓工于发端，然"不可听"、"岂堪闻"未免于复。愚谓结意望其能秉高洁，更耐寻绎也。——《唐诗别裁集》

（清）乔亿：气韵高绝，亦步步有情，不惟起调也。顾华玉谓次句重复无味，则风人之犯复多矣。——《大历诗略》

（清）吴瑞荣：起四句虚字转折，直如一句，此初唐人手法，最是上乘。——《唐诗笺要》

留卢秦卿　　（唐）司空曙

知有前期在，难分此夜中。无将故人酒，不及石尤风。传说古代有商人尤某娶石氏女，情好甚笃。尤远行不归，石思念成疾，临死叹曰："吾恨不能阻其行，以至于此。今凡有商旅远行，吾当作大风为天下妇人阻之。"见伊世珍《琅嬛记》。

（明）钟惺：情语带噢，妙！妙！——《唐诗归》

（清）黄生：五言绝不着景物，单写情事，贵在绵密真至，一气呵成，廿字中增减移动一字不得，始为绝唱。如此诗，虽不及"白日依山尽"之雄浑，而精切灵动，乃为过之，自是中唐第一首。——《唐诗摘钞》

（近代）俞陛云：凡别友者，每祝其帆风相送，此独愿石尤阻客，正见其恋别情深也。——《诗境浅说续编》

云阳馆与韩升卿宿别　　（唐）司空曙

故人江海别，几度隔山川。乍见翻疑梦，相悲各问年。孤灯寒照雨，湿竹暗浮烟。更有明朝恨，离杯惜共传。

（元）方回：三、四一联，乃久别忽逢之绝唱也。——《瀛奎律髓汇评》

（清）纪昀：四句更胜。——同上

（明）唐汝询：此诗本中唐绝唱，然江海、山川未免重叠。——《唐诗解》

（清）屈复：情景兼写，不失古法。——《唐诗成法》

（清）沈德潜：三、四写别久忽遇之情，五、六夜中共宿之景，通体一气，无饾饤习，尔时已为高格矣。——《唐诗别裁集》

（清）乔亿：真情实语，故自动人。——《大历诗略》

赋得暮雨送李曹　　（唐）韦应物

楚江微雨里，建业暮钟时。漠漠帆来重，冥冥鸟去迟。海门深不见，浦树远含滋。相送情无限，沾襟比散丝。

（宋）曾季狸：唐人诗用"迟"字皆得意。韦苏州《细雨》诗"漠漠帆来重，冥冥鸟去迟"，亦佳句。——《艇斋诗话》

（元）方回：三、四绝妙，天下诵之。——《瀛奎律髓汇评》

（明）谢榛：梁简文曰"湿花枝觉重，宿鸟羽飞迟"。韦苏州曰"漠漠帆来重，冥冥鸟去迟"。……虽有所祖，然青愈于蓝矣。——《四溟诗话》

（清）吴瑞荣：通首无一语放松"暮雨"，此又以细切见精神者，韦苏州之不可方物如此。——《唐诗笺要》

（清）李因培：冲淡夷犹，读之令人神往。——《唐诗观澜集》

（清）查慎行：三、四与老杜"湛湛长江去，冥冥细雨来"各极其妙。——《瀛奎律髓汇评》

（清）纪昀：细净。——同上

送章孝标校书归杭州，因寄白舍人　　（唐）杨巨源

曾过灵隐江边寺，独宿东楼看海门。潮色银河铺

碧落，日光金柱出红盆。《唐诗歌吹笺注》云："日出海中，海水尽赤，望日光如金柱捧出红盆也。"不妨公事资高卧，无限诗情要细论。若访郡人徐孺子，应须骑马到沙村。

（清）金人瑞：送人诗，此为最奇。看他更不作旗亭握别套语，却奋快笔，斗然直写自己当时亲自曾过其地，亲眼曾看其景，其奇奇妙妙，非世恒睹，有不可以言语形容也者。而今日校书别我归去，则正归到其处，真是令我身虽在此，送君心已先君到杭也（前四句下）！○看他后解又奇！终更无一句半句复与别客盘桓，竟自一直寄语白傅，言有郡人章校书者，"公事"亦可咨问，诗律又可"细论"，直宜自到沙村，此人非可坐致。作如此送人诗，真令所送之人通身皆是亢爽也！○传称先生作诗"不为新语，律体务实，工夫颇深"，如此等诗，岂非"律体务实，工夫颇深"之明验耶？彼惟骛新语之徒，夫恶足以知之（后四句下）！——《贯华堂选批唐才子诗》

送友人卢处士游吴越　　（唐）张　籍

羡君东去见残梅，惟有王孙独未回。吴苑夕阳明古堞，越宫春草上高台。波生野水雁初下，风满驿楼潮欲来。试问渔舟看雪浪，几多江燕荇花开。

苏州江岸留别乐天　　（唐）张　籍

银泥裙映锦障泥，画舸停桡马簇蹄。清管曲终鹦鹉语，红旗影动薄寒嘶。渐消酒色朱颜浅，欲语离情翠黛低。莫忘使君吟咏处，女坟湖北武丘西。

韶州留别张端公使君　　（唐）韩　愈

来往再逢梅柳新，别离一醉绮罗春。久钦江总文才妙，江总，梁元帝征为始兴内史，不行，流寓岭南积岁。按：始兴，即韶州，以江比张，盖用当州故事也。自叹虞翻骨相屯。《三国志·吴书》："（虞）翻性疏直，数有酒失。权与张昭论及神仙，翻指昭曰：'彼皆死人，而语神仙，世岂有神仙也。'权积怒非一，遂徙翻交州。"〇按：翻以论神仙徙交州，公以论佛骨贬潮州，皆黜外教，皆放南方，故以自比。其用事精切如此。鸣笛急吹争落日，清歌缓送款行人。已知奏课当征拜，那复淹留咏白蘋。

从军别家　　（唐）窦　巩

自笑儒生着战袍，书斋壁上挂弓刀。如今便是征人妇，好织回文寄窦滔。

早春送宇文十归吴　　（唐）窦　巩

春迟不省_{不理解。}似今年，二月无花雪满天。村店闭门何处宿，夜深遥唤渡江船。

送蕲州_{蕲读期，平声。蕲州，今湖北蕲春县。}李郎中_{李播。}赴任
（唐）刘禹锡

楚关蕲水路非赊，东望云山日久佳。莼_{读械，去声。}叶照人呈夏簟，_{簟读上声"垫"，竹席也。}松花满碗试新茶。楼

213

中饮兴因明月，江上诗情为晚霞。北地交亲长引领，早将玄鬓到京华。瞿蜕园《笺证》按：前人之评此诗者，顾嗣立《寒万诗话》云："作诗用故实以不露痕迹为高，昔人所谓使事如不使也。刘宾客明月、晚霞一联，一用庾亮，一用谢朓，读之使人不觉。"考李商隐《中元》诗"曾省惊眠闻雨过，不知迷路为花开"，此亦李商隐传禹锡诗法之一证。

送李二十九员外赴邠宁使幕　　（唐）刘禹锡

家袭韦平身业文，素风清白至今贫。南宫通籍新郎吏，西候从戎旧主人。城外草黄秋有雪，烽头烟静虏无尘。鼎门为别霜天晚，剩把离觞三五巡。

重赠乐天　　（唐）元　稹

休遣玲珑唱我诗，我诗多是别君词。明朝又向江头别，月落潮平是去时。

（宋）周弼：闻家书有三折笔法，意在笔先，笔留余意，故用笔直透纸背。今读此篇首句，非意在笔先乎？意在笔先则此七字并未着墨也。次句似与上下不相蒙，实是轻轻一点墨矣。独至第三句正当用力取势，兔起鹘落之时，而偏用宿笔，只换"月落潮平是去时"结，非笔留余意者乎？若拙手则必出锋一写，了无余味，故知此道者亦有三折法也。——《碛砂唐诗》

送杜觊赴润州幕　　（唐）杜　牧

少年才俊赴知音，丞相门栏不觉深。直道事人男子业，异乡加饭弟兄心。还须整理韦弦佩，莫独矜诩玳瑁簪。若去上元怀古处，谢安坟下与沉吟！

见刘秀才与池州妓别　　（唐）杜　牧

远风南浦万重波，未似生离别恨多。楚馆能吹柳花怨，吴姬争唱竹枝歌。金钗横处绿云堕，玉箸凝时红粉和。待得枚皋相见日，自应妆镜笑蹉跎。

雨中长乐水馆送赵十五滂不及　　（唐）李商隐

碧云东去雨云西，苑路高高驿路低。秋水绿芜终尽分，夫君太骋锦障泥。纪昀曰："赵十五当是得意疾行，故以此诗刺之。碧云指苑路，以比赵；雨云指驿路，以自比，末言荣华终有尽日，不须如此得意也。"〇许少尹被召，左经臣追送至白沙，不及，作诗云："短棹无寻处，严城欲闭门。水边人独立，沙上月黄昏。"

西南行却寄相送者　　（唐）李商隐

百里阴云覆雪泥，行人只在雪云西。明朝惊破还乡梦，定是陈仓碧野鸡。作者至散关遇雪作。纪昀曰："以风致胜。诗固有无所取义而自佳者。着眼在'还乡梦'三字，却借陈仓碧鸡而反点之，用笔最妙。"

魏城逢故人 诗题一作《绵谷回寄蔡氏昆仲》。　　　　（唐）罗　隐

　　一年两度锦江游，前值东风后值秋。芳草有情皆碍马，好云无处不遮楼。二句分承春秋两度，兴会佳绝。山将别恨和心断，水带离声入梦流。今日因君试回首，澹烟乔木隔绵州。

　　（清）赵臣瑗：前半追叙旧游，后半感伤远别。大开大合，真七字中之正体也。——《山满楼笺注唐诗七言律》

　　（清）屈复：锦江佳景，春秋为最。一年两度，正值二时。——《唐诗成法》

　　（清）黄叔灿：上四句言自己在蜀乐事。"山将"联，言去蜀以后常不能忘。末句因故人去彼，犹回想依依也。——《唐诗笺注》

　　（近代）高步瀛：三、四写景极佳，而意极沉郁，是谓神行。若但以佳句取之，则皮相矣。——《唐宋诗举要》

送友人归宜春　　（唐）张　乔

　　落花兼柳絮，无处不纷纷。远道空归去，流莺独自闻。野桥喧碓水，山郭入楼云。故里南陵曲，秋期更送君。南陵属宣州，乔初隐九华后寓长安延兴门外。意谓我亦思归故里，况复送君乎？

送许棠　　（唐）张　乔

　　离乡积岁年，归路远依然。夜火山头市，春江树杪船。干戈愁鬓改，瘴疠喜家全。何处营甘旨，潮涛浸薄田。

（清）纪昀：三、四绝佳，写景警策。——《瀛奎律髓汇评》

（清）周咏棠：楚蜀风景，（"夜火"二句）十字写尽。——《唐贤三昧集续集》

秋夕与友话别　　（唐）崔涂

怀君非一夕，此夕倍堪悲。华发犹漂泊，沧洲又别离。冷禽栖不定，衰叶堕无时。况值干戈隔，相逢未可期。

（元）方回：别情可掬。第六句妙，尾句近老杜。——《瀛奎律髓汇评》

（清）纪昀：不似老杜口吻。——同上

（清）陆贻典：五、六是比。——同上

（清）纪昀：五以比漂泊，六以比老病，故七、八可以直接。——同上

（清）许印芳：层层转进，如此方无肤浅平直之病。三、四用意在"犹"字、"又"字。五句总承"漂泊"、"别离"而言，乃束上也。晓岚但解为"比漂泊"，谬矣。六句转进老病一层，七句又转进干戈一层，亦非直接之笔。尾句果近老杜，晓岚驳之非是。——同上

（清）陆次云：借景作比，着在五、六句上，甚妙。——《五朝诗善鸣集》

（清）李怀民：极刻绣，却不费力，所以为水部（指张籍）。三、四两句正从水部"独游无定计，此中还别离"等句翻出。——《重订中晚唐诗主客图》

南山旅舍与故人别　　（唐）崔 涂

一日又将暮，一年看即残。病知新事少，老别旧交难。山尽路犹险，雨余春却寒。那堪试回首，烽火是长安。

（元）方回：三四好，尾句亦近老杜。"那堪"二字，诗中不当用，近乎俗。——《瀛奎律髓汇评》

（清）冯舒：此等见识，遂开王、李。——同上

（清）纪昀：此因干戈烽火字以杜常用耳。诗论神韵，不在字句。虚以"那堪"二字近俗，"江西"俗字甚于此者多矣，此亦故为刻论。——同上

（清）查慎行：第四句白香山亦有之。——同上

（清）何焯：第三反呼末句，盖指甘露事也。五、六极言老病难行，却无奈时事如此，不得不别也，用笔甚曲折。——同上

淮上与友人别　　（唐）郑 谷

扬子江头杨柳春，杨花愁杀渡江人。数声风笛离亭晚，君向潇湘我向秦。

（明）王鏊："君向潇湘我向秦"，不言怅别，而怅别之意溢于言外。——《震泽长语》

（清）郭兆麟：首二语情景一时俱到，所谓妙于发端；"渡江人"三字，已含下"君"字、"我"字。在三字用"风笛离亭"点缀，乃拖接法。末句"君"字、"我"字互见，实指出"渡江人"来，且"潇湘"字、"秦"字回映"扬子江"，见一分手便有天涯之感。——《梅崖诗话》

218

江南送李明府入关　　（五代）韦　庄

雨花烟柳傍江村，流落天涯酒一樽。分首疑是"手"字。不辞多下泪，回头惟恐更消魂。我为孟馆三千客，孟尝君有三千食客，见《史记·孟尝君列传》。君继宁王五代孙。宁王李宪，睿宗长子，玄宗异母兄，以玄宗有平韦氏之功，让储于玄宗。正是中兴磐石重，莫将憔悴入都门。

（清）胡以梅：起得细腻有琢炼，下皆疏畅之句。须得腻起，便觉骨肉停匀。第二离杯，主宾皆关中人在江南，故有流落之感。孟，孟尝君；宁王，玄宗兄。结言中兴，则宗子维城，于国家有磐石根本之固；莫将憔悴之意入都，慰之之词。——《唐诗贯珠》

江皋赠别　　（五代）韦　庄

金管多情恨解携，分手，离别。杜甫《水宿遣兴奉呈群公》："异县惊虚往，同人惜解携。"一声歌罢客如泥。江亭系马绿杨短，野岸维舟春草齐。帝子梦魂烟水阔，谢公诗思读去声。碧云低。风前不用频挥手，我有江山白日西。

（清）赵臣瑗：人生当解携之时，不能无恨。歌以遣之，酒以慰之，所必然矣。至于马欲去而反系，舟欲开而反维，写出将别而不忍遽别之况，最为情挚之笔也；五、六却又逆料别后相思，势不得不托之于梦，势不得不托之于诗。然而烟水阔则梦固无凭，碧云低则诗终隔绝，此写人生不能无别，而别之苦已凄然言外，最为挚情之笔也。七是索引放开，八是各寻归路，此非脱略，亦莫可如何云耳。真最为情

挚之笔也。——《山满楼笺注唐诗七言律》

鄜州留别张员外　　　(五代)韦　庄

　　江南相送君山下,塞北相逢朔漠中。三楚故人皆是梦,十年陈事只如风。莫言身世他时异,且喜琴樽数日同。惆怅却愁明日别,马嘶山店雨蒙蒙。

　　(清)朱三锡:昔日君山相送,同在极南,今日朔漠相逢,同在极北;想此相逢相送之中岂止两人?计此相逢相送之年已非一日。三、四承之,"皆是梦",言止存两人矣。"只如风",言忽已十年矣。余子杳无音问,半生落寞风尘,良可慨也。五、六至末又写眼前之重叙,以惜明日之又别,即欲不惆怅,何可得耶?——《东岩草堂评订唐诗鼓吹》

　　(清)赵臣瑗:一、二由今溯昔,相送则在极南,相逢则在极北,不知俱为何事如此奔驰,可叹亦可笑也。三因两人而念及诸友,是换笔;四从一日而念及十年是主笔。五轻折,已往既不可问,将来又安可知;六扣住人生聚首实难,毋为当面错过。七、八忽又作宕漾笔,明知奔驰无盖,其奈踪迹靡常,可笑也,亦可叹也。莫言、且喜、却愁,看四句中凡作无数曲折,文情绝世。——《山满楼笺注唐诗七言律》

浣溪沙　　　(五代)孙光宪

　　蓼岸风多橘柚香,江边一望楚天长。片帆烟际闪孤光。　　目送征鸿飞杳杳,杳读窈,上声。杳杳渺茫也。思随流水去茫茫。兰红即红兰,兰草之一。江淹《别赋》:"见红兰之受露,望青荻之罹霜。"波碧忆潇湘。

（清）陈廷焯："片帆"七字，压遍古今词人。○又云"闪孤光"三字警绝，无一字不秀炼，绝唱也。——《云韶集》

（近代）王国维：昔黄玉林赏其"一庭疏雨湿春愁"为古今佳句。余以为不若"片帆烟际闪孤光"，尤有境界也。——《人间词话·附录》

归国谣　　（五代）冯延巳

寒山碧。碧，在古代诗词中常作为一种伤心的颜色。如江淹《别赋》："青草碧色，春水绿波，送君南浦，伤如之何？"李白《菩萨蛮》："寒山一带伤心碧。"江上何人吹玉笛。扁舟远送潇湘客。　　芦花千里霜月白。伤行色。来朝便是关山隔。

（清）陈廷焯：句句有骨，不同泛写。结得苍凉。——《云韶集》

（近代）俞陛云：挥毫直书，不用回折之笔，而情意自见。格高气盛，嗣响唐贤。——《唐五代两宋词选释》

相思令　　（北宋）林　逋

吴山青，越山青。两岸青山相对迎，争忍有离情？君泪盈，妾泪盈。罗带同心结未成，江边潮已平。

（明）杨慎：林君复惜别《相思令》（略）。甚有情致。《宋史》谓其不娶，非也。林洪著《山家清供》，其中言先人和靖先生云云，即先生之子也。盖丧偶后，遂不娶尔。——《词品》

（清）彭孙遹：林处士梅妻鹤子，可称千古高风矣。乃其惜别词一阕，何等风致，《闲情》一赋，讵必玉瑕珠颣耶。——《金粟词话》

雨霖铃 （北宋）柳 永

寒蝉凄切。对长亭晚，骤雨初歇。都门帐饮无绪，语本江淹《别赋》："帐饮东都，送客金谷。"留恋处、兰舟催发。执手相看泪眼，竟无语凝噎。念去去、千里烟波，暮霭沉沉楚天阔。　　多情自古伤离别。更那堪、冷落清秋节。今宵酒醒何处？杨柳岸、晓风残月。此去经年，应是良辰、好景虚设。便纵有、千种风情，更与何人说。

（宋）俞文豹：东坡在玉堂日，有幕士善歌，因问"我词何如柳七？"对曰："柳郎中词，只合十七八女郎，执红牙板，歌'杨柳岸，晓风残月'。学士词，须关西大汉，执铜琵琶，唱'大江东去'。"——《吹剑录》

（明）王世贞："今宵酒醒何处，杨柳岸，晓风残月。"与秦少游"酒醒处，残阳乱鸦"同一景事，而柳尤胜。——《艺苑卮言》

（清）王又华：柴虎臣云，语境则"咸阳古道"、"汴水长流"，语事则"赤壁周郎"、"江州司马"。语景则"岸草平沙"、"晓风残月"，语情则"红雨飞愁"、"黄花比瘦"，可谓雅畅。——《古今词话》

（清）沈谦：词不在大小深浅，贵于移情。"晓风残月"、"大江东去"，体制虽殊，读之皆若身历其境，惝恍迷离，不能自主，文之至也。——《填词杂说》

（清）刘熙载：词有点、有染。柳耆卿《雨霖铃》云"多情自古伤离别，更那堪冷落清秋节。今宵酒醒何处？杨柳岸、晓风残月"。上二句点出离别。"冷落"，"今宵"二句，乃就上二句意染之。点染之间，不得有他语相隔，隔则警句亦成死灰矣。——《艺概》

送项判官　　（北宋）王安石

断芦洲渚落枫桥，渡口沙长过午桥。山鸟自呼泥滑滑，行人相对马萧萧。十年长自青衿识，千里来非白璧招。握手祝君能强饭，华簪常得从鸡翘。

送李璋　　（北宋）王安石

湖海声名二十年，尚随乡试已华颠。却归甫里无三径，拟傍胥山就一廛。朱毂风尘休怅望，青鞋云水且留连。故人相见如相问，为道方寻木雁篇。

送章宏　　（北宋）王安石

道合由来不易谋，岂无和氏识荆璆。一川浊水浮文鷁，千里轻帆落武丘。身退岂嫌吾道进，学成方悟众人求。西风乞得东南守，杖策还能访我不？

送僧无惑归鄱阳　　（北宋）王安石

晚扶衰惫寄人间，应接纷纷只强颜。挂席每谙东汇水，采芸多梦旧游山。故人独往今为乐，何日相随我亦闲。归见江东诸父老，为言飞鸟会知还。

223

送刘贡父赴秦州清水　　（北宋）王安石

刘郎高论坐嘘枯，幕府调胹用绪余。笔下能当万人敌，腹中尝记五车书。闻多望士登天禄，知有名臣荐子虚。且复弦歌穷塞上，只应非晚召相如。

送纯甫如江南　　（北宋）王安石

青溪看汝始蹁跹，兄弟追随各少年。壮尔有行今纳妇，老吾无用亦求田。初来淮北心常折，却望江南眼更穿。此去还知苦相忆，归时快马亦须鞭。

次韵十四叔赐诗留别　　（北宋）王安石

穷冬追路出西津，得侍茫然两见春。发策久嗟淹国士，起家初命慰乡人。行辞北阙楼台丽，归佐南州县邑新。班草数行衣上泪，何时杖屦却相亲。

卜算子·送鲍浩然之浙东　　（北宋）王　观

水是眼波横，山是眉峰聚。欲问行人去那边，眉眼盈盈处。正是山青水秀的地方。　　才始送春归，又送君归去。将山水和人情交织在一起。若到江东赶上春，千万和春住。

（宋）胡仔：山谷词云"春归何处，寂寞无行路。若有人知春去处，唤取归来同住"，王逐客云"若到江南赶上春，千万和春住"，体山谷语也。——《苕溪渔隐丛话》

（清）吴衡照：山谷云"春归何处（略）"，通叟云"若到江南赶上春，千万和春住"，碧山云"怕此际春归，也过吴中路。君行到处，便快折河边千条翠柳，为我系春住"，三词同一意，山谷失之笨，通叟失之俗，碧山差胜。终不若元梁贡父云"拼一醉留春，留春不住，醉里春归"，为洒脱有致。——《莲子居词话》

送范德孺　　（北宋）苏　轼

渐觉东风料峭寒，青蒿黄韭试春盘。遥想庆州千嶂里，暮云衰草雪漫漫。

武昌酌菩萨泉送王子立　　（北宋）苏　轼

送行无酒亦无钱，劝尔一杯菩萨泉。何处低头不见我，四方同此水中天。

次韵孔常父送张天觉河东提刑　　（北宋）苏　轼

送君应典鹔鹴裘，凭仗千钟洗别愁。脱帽风流余长史，埋轮家世本留侯。子河骏马方争出，昭义疲兵得少休。定向秋山得佳句，故关黄叶满行辀。辀读舟，平声。车辕，泛指车。

225

（元）方回：诸家原注："麟府马出子河汉，昭义步兵，泽、潞弓箭手。"公自注谓："天觉好草书而不工，故以张旭事为戏云。"——《瀛奎律髓汇评》

（清）冯舒：首句无谓。——同上

（清）冯班：用文君事不切。——同上

（清）纪昀：气象自是不同。——同上

（清）无名氏（甲）：冀北出名马。唐泽、潞为昭义军。——同上

和董传留别　　（北宋）苏 轼

粗缯大布裹生涯，腹有诗书气自华。厌伴老儒烹瓠叶，《诗·小雅》："幡幡瓠叶，采之烹之。"郑氏注云："酒既成，先与父兄室人，烹瓠叶而饮。"强随举子踏槐花。囊空不办寻春马，眼乱行看择婿车。《唐摭言》："唐进士开宴，常寄曲江亭。公卿率以其日拣选东床。车马阗塞，不可殚至。"得意犹堪夸世俗，诏黄新湿字如鸦。《野客丛书》："唐中书制诏，画旨而施行者，曰发，曰敕，用黄麻纸；承旨而行者，曰敕牒，用黄腾纸。"

江神子·孤山竹阁送（陈）述古　　（北宋）苏 轼

翠蛾羞黛怯人看。掩霜纨。泪偷弹。且尽一樽，收泪唱《阳关》。漫道帝城天样远，天易见，见君难。

画堂新构近孤山。曲栏干。为谁安？飞絮落花，春色属明年。欲棹小舟寻旧事，无处问，水连天。"怯"、"掩"、"偷"三个动词都用得好，堪称传神之笔。那么，她为什么如此伤心呢？"且尽一杯，收泪唱《阳关》"，原来她在劝酒，在唱送别的曲子。

226

昭君怨·送别金山送柳子玉。　　　　（北宋）苏　轼

谁作桓伊三弄。惊破绿窗幽梦。新月与愁烟。满江天。　　欲去又还不去。明日落花飞絮。飞絮送行舟。水东流。

江城子·留别徐州　　　　（北宋）苏　轼

天涯流落思无穷。既相逢。却匆匆。携手佳人，和泪折残红。为问东风余几许？春纵在，与谁同！

隋堤三月水溶溶。背归鸿。去吴中。回首彭城、清泗与淮通。寄我相思千点泪，流不到，楚江东。楚江东，指湖州。宋神宗元丰二年（1079），作者自徐州移知湖州作。

（明）杨慎：结句从李后主"恰似一江春水向东流"转出，更进一步。——《草堂诗余》

（清）陈廷焯：语极沉着，一往情深。——《云韶集》

虞美人·与秦观淮上饮别　　　　（北宋）苏　轼

波声拍枕长淮晓。隙月窥人小。无情汴水自东流。只载一船离恨、向西州。西州，指扬州。因州治在台城西，故曰西州。　　竹溪花浦曾同醉。酒味多于泪。谁教风鉴风度与见识。在尘埃。意谓倍埋没。酝造一场烦恼、送人来。

227

（宋）胡仔：《冷斋夜话》云："东坡初未识少游。少游知其将复过维扬，作坡笔语，题壁于一山寺中。东坡果不能辨，大惊。及见孙莘老，出少游诗词数十篇，读之，乃叹曰：'向书壁者，是此郎也。'后与少游维扬饮别，作《虞美人》曰（略）。"——《苕溪渔隐丛话》

（宋）吴曾：东坡长短句云："无情汴水自东流，只载一船离恨向西州"，张文潜用其意以为诗云"亭亭画舸系春潭，只待行人酒半酣。不管烟波与风雨，载将离恨过江南"。王平甫尝爱而诵之，彼不知其出于东坡也。——《能改斋漫录》

（明）董其昌：离恨无限，故泪多于酒，与"离愁渐远渐无穷，迢迢不断如春水"同意。——《新刻便读草堂诗余》

（清）沈雄：弇州曰"隙月窥人小"又"天涯一点青山小"；陈莹中雪词"一夜青山老"，孙先宪"疏香满地东风老"。俱妙在押字。——《古今词话》

（清）黄苏：只寻常赠别之作，已写得清新浓厚如此。又云，首一阕是东坡自叙其舟中抵扬情节，第二阕是叙与少游情分。"风鉴在尘埃"是借少游此其所以烦恼也。——《蓼园词选》

满庭芳·元丰七年四月一日，余将自黄移汝，留别雪堂邻里二三君子。会李仲览自江东来别，遂书以遣之 （北宋）苏 轼

归去来兮，吾归何处？万里家在岷峨。百年强半，来日苦无多。韩愈诗："年皆过半百，来日苦无多。"坐见黄州再闰，作者元丰三年二月至黄州，七年四月量移汝州，在黄共四年另两月，其间元丰三年闰九月，六年闰六月，故曰"再闰"。儿童尽、楚语吴歌。山中友，鸡豚社酒，古代习俗，春秋祭社神，邻里皆聚会饮酒。相劝老东坡。 云何？当此去，人生底事，来往如梭！待闲

看，秋风洛水清波。好在堂前细柳，应念我、莫剪柔柯。仍传语，江南父老，时与晒渔蓑。_{待其再来之意。}

虞美人　　（北宋）秦　观

碧桃天上栽和露。不是凡花数。乱山深处水萦回。可惜一枝如画、为谁开。　　轻寒细雨情何限。不道春难管。为君沉醉又何妨。只怕酒醒时候、断人肠。《绿窗新话》云："秦少游寓京师，有贵官延饮，出宠妓碧桃侑觞，劝酒倦倦。少游领其意。复举觞劝碧桃。贵官云：'碧桃素不善饮。'意不欲，少游强之。碧桃曰：'今日为学士拼了一醉！'引巨觞长饮。少游即席赠《虞美人》云。碧桃用高蟾《下第后上永崇高侍郎》：'天上碧桃和露种，日边红杏倚云栽。芙蓉生在秋江上，不向东风怨未开。'"

　　（明）沈际飞：崔护桃花诗旨。抑扬百感。——《草堂诗余续集》

南歌子　　（北宋）秦　观

玉漏迢迢尽，银潢淡淡横。梦回宿酒未全醒。已被邻鸡催起、怕天明。　　臂上妆犹在，襟间泪尚盈。水边灯火渐人行。天外一钩残月、带三星。《诗·唐风·绸缪》："绸缪束薪，三星在天。"郑笺："三星，参也。"参在天谓始见东方也。○《词苑丛谈》："少游赠歌妓陶心儿《南歌子》暗藏'心'字（指末句），子瞻诮其恐为他姬撕赖也。"

　　（明）杨慎：秦少游《水龙吟》赠营妓楼东玉者，其中"小楼连苑"及换头"玉佩丁东"隐"楼东玉"三字。又赠陶心儿"一钩残月带三星"亦隐"心"字。山谷赠妓诗"你共人女边着子，怎知我门里添心"，亦隐"好闷"

二字云。——《词品》

（明）沈际飞：末句谓"心"字甚巧。——《草堂诗余正集》

（清）沈谦：秦淮海"天外一钩残月带三星"只作晓景佳。若指为心字谜语，不与"女边着子，门里挑心"，同堕恶道乎？——《填词杂说》

（清）陈廷焯：双关巧合，再过则伤雅矣。——《词则·闲情集》

送毕平仲西上　　（北宋）贺 铸

吟鞭西指凤皇州，好趁华年访昔游。新样春衫裁白苎，旧题醉墨满青楼。鸣蛙雨细生梅润，飐燕风高报麦秋。须念江边桃叶女，定从今日望归舟。

（元）方回：贺铸方回《庆湖遗老诗集》，每一诗必自注所与之人，所作之地，及岁月于题目下。其诗铿锵整暇。本武人，以苏公轼、范公百禄荐授从事郎。然即请岳祠，两为通判，年五十八便求致仕。再以荐起家，再致仕。宣和二年卒于常州，年四十七。葬宜兴县北山，程公俱铭其墓，仍序其诗。此篇风致颇如其词，以词之尤高也，故世人不甚知其诗，而余独爱之。——《瀛奎律髓汇评》

（元）李光垣：五十八、四十七，必有一误。（按四十七应是七十四之误）——同上

（清）纪昀：毕盖好狭斜之游，故诗皆规语，妙，非腐词。——同上

（清）许印芳：方回好填词，有"梅子黄时雨"句，人呼为"贺梅子"。——同上

别负山居士　　（北宋）陈师道

田园相与老，此别意如何。更病可无醉，犹寒已

自和。高名胡未广，诗句尚能多。沙草东山路，犹须
一再过。

　　（元）方回："更病无可醉"所用"可"字不容不拗。此诗全在虚字上
着力，除"田园"、"沙草"、"山路"六字外，不曾粘带景物。只于三四个闲
字面上斡旋妙意，其苦心亦已甚矣。——《瀛奎律髓汇评》

　　（清）纪昀：晚唐诗敷衍景物，固是陋格。如以不粘景物为高，亦是
偏见。古人诗不如此论。——同上

　　（清）冯舒："胡未"、"尚能"，时文讲谈。——同上

　　（清）纪昀："可"字仄而下句第三字不以平声救之，却是失调，不可
标以为式。——同上

别宝讲主　　（北宋）陈师道

　　此处相逢晚，他乡有胜缘。咒功先服猛，戒力得
扶颠。暂息三支论，重参二祖禅。原注：赵州、临济，皆曹人也。
夜床鞋脚别，何日着行缠。

　　（元）方回：读后山诗，语简而意博。"咒功"、"戒力"四字以深入于
细。"服猛"、"扶颠"，一出《礼记》，一出《论语》。抉剔为用，愈细而奇，
与晚唐人专泥景物而求工者不同也。天下博知，无过三支。今后山欲
其舍博而就约，弃讲而悟禅，故曰"暂息三支论，重参二祖禅"也。"夜床
鞋脚别"，此本俗语。脚不可以无鞋，而夜寐之际，脚亦无用于鞋。此又
以其胶恋执着为戒也。故后山诗愈玩愈有味。——《瀛奎律髓汇评》

　　（清）冯舒：方批"愈细而奇"。不细不奇。〇一话到"江西派"，便令人
欲呕欲杀，其诗厄也。〇直用上床与鞋履相别，如此讲便不通。——同上

　　（清）纪昀：此皆有意推求，不为公论。——同上

　　（清）冯舒："服猛"、"扶颠"，全无来历，何处说起？强似行缠牵合，

只见其不通而已。○末句接不上。——同上

（清）冯班：六句皆近唐人。——同上

忆少年·别历下　　（北宋）晁补之

无穷官柳，无情画舸，无根行客。南山尚相送，只高城人隔。　　罥画园林溪绀碧。算重来、尽成陈迹。刘郎鬓如此，况桃花颜色。

（明）卓人月：谢逸《柳梢青》"无限离情，无穷江水"类此。——《古今词统》

（清）先著、程洪："花无人戴，酒无人劝，醉也无人管"，与此词起处同一警绝。唐以后，特地有词，正以有如此妙语，诗家收拾不尽耳。——《词洁》

（清）沈雄：结句如《水龙吟》之"作窗天晓"、"系斜阳缆"亦是一法。如《忆少年》之"况桃花颜色"，《好事近》之"放真珠帘隔"，紧要处，前结如奔马收缰，须勒得住，又似住而未住；后结如众流归海，要收得尽，又似尽未尽。——《古今词话·词品》

北桥送客　　（北宋）张　耒

桥上垂杨系马嘶，桥头船尾插红旗。船来船去知多少，桥北桥南长别离。亭上几倾行客酒，游人自唱少年词。百年回首皆陈迹，浮世飘零亦可悲。

（元）方回：此诗似张司业。——《瀛奎律髓汇评》

（清）纪昀：本色老健。前四句恣逸特甚，然不是率笔，故佳。六句好在对面落墨、感慨殊深。——同上

（清）赵熙：五、六妙。——同上

兰陵王　　（北宋）周邦彦

柳阴直。烟里丝丝弄碧。隋堤上、曾见几番，拂水飘绵送行色。登临望故国。谁识。京华倦客！长亭路，年去岁来，应折柔条过千尺。　　闲寻旧踪迹。又酒趁哀弦，灯照离席。梨花榆火催寒食。愁一箭风快，半篙波暖，回头迢递便数驿。望人在天北。　　凄恻。恨堆积。渐别浦萦回，津堠岑寂。斜阳冉冉春无极。记月榭携手，露桥闻笛。沉思前事，似梦里，泪暗滴。

（明）沈际飞：闲寻旧迹以下，不沾题而宣写别怀，无抑塞。——《草堂诗余正集》

（清）贺裳：用清真避道君，匿师师榻下，作《少年游》以咏其事。吾极喜其"锦幄初温，兽烟不断，相对坐调笙"，情事如见。至"低声向，问谁行宿，城上已三更。马滑霜浓，不如休去"等语，几于魂摇目荡矣。乃被谪后，师师持酒伐别，复作《兰陵王》赠之，中云："愁一箭风快，半篙波暖，回头迢递便数驿。"酷尽别离之惨。而题作咏柳，不书其事，则意趣索然，不见其妙矣。——《皱水轩词筌》

（清）周济：北宋有无谓之词以应歌，南宋有无谓之词以应社。然周美成《兰陵王》、东坡《贺新凉》当筵命笔，冠绝一时。碧山之《齐天乐》咏蝉，玉潜《水龙吟》之咏白莲，又岂非社中作乎。故知雷雨郁蒸，是生芝菌；荆榛蔽芾，亦产蕙兰。——《介存斋论词杂著》

又云：客中送客，"一"、"愁"字代行者设想。以下不辨是情是景，但

觉烟霭苍茫。"望"字、"念"字尤幻。——《宋四家词选》

(清)陈廷焯：美成词，极其感慨，无处不郁，令人不能遽窥其旨。如《兰陵王》云："登临望故国，谁识京华倦客。"二语是一篇之主，上有"隋堤上曾见几番，拂水飘绵送行色"之句，暗伏"倦客"之根，是其法密处。故接下云"长亭路，年去岁来，应折柔条过千尺"。久客淹留之感，和盘托出。他手至此，以下便直书愤懑矣。美成则不然，"闲寻旧踪迹"二叠，无一语不吞吐，只就眼前景物，约略点缀，更不写淹留之故，却无处非淹留之苦。直至收笔云"沉思前事，似梦里，泪暗滴"。遥遥挽合，妙在才欲说破，便自咽住，其味正自无穷。——《白雨斋词话》

又云：意与人同，而笔力之高，压遍千古。又沉郁，又劲直，有独往独来之概。——《云韶集》

别伯恭　　(南宋)陈与义

樽酒相逢地，江枫欲尽时。犹能十日客，共出数年诗。供世无筋力，惊心有别离。好为南极柱，见《庄子·汤问篇》。深尉旅人悲。

(元)方回：此长沙帅向子䛦，字伯恭，此诗绝似老杜。——《瀛奎律髓汇评》

(清)许印芳：评是。——同上

(清)纪昀：后四句言己已衰朽，不得报国，惟以立功望故人耳。四句连读，方见其意。——同上

送熊博士赴瑞安令　　(南宋)陈与义

衣冠衮衮相逢处，草木萧萧未变时。聚散同惊一

枕梦,悲欢各诵十年诗。山林有约吾当去,天地无情子亦饥。笑领铜章非失计,岁寒心事欲深期。

(元)方回:简斋诗气势浑雄,规模广大。老杜之后,有黄、陈,又有简斋,又其次则吕居仁之活动,曾吉甫之清峭,凡五人焉。——《瀛奎律髓汇评》

(清)纪昀:语语沉着。——同上

虞美人·大光祖席,醉中赋长短句

席益,字大光,洛阳人,与作者同乡。　　　(南宋)陈与义

张帆欲去仍搔首。更醉君家酒。吟诗日日待春风。及至桃花开后、却匆匆。　　歌声频为行人咽。记着樽前雪。雪为雪儿的省称。隋末李密歌姬名雪儿。善歌舞。密每见宾僚文章有奇丽入意者,即付雪儿叶音律歌之,称"雪儿歌"。事见《太平广记》。后用以泛称。明朝酒醒大江流。满载一船离恨、向衡州。秦观《虞美人》词:"无情汴水日东流,只载一船离恨向西州。"

(宋)胡樨:《冷斋夜话》云:"东坡与少游饮别,作《虞美人》词云:'无情汴水日东流,只载一船离恨向西州。'"——《简斋集注》

(宋)刘辰翁:("明朝酒醒"三句)不犯东坡句否?——《须溪评点简斋诗集》

(明)杨慎:(吟诗三句)绝似坡仙语。——《词品》

(清)刘熙载:词之好处有在句中者,有在句之前后际者。陈去非《虞美人》"吟诗日日待春风,及至桃花开后却匆匆",此好在句中者也。——《艺概》

别李德翁 　　(南宋)尤 袤

长恨古人少,斯人今古人。二难俱益友,两载觉情亲。世态深难测,心期久益真。相看俱半百,此别倍酸辛。

(元):方回:不用景物,语意一串,古淡有味。此台州任满别二李,一曰才翁。——《瀛奎律髓汇评》

(清)冯班:馁甚。——同上

(清)纪昀:平稳之作。——同上

杜叔高秀才雨雪中相过,留一宿而别,口诵此诗送之 　　(南宋)陆 游

久客方知行路难,关山无际水漫漫。风吹欲倒孤城远,雪落如筵野寺寒。暮挈衣囊投土室,晨沽村酒挂驴鞍。文章一字无人识,胸次徒劳万卷蟠。

(元)方回:此金华杜斿也,杜斿其同气,俱登科,有诗名。斿至端平从官。——《瀛奎律髓汇评》

(清)查慎行:三、四寒气逼人,却成奇警。——同上

(清)纪昀:后四句凡近。——同上

送李怀叔赴上皋酒官,却还都下 　　(南宋)陆 游

奇才初试发硎刀,匹马秋风到上皋。地近虽同三

236

辅重，时平无复五陵豪。极知稳步烟霄路，却要微知郡县劳。归去平津首开燕，吐茵应复忤西曹。

问月堂酌别　　（南宋）范成大

半明灯火话悲酸，此会情知后会难。四海宦游多聚散，一生情事足悲欢。鬓丝今夜不多黑，酒量彻明无数宽。醉梦登舟多不记，但闻风雨满江寒。

送王纯白郎中赴闽漕　　（南宋）范成大

声利场中百战鏖，今谁勇退似公豪。缓寻南粤千山路，先破西兴百尺涛。平日曼容嫌禄厚，他年文本叹官高。才名政尔归安在，富贵追踪未可逃。纯白先君平生约，官至正郎而休，卒践其言。故纯白为兵部便丐去以承其志。

送别湖南部曲　　（南宋）辛弃疾

青衫匹马万人呼，幕府当年急急符。愧我明珠成薏苡，负君赤手缚于菟。观书到老眼如镜，论事惊人胆满躯。万里云霄送君去，不妨风雨破吾庐。

237

鹧鸪天·送人 （南宋）辛弃疾

唱彻《阳关》泪未干，功名余事且加餐。浮天水送无穷树，带雨云埋一半山。　　今古恨，几千般，只应离合是悲欢？江头未是风波恶，别有人间行路难。

满江红·送信守郑舜举被召 （南宋）辛弃疾

湖海平生，算不负、苍髯如戟。闻道是、君王着意，太平长策。此老自当兵十万，长安正在天西北。便凤皇、飞诏下天来，催归急。　　车马路，儿童泣。风雨暗，旌旗湿。看野梅官柳，杜甫《西郊》诗："市桥官柳细，江路野梅香。"东风消息。莫向蔗庵追语笑，只今松竹无颜色。问人间、谁管别离愁，杯中物。

满江红·饯郑衡州厚卿席上再赋
（南宋）辛弃疾

莫折荼蘼，且留取、一分春色。还记得、青梅如豆，共伊同摘。少日对花浑醉梦，而今醒眼看风月。恨牡丹、笑我倚东风，头如雪。　　榆荚阵，菖蒲叶。时节换，繁华歇。算怎禁风雨，怎禁鹈鴂！老冉冉兮花共柳，是栖栖者蜂和蝶。也不因、春去有闲愁，因离别。

贺新郎·别茂嘉十二弟　　（南宋）辛弃疾

　　绿树听鹈鴂。更那堪、鹧鸪声住，杜鹃声切。啼到春归无寻处，苦恨芳菲都歇。算未抵、人间离别。马上琵琶关塞黑，更长门、翠辇辞金阙。看燕燕，送归妾。　　将军百战身名裂。向河梁、回头万里，故人长绝。易水萧萧西风冷，满座衣冠似雪。正壮士、悲歌未彻。啼鸟还知如许恨，料不啼青泪长啼血。谁共我，醉明月。

　　（明）卓人月：稼轩尝以辛字为题，自写辛苦之致。此篇字字露辛露酸，烟溃霭聚，尤难为怀。——《古今词统》

　　（明）沈际飞：尽集许多怨事，全与太白《拟恨赋》手段相似。——《草堂诗余别集》

　　（清）许昂霄：旧注云"鹈鴂，杜鹃实两种"，见《离骚补注》。"看燕燕，送归妾。"《诗》小序云"燕燕，送归妾也"。竟作换头用，直接亦奇。"将军百战身名裂"六句，上三项说妇人，此二项言男子。中间不叙正位，却罗列古人许多离别，如读文通《别赋》，亦创格也。又悲壮。——《词综偶评》

　　（清）周济：上片，北都旧恨；下片，南渡新恨。——《宋四家词选》

　　（清）陈廷焯：稼轩词，自以《贺新郎·别茂嘉十二弟》一篇为冠。沉郁、苍凉、跳跃、动荡，今古无此笔力。——《白雨斋词话》

八归·湘中送胡德华　　（南宋）姜　夔

　　芳莲坠粉，疏桐吹绿，庭院暗雨乍歇。无端抱影销魂处，还见筱墙竹篱笆。筱读小，上声。萤暗，薜读险，上声。苔

藓阶蛩切。送客重寻西去路,问水面、琵琶谁拨。最可惜、一片江山,总付与啼鴂。即杜鹃鸟。 长恨相从未款,款即款洽,亲密相处。 而今何事,又对西风离别?渚寒烟淡,棹移人远,飘渺行舟如叶。想文君卓文君,西汉才女。此指对方的妻子。 望久,倚竹愁生步罗袜。归来后、翠尊青玉酒杯。双饮,下了珠帘,玲珑闲看月。唐圭璋《唐宋词简释》云:"此首送别词。起写雨后静院之莲桐,是昼景;次写雨后静院之萤蛩,是晚景。以上皆言送别时之处境,文字细密。'送客'以下,顿开疏荡,声情激越。初闻水面琵琶而欢,次见一片江山而惜。'长恨'三句,恨分别之速;'渚寒'三句,叹人去之远。'想文君'以下,化用太白诗,想家人望归之切,与归后之乐。"

(清)许昂霄:历叙离别之情,而终以室家之乐,即《豳风·东山》诗意也。谁谓长短句不源于三百篇乎?"翠樽双饮,下了珠帘,玲珑闲看月"三句,括尽康伯可《满庭芳》。翻用太白《玉阶怨》妙。——《词综偶评》

(清)陈廷焯:声情激越,笔力精健,而意味仍是和婉,哀而不伤,真词圣也。——《白雨斋词话》

一剪梅·余赴广东,实之实之,名王迈。 夜饯于风亭风亭,驿站名,在福建莆田。 (南宋)刘克庄

束缊缊,乱麻,束缊,束乱麻为火把。《汉书·蒯通传》:"束缊请火于亡肉家。"缊读韵,去声。宵行十里强。挑得诗囊,抛了衣囊。天寒路滑马蹄僵,元是王郎实之。来送刘郎。自指。 酒酣耳热说文章,惊倒邻墙,推倒胡床。坐具。又称交椅,交床。旁观拍手笑疏狂。疏又何妨,狂又何妨。

送田益之从周帅西上二首　　(金)元好问

市近厨无肉，书香蠹有虫。深居谁不乐，兀坐竟何功。天日伸眉后，江山洗眼中。蓬莱如可到，剩借玉川风。

一室盆歌后，供樵只短童。求凰可无日，牧犊未成翁。桂树春风近，杨荑暖律通。明年孟德耀，应与伯鸾东。

送吴子英之官东桥且为解嘲　　(金)元好问

柴车历鹿送君东，万古书生蹭蹬中。良酝暂留王绩醉，新诗无补玉川穷。驹阴去我如决骤，蚁垤与谁争长雄。快筑糟丘便归老，世间马耳过春风。

送樊顺之　　(金)元好问

弓刀十驿岳莲州，渭水秦山得意秋。王粲从军正年少，庾郎入幕更风流。寒乡况味真鸡肋，清镜功名属虎头。寄谢溪风亭上月，老夫乘兴欲西游。

石州慢·赴召史馆，正大元年(1224)作者被授国史馆编修。
与德新王革字德新。丈别于岳祠西新店，在嵩山中岳庙
黄盖峰下。明日以此寄之 　（金）元好问

击筑筑，古乐器名。行歌，鞍马赋诗，年少豪举。从渠
里社里中祀土地神之处。此借指乡里。浮沉，枉笑人间儿女。生
平王粲，而今憔悴登楼，江山信美非吾土。王粲《登楼赋》：
"虽信美而非吾土兮，曾何足以少留。"天地一飞鸿，渺翩翩何许。
羁旅。山中父老相逢，应念此行良苦。几许虚
名，误却东家鸡黍。漫漫长路，萧萧两鬓黄尘，骑驴漫
与行人语。诗句欲成时，满西山风雨。

瑞鹤仙·饯郎纠曹之严陵富春江严子陵滩。
（南宋）吴文英

夜寒吴馆作者时在临安，指饯别之地。窄。渐酒阑烛暗，
犹分香泽。化用淳于髡事。《史记·淳于髡传》："日暮酒阑，合尊促坐，男女
同席，履舄交错。杯盘狼藉，堂上烛灭。主人留髡而送客，罗襦襟解，微闻香泽。"
轻帆展为翮。指水路船行之快。送高鸿飞过，长安南陌。渔
矶旧迹。指目的地严子陵滩。有陈蕃、虚床挂壁。用陈蕃悬榻事。
掩庭扉，蛛网粘花，细草静摇春碧。　　还忆。洛阳
年少，以贾谊比曹。风露秋檠，读擎，平声，灯架。岁华如昔。长
吟堕帻。狂态。暮潮送，富春客。算玉堂不染，梅花清
梦，宫漏声中夜直。正逋仙、林和靖，此当是作者自指。清瘦黄

昏，几时觅得。杨铁生言："'几时'问其还京期，不恭维其还京升迁，而问其还京见孤山消瘦黄昏时日，立言极妙。"

（清）周济：梦窗每于空际转身，非具大神力不能。梦窗非无生涩处，总胜空滑。——《介存斋论词杂著》

又云：稼轩由北开南，梦窗由南追北，是词家转境。……梦窗主意高取径远，皆非余子所及。惟过嗜饾饤，以此被议。若其虚实并到之处，虽清真不过也。——《宋四家词选目录序论》

北行别人　　（南宋）谢枋得

雪中松柏愈青青，扶植纲常在此行。天下岂无龚胜洁，龚胜，西汉人。哀帝时为光禄大夫。王莽篡位后欲拜胜为讲学祭酒，龚胜曰："岂以一身事二姓？"从此绝食十四日而卒。见《汉书》。人间不独伯夷清。义高便觉生堪舍，礼重方知死甚轻。南八男儿终不屈，南八，指（唐）南霁云。韩愈《张中丞传后叙》载：霁云随张巡守睢阳，安史叛军破城后被俘。巡呼云曰："南八！男儿死耳，不可为不义者屈！"云笑曰："欲将以有为也，公有言，云敢不死！"即遇害。皇天上帝眼分明。宋亡后，作者变姓名，隐居闽中。后来为福建行省参政魏天祐强行北行，作此诗而别。至元都燕京，不食而卒。当作者北行时，有江西玉山人王奕《送谢叠山先生北行》诗云："皇天久矣眼垂青，盼看先生此一行。遗《表》不随诸葛死，《离骚》长伴屈原清。两生无补秦兴废，一出仍关鲁重轻。白骨青山如得所，何须儿女哭清明。"

满江红·用前韵留别巴陵古郡县名。在今湖南岳阳。诸公，时至元十四年　　（元）白朴

行遍江南，算只有、青山留客。亲友间、中年哀

乐、《世说新语·言语》："谢太傅（安）谓王右军（羲之）曰：中年伤于哀乐，与亲友别辄作数日恶……"几回离别。棋罢不知人世换，《述异记》："晋王质入山采樵，见二童子对奕。童子与质一物如枣核，食之不饥。局终，童子指示曰：汝柯烂矣。质归乡里，已及百岁。"兵余犹见川留血。叹昔时、歌舞岳阳楼，繁华歇。　　寒日短、愁云结。幽故垒，空残月。听阁阎即闾阎，泛指乡里，百姓。谈笑，果谁雄杰？破枕才移孤馆雨，扁舟又泛长江雪。要烟花、三月到扬州，用李白《黄鹤楼送孟浩然》诗："故人西辞黄鹤楼，烟花三月下扬州。"逢人说。

题苏李泣别图　　（明）袁 凯

上林木落雁南飞，万里萧条使节归。犹有仅有也。因李陵已失去了一切。交情两行泪，西风吹上汉臣衣。不让李陵的泪落在匈奴的土地上，而飞上苏武的衣襟，可谓神来之笔。

蝶恋花·留别吴白楼　　（明）边 贡

亭外潮生人欲去。为怕秋声，不近芭蕉树。芳草碧云凝望处，何时重话巴山雨。李商隐《夜雨寄北》诗："君问归期未有期，巴山夜雨涨秋池。何当共剪西窗烛，却话巴山夜雨时。"舴艋舨读板，上声。一种小型的船。轻船频唤渡。秋水疏杨，欲折丝千缕。白雁横天江馆暮，江馆为江边旅舍。醉中愁见吴山路。吴山，泛指吴地之山。

送谢武选武选，官名，掌武官选任升迁等事。**少安**人名。**犒师固原**固原，地名。**因还蜀会兄葬**谢东山字少安。固原地名，在今宁夏回族自治区。题谓公事办完后，回蜀参加其兄之葬礼。　　　　（明）谢　榛

天书早下促星轺，轺读摇，平声。星轺，使者之车。二月关河冻欲销。二句，时间、地点、事由、身份俱全。白首应怜班定远，汉班超封定远侯。黄金先赐霍嫖姚。骠骑将军霍去病。秦云晓渡三川水，蜀道春通万里桥。二句由固原转至四川。一对郫筒肠欲断，郫筒为四川郫县所产之名酒。鹡鸰原上《诗·小雅》："鹡鸰在原，兄弟急难。"草萧萧。

送徐子与徐中行，字子与。时官刑部员外郎。**谳狱**审判定案。**江南**
　　　　　　（明）杨继盛

寥落白云司半虚，看君此去更何如？西曹刑部称西曹。月满幽人榻，谓人去榻空。南国星随使者车。塞雁不堪行断候，犹隔断行列。秋风况是叶飞初。秣陵故旧作者曾任南京吏部主事。如相问，为道疏狂病未除。作者杨继盛，因上书弹劾权奸严嵩十大罪状，被捕入狱。闻徐往南京审案，作此诗与之送行。

东归省墓留别吴门亲友　　　　（清）姜　垛

身世由来叹转蓬，汀州况复满秋风。百年做客须

眉老,千里还家道路穷。北海松楸瞻望里,东吴儿女乱离中。笛亭相送寻常事,此别还须努力同。

雨中送申公子涵光 　　(清)顾炎武

十载相逢汾一曲,新诗历落鸣寒玉。悬甕山前百道泉,台骀祠下千章木。

送归高士之淮上 　　(清)顾炎武

送君孤棹上长淮,千里谈经意不乖。卜宅已安王考兆,携书还就故人斋。檐前映雪吟偏苦,窗下听鸡舞亦佳。此日邴原能继酒,不烦良友数萦怀。归高士即归庄。作者与归庄同里、同庚、同学、同志……所同者多矣。不止"归奇顾怪"也。全诗主旨,以力学相勉,力学必戒酒。当以三国时邴原为法。原之言曰:"本能饮酒,但以荒思废业,故断之耳。"读此诗,当察其志在言外。

奉留介石二首介石即文祖尧,字心传,贵州呈贡人。尝任太仓州学正,才品均优。 　　(清)陈 瑚

圜桥相圃久芜莱,祭酒家从南诏来。青杖夜迎刘向入,绛纱晨侍马融开。诸生忠孝扶天地,都讲诗书起俊才。忽报降幡飐牛渚,西风一夕卷堂哀。

长江铁锁竟何为,中夜彷皇泣素丝。画日笔随降

表进,草玄人恐献文迟。武陵洞口桃花笑,朱雀桥过
燕子知。独有孤忠老博士,焚冠和泪写新诗。

走别张文寺杜于皇苍略,因登鸡鸣山

（清）阎修龄

雪里人归急,踟蹰别友生。冲风寻钓港,匹马向
台城。庙阙非前代,山川叹远征。太平堤柳在,萧飒
不胜情。

送友人北上　　（清）沈　谦

嗟君此行役,把酒一沉吟。驱马河冰滑,听鸡夜雨
深。鼓鼙孤客泪,书札故人心。念母归应早,天涯弗滞淫。

送陈人白、王问溪归琼州　　（清）陈恭尹

送君归去不胜情,共国犹悬两月程。黎母山前开
晚照,苏公楼外正秋清。槟榔过雨垂空地,玳瑁乘潮
上古城。到日从容问耆归,为余再拜海先生。

送耿象翁　　（清）陈恭尹

千旌将发粤王台,别思逢秋不易裁。当世几人能

下士，惟公随地肯怜才。珠官异政他年最，薇省新花几度开。处处甘棠歌勿翦，有人重望使车来。_{象翁名耿文}明，尝任广东督粮道，康熙二十一年去任。

请告得旨，留别诸公二首　　（清）徐乾学

萧萧白发滞长安，此日都亭拟挂冠。入世艰虞忧履虎，当门香馥怕锄兰。一官鸡肋中情澹，万卷牛腰远道难。最是君恩如海岳，禁庭回首涕汍澜。

陈情拜手出金扉，秘阁缥缃许带归。冠盖同时都惜别，吏人三馆亦沾衣。儿曹勉励惟忠孝，爱弟携持共瘦肥，此去只余公论在，平生那肯寸心违。沈德潜《国朝诗别裁集》云："时柄政者欲中之以法，圣主许其带书局还山，如司马文正公修《资治通鉴》之例。受恩感激，乃作是诗。"

送友二首　　（清）吴　历

征帆出海渺无津，但见长天不见尘。一日风波十二险，要须珍重远归身。

春风日日送行旌，谁送天涯九万程？自古无情是杨柳，今朝欲折昨朝生。

送杨生之无为州　　(清)恽　格

山郭春深听夜潮,片帆天际白云遥。东风未绿秦淮柳,残雪江山是六朝。

浒墅舟中别相送诸子　　(清)崔　华

溶溶月色漾河湄,晓起频将玉笛吹。同上邮亭忘别绪,独行驿岸解相思。丹枫江冷人初去,黄叶声多酒不辞。此路三千今日始,蓟门回首雪霜时。沈德潜云:"'丹枫'、'黄叶'不无合掌,拟易'白蘋',崔黄叶以为可否?"○王士祯《论诗绝句》云:"溪水碧于前渡日,桃花红是去年时。江南肠断何人会? 只有崔郎七字诗。"按:一、二句亦是崔华之诗也。

赠　行　　(清)王士祯

破额山前水,依然碧玉流。吾庐真可爱,此外复何求。名已高三馆,归还读九丘。蘋花何处采? 遥送木兰舟。

留别苕文　　(清)王士祯

海内谈诗日,人传吾辈狂。远游羡宗炳,疏懒似嵇康。姓字惭龙腹,文章忝雁行。横门今日别,携手已神伤。

送郑郎赴粤西幕府　　（清）王士禛

当时红斾向西川，水部风流似郑虔。被酒共眠金雁驿，分题多在浣花笺。故人一别成千载，公子重逢又十年。去谒征南正年少，牂牁春尽水如烟。汪佑南《山泾草堂诗话》云："郑郎年少，无交情可言，赋诗赠行易涉浮泛。前五句述其前辈交情，取势似迂缓。妙在六句，转合毫不费力，宽而实紧。本题无可发挥，从空中着笔为题之，顶上圆光绝妙，文情活现纸上。的是名家。"

送孙恺似孝廉　　（清）高士奇

沁园词客旧知名，曾在杨花渡口行。佳句已传箕子国，归心又向阖闾城。白蘋风细扁舟稳，青桂香浓小苑清。吾亦有庐江上好，秋来鲈鲙不胜情。恺似曾使高丽采诗故有第三句。

送　别　　（清）黄子云

柳暗旗亭和露畔，琵琶一曲泪潺湲。三千马首愁中路，十二猿声梦里山。野店蝶随歌扇远，官桥花扑舞衣闲。从今留却江南月，夜夜墙东自往还。徐传诗《星湄诗话》云："郡有妓曰秦畹香，色艺冠一时，子云少与之狎，后为有力者以五百千买之，载之入都，子云惆怅不已，作诗送别。"

留别南湖诸人士　　（清）舒　瞻

萍絮何须问旧因，离筵开处对残春。谁言琴鹤非家具，自喜溪山似故人。北道应牵归客梦，东风偏上苦吟身。归舟莫笑轻如叶，千卷残书已不贫。

出金陵留示故旧　　（清）姚　鼐

又向青溪十日留，依然双阙望牛头。交游聚处思移宅，衰病行时爱棹舟。萧寺风多长似雨，后湖烟淡总如秋。摩挲老眼僧书内，不为兴亡作泪流。

送友人之秦中　　（清）章学诚

风雨寒毡冷，关河客路难。清流寻渭水，落叶正长安。幸有牛衣伴，休叹鹤鬓单。西征富吟草，也算旅囊宽。

友人将抱琴出游诗以止之　　（清）赵允怀

谁是知音者，而君尚抱琴。成连已仙去，海上杳难寻。况有白头母，能无念子心。何堪远行役，空望暮云深。

送南归者　　（清）龚自珍

布衣三十上书回，挥手东华_{东华门为北京故宫东门。此泛指官场。}事可哀。且买青山且鼾卧，料无富贵逼人来。_{"富贵逼人"见《清书·杨素传》。}

送　友　　（清）高作枫

花有情痴愁客散，柳知别苦怕人攀。惊心风雨三春冷，放眼乾坤几个闲。

八声甘州·送伯愚_{光绪珍妃之兄。}都护_{官名。}之任乌里雅苏台_{乌里雅苏台，地名，在今蒙古国。都人谚曰："一自珍妃失宠来，伯愚乌里雅苏台。"谓伯愚远谪也。}　　（清）王鹏运

是男儿万里惯长征，临岐漫凄然。只榆关_{即山海关，在今秦皇岛市。}东去，沙虫猿鹤，_{《抱朴子》云："周穆王南征，一军尽化。君子为猿为鹤，小人为虫为沙。"}莽莽烽烟。试问今谁健者，慷慨着先鞭。_{领先一步之意，用祖逖事。见《晋书·刘琨传》。}且袖平戎策，乘传_{古代驿用四匹下等马拉的车。}行边。　　老去惊心鼙鼓，叹无多哀乐，换了华颠。_{白头。}尽雄虺琐琐，_{屈原《天问》："雄虺九首，鯈忽焉在。"虺读辉，平声，蛇类。琐琐，细小卑贱。}呵壁问苍天。认参差、神京乔木，愿锋车、_{速度很快的车子，名追锋车。}归及

中兴年。休回首,算中宵月,犹照居延。_{泛指边塞。}

摸鱼儿·金山留云亭_{在镇江金山寺慈寿塔旁。}**饯仲复抚部,**_{江苏巡抚沈秉成。}**酒半,闻江上笛声起于乱烟衰柳间,感音而作,不自觉其辞之掩抑也** (清)郑文焯

渺吴天、觅愁无地,江上如此谁醒?乱云空逐惊涛去,人共一亭幽静。斜月耿。怕重见、青尊中有沧桑影。吟魂自警。对潮打孤城,烟生坏塔,_{用元好问"断塔烟生怀古情"意。}笛语夜凄哽。 招提_{指金山寺。}境,还作东门帐饮。_{设宴饯行。用汉代疏广叔侄挂冠归里,公卿饯别东都亭事。}中流同是漂梗。当年击楫英雄老,_{用祖逖中流击楫事。}输与过江鱼艇。愁暗省。换满目、胡沙蛮气连天迥。_{远也。}苔茵坐冷。任怪石能言,荒波变酒。莫更赋离景。_{此词惜别与伤时两种感情相互运用。惜别以伤时出之,伤时又烘染了惜别的深情。自然圆润,不见斧凿。}

与闺人话别 (清)王甲荣

不胜惆怅梦难成,来日征帆第一程。画幔明灯俍有影,丽谯残柝噤无声。纵谈且讳江湖险,挥泪翻增儿女情。但祝康强抛药裹,归来同践菊花盟。

出都留别诸公　　(清)康有为

沧海飞波百怪横,唐衢痛哭万人惊。高峰突出诸山炉,上帝无言百鬼狞。漫有汉廷追贾谊,岂教江夏贬祢衡。陆沉忽望中原叹,他日应思鲁二生。梁启超有诗云:"身高殊不觉,四顾乃无峰。但有浮云度,时时一荡胸。地沉星尽没,天跃日初镕。半勺洞庭水,秋寒欲起龙。"二人之诗,何等自负。

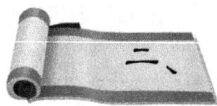

二、羁　旅

凌朝浮江旅思　　(唐)马周

太清上初日,春水送孤舟。山远疑无树,潮平似不流。岸花开且落,江鸟没还浮。羁望伤千里,长歌遣四愁。

宿郑州　　(唐)王维

朝与周人辞,暮投郑人宿。他乡绝俦侣,孤客亲僮仆。宛洛望不见,秋霖晦平陆。田父草际归,村童雨中牧。主人东皋 泛指田野。潘岳《秋兴赋》："耕东皋之沃壤兮，输黍稷之余税。"
上，时稼绕茅屋。虫思机杼悲，雀喧禾黍熟。明当渡京
水，昨晚犹金谷。此去欲何言，穷边徇微禄！ 徇，曲从也。

（清）施补华："孤客亲僮仆"语极沉至，后人"渐与骨肉远，转于僮仆亲"
衍作两句，便觉味浅。"雀喧"一句亦简妙，可悟炼句法。——《岘佣说诗》
（清）张文荪：前后回环映带，中间叙时景，章法秩然。"朝"、"暮"、
"明"、"晚"等字都为题中"宿"字着意，不是漫用。○去路结明本
意。——《唐贤清雅集》

江南旅情　　（唐）祖　咏

楚山不可极，归路但萧条。海色晴看雨，江声夜
听潮。剑留南斗近，书寄北风遥。为报空潭橘，无媒
寄洛桥。

（明）周敬等：杨慎曰"次联须亲历此景，方知佳趣"。○宗臣曰"起
联洒而朗。颔联幽而雅，颈联奇而秀"。——《唐诗选脉会通评林》
（清）黄生：八句重一"寄"字，后人以"赠"字易之，唐人只欲句格之
老，正不琐琐邂忌，但后人不可为法耳。——《唐诗摘钞》

客中行　　（唐）李　白

兰陵美酒郁金香，玉碗盛来琥珀光。但使主人能
醉客，不知何处是他乡。

255

（清）黄叔灿：借酒以遣客怀，本色语却极情致。——《唐诗笺注》

（清）李瑛：首二句极言酒之美，第三句以"能醉客"紧承"美酒"，点醒"客中"，末句作旷达语，而作客之苦，愈觉沉痛。——《诗法易简录》

劳劳亭　　（唐）李　白

天下伤心处，劳劳送客亭。春风知别苦，不遣柳条青。离别何关于春风？偏说到春风，高一层意思作法。

（清）李瑛：若直写离别之苦，亦嫌平直；借"春风"以写之，转觉苦语入骨。其妙全在"知"字，"不遣"字，奇警绝伦。——《诗法易简录》

旅夜书怀　　（唐）杜　甫

细草微风岸，危樯独夜舟。星垂平野阔，月涌大江流。名岂文章著，官应老病休。飘飘何所似，天地一沙鸥。

（宋）罗大经：诗要健字撑柱，活字斡旋。如"弟子贫原宪，诸生老服虔"，"贫"字、"老"字，乃撑拄也；"名岂文章著，官应老病休"，"岂"字、"应"字乃斡旋也。撑柱乃屋之有柱；斡旋，如车之有轴，文亦然。诗以字，文以句。——《鹤林玉露》

（元）方回：老杜夕、暝、晚、夜五言律诗，多是中间两句言景，两句言情。若四句皆言景物，则必有情思贯其间。痛愤哀怨之意多，舒徐和易之调少。以老杜之为人，纯乎忠襟义气，而所遇之时，丧乱不已，宜其然也。——《瀛奎律髓汇评》

（明）谢榛：子美"星垂平野阔，月涌大江流"句法森严，"涌"字尤奇。可严则严，不可严则放过些子，若"鸿雁几时到，江湖秋水多"，意在一

贯，又觉闲雅不凡矣。——《四溟诗话》

（明）胡应麟："山随平野阔，江入大荒流"，太白壮语也；杜"星垂平野阔，月涌大江流"，骨力过之。——《诗薮》

（清）查慎行：此舟中作。——《瀛奎律髓汇评》

（清）纪昀：通首神完气足，气象万千，可当雄浑之品。——同上

（清）黄生：前后两截格。"一沙鸥"何其渺；"天地"字，何其大。合而言之曰"天地一沙鸥"，语愈悲，气愈傲。——《唐诗矩》

淮上喜会梁州故人　（唐）韦应物

　江汉曾为客，相逢每醉还。浮云一别后，流水十年间。欢笑情如旧，萧条鬓已斑。何因不归去，淮上有秋山。作者梁州人，客于淮上。○暗用李陵苏武送别诗典故。

（明）谢榛：此篇多用虚字，辞达有味。——《四溟诗话》

（明）周珽：人如浮云易散，一别十年，又若流水去无还期，二语道尽别离情绪。他如"旧国应无业，他乡到是归"，其悲慨之思可想。——《唐诗选脉会通评林》

（清）查慎行：五六浅语，却气格高。——《瀛奎律髓汇评》

（清）纪昀：清圆可诵。——同上

（清）无名氏（甲）：大抵平淡诗非有深情者不能为，若一直平淡，竟如槁木死灰，曾何足取？苏州此首极有深情，所谓"看似寻常最奇崛，成如容易却艰难"也。——同上

旅　行　（唐）殷尧藩

　烟树寒林半有无，野人行李更萧疏。堠长堠短逢

官马,山北山南闻鹧鸪。万里关河成传舍,五更风雨忆呼卢。寂寥一点寒灯在,酒熟邻家许夜沽。

途中一绝　　(唐)杜 牧

镜中丝发悲来惯,衣上尘痕拂渐难。惆怅江湖钓竿手,却遮西日向长安!

旅 宿　　(唐)杜 牧

旅馆无良伴,凝情自悄然!寒灯思旧事,断雁警愁眠。远梦归侵晓,家书到隔年。湘江好烟月,门系钓鱼船。

旅次洋州,寓居郝氏林亭　　(唐)方 干

举目纵然非我有,思量似在故山时。鹤盘远势投孤屿,蝉曳残声过别枝。凉月照窗敧枕倦,澄泉绕石泛觞迟。青云未得平行去,梦到江南身旅羁。

(宋)吴开:前辈称苏子美诗"山蝉带响穿疏户,野蔓延清入破窗"。盖出于方干诗"鹤盘远势投孤屿,蝉曳残声过别枝"。——《优古堂诗话》

(元)方回:三、四绝佳。玄英一集诗,此联为冠。——《瀛奎律髓汇评》

(清)冯舒:落句似趁韵。——同上

(清)查慎行:三、四一远一近,字字警策。○起结太平弱,三、四故

不可弃。——同上

（清）何焯：第三意态清远，第四情味酸寒，的是羁人失路身分。五六承上"旅次"意，兼含青云未得去身分，划断不得。○首句率直。——同上

（清）纪昀：结二句鄙而弱。——同上

（清）贺裳：余儿时尝闻先君语曰"方干暑夜正浴，时有微雨，忽闻蝉声，因而得句。急叩友人门，其家已寝，惊起问故。曰：'吾三年前未成之句，今已获之，喜而相告耳。'乃'蝉曳余声过别枝'也"。后余见其全诗，上句为"鹤盘远势投孤屿"，殊厌其太露咬文嚼字之态，不及下句为工。凡作诗炼字，又必自然无迹，斯为雅道。○黄白山评"必是先有下句，然后寻上句作对，故一自然，一勉强"。——《载酒园诗话》

（清）洪吉亮："蝉曳残声过别枝"，实属体物之妙。——《北江诗话》

秦原早望　　　（唐）李　频

一凭乡书荐，长安未得回。年光逐渭水，春色上秦台。燕掠平芜去，人冲细雨来。东风生故里，又过几花开。

（元）方回：其思优游而不深怨，可取。——《瀛奎律髓汇评》

（清）纪昀：此评最是。——同上

（清）纪昀：兴象天然，不容凑泊。此五律最熟之境，而气韵又不涉甜俗，故为唐人身分。——同上

秋宿临江驿　　　（唐）杜荀鹤

南去北来二三年，年去年来两鬓斑。举世尽从愁里老，谁人肯向死前闲。渔舟火影寒归浦，驿路铃声

夜过山。身事未成归未得,听猿鞭马入长关。

(宋)王懋:《高斋诗话》曰:"山谷尝云,杜荀鹤诗'举世尽从愁里老',正好对韩退之诗'谁人肯向死前休'。退之在前,荀鹤用其语。"——《野客丛书》

(元)方回:三、四世俗所传。——《瀛奎律髓汇评》

(清)查慎行:三、四直遂无余韵,学"元和体"而堕浅易者往往若此。——同上

(清)纪昀:三、四鄙俚。虚谷下"世俗"二字,却有分寸。——同上

(清)贺裳:杜于晚唐为至陋,今试漫举数联,如"廉颇解武文无说,谢朓能文武不通","典尽客衣三尺雪,炼精诗句一头霜","遍搜宝货无藏处,乱杀平人不怕天","举世尽从愁里老,谁人肯向死前闲"……岂成人语!——《载酒园诗话又编》

冬夜旅思　　　　(北宋)寇 准

年少嗟羁旅,烟霄进未能。江楼千里月,雪屋一龛灯。远信凭边雁,孤吟寄岳僧。炉灰愁拥坐,砚水半成冰。

(元)方回:读此诗与晚唐人何异,岂知其为宰相器乎?三、四悲壮,五、六自唐人翻出,第二句见其进取之心焉。——《瀛奎律髓汇评》

(清)查慎行:晚唐无此气概。——同上

(清)纪昀:虚谷以进取讥寇莱公,可谓不见其睫。——同上

夜半乐　　　　(北宋)柳 永

冻云黯淡天气,扁舟一叶,乘兴离江渚。渡万壑

千岩,越溪深处。怒涛渐息,樵风乍起,更闻商旅相呼。片帆高举,泛画鹢、翩翩过南浦。　　望中酒旆闪闪,一簇烟村,数行霜树。残日下,渔人鸣榔归去。败荷零落,衰杨掩映,岸边两两三三,浣纱游女。避行客、含羞笑相语。　　到此因念,绣阁轻抛,浪萍难驻。叹后约丁宁竟何据?惨离怀,空恨岁晚归期阻。凝泪眼、杳杳神京路,断鸿声远长天暮。

（清）陈廷焯:此篇层次最妙,始而渡江直下,继乃江尽溪行。"渐"字妙,是行路人语。盖风涛虽息,耳中风涛犹未息也。"樵风"句,点缀荒野,尚未依村落也。继见"酒旆",继见"渔人",继见"游女",则已傍村落矣。因游女而触离情,不禁叹归期无据。别时邀约,不过一时强慰话耳。"绣阁轻抛,浪萍难驻",飘零岁暮,悲从中来。继而"断鸿声远",白日西倾,旅人当此,何以为情。层折之妙,令人寻味不尽。陈直斋谓耆卿最工于行役羁旅信然。——《词则》

苏幕遮　　（北宋）范仲淹

碧云天,黄叶地。秋色连波,波上寒烟翠。山映斜阳天接水。芳草无情,更在斜阳外。　　黯乡魂,追旅思,夜夜除非,好梦留人睡。明月楼高休独倚。酒入愁肠,化作相思泪。

（宋）俞文豹:杜子美流离兵革中,其咏内子云"香雾云鬟湿,清辉玉臂寒。何时倚虚幌,双照泪痕干"。欧阳文忠、范文正娇娇风节,而欧公词云"寸寸柔肠,盈盈粉泪,楼高莫近危栏倚"。又"薄幸辜人终不愤,何

时枕上分明问"。文正词云"都来此事,眉间心上,无计相回避"。又"明月楼高休独倚,酒入愁肠,化作相思泪"。情之所钟,虽贤者不能免,岂少年所作耶? 惟荆公诗词未尝作脂粉语。——《吹剑录》

(明)卓人月:"芳草无情,更在斜阳外"、"行人更在春山外"两句,不厌百回读。又曰:人但言睡不得尔,"除非好梦留人"反言愈切。——《古今词统》

(清)彭孙遹:范希文《苏幕遮》一调,前段多入丽语,后段纯写柔情,遂成绝唱。"将军白发征夫泪"亦复苍凉悲壮,慷慨生哀。永叔欲以"玉阶遥献南山寿"敌之。终觉让一头地。穷塞主故是雅言,非实录也。——《金粟词话》

(清)李佳:范希文赋《苏幕遮》(略),希文,宋一代名臣,词笔婉丽乃尔,比之宋广平赋梅花,才人何所不可。不似世之头巾气重,无与风雅也。——《左庵词话》

(清)黄苏:文正一生并非怀士之士,所为乡魂旅思以及愁肠思泪等语,似沾沾作儿女想,何也。观前阕可以想其寄托。开首四句,不过借秋色苍茫,以隐抒其忧国之意。"山映斜阳"三句,隐隐见世道不甚清明,而小人更为得意之象。"芳草"喻小人,唐人已多用之也。第二阕,因心之忧愁,不自聊赖,始动其乡魂旅思。而梦不安枕,酒皆化泪矣,其实忧愁非为思家也。文正当仁宗之时,扬历中外,身肩一国之安危。虽其时不无小人,究系隆盛之日。而文正乃忧愁若此,此其所以先天下之忧而忧矣。——《蓼园词评》

次韵酬昌叔羁旅之作　　(北宋)王安石

君方困旅食,予亦误朝簪。自索东方米,谁多季子金。高门万马散,穷巷一灯深。客主竟无事,萧条梁父吟。

旅　思　　（北宋）王安石

此身南北老，愁见问征途。地大蟠三楚，天低入五湖。看云身共远，步月影同孤。慷慨秋风起，悲歌不为鲈。

如梦令五首　　（北宋）秦　观

门外鸦啼杨柳，春色着人如酒。睡起熨此读郁，入声沉香，玉腕不胜金斗。消瘦，消瘦。还是褪花时候。苏轼《蝶恋花》："花褪残红青杏小。"褪花指花褪色萎谢。

遥夜沉沉如水，风紧驿亭深闭。梦破鼠窥灯，霜送晓寒侵被。无寐，无寐。门外马嘶人起。周啸天云：联系"遥夜"，似乎形容夜长，联系"沉沉"，似乎形容夜深，联系"风紧"，似乎形容夜凉。其喻意倍加丰富，较之通常用水比夜，偏于一义的写法，有所创新。○"梦破"与"鼠"有关，因为是油灯，老鼠偷油弄出声响，人一惊梦，鼠吓跑了，但还舍不得离开，故而"窥灯"，一"窥"字多么传神。这样，驿舍的简陋寒伧可以想象。因此，能否捕捉富于特征的细节，往往是创造特殊环境的成败关键。○"梦破鼠窥灯"与温庭筠《菩萨蛮》"花落子规啼，绿窗残梦迷"的意境不同，而各擅环境。花鸟与鼠之为物，美丑不同，而作为诗歌意象所起的作用，是一样的。○全词自始至终没有直接写人物的心情，而集中抒写了"无寐者"的听觉、视觉、肤觉等种种感受，令读者如身历其境，不但成功地传达了一般旅程况味，而且表达了一种倦于宦游的情绪。

幽梦匆匆破后，妆粉乱沾谓流泪以后。襟袖。遥想酒醒来，无奈玉销花瘦。回首，回首。绕岸夕阳疏柳。

楼外残阳红满，春入柳条将半。桃李不禁风，回首落英无限。肠断，肠断。人共楚天俱远。

池上春归何处？满目落花飞絮。孤馆悄无人，梦断月堤归路。无绪，无绪。帘外五更风雨。

踏莎行·郴_{读琛，平声。}州_{属湖南省。}旅舍
（北宋）秦 观

雾失楼台，月迷津渡。桃源_{原属武陵郡，宋乾德中析置桃源县。地当郴州之北。自陶渊明《桃花源记》问世后，常被视为避世的仙境。}望断无寻处。可堪孤馆_{旅舍。}闭春寒，杜鹃声里斜阳暮。

驿寄梅花，_{《荆州记》："宋陆凯与范晔善，自江南寄梅花诣长安与晔，并赠诗曰：'折梅逢驿使，寄与陇头人。江南无所有，聊寄一枝春。'"}鱼传尺素。_{古诗《饮马长城窟行》："客从远方来，遗我双鲤鱼。呼儿烹鲤鱼，中有尺素书。"}砌成此恨无重数。_{言这重重叠叠的离恨都是"梅花"和"尺素"堆砌而成。}郴江幸自_{本自也。《诗词曲语辞汇释》：韩愈《楸树》诗："幸自枝条能树立，可烦萝蔓作交加。"幸自，本自也。温庭筠《杨柳》诗："春来幸自长如线，可惜牵缠荡子心。"……皆本自也。}绕郴山，为谁流下潇湘去。_{意谓郴江尚能绕过郴山，北流入潇湘，自己竟被郴山所困，连桃源也看不见。}

（宋）胡仔：《冷斋夜话》云："少游到郴州，作长短句云：'雾失楼台（略）。'东坡绝爱其尾两句，自书于扇，曰：'少游已矣，虽万人何赎。'"——《苕溪渔隐丛话》

（宋）陈模：作诗作词虽曰殊体，然作词亦须要不粘皮着骨方高。秦少游词好者，如"郴江幸自绕郴山，为谁流下潇湘去"。自是有一唱三叹

之味。何必语意必着，而后足以写此情。然作词亦须要艳丽之语。观此，诗之高者，须要刮去脂粉方是，此则其不同也。——《怀古录》

（明）王世贞："平芜尽处是青山，行人更在青山外"，又"郴江幸自绕郴山，为谁流下潇湘去"，此类语之有情者也。——《艺苑卮言》

（清）王士禛："郴江幸自绕郴山，为谁流下潇湘去"，千古绝唱。秦殁后，坡公尝书此于扇云："少游已矣，虽万人何赎！"高山流水之悲，千载而下，令人腹痛。——《花草蒙拾》

（清）先著、程洪："斜阳暮"犹唐人"一孤舟"句法耳。升庵之论破的。——《词洁》

（清）黄苏：按少游坐党籍，安置郴州。首一阕是写在郴，望想玉堂天上，如桃源不可寻，而自己意绪无聊也。次阕言书难达意，自己同郴水自绕郴山，不能下潇湘以向北流也；语意凄切，亦自蕴藉，玩味不尽。"雾失"、"月迷"总是被谗写照。——《蓼园词选》

二十三日即事　　　（北宋）张　耒

已逢妩媚散花峡，不怕艰危道士矶。啼鸟似逢人劝酒，好山如为我开眉。风标公子鹭得意，跋扈将军风敛威。到舍将何作归遗，江山收得一囊诗。

（元）方回：此离黄州贬所作，颇以去险即夷为喜耳。——《瀛奎律髓汇评》

（清）冯舒：罗江东作《扬州》诗，用"淮南"，"炀帝"，虚谷讥云"骄王，荒帝不宜引用"。梁冀贼，造次岂合置之口颊？风雅暴横，何至比之此人乎？如梁冀事，真用不得也。○"跋扈将军"用不得，比拟不伦也。此句本有刺，却已甚。屈原露才扬己，良史刺之，逐臣之词，尤其慎择。○第五句"江西"语。——同上

（清）查慎行：五、六说破"鹭"字、"风"字，殊少味矣。——同上

（清）纪昀：五、六把意，然不成语。结太佻。○以鹭为"风标公子"出杜牧《晚晴赋》。○隋炀帝登舟遇风，叹曰"此风可谓跋扈将军"。诗用此语，然不佳。冯氏误认为梁冀事，遂以为比拟不伦，亦欠考。——同上

自海至楚途寄马全玉　　（北宋）张 耒

潇潇晚雨向风斜，村远荒凉三四家。野色连云迷稼穑，秋声催晓起蒹葭。愁如夜月长随客，身似飞鸿不记家。极目相望何处是，海天无际落残霞。

（元）方回：文潜诗大抵圆熟自然。——《瀛奎律髓汇评》

（清）纪昀：此诗好在脱洒。——同上

（清）冯舒：种曰稼，敛曰穑，替不得"禾"、"黍"字。——同上

（清）冯班："飞鸿"不如用"飞蓬"。——同上

（清）查慎行：中四句如大历才子格。——同上

（清）陆庠斋：五、六正如绝不用意，却有蕴味。——同上

（清）纪昀：五、六工而不纤。——同上

霜叶飞　　（北宋）周邦彦

露迷衰草。疏星挂，凉蟾低下林表。素蛾青女斗蝉娟，正倍添凄悄。渐飒飒、丹枫撼晓。横天云浪鱼鳞小。似故人相看，又透入、清辉半晌，特地留照。上片"故人相看"亦似獭尾法。　　迢递望极关山，波穿千里，度日如岁难到。凤楼今夜听秋风，奈五更愁抱。想玉匣、

哀弦闭了。无心重理相思调。见皓月、牵离恨，屏掩孤鸾，泪流多少。下片"想玉匣"以下从对方入手，手法似杜甫"今夜鄜州月"。

（清）陈廷焯：写秋夜景色，字字凄断。"撼"字下得精神。晓何可撼？"撼"何可解？惟其不可撼，所以为奇妙；惟其不可解，所以为神奇也。——《云韶集》

（近代）陈洵：只是"美人迈兮音尘绝，隔千里兮共明月"二句耳。以换头三句结上阕，"凤楼"以下，则为其人设想。一边写景，即景见情；一边写情，即情见景。双烟一气，善学者自能于意境中求之。——《海绡说词》

道　中　　（南宋）陈与义

雨势收还急，溪流直又斜。迢迢傍山路，漠漠满村花。破水双鸥影，掀泥百草芽。川原有高下，随处着人家。

（清）冯舒：真不减《原上新居》——《瀛奎律髓汇评》
（清）纪昀：夷犹有致。——同上
（清）许印芳：尾联袭用王半山"高下数家村"句，然亦不害其为佳。——同上

中牟道中二首　　（南宋）陈与义

雨意欲成还未成，归云却作伴人行。依然坏郭中牟县，千尺浮屠管送迎。

杨柳招人不待媒，蜻蜓近马忽相猜。如何得与凉
风约，不共尘沙一并来。

金潭道中　　（南宋）陈与义

晴路篮舆稳，举头闲望赊。前冈春泱漭，后岭雪
槎牙。海内兵犹壮，村边岁自华。客行惊节序，回眼
送—作望。桃花。

（清）纪昀：后四句雄深圆足。〇末句"送"字较"望"字有味。——
《瀛奎律髓汇评》

（清）许印芳：五、六即老杜"天下兵虽满，春光日自浓"意。结句却
是自出心裁，神味胜于五、六。此诗若无此结句，亦不出色矣。——
同上

满江红·自豫章今江西南昌。阻风吴城山
在南昌东临大江。作　　（南宋）张元幹

春水迷天，桃花浪、农历三月，春暖化雪，水位上涨，正值桃花盛开
故称。几番风恶。云乍起、远山遮尽，晚风还作。绿卷
芳洲生杜若，杜若，香草名。屈原《九歌·湘君》："采芳洲兮杜若。"数帆
带雨烟中落。傍向来、沙嘴—边连陆地一边突出水中的沙滩称沙
嘴。共停桡，伤飘泊。　　寒犹在，衾读亲，平声。被也。偏
薄。肠欲断，愁难着。倚篷窗无寐，引杯孤酌。寒食
清明都过却，最怜轻负年时约。想小楼、终日望归舟，

从对方着笔。**人如削**。言人瘦如削也。

（明）吴从先：上言风帆漂泊之象，下言归舟在家之思。〇又云："前后俱在舟帆上写情景，想所思之人，尚是江湖浪客。"——《草堂诗余隽》

（明）沈际飞：认向来沙嘴，妙得旅情。〇又云："'削'字好，'人如削'句好。"——《草堂诗余正集》

点绛唇·途中逢管倅　　（南宋）赵彦端

憔悴天涯，故人相遇情如故。别离何遽，忍唱《阳关》句。　　我是行人，更送行人去。愁无据。寒蝉鸣处，回首斜阳暮。

道　中　　（南宋）范成大

月冷吟蛩草，湖平宿鹭沙。客愁无锦字，乡信有灯花。踪迹随风叶，程途犯斗槎。君看枝上鹊，薄暮亦还家。

一剪梅·舟过吴江　　（南宋）蒋　捷

一片春愁待酒浇，江上舟摇，楼上帘招。秋娘渡与泰娘桥，吴江的两处地名，皆以唐代著名歌女命名。风又飘飘，雨又潇潇。　　何日归家洗客袍？银字笙调，心字香烧。流光容易把人抛。红了樱桃，绿了芭蕉。

（明）潘游龙：末句两用"了"字，有许多悠悠忽忽意。——《古今诗余醉》

（清）沈雄：银字，制笙以银作字，饰其音节。"银字笙调"蒋捷句也。"银字吹笙"毛滂句也。——《古今诗话》

霜天晓角·旅兴　　（南宋）辛弃疾

吴头楚尾。一棹人千里。休说旧愁新恨，长亭树、今如此！　　宦游吾倦矣。玉人留我醉。明日万花寒食，得且住、为佳耳。

（明）杨慎："天气殊未佳，汝定成行否？寒食近，且住为佳耳。"此晋无名氏帖中语也（按：王羲之《寒食帖》也）。辛弃疾融化作《霜天晓角》词云（略）。晋人语本入妙，而词又融化之如此，可谓珠璧相照矣。——《词品》

（明）卓人月：之乎者也，出稼轩口，便有声有色，不许村学究效颦。——《古今词统》

德安道中　　（南宋）赵师秀

餐余行数步，稍觉一身和。蚕月人家闭，春山瀑布多。莺啼声出树，花落片随波。前路东林近，惭因捧檄过。因公事在身故惭也。

（元）方回：此乃江州德安县，所以云"前路东林近"。尾句委婉。——《瀛奎律髓汇评》

（清）纪昀：起二句似散步诗，呼不起三、四。三、四似对非对，别有

幽味，故佳。五、六敷衍无味。结处不泛。——同上

榆社硖口村早发　　　（金）元好问

瘦马长途懒着鞭，客怀牢落五更天。几时不属鸡
声管，睡彻东窗日影偏。

诉衷情　　　（南宋）吴文英

片云载雨过江鸥。水色澹汀洲。小莲玉惨红怨，
翠被又经秋。<small>写景。言小池上的莲花已有秋意。</small>　　　凉意思，到
南楼。小帘钩。<small>从对方入手，想象之辞。</small>半窗灯晕，几叶芭
蕉，客梦床头。

淮西独坐　　　（明）袁　凯

萧萧风雨满关河，酒尽西楼听雁过。莫怪行人头
尽白，异乡秋色不胜多。

寓宣州作　　　（清）姜　埰

野浦飞花接石关，百年心事北楼间。乘舟弄月歌
仍哭，破帽单衫往复还。莫向此生愁白发，好为吾骨
买青山。石金戴表皆名硕，吊古临风泪欲斑。

甘泉道中即事　　（清）李 渔

一渡黄河满面沙,只闻人语是中华。四时不改三冬服,五月常飞六出花。海错满头番女饰,兽皮作屋野人家。胡笳听惯无凄惋,瞥见笙歌泪转赊。

旅　夜　　（清）沈 谦

旅客凄凄清夜徂,半生流落愧妻孥。可怜战伐多新鬼,何处乾坤着腐儒。砧杵万家明月苦,旌旗千嶂野云孤。帛书漫托南云逝,来信衡阳雁有无。

自磁州趋邯郸途中即事　　（清）潘问奇

中宵闻鬐发,日出走黄沙。风力能飞石,河冰不陷车。郊寒腾俊鹘,树老立饥鸦。旁午停征辔,炊烟得几家。

题旅店　　（清）王九龄

晓觉茅檐片月低,依稀乡国梦中迷。世间何物催人老,半是鸡声半马蹄。

夜别汪山樵　　（清）薛　雪

客中怜客去，烧烛送归桡。把手各无语，寒江正落潮。异乡难跋涉，旧业有渔樵。切莫依人惯，家贫子尚娇。

题良乡旅舍　　（清）陶元藻

满地榆钱莫疗贫，垂杨难系转蓬身。离怀未饮常如醉，客邸无花不算春。欲语性情思骨肉，偶谈山水悔风尘。谋生消尽轮蹄铁，输与成都卖卜人。

去　家　　（清）黎　简

去家无百里，入梦有千端。身并妻儿瘦，秋先疾病寒。行踪持道在，诗草迟人弹。来自忘情得，忧心愧达观。

和孟郊古别离　　（清）王衍梅

黄金最轻薄，买取别离愁。不若长贫贱，同心到白头。

中秋饮李双圃寓斋　　（清）陈 沆

巴陵一样团圝月,照见堂前双白发。酒后如闻太息声,天涯游子归何日?

途中感怀二首　　（清）姚 燮

十年囊剑走天涯,尘眼谁知古押牙。欲访蓬莱骑虎去,任渠春雨泣桃花。

不信人间舌几存,纡筹密策总难论。可怜天地金银气,化作流虹亘海门。

湖南道中　　（清）宋育仁

人去衡阳在雁先,更无消息寄幽燕。多情芳草随人远,如梦青山到马前。斑竹临湘哀窈窕,芙蓉出水自婵娟。连宵候馆当窗月,照我离家几度圆。

三、怀人　忆旧

闲园怀苏子　　（唐）孟浩然

林园虽少事，幽独自多违。向夕开帘坐，庭阴落景微。鸟过烟树宿，萤傍水轩飞。感念同怀子，京华去不归。

（清）顾安："幽独"句先露出一怀人影子，以下却不就说怀人，再将庭阴落景、鸟宿云飞写得悄然、冷然，然后接出"感"字，虽欲不怀，不可得也。——《唐律消夏录》

（清）张谦宜：一、二是"怀"字意，三、四正是怀人时节，五、六又是怀人景物，一气赶下，末乃点出"怀"字，局法最妙。——《茧斋诗谈》

早寒江上有怀　　（唐）孟浩然

木落雁南渡，北风江上寒。我家襄水曲，遥隔楚云端。乡泪客中尽，归帆天际看。迷津欲有问，平海夕漫漫。

（宋）刘辰翁：读此（"我家"以下）四句，令人千万言自废。——《王孟诗评》

（清）沈德潜：起手须得此高致。——《唐诗别裁集》

（清）卢麰、王溥：陈德公先生曰："逸笔故饶爽韵，前四纯以神胜，是此家绝唱，诣不必逊他人人工也。三、四正乃悠然神往，后半弥作生态，结语紧接五、六，亦复隐承三、四。"——《闻鹤轩初盛唐近体读本》

（清）胡本渊："早寒"起，"有怀"接，一气相承。——《唐诗近体》

关山月　　（唐）李　白

明月出天山，苍茫云海间。长风几万里，吹度玉门关。汉下白登道，《舆地广记》："云州云中县有白登山，匈奴围汉高祖于此。"胡窥青海湾。王琦注："其地隋时属吐谷浑，唐高宗时为吐蕃所据。"由来征战地，不见有人还。戍客望边邑，思归多苦颜。高楼当此夕，叹息未应闲。

（宋）吕本中：李太白诗如"明月出天山，苍茫云海间……"及"沙墩至梁苑，二十五长亭。大舶类双橹，中流鹅鹳鸣"之类，皆气盖一世，学者能熟味之，自然不褊浅矣。——《童蒙诗训》

（明）胡应麟：青莲"明月出天山，苍茫云海间。长风几万里，吹度五门关"，浑雄之中，多少闲雅。——《诗薮》

春日忆李白　　（唐）杜　甫

白也诗无敌，飘然思不群。清新庾开府，俊逸鲍参军。渭北春天树，江东日暮云。何时一尊酒，重与细论文。

（明）周敬等：唐陈彝曰，"飘然思不群"五字，得白之神。——《唐诗选脉会通评林》

（清）金人瑞："白也"对"飘然"妙绝，只如戏笔。"白也"字出《檀弓》。——《杜诗解》

（清）黄生：两句对起，却一气直下，杜多用此法。怀人诗必见其所在之地，送人诗必见其所往之地，诗中方有实境，移不动。——《唐诗摘钞》

（清）徐增：前后六句赞他者，是诗；与他细论者，也是诗。而此二句忽从两边境界写来，凭空横截，眼中直无人在。——《而庵说唐诗》

（清）佚名：此前后二切格。起二句虽对，却一气直下，唯其"思不群"所以诗"无敌"。又是倒因起法。"清新"似"庾开府"，"俊逸"似"鲍参军"，径作五字，名"硬装句"。对"渭北树"，望"江东云"，头上藏二字，名"藏头句"。五己地，六彼地。怀人诗必其见所在之地，方有实境。七、八何时重与"尊酒"，相对细酌"论文"，分装成句。——《唐诗从绳》

（清）张谦宜："渭北春天树，江东日暮云"，景化为情，造句三昧也。似不用力，十分沉着。——《茧斋诗谈》

月　夜　　（唐）杜　甫

今夜鄜州〔鄜州，地名，在陕西。鄜读夫，平声。〕月，闺中只独看。遥怜小儿女，未解忆长安。香雾云鬟湿，清辉玉臂寒。何时倚虚幌，双照泪痕干？

（元）方回：少陵自贼中间道至凤翔，拜左拾遗。既收京，从驾入长安。时寄家鄜州。八句皆思家之言。三、四及"儿女"，六句全是忆内，与乃祖诗骨格声音相似。——《瀛奎律髓汇评》

（清）纪昀：言儿女不解忆，正言闺人相忆耳。故下文直接"香雾云

鬟湿"一联。虚谷以为未及儿女,殊失诗意。——同上

（清）冯舒：只起二句,已见家在鄜州矣。第四句说身在长安,说得浑合无迹。五、六紧"闺中",落句紧接鄜州、长安。如此诗是天生成,非人工碾就,如此方称诗圣。——同上

（清）何焯：精力百倍,转变更奇。——同上

（清）纪昀：入手便摆落现境,纯从对面着笔,蹊径甚别。后四句又纯为预拟之词,通首无一笔着正面,机轴奇绝。——同上

（清）许印芳：《三百篇》为诗祖,少陵此等诗从《陟岵》篇化出。对面落笔、不言我思家人,却言家人思我。又不直言思我,反言小儿女不解思我,而思我者之苦衷已在言外。五、六句紧承"遥怜",按切"月夜"。写闺中人、语要情悲。结语"何时"与起句"今夜"相应,"双照"与起句"独看"相应。首尾一气贯注,用笔精而运法密,宜细玩之。——同上

（清）李调元：诗有借叶衬花之法。如杜诗"今夜鄜州月,闺中只独看",自应说闺中之忆长安,却接"遥怜小儿女,未解忆长安",此借叶衬花也。总之古人善用反笔,善用傍笔,故有伏笔,有起笔,有淡笔,有浓笔,今人曾梦见否?——《雨村诗话》

（清）黄生：尾联见意格。结云云,则今夕天各一方、泪无干痕可知,此加一层用笔法。题是"月夜",诗是思家,看他只用"双照"二字,轻轻绾合,笔有神力。——《唐诗矩》

天末怀李白 　　（唐）杜 甫

凉风起天末,君子意如何?鸿雁几时到,江湖秋水多。文章憎命达,魑魅喜人过。应共冤魂语,投诗赠汨罗。

（明）王嗣奭：陆士衡诗"借问欲何为,凉风起天末"。全用起语而倒转之,此用古之一法。"江湖秋水多",鲤不易得,使事蜕化。——《杜臆》

（清）屈复：文章知己，一字一泪，而味在字句之外，所谓"羚羊挂角，无迹可求"也。○七、八从三、四来，法密。——《唐诗成法》

（清）刘邦彦：吴敬夫云："六句，刘须溪谓，魑魅犹知此人之来以为喜，则朝廷之上，不如魑魅多矣。如此解，于接下二语较有情。"——《唐诗归折衷》

所　思　（唐）杜　甫

苦忆荆州醉司马，谪官樽酒定常开。九江日落醒何处？一柱观头眠几回。可怜怀抱向人尽，欲问平安无使来。故凭锦水将双泪，好过瞿塘滟滪堆。

（宋）洪迈：五十六言，大抵多引韵起。若以侧句入，尤峻健。如老杜"幽栖地僻经过少，老病人扶再拜难"是也。然此犹是作对。若以散句起，又佳。如"苦忆荆州醉司马，谪官樽酒定常开"是也。——《容斋随笔》

（明）王嗣奭："苦忆"引起下三句，都是忆。"可怜怀抱"句……还是自怜，亦根"苦忆"。因忆之苦，……起下"故凭"才有力。——《杜臆》

（清）赵执信：此种诗，不可不学，不可专学；不学则无格，专学则滑矣。——《声调谱》

（清）浦起龙：三、四，醉况，谪况，历历想出，下乃一口气吐出衷情；却只是"苦忆"二字，全神流露。○的是空思，不是投寄，一片神行。——《读杜心解》

闺　情　（唐）李　端

月落星稀天欲明，孤灯未灭梦难成。披衣更向门

前望,不忿朝来鹊喜声。

(清)贺裳:初读李端集,苦于平熟,遇其时一作态,即新警可喜。如"月落星稀天欲明……"何其多姿也。——《载酒园诗话》

喜见外弟姑舅、姨之子为外弟。又言别　(唐)李　益

十年离乱后,长大一相逢。问姓惊初见,称名忆旧容。别来沧海事,指动荡变化的世事,用麻姑沧海桑田事。语罢暮天钟。明日巴陵道,秋山又几重。

(宋)范晞文:"马上相逢久,人中欲认难","问姓惊初见,称名忆旧容","乍见翻疑梦,相悲各问年";皆诗人会故人诗也。久别倏逢之意,宛然在目,想而味之,情融神会,殆如直述。前辈谓唐人行旅聚散之作,最能感动人意,信非虚语。——《对床夜语》

(清)贺裳:司空文明每作得一联好语,辄为人压占。如"乍见翻疑梦,相悲各问年",可谓情至之语;李益曰"问姓惊初见,称名忆旧容",则情尤深,语尤怆,读之几于泪不能收。——《载酒园诗话》

(清)沈德潜:一气旋折,中唐诗中仅见者。——《唐诗别裁集》

寄宋州田中丞　(唐)贾　岛

古郡近南徐,关河万里余。相思深夜后,未答去秋书。自别知音少,难忘识面初。旧山期已久,门掩数畦蔬。

（元）方回："相思深夜后，未答去秋书。"初看甚淡，细看十字一串，不吃力而有味。浪仙善用此体，如"白发初相识，秋山拟共登"，如"羡君无白发，走马过黄河"，如"万水千山路，孤舟一月程"，皆句法之变也。如"自别知音少，难忘识面初"，又当截上二字下三字分为两段而观，方见深味。盖谓自相别之后，知音者少。"自别"二字极有力，而最难忘者，尤在识面之初。老杜有此句法，"每语见许文章伯"之类是也。"不寐防巴虎，全生狎楚童"，亦是也。山谷"欲嗔王母惜，稍慧女兄夸"，亦是也。——《瀛奎律髓汇评》

（清）纪昀：此一段议论俱细密。一气清空，在《长江集》中又是一格。——同上

（清）许印芳：三、四用流水对，五、六用逆挽法，与前诗同一用笔。虚谷所论，一句分为两段者，即诗家所谓折腰句也。然此格犹止两层意思，又有一句三转弯法，意思犹深厚，如老杜"感时花溅泪，恨别鸟惊心"、"地平江动蜀，天阔树浮秦"、"勋业频看镜，行藏独倚楼"、"古墙犹竹色，虚阁自松声"之类是也。凡五律句法，一意直下者，味薄气弱，每难出色。须参以两折、三折之句，疏密相间，方臻妙境，学者宜知之。——同上

更漏子　　（唐）温庭筠

玉炉香，红蜡泪。偏照画堂秋思。眉翠薄，鬓云残。_{形容鬓发散乱。}夜长衾_{读亲，平声。被也。}枕寒。　　梧桐树，三更雨。不道离情正苦。一叶叶，一声声。空阶滴到明。

（宋）胡仔：庭筠工于造语，极为绮靡，《花间集》可见矣。《更漏子》一词尤佳。——《苕溪渔隐丛话》

（明）卓人月：许士俊评云"夜雨滴空阶"，五字不为少；此二十三字

不为多。——《古今词统》

（清）谢章铤：太白如姑射仙人，温尉是王谢子弟，温尉词当看其清真，不当看其繁缛。胡元任谓庭筠工于造语，极为奇丽。然如《更漏子》云"梧桐树，三更雨。不道离情正苦。一叶叶，一声声。空阶滴到明"，语弥淡，情弥苦，非奇丽为佳者矣。——《赌棋山庄词话》

（清）谭献："梧桐雨"以下，似直下语。正从"夜长"逗出，亦书家无垂不缩之法。——《谭评词辨》

（清）陈廷焯：遣词凄绝，是飞卿本色。结三语开北宋先声。——《云韶集》

因 书 叶葱奇《疏注》云："因寄书而附寄一诗也。"　　　（唐）李商隐

绝徼南通栈，指剑阁栈道。孤城北枕江。猿声连月槛，鸟影落天窗。《文选·王延寿〈鲁灵光殿赋〉》"天窗绮疏"注："天窗，高窗也。"海石分棋子，郫筒当酒缸。四川郫县，酿酒于竹筒，称郫筒酒。见《杜诗》。生归话辛苦，别夜对凝釭。釭，灯也。二句意同"何当共剪西窗烛，却话巴山夜雨时"。

迎寄韩鲁州同年　　　（唐）李商隐

积雨晚骚骚，骚骚，风声。张平子《思玄赋》："寒风凄其永至兮，拂穹岫之骚骚。"相思正郁陶。郁陶，思之深也。《孟子·万章》："郁陶思君尔。"朱熹注："思之甚而气大得伸也。"不知人万里，时有燕双高。一贯而下，而且对偶灵活。"燕双高"反映人万里而将要聚会之意。寇盗缠三辅，莓苔滑百牢。叙道路险阻，从对方入手。"三辅"与"百牢"皆入蜀必经之地。圣朝推卫霍，归日动仙曹。仙曹指京师各部门。结二句意谓

定能凯旋而归。按：韩鲁州名瞻。时作者在蜀，闻韩瞻欲来蜀，故喜而赋此。故名"迎寄"。

夜雨寄北　　（唐）李商隐

君问归期未有期，巴山夜雨涨秋池。何当共剪西窗烛，却话巴山夜雨时。

（明）唐汝询：题曰"寄北"，此必私暱之人。就景生意，为后人话旧长谈。○以今夜雨中愁思，冀为他日相逢话头，意调俱新。第三句应转首句，次句生下落句，有情思。盖归未有期，复为夜雨所苦，则此夜之寂寞，惟自知之耳。得与共话此苦于剪烛之下，始一腔幽衷，或可相慰也。"何当"、"却话"四字妙，犁犁云树之思可想。——《唐诗选脉会通评林》

（清）纪昀：作不尽语每不免有做作态，此诗含蓄不露，却不似一气说完，故为高唱。——《李义山诗集辑评》

（清）杨逢春：首是寄诗缘起，一句内含问答。二写寄诗时景、时、地，俱显。三、四于寄诗之夜，预写归后追叙此夜之情，是加倍写法。——《唐诗绎》

（清）王尧衢：此诗复用"巴山夜雨"，一实一虚。——《古唐诗合解》

奉和袭美夏景无事，因怀章来二上人，次韵

（唐）陆龟蒙

檐外青阳有二梅，折来墁下冻醪杯。高杉自欲生龙脑，小弁谁能寄鹿胎。丽事肯教饶沈谢，谈微何必减宗雷。还闻拟结东林社，争奈渊明醉不来。

江　帆　　（唐）罗　邺

别离不独恨蹄轮，渡口风帆发更频。何处青楼方凭槛，半江斜日认归人。

（清）贺裳：杜紫薇："南陵水面路悠悠，风紧云轻欲变秋。正是客心孤迥处，谁家红袖凭江楼？"罗邺曰："别离不独……"每读此二诗，忽忽如行江上。——《载酒园诗话又编》

寄人二首（其二）　　（唐）崔道融

澹澹长江水，悠悠远客情。落花相与恨，到地一无声。

（明）唐汝询：江流不已，正如客情；花落无声，若解人恨。——《唐诗解》

（清）黄生：即"黯然销魂"意，点染有情。"一"字即"总"字，然换"总"字即不佳。——《唐诗摘钞》

寄人二首（其一）　　（五代）张　泌

别梦依依到谢家，小廊回合曲阑斜。多情只有春庭月，犹为离人照落花。

（明）敖英：末二句无情翻出有情。——《唐诗绝句类选》

（清）潘德舆：泌有《寄人》一绝云"别梦依依到谢家……"，比词司空表圣"故国春归未有涯，小栏高槛别人家。五更惆怅回孤枕，犹自残灯照落落"，风流略似。——《养一斋诗话》

古离别 乐府曲辞。　　　（五代）韦 庄

晴烟漠漠柳毿毿，温庭筠《和周繇》："神交花冉冉，眉语柳毿毿。"毿毿，下垂貌。不那离情酒半酣。更把玉鞭云外指，断肠春色在江南。

（清）黄生：读此益知王昌龄"更吹羌笛关山月，无那金闺万里愁"倒叙之妙。常建云"即令江北还如此，愁杀江南离别情"，与此同意，此作较饶风韵。——《唐诗摘钞》

（清）王士慎：觉字字有情有味，得盛唐余韵。——《唐人万首绝句选评》

蝶恋花　　　（五代）冯延巳

梅落繁枝千万片。犹自多情，学雪随风转。昨夜笙歌容易散。张相《诗词曲语辞汇释》云："容易，犹云轻易也。"酒醒添得愁无限。　　　　楼上春山寒四面。过尽征鸿，暮景烟深浅。一晌凭栏人不见。鲛绡掩泪思量遍。叶嘉莹云："此词开端'梅落繁枝千万片，犹自多情，学雪随风转'，仅只三句，便写出了所有有情之生命面临无常之际的缱绻哀伤，这正是人世千古共同的悲哀。"

（清）陈廷焯：词有貌不深而意深者，韦端己《菩萨蛮》、冯正中《蝶恋花》是也。若厉樊谢诸词，造语虽极幽深，而命意未厚，不耐久讽，所以去古人终远。——《白雨斋词话》

（清）王鹏运：冯正中《鹊踏枝》（即《蝶恋花》）十四阕，郁伊惝恍，义兼比兴。——《半塘丁稿·鹜翁集》

寄　远　　（五代）张　泂

锦字凭谁达，闲庭草又枯。夜长灯影灭，天远雁声孤。蝉鬓凋将尽，虬髯白也无？几回愁不语，因看朔方图。

书怀寄刘五二首　　（北宋）杨　亿

风波名路壮心残，三径荒凉未得还。病起东阳衣带缓，愁多骑省鬓毛斑。五年书命尘西阁，千古移文愧《北山》。独忆琼林苦霜霰，清樽岁宴强酡颜。

（元）方回："昆体"之平淡者。——《瀛奎律髓汇评》
（清）冯舒：妥帖多姿。——同上
（清）纪昀：此评是。——同上
（清）无名氏（甲）：宋初"昆体"，却无累句。——同上

世事悠悠未遽央，虚名真意两相忘。休夸失马曾归塞，未省牵牛解服箱。四客高风惊楚汉，五君新咏弃山王。秋来安有渔樵梦，多在箕峰颍水傍。

(元)方回：五、六甚佳，"昆体"未尝不美。——《瀛奎律髓汇评》

(清)纪昀：诸体各有所长，各有所短，在学者别白观之，概毁概誉，皆门户之见也。此评甚公。——同上

(清)冯舒："四客"未解，岂四皓耶？——同上

(清)查慎行：五、六固佳，但"楚汉"亦凑对"山王"耳，"楚"字少着落。——同上

(清)纪昀："四客"当指四皓，然四皓与楚无涉，未免添出。——同上

(清)许印芳：颜延之取竹林七贤作《五君咏》以寄意，山涛、王戎以贵显被斥，六句用此事。——同上

鹧鸪天　　(北宋)夏　竦

镇日无心扫黛眉，临行愁见理征衣。尊前只恐伤郎意，阁泪汪汪不敢垂。　　停宝马，捧瑶巵。相斟相劝忍分离？不如饮待奴先醉，图得不知郎去时。

御街行　　(北宋)范仲淹

纷纷堕叶飘香砌，夜寂静、寒声碎。真珠帘卷玉楼空，天淡银河垂地。年年今夜，月华如练，长是人千里。　　愁肠已断无由醉，酒未到、先成泪。残灯明灭枕头欹。谙尽孤眠滋味。都来此事，眉间心上，无计相回避。

（明）王世贞：范希文"都来此事，眉间心上，无计相回避"。类易安而小逊之。其"天淡银河垂地"语，却自佳。——《艺苑卮言》

（清）王士禛：俞仲茅小词云"轮到相思没处辞，眉间露一丝"。视易安"才下眉头，却上心头"。可谓此儿善盗。然易安亦从范希文"却来此事，眉间心上，无计相回避"语脱胎，李特工耳。——《花草蒙拾》

（清）陈廷焯：范文正《御街行》云（略），淋漓沉着。《西厢·长亭》袭之，骨力远逊，且少味外味。此北宋所以为高，小山、永叔后，此调不复弹矣。——《白雨斋词话》

（清）谭莹：大范勋华有定评，小词传唱御街行。至言酒化相思泪，转觉专门浪得名。——《论词》

蝶恋花　　（北宋）柳　永

伫读渚，上声。久立也。倚危楼风细细。望极春愁，黯黯生天际。草色烟光残照里，无言谁会凭栏意。

拟把疏狂图一醉。对酒当歌，强乐还无味。衣带渐宽终不悔，为伊消得人憔悴。

（清）王又华：小词以含蓄为佳，亦有作决绝语而妙者，如韦庄"谁家年少足风流，妾拟将身嫁与，一生休。纵被无情弃，不能羞"之类是也。牛峤"须作一生拚，尽君今日欢"抑其其次矣。柳耆卿"衣带渐宽终不悔，为伊消得人憔悴"，亦即韦意而气加婉矣。——《古今词论》

（近代）张燕瑾：词人的所谓"春愁"，不外是"相思"二字，但他却迟迟不肯说破，只是从字里行间向读者透露一些消息，让读者去猜。眼看要写到了，却又煞住，掉转笔墨，远远发来。迤逦写到之时，又煞住，另起笔墨，更端发来，如此影影绰绰，扑朔迷离，千回百折为读者设下一个迷魂阵，让这个悬念引导读者沿着曲曲折折的路走下去，直到最后一句，才把词人精心捆起来的"包袱"抖开，使真相大白，构思之妙，具有强

288

烈的吸引力。在词的最后两句相思感情达到高潮的时候，戛然而止，激情回荡，又具有很强的感染力。——《宋词鉴赏辞典》

八声甘州　　（北宋）柳　永

对潇潇、暮雨洒江天，一番洗清秋。渐霜风凄惨，关河冷落，残照当楼。是处红衰翠减，苒苒_{读染，上声}。物华休。惟有长江水，无语东流。　　不忍登高临远，望故乡渺邈，归思难收。叹年来踪迹，何事苦淹留？想佳人、妆楼颙_{读庸，平声}。望，_{颙望，犹凝望}。误几回、天际识归舟。争知我、倚阑干处，正恁_{读忍，上声。代词，如此，这么}。凝愁。

（宋）赵德邻：东坡云"世言柳耆卿曲俗，非也"。如《八声甘州》云：风霜凄紧，关河冷落，残照当楼。此语于诗句，不减唐人高处。——《侯鲭录》

（清）陈廷焯：情景兼到，骨韵俱高，无起伏之情，有生动之趣，古今杰构，耆卿集中仅见之作。——《词则·大雅集》

蝶恋花　　（北宋）晏　殊

槛菊愁烟兰泣露。罗幕轻寒，燕子双飞去。明月不谙离恨苦，斜光到晓穿朱户。　　昨夜西风凋碧树。独上高楼，望尽天涯路。欲寄彩笺兼尺素，山长水阔知何处！

（清）陈廷焯：缠绵悱恻，雅近正中。——《词则·大雅集》

（近代）王国维：《诗·蒹葭》一篇，最得风人深致。晏同叔之"昨夜西风凋碧树，独上高楼，望尽天涯路"意颇近之，但一洒落，一悲壮耳。〇又云："古今之成大事业、大学问者，必经过三种境界：'昨夜西风凋碧树，独上高楼，望尽天涯路'，此第一境也。'衣带渐宽终不悔，为伊消得人憔悴'，此第二境也。'众里寻他千百度，蓦然回首，那人正在，灯火阑珊处'，此第三境也。此等语皆非大词人不能道。"——《人间词话》

踏莎行　　（北宋）欧阳修

候馆梅残，溪桥柳细。草薰风暖_{江淹《别赋》："闺中风暖，陌上草薰。"}摇征辔。离愁渐远渐无穷，迢迢不断如春水。

寸寸柔肠，盈盈粉泪，楼高莫近危阑倚。平芜尽处是春山，行人更在春山外。

（明）王世贞："平芜尽处是春山，行人更在春山外"，此淡语之有情者也。——《艺苑卮言》

（清）许昂霄："春山"疑当作"青山"。否则，既用"春水"又用"春山"两"春"字，未免稍复矣。——《词综偶评》

（近代）俞陛云：唐宋人诗词中，送别怀人者，或从居者着想，或从行者着想，能言情婉挚，便称佳构。此词则两面兼写。前半首言征人驻马回头，愈行愈远，如春水迢迢，却望长亭，已隔万重云树。后半首为送行者设想，倚阑凝睇，心倒肠回，望青山无际，遥想斜日鞭丝，当已出青山之外，如鸳鸯之烟岛分飞，互相回首也。以章法论，"候馆"、"溪桥"言行人所经历；"柔肠"、"粉泪"言思妇之伤怀，情同而境判，前后阕之章法井然。——《唐五代两宋词选释》

玉楼春　　（北宋）欧阳修

尊前拟把归期说，未语春容_{此"春容"指青春的容貌。李白}

<small>《古风之十一》："春容舍我去，秋发已衰改。"</small>先惨咽。人生自是有情

痴，此恨不关风和月。<small>谓不关男女风月之情也。</small>　　离歌且莫

翻新阕，一曲能教肠寸结。直须看尽洛城花，<small>指牡丹花。</small>

始共春风容易别。<small>今人邱少华《欧阳修词讲解》云："一个'拟'字，刻划说</small>
<small>者想说而不忍说，不忍说又不得不说的犹豫为难。而在听者，在未说之际，已知欲</small>
<small>说何事，美丽的面容已经改变，已经在伤痛哽咽了。写离情从心理动态到外部表</small>
<small>露，细致入微而又一波三折，真挚感人。"</small>

（明）沈际飞："风月"，特寄情，而非即情，语超然。——《草堂诗余
续集》

（近代）王国维：永叔"人间自是有情痴，此恨不关风和月"，"直须看
尽洛城花，始共春风容易别"，于豪放之中有沉着之致，所以尤高。——
《人间词话》

蝶恋花　　（北宋）晏幾道

梦入江南烟水路。行尽江南，不与离人遇。睡里
消魂无说处，觉来惆怅消魂误。　　欲尽此情书尺
素。浮雁沉鱼、终了无凭据。却倚缓弦歌别绪，断肠
移破秦筝柱。

（明）卓人月：人必说梦中相会，何等陈腐。——《古今词统》
（近代）唐圭璋：此首一起从梦写入，语即精练。盖人去江南，相思

不已，故不觉梦入江南也。但行尽江南，终不遇人，梦劳魂伤矣，此一顿挫处。既不遇人，故无说处，而一梦觉来，依然惆怅，此又一顿挫处。下片，因觉来惆怅，遂欲详书尺素，以尽平生相思之情与梦中寻访之情。但鱼雁无凭，尺素难达，此亦一顿挫处。寄书既无凭，故惟有倚弦以寄恨，但恨深弦急，竟将筝柱移破。写来层层深入，节节顿挫，既清利，又沉着。——《唐宋词简释》

鹧鸪天　　（北宋）晏幾道

彩袖殷勤捧玉钟。当年拚却醉颜红。舞低杨柳楼心月，歌尽桃花扇底风。杨柳和月是实景，桃花与风则是虚写。

从别后，忆相逢，几回魂梦与君同。今宵剩把银釭银白色的灯盏或烛台。釭读冈，平声照，犹恐相逢是梦中。"剩把"与"犹恐"前后呼应。○两个"相逢"先后承接，其惊喜之情，宛然在目。

（宋）魏庆之：《王直方诗话》云："山谷称晏叔原'舞低杨柳楼心月，歌尽桃花扇低风'，定非穷儿家语。"——《诗人玉屑》

（清）刘体仁：（杜甫诗）"夜阑更秉烛，相对如梦寐"，叔原则云"今宵剩把银釭照，犹恐相逢是梦中"，此诗和词之分疆也。——《七颂堂词绎》

（清）陈廷焯：仙乎丽矣。后半阕一片深情，低回往复，真不厌百回读也。言情之作，至斯已极。——《词则·闲情集》

临江仙　　（北宋）晏幾道

梦后楼台高锁，酒醒帘幕低垂。去年春恨却来时，落花人独立，微雨燕双飞。两句用翁宏《春残》诗句。　　　　记得

小蘋初见，两重心字罗衣。言与歌女小蘋初见时，她穿的薄罗衫子，上绣有双重篆书"心"字。**琵琶弦上说相思。当时明月在，曾照彩云归**。作者在《小山词自序》中云："初时，沈廉叔、陈君龙家有歌女莲、鸿、蘋、云，以清讴娱客。每得一词，即付之歌唱，持酒听之，为一笑乐。后君龙卧病，廉叔去世，诸女亦流转于人间。"此词所谓"春恨"即指沈死陈病、歌女星散之事。

　　（清）陈廷焯：小山词，如"去年春恨却来时，落花人独立，微雨燕双飞"，又"当时明月在，曾照彩云归"，既闲婉，又沉着，当时更无敌手。——《白雨斋词话》

　　（清）沈祥龙：晏叔原之"落花人独立，微雨燕双飞"，晏元献之"无可奈何花落去，似曾相识燕归来"，非诗句也。然不工诗赋，亦不能为绝妙好词。——《论词随笔》

阮郎归　　　（北宋）晏幾道

　　旧香残粉似当初，人情恨不如。一春犹有数行书，秋来书更疏。　　衾凤冷，枕鸳孤。愁肠侍酒舒。梦魂纵有也成虚，那堪和梦无。

至济南，李公择以诗相迎，次其韵　　　（北宋）苏　轼

　　敝裘羸马古河滨，野阔天低糁玉尘。秦韬玉《春雪》诗："云重寒空思寂寥，玉尘如糁满春潮。"自笑餐毡典属国，来看换酒谪仙人。宦游到处身如寄，农事何时手自亲。剩作新诗与君和，莫因风雨废鸣晨。《郑风·风雨》诗，言久别重逢，无限喜悦。

次韵惠循二守相会二首　　（北宋）苏　轼

共惜相从一寸阴，酒杯虽浅意殊深。且同月下三人影，莫作天涯万里心。东岭近开松菊径，南堂初绝斧斤音。知君善颂如张老，《礼记》："晋献文子成室，张老曰：'美哉轮焉，美哉奂焉，歌于斯，哭于斯，聚国族于斯。'文子北面再拜稽首，君子以为善颂善祷。"犹望携壶更一临。

数亩蓬蒿古县阴，晓窗明快夜堂深。也知卜筑非真宅，聊欲踟蹰看此心。闻道携壶问奇字，更因登木《礼记》："孔子之故人原壤，其母死，夫子助之椁。原壤登木曰：'久矣，予之不托于音也……'"助微音。相娱北户江千顷，直下都无地可临。

临江仙　　（北宋）苏　轼

尊酒何人怀李白，草堂遥指江东。杜甫作者自指，李白指友人扬州知州王存。珠帘十里卷香风。花开又花谢，离恨几千重。　　轻舸上声。渡江连夜到，时苏轼自杭州离任还朝，中途渡江至扬州。一时惊笑衰容。语音犹自带吴侬。王存丹阳人属吴地。夜阑对酒处，依旧梦魂中。此词反覆写出久别相逢的复杂心情。上片写思念之切，离恨之苦，中间又穿插相见之欢；下片写相见之欢，又点出昔日相离之思和明朝又离之叹。悲欢离合种种矛盾的思绪交织成一片。

点绛唇　　（北宋）苏　轼

红杏飘香，柳含烟翠拖轻缕。水边朱户。尽卷黄昏雨。　　烛影摇风，一枕伤春绪。归不去。凤楼何处。芳草迷归路。

蝶恋花·离别　　（北宋）苏　轼

春事阑珊芳草歇。客里风光，又过清明节。小院黄昏人忆别。落红处处闻啼鴂。　　咫尺江山分楚越。目断魂销，应是音尘绝。梦破五更心欲折。角声吹落梅花月。

（明）沈际飞：鸟啼、花落、梦回、月落，一境惨一境。——《草堂诗余正集》

（明）李攀龙：当鸟啼花落之时，自能动人离思之苦，况梦回月落，其情尤所不堪者。——《新刻题评名贤词话草堂诗余》

（清）王士禛："春事阑珊芳草歇"一首，凡六十字，字字惊心动魄。"只为一声何满子，下泉须吊孟才人"恐无此魂销也。——《花草蒙拾》

（清）陈廷焯：清丽。此词合秦、柳为一手。——《云韶集》

（清）黄苏：通首是别后远忆之词，非赠别之作。题作《离别》，尚未确。——《蓼园词选》

踏莎行　　（北宋）贺　铸

急雨收春，斜风约水。浮红涨绿鱼文起。年年游子惜余春，春归不解招游子。　　留恨城隅，关情纸尾。书信纸尾例多深情关切之语。阑干长对西曛倚。鸳鸯俱是白头时，江南渭北三千里。杜甫《春日忆李白》诗："渭北春

天树,江东日暮云。"

(清)陈廷焯:起八字炼。○("年年"二句)低回尽致,贺公词只就众人所有之语运用入妙。○("鸳鸯"二句)结的凄艳。——《云韶集》

好女儿　　(北宋)贺　铸

车马匆匆。会国门国门即都门。东。信人间、自古消魂处,指红尘北道,碧波南浦,黄叶西风。堠馆官办客栈娟娟新月,从今夜、与谁同?想深闺、独守空床思,但频占镜鹊,悔分钗燕,分别时将燕钗折成两股作为信物。长望书鸿。即书信。

(清)陈廷焯:("指红尘"三句)字字精秀。○("但频占"三句)芊绵婉丽,款款深深。——《云韶集》

又云:设色精工,措语亦别致。○上三句就眼前说,下三句从对面写,上下三句俱有三层意义,不似后人叠床架屋,其病百出也。——《词则·别调集》

帝台春万树《词律》云:"宋人作此调者绝少。"　　(北宋)李　甲

芳草碧色。江淹《别赋》:"芳草碧色,春水绿波。"萋萋遍南陌。暖絮乱红,飞絮和落花。也知人、春愁无力。花絮知人春愁,从对面下笔。人之懒乏,花絮之轻柔,两俱"无力"。忆得盈盈拾翠侣,共携赏、凤城寒食。三句忆昔。到今来,海角逢春,天涯为客。

296

三句当今。愁旋释。还似织。泪暗拭，又偷滴。四个三字，句句用韵。如冰霰落地，淅沥有声。谩伫立、倚遍危阑，尽黄昏，也只是、暮云凝碧。用江淹《拟休上人怨别》诗"日暮碧云合"而含其下句"佳人殊未来"。拚则而今已拚了，忘则怎生便忘得。又还问鳞鸿，指书信。试重寻消息。

（明）沈际飞：春至黄昏，碧云已不堪矣，何况下个"尽"字、"只"字。又云："拚则"二句，恒语浅语，不许恒人浅人拚得。又云：若"暗拭"、"偷滴"后，不禁呼号。又云：杜甫"佳人拾翠春相问"。梁太祖即位，罗绍威取魏良才为五凤楼。——《草堂诗余》

（明）潘游龙："拚则"二句，词意极浅，正未许浅人解得。——《古今诗余醉》

（清）陈廷焯：信笔抒写，却仍郁而不露，耐人玩赏。——《词则·放歌集》

过平舆怀李子先，时在并州　（北宋）黄庭坚

昔日幽人指李子先。佐吏曹，在并州作一小吏。我行堤草认青袍。青袍是下级官员的衣服。心随汝水春波动，兴与并门夜月高。世上岂无千里马，人中难得九方皋。酒船渔网归来是，花落故溪深一篙。

忆故人　（北宋）王诜

烛影摇红向夜阑，乍酒醒、心情懒。尊前谁为唱《阳关》，离恨天涯远。　　无奈云沉雨散。凭阑干、

东风泪眼。海棠开后,燕子来时,黄昏庭院。

(宋)吴曾:王都尉有《忆故人》词云"烛影摇红(略)"。徽宗喜其词意,犹以不丰容宛转为恨,遂令大晟别撰腔。周美成增损其词,而以首句为名,谓之《烛影摇红》。——《能改斋漫录》

(清)朱彝尊:原词甚佳,美成增益,真所谓续凫为鹤也。——《词综》

(清)况周颐:元人制曲,几乎每句皆有衬字,取其能达句中之意,而付之歌喉又抑扬顿挫,悦人听闻。所谓迟其声以媚之也。两宋人词间亦有用衬字者。王晋卿云"烛影摇红向夜阑,乍酒醒、心情懒"。"向"字、"乍"字是衬字。——《蕙风词话》

满庭芳　　(北宋)秦 观

山抹微云,天连衰草,画角声断谯门。暂停征棹,聊共引离尊。多少蓬莱旧事,空回首、烟霭纷纷。斜阳外,寒鸦万点,流水绕孤村。　　销魂。当此际,香囊暗解,罗带轻分。谩赢得、青楼薄幸名存。此去何时见也,襟袖上、空惹啼痕。伤情处,高城望断,灯火已黄昏。"抹"者何也?以别一种颜色掩去原来的底色之谓也。罗虬"一抹浓红傍脸斜"。杜甫"晓妆随手抹"。作者在另一首诗中"林梢一抹青如画,知是淮流转处山"。作者善用"抹"字,一写林外之山痕,一写山间之云迹,手法俱是诗中之画,画中之诗。○"连"字暗用寇准"倚楼无语欲销魂,长空黯淡连芳草"。二句八字已起了笼罩全局的作用。○"烟霭纷纷"四字,虚实双关,前后相顾。试看纷纷之烟霭,直承"微云",脉络晓然,乃实有之物色也。而昨日前欢,此时却忆,则也正如烟云暮霭,分明如在,而又迷茫怅惘,全费追寻了。此则虚也。双关之趣,笔墨之灵,允称一绝。○"斜阳外"三句之妙。马致远《天净沙》"枯藤老树昏鸦"……却从此脱化而来也。少游三句可谓调美、音美、笔美。○青楼薄幸。尽人皆知,此是用"杜郎俊赏"的典故:杜牧之,官满十年,弃而自便,一身轻净,亦万分感慨,不屑正笔稍涉宦场一字，只借"闲情"，写下有名的"十年一觉扬州梦，赢得青楼薄幸名"，其词意怨甚，愤甚，亦谴甚矣！而后人不解，竟以小杜为"冶游子"。人之识度，不亦远乎。少游之感慨，又过于牧之感慨。少游有一首《梦扬州》其中正也说是"离情正乱，频梦扬州"，是追忆"觞酒为花，十载因谁淹留"？忘却此义，讲"写景"、"炼字"以为是懂了少游词，所失不亦多乎！○"高城望断"，上片整个没有离开"望断"两字。到煞拍处，总收一笔，轻轻点破。颊上三毫，倍添神采。而灯火黄昏，正由山有微云——到"纷纷烟霭"（渐重渐晚）——到满城灯火，一步一步，层次递进，井然不紊，而惜别停杯，留连难舍，维舟不发……也就尽在"不写而写"之中了。○作词不离景情二字，境超而情至，笔高而韵美，涵咏不尽，令人往复低回，方是佳篇。雕绘满眼，意纤笔薄，乍见动目，再寻索然。少游所以为高，盖如此才，真是词人之词，而非文人之词，学人之词也。

　　（宋）赵德麟：无咎云，比来作者，皆不及秦少游。如"斜阳外，寒鸦数点，流水绕孤村"。虽不识字人，亦知天生好言语也。——《侯鲭录》

　　（宋）吴曾：杭之西湖，有一倅闲唱少游《满庭芳》，偶误举一韵云"画角声断斜阳"。妓操琴在侧云"画角声断谯门"，非"斜阳"也。倅因戏之曰："尔可改韵否？"琴即改门"阳"字韵曰："山抹微云，天连衰草，画角声断斜阳。暂停征辔，聊共饮离觞。多少蓬莱旧侣，频回首，烟霭茫茫。孤村里，寒鸦万点，流水绕低墙。　魂伤。当此际，轻分罗带，暗解香囊。谩赢得、青楼薄幸名狂。此去何时见也，襟袖上，空有余香。伤心处，长城望断，灯火已昏黄。"东坡闻而称赏之。——《能改斋漫录》

　　（明）王世贞："寒鸦千万点，流水绕孤村"，隋炀帝诗也。"寒鸦数点，流水绕孤村"，少游词也。语虽蹈袭，然入词尤是当家。——《艺苑卮言》

　　（清）贺贻孙：秦少游"斜阳外，寒鸦数点，流水入孤村"。晁无咎云："此语虽不识字者，亦知是天生好言语。"渔隐云："无咎不见炀帝诗耳。"盖以炀帝有"寒鸦千万点，流水绕孤村"之句也。余谓此语在隋炀帝诗中，只属平常，入少游诗词特为妙绝。盖少游之妙，在"斜阳外"三字，见闻空幻。又"寒鸦"、"流水"，炀帝以五言划为两景，少游用长短句错落，与"斜阳外"三景合为一景，遂如一幅佳图。此乃点化之神。必如此，乃可用古语耳。——《诗筏》

（清）吴衡照：词有袭前人语而得名者，虽大家不免。如方回"梅子黄时雨"，耆卿"杨柳岸，晓风残月"，少游"寒鸦数点，流水绕孤村"，幼安"是他春带愁来，春归何处？却不解、带将愁去"等句。惟善于调度，正不以有蓝本为嫌。——《莲子居词话》

（清）周济：将身世之感，打并入艳情，又是一法。——《宋四家词选》

（清）陈廷焯：少游《满庭芳》诸阕，大半被放后作。思恋故国，不胜热中。其用心不逮东坡之忠厚，而寄情之远，措语之工，则各有千秋。——《白雨斋词话》

（清）沈祥龙：诗重发端，惟词亦然，长调尤重。有单起之调，贵突兀笼罩。如东坡"大江东去"是。有对起之调，贵从容整炼。如少游"山抹微云，天连衰草"是。——《论词随笔》

八六子　　（北宋）秦 观

倚危亭。恨如芳草，萋萋茂盛貌。刬读产，上声。同铲，削除。尽还生。念柳外青骢别后，水边红袂分时，怆然暗惊。　　　无端天与娉婷。犹天生丽质。夜月一帘幽梦，春风十里柔情。怎奈向、欢娱渐随流水，素弦声断，翠绡香减；那堪片片飞花弄晚，蒙蒙残雨笼晴！正销凝。黄鹂又啼数声。

（宋）洪迈：秦少游《八六子》词云"片片飞花弄晚，蒙蒙残雨笼晴。正销凝，黄鹂又啼数声"，语句清峭，为名流推激。予家旧有建本《兰畹曲集》，载杜牧之一词，但记其末句云"正销魂，梧桐又移翠阴"。秦公盖效之，似差不及也。——《容斋四笔》

（宋）张炎："春草碧色，春水绿波，送君南浦，伤如之何？"剏情至于离，则哀怨必至。苟能调感怆于融会中，斯为得矣。……秦少游《八六

子》云（略）。离情当如此作，全在情景交炼，得言外意。有如"劝君更尽一杯酒，西出阳关无故人"，乃为绝唱。——《词源》

（明）陈霆：少游《八六子》尾阕云"正销凝，黄鹂又啼数声"。唐杜牧之一词，其末云"正销凝，梧桐又移翠阴"。秦词全用杜格。然秦首句云"倚危亭，恨如芳草，萋萋划尽还生"，二语妙甚，故非杜可及也。——《渚山堂诗话》

（清）黄苏：寄托耶？怀人耶？词旨缠绵，音调凄婉如此。——《蓼园诗选》

江城子　　　（北宋）秦　观

南来飞燕北归鸿。偶相逢，惨愁容。绿鬓朱颜，四字谓壮年分别，白首始相逢，久别之意。高适《逢谢偃》："红颜为别久，白发始相逢。"重见两衰翁。别后悠悠君莫问，无限事，不言中。　　小槽春酒滴珠红。李贺《将进酒》："小槽酒滴珍珠红。"王琦注："珍珠红当是酒名。"莫匆匆，满金钟。饮散落花流水、各西东。后会不知何处是？烟浪远，暮云重。此词作于宋徽宗元符三年（1100）七月，与苏轼最后一次相会。久别重逢，百感交集。会后少游至藤州（今广西藤县），八月十二日因中暑，含笑卒于光华亭上。次年（1101）七月二十八日，苏轼也在常州与世长辞。

别刘郎　　　（北宋）陈师道

一别已六载，相逢有余哀。公私两多事，灾病百相催。无酒与君别，有怀向谁开。深知百里远，肯为老夫来。

（元）方回：三、四老劲，尾句逼老杜。四十字无一字风、花、雪、月，凡俗之徒所以阁笔也。——《瀛奎律髓汇评》

（清）冯舒：老气，尚未至老人头气。——同上

（清）冯班：此首好，全学老杜。——同上

（清）纪昀：不免太露吃力之痕，而笔力要为陈挚。——同上

（清）许印芳：虚谷、晓岚之评，皆有未当处。宋以前好诗不知几许，非尽无风、花、雪、月字，亦非以无此等字为高。宋人出而有"江西派"，始尚言情，摆脱风景。虚谷从而和之，此僻见也。此诗通体自然，近乎率易，而出语老辣，绝似少陵集中不经意之作。晓岚又斥其太吃力，此谬说也。○又按：次句、六句，皆用古调，此格不可轻用。四十字中四字犯复，此病不可效尤，初学宜知之。"相、别、有、百"四字俱复。——同上

怀 远 （北宋）陈师道

海外三年谪，天南万里行。生前只为累，身后更须名？未有平安报，空怀故旧情。斯人有如此，无复涕纵横。

（元）方回：东坡以绍圣四年丁丑谪儋州，至元符二年己卯三年矣。生前以名为累，故至此，岂复要死后名乎？"无复涕纵横"谓涕已为公竭也。——《瀛奎律髓汇评》

（清）纪昀：末句所谓人生到此，夫复何言？惟以冥情处之耳。语至沉痛，虚谷所解浅矣。——同上

（清）冯班：似"杜"。○落句亦不佳。——同上

（清）查慎行："更须"犹"底须"，宋人诗每如此言"不须"也。——同上

（清）纪昀：第三句欠明晰。——同上

（清）许印芳：此怀东坡诗也。如此命题，便合古法。晓岚解末句的当，三句须合四句看，本自明晰。晓岚以寻常对偶法，上下句截然分说者绳之，遂觉上句不明晰，谬矣。〇此二语亦极沉痛，晓岚独赏结句，亦是偏见。又按：后山诗炼意，炼格，俱高出时辈。独于字句不甚检点，故重复者多。此诗五句，与《深明阁》犯复。又有《和晁无致偶作》一首，亦怀东坡之作。起句云："此老三年别，合适万里回？"亦与此诗相犯，皆瑕玷也。〇"有"字复。——同上

宿深明阁二首　　　（北宋）陈师道

窈窕深明阁，晴寒是去年。老将灾疾至，人与岁时迁。默坐元如在，孤灯共不眠。暮年身万里，赖有故人怜。

（清）纪昀：五、六是后山独造。——《瀛奎律髓汇评》

（清）许印芳：如后文虚谷所解，此怀黄鲁直诗也。题中即宜标明，或避嫌而隐其人亦宜标明有怀，或标明有感，或标明感友人事，眉目清楚，读诗者乃识诗意所在，而无误会之虞。今此题全不标明有所感怀，向使无人注解，读者但据宿阁推测前诗所云，皆误认为后山事，后诗所云且不知其何指矣。后山诗常犯晦塞病，此题亦然，不可奉为命题之式。〇三、四承次句来，皆指山谷言。五、六语神力绝大，后山、山谷，两面兼到。尾句仍归到山谷一边。〇"年"、"人"字俱复。——同上

缥缈金华伯，人间第一人。剧谈连昼夜，应俗费精神。时要平安报，反愁消息真。墙根霜下草，又作一番新。

（元）方回：山谷修《神宗实录》盖皆直笔。绍圣初蔡卞恶其书王安石事，摘其失实，召至陈留问状，寓佛寺，题曰深明阁。寻谪黔州。绍圣三年，后山省庞丞相墓，至陈留，宿是阁，由此诗。"暮年身万里，赖有故人怜"，谓山谷至黔，州守曹谱伯远、倅张妣茂宗皆善待之。"墙根霜下草，又作一番新"，谓绍圣小人也。——《瀛奎律髓汇评》

（清）冯舒：霜可譬小人，被霜之草可喻君子，此却反说了。——同上

（清）纪昀：五、六即"深知问消息，不忍道何如"之对面，从老杜"反畏消息来"句脱出，而换一"真"字，便言路远言讹，惊疑万状之意，用意极其沉刻。结句托喻故不着迹，只似感伤时序者然。——同上

（清）许印芳：此章承前章尾联说来，前四句是就平日为人而想现在光景，故五、六直接平安消息云云，尾句收到深明阁，回应前章首句，法律细密。又按：二诗俱精深，惟首句同一调法，尚少变化耳。○"一"字复。——同上

次韵无敩偶作　　（北宋）陈师道

此老三年别，何时万里回。更无南去雁，犹见北枝开。会有哀笼鸟，宁须溺死灰。圣朝无弃物，与子赋归哉。

（元）方回：此怀东坡也。坡在儋耳三年矣。——《瀛奎律髓汇评》

（清）纪昀：结得和平，诗人之笔。偶用杜句，盖一时口气不觉。——同上

南柯子·忆旧　　（北宋）僧仲殊

十里青山远，潮平路带沙。数声啼鸟怨年华。又

是凄凉时候、在天涯。　　白露收残暑,清风衬晚霞。绿杨堤畔闹荷花。记得年时沽酒、那人家。

(明)陈霆:僧仲殊好作艳词……然殊诸曲,类能脱绝寒俭之态。如《南歌子》云"白露收残月,清风散晓霞。……"此等句,何害其为富冶也。——《渚山堂词话》

(明)李攀龙:追思远人,追忆往事,委婉真切,堪当一"悲秋赋"。——《草堂诗余隽》

(明)沈际飞:"白露"两句,初唐律诗,"沽家那人家"情思都在那里面。——《草堂诗余正集》

虞美人　　(北宋)周邦彦

廉纤小雨廉纤,是叠韵连绵辞,形容小雨连绵不断的样子。暗用韩愈《晚雨》"廉纤小雨不能晴"诗意。池塘遍,细点看萍面。李商隐《细雨》诗:"气凉先动竹,点雨未开萍。"一双燕子守朱门。比似寻常时候、易黄昏。　　宜城酒泛宜城酒是汉代一种美酒,以产于宜城(在湖北省)而得名。词句化用《周礼·天官》"泛齐"语及郑玄注文。郑注:"泛者,成而滓浮,泛泛然如今宜城醪矣。"黄庭坚《次韵刘景文……》"酒泛酌宜城"。《周礼》"泛齐"为酒的五齐之一(泛齐、醴齐、盎齐、缇齐、沈齐)。郑玄又谓醴以上尤浊,盎以下差清,则"泛齐"为浊酒了。"泛"即酒面浮沫,即浮蚁。曹植《酒赋》"宜城醪醴"之后又说"素蚁如萍"。浮香絮。细作更阑语。张载《酃酒赋》"漂蚁萍布,芬香酷烈",则此酒又是极香的。此时酌此美酒竟为何故?"细作更阑语",更阑,夜尽时分也。相将羁思乱如云。又是一窗灯影、两愁人。结语"两愁人"与上片一双燕遥相挽合。

尉迟杯·离恨　　（北宋）周邦彦

　　隋堤路。渐日晚、密霭生深树。阴阴淡月笼沙，还宿河桥深处。无情画舸，都不管、烟波隔前浦。等行人、醉拥重衾，载将离恨归去。　　因念旧客京华，长偎傍、疏林小槛欢聚。冶叶倡条俱相识，仍惯见、珠歌翠舞。如今向、渔村水驿，夜如岁、焚香独自语。有何人、念我无聊，梦魂凝想鸳侣。

　　（宋）沈义父：结句须要放开，含有余不尽之意，以景结情最好。……或以情结尾亦好。往往轻而露，如清真之"天便教人，霎时相见何妨"；又云"梦魂凝想鸳侣"之类，便无意思。亦是词家病，却不可学也。——《乐府指迷》

　　（明）卓人月：等到醉时发船，煞有情矣，犹谓无情，情真哉。——《古今词统》

　　（明）沈际飞：苏词"只载一船离恨，向西州"，秦词"载取暮愁归去"，又是一触即发。——《草堂诗余正集》

　　（清）周济：南宋诸公所断不能到者，出之平实，故胜。○又云：一结拙甚。——《宋四家词选》

　　（清）况周颐：元人沈伯时作《乐府指迷》于清真词推许甚至。惟以"天便教人，霎时相见何妨"、"梦魂凝想鸳侣"等句为不可学，则非真能知者。清真又有句云"多少暗愁密意，惟有天知"、"最苦梦魂，今宵不到伊行"、"拼今生，对花对酒，为伊泪落"，此等语，愈朴愈厚，愈厚愈雅，至真之情由性灵肺腑中流出，不妨说尽，而愈无尽。南宋词人如姜白石云"酒醒波远，正凝想明珰素袜"，庶几近似，然已微嫌刷色。诚如清真等句，唯有学之不能到耳，如曰不可学也，讵必攒眉搔首，作态几许然后出之，乃为可学耳。——《蕙风词话》

氐州第一　　（北宋）周邦彦

波落寒汀，村渡向晚，遥看数点帆小。乱叶翻鸦，惊风破雁，天角孤云缥缈。官柳萧疏，甚尚挂、微微残照。景物关情，川途换目，顿来催老。　　渐解狂朋欢意少。奈犹被、思牵情绕。座上琴心，机中锦字，觉最萦怀抱。也知人、悬望久，蔷薇谢、归来一笑。欲梦高唐，未成眠、霜空又晓。

（清）黄苏：词旨凄清，情怀暗淡，其境地可于笔墨外思之。——《蓼园词选》

（清）周济：竭力追逼，得换头一句出，钩转，思牵情绕，力挽千钧。此与《瑞鹤仙》一阕，皆绝新机杼，而结体各别；此轻利，彼沉郁。——《宋四家词选》

（近代）俞陛云：前八句，状水天景物，"残照"二句，为秋柳传神，而以"关情"、"换目"承上八句，则所见景色，皆有"物换星移"之感。自转头至结句，如明珠走盘，一丝牵曳。夏闰庵以"曲而婉"三字评之，殊当。——《宋词选释》

虞美人　　（北宋）李廌读旨，上声。

玉阑杆外清江浦。渺渺天涯雨。好风如扇雨如帘。时见岸花汀草、写足"清江浦"。涨痕添。写足"天涯雨"。　　青林隐逸避世之处。庾信《任洛川酬薛文学赠别诗》："白石仙人芋，青林隐士松。"枕上关山路。卧想乘鸾指成仙远游。处。碧芜千里信悠悠。惟有霎时凉梦、到南州。

（清）况周颐：李方叔《虞美人》过拍云"好风如扇雨如帘，时见岸花汀草涨痕添"，春夏之交，近水楼台，确有此景。"好风"句绝新，似乎未经人道。歇拍云"碧芜千里思悠悠，惟有霎时凉梦、到南州"。尤极淡远清疏之致。——《蕙风词话》

眼儿媚　　（北宋）阮 阅

楼上黄昏杏花寒。斜月小栏干。一双燕子，两行征雁，画角声残。　　　　绮窗人 王维《扶南曲歌辞》云："朝日照绮窗，佳人坐临镜。"把佳人与绮窗分成两句。此词则将绮窗与人合并一起，径称"绮窗人"，语言更浓缩，形象更鲜明。在东风里，无语对春闲。也应似旧，盈盈秋水，淡淡春山。今人徐培均云：此词上阕三个四字，前两句对起，后一句单收；下阕末三句，前面用一个单句，对上作为转折，对下作为领首，末两句作为对结，恰与前阕相反。这种"对结"方法处理得不好，易流于板滞。而作者功力老到，对结处不仅煞得自然，而且余味不尽，似乎这好眉目之间，尚有许多话要向词人诉说。

（宋）胡仔：闳休尝为钱塘幕官，眷一营妓，罢官去后，作此词寄之。——《苕溪渔隐丛话》

（宋）黄昇：闳休小词，惟有此篇见于世，英妙杰特。所谓百不为多，一不为少。——《唐宋诸贤绝妙词选》

（明）卓人月：闳休词不多见，英妙隽达，一夔足矣。——《古今词统》

（清）黄苏：此久别忆内词耳。语语是意中摹写，而得意致缠绵中绘出，尽是镜花水月，与杜少陵"今夜鄜州月"一律同看。（按：黄苏以此词为秦观所作）——《蓼园词选》

蝶恋花　　（北宋）赵令畤

欲减罗衣寒未去。不卷珠帘，人在深深处。红杏枝头花几许？啼痕止恨清明雨。　　尽日沉烟香一缕。宿酒醒迟，恼破春情绪。飞燕又将归信误。小屏风上西江路。

（明）李攀龙：托杏写兴，托燕传情，怀春几许衷肠。——《草堂诗余隽》

（明）沈际飞：开口澹冶松秀。又云：末路情景，若近若远，低徊不能去。——《草堂诗余正集》

（近代）俞陛云：上段警拔不足而静婉有余，后段以闲淡之笔，写怀人心事。结处风华掩映，含蓄不尽。德麟为安定郡王，天水氏固多才子也。——《唐五代两宋词选释》

贺新郎　　（北宋）叶梦得

睡起流莺语。掩苍苔、房栊向晚，乱红无数。吹尽残花无人见，惟有垂杨自舞。渐暖霭、初回轻暑。宝扇重寻明月影，暗尘侵、尚有乘鸾女。惊旧恨，遽如许。　　江南梦断横江渚。浪粘天、葡萄涨绿，半空烟雨。无限楼前沧波意，谁采蘋花寄取。但怅望、兰舟容与。与此读去声。《汉书·礼乐志》："练时日，澹容与。"颜师古注："闲适也。"万里云帆何时到，送孤鸿、目断千山阻。谁为我，唱金缕？

（宋）黄昇：石林叶少蕴"睡起流莺语"词，人人能道之，集中未有胜此者，盖得意之作也。——《中兴以来绝妙词选》

（宋）周密：石林词"谁采蘋花寄与"及"怅望兰舟容与"或以为重押韵遂改为"寄取"殊无义理。盖"容与"之"与"自音"预"，乃去声也，扬子云《河东赋》："灵舆安步，风流容与。"注："天子之容服而安豫，'与'读'豫'。"——《浩然斋雅谈》

（明）杨慎：叶少蕴名梦得，号石林居士。妙龄秀发，有文章盛名。《石林词》一卷传于世。《贺新郎》"睡起流莺语"、《虞美人》"落花已作风前舞"，皆其词之入选者也。——《词品》

（明）沈际飞：一意一机，自语自话。草木花鸟字面叠来，不见质实，受知于蔡元长，宜也。——《草堂诗余正集》

（清）黄苏：梦得理学名臣，晚年致政家居而作。此词自有所指，可细玩之。《文选》"裁为合欢扇，团圆似明月"，《龙城录》"八月望日，明皇游月宫，见素娥千余人，皆皓衣，乘白鸾"，李太白诗"离恨满沧波"，柳子厚诗"春风无限潇湘意，欲采蘋花不自由"。"采蘋花"即《离骚》撷芳草之意也。——《蓼园词选》

（清）陈廷焯：低回哀怨，寄托遥深。——《词则·别调集》

小重山　　（北宋）汪　藻

月下潮生红蓼汀。浅霞都敛尽，四山青。柳梢风急堕流萤。随波处、点点乱寒星。　　别语寄丁宁。如今能间隔，几长亭。夜来秋气入银屏。梧桐雨、还恨不同听。

（明）卓人月：庾信"秋风吹乱萤"，不及"寒星"句。小杜"银烛秋色冷画屏"，不及"夜来"句。——《古今词统》

（明）潘游龙：梧桐雨有恨，独听者恨不同听，趣味倍笃。——《古今

诗余醉》

　　（明）沈雄：《柳塘诗话》云，汪藻词亦美瞻，一时不为流传者，曾为张邦昌雪罪表故也。其《小重山》秋闺云“月下潮生红蓼汀。浅霞都敛尽，四山青。柳梢风急堕流萤。随波处，点点乱寒星”，却从庾信“秋风吹乱萤”不及寒星句来，而景自胜。过变云“别语寄丁宁。如今能间隔、几长亭。夜来秋气入银屏。梧桐雨，还恨不同听”，又从小杜“银烛秋光冷画屏”不及夜长句来，而情自胜。——《古今词话•词辨》

　　（清）黄苏：沈际飞曰：“梧桐雨有恨，独听者恨不同听，趣味尤笃。”按：前阕不过写闺中寂寞耳。次阕始入怀人，末句妙在“梧桐”二字。——《蓼园词选》

踏莎行　　（北宋）周紫芝

　　情似游丝，人如飞絮。泪珠阁定_{含着}空相觑。_{觑读去，去声。看也。}一溪烟柳万丝垂，无因系得兰舟住。

　　雁过斜阳，草迷烟渚。如今已是愁无数。明朝且做_{即使}莫思量，如何过得今宵去。

醉落魄　　（北宋）周紫芝

　　江天云薄，江头雪似杨花落。寒灯不管人离索。照得人来，真个睡不着。　　归期已负梅花约。又还春动空飘泊。晓寒谁看伊梳掠。雪满西楼，人在阑干角。

一剪梅　　(北宋)李清照(女)

红藕香残玉簟秋。轻解罗裳,独上兰舟。云中谁寄锦书来?雁字回时,月满西楼。　　花自飘零水自流。一种相思,两处闲愁。此情无计可消除,才下眉头,却上心头。

(清)王士禛:俞仲茅小词云"轮到相思没处辞,眉间露一丝",视易安"才下眉头,却上心头",可谓此子善盗。然易安亦从范希文"都来此事,眉间心上,无计相回避"脱胎,李特工耳。——《花草蒙拾》

(清)梁绍壬:易安《一剪梅》词起句"红藕香残玉簟秋"七字,便有吞梅嚼雪,不食人间烟火气象,其实寻常不经意语也。——《两般秋雨庵随笔》

(清)陈廷焯:易安佳句,如《一剪梅》起七字云"红藕香残玉簟秋",精秀特绝,真不食人间烟火者。——《白雨斋词话》

凤凰台上忆吹箫　　(北宋)李清照(女)

香冷金猊,狮子形的香炉。被翻红浪,起来慵今人徐培均云:须知此一"慵"字,乃是"词眼"。炉中香消烟冷,无心再焚,一慵也;床上锦被乱陈,无心折叠,二慵也;鬓鬟蓬松,无心梳理,三慵也;宝镜尘满,无心拂拭,四慵也;而日上三竿,犹然未觉光阴催人,五慵也。慵而一"任",则其慵态已达极矣自梳头。任宝奁尘满,日上帘钩。生怕离怀别苦,多少事、欲说还休。新来瘦,非干病酒,不是悲秋。　　休,休!这回去也,千万遍阳关,也则难留。念武陵人远,行者。烟锁秦楼。居者。惟有楼前流水,应念我、终日凝眸。凝

眸处，从今又添，一段新愁。<small>一段新愁，虽未明说，读者自可体味。</small>

（明）沈际飞：顺说出妙。瘦为甚的，尤妙。"千万遍"痛甚。转转折折，忏合万状。清风朗月，陡化为楚雨巫云；阿阁洞房，并变成离亭别墅，致也。——《草堂诗余正集》

（明）李廷机：宛转见离情别意，思致巧成。——《草堂诗余评林》

（明）卓人月：亦是林下风，亦是闺中秀。才一斛，愁千斛。虽六斛明珠，何以易之。——《古今词统》

（明）潘游龙："千万遍"痛藏甚。——《古今诗余醉》

（明）吴从先：非病酒，不悲秋，都为苦别瘦。——《草堂诗余隽》

（清）王又华：张祖望曰："词虽小道，第一要辨雅俗，结构天成，而中有艳语、隽语、奇语、豪语、苦语、痴语、没要紧语，如巧匠运斤，毫无痕迹，方为妙手。古词中如……'海棠开后，望到如今'，'惟有楼前流水，应念我、终日凝眸。'……痴语也。'这次第，怎一个愁字了得'……没要紧语也。"——《古今词论》

（清）陈廷焯：此种笔墨，不减耆卿、叔原，而清俊疏朗过之。——《云韶集》

踏莎行　　（南宋）吕本中

雪似梅花，梅花似雪。似和不似<small>似，言其色，不似，言其香也。</small>都奇绝。恼人风味阿谁知？请君问取南楼月。

记得旧时，探梅时节。老来旧事无人说。为谁醉倒为谁醒？到今犹恨轻离别。

（明）潘游龙：前叠可息纷拏之几。——《古今诗余醉》

（清）吴衡照：言情之词，必借景色映托，乃具深婉流美之致。——《莲子居词话》

临江仙·夜登小阁在杭州青墩僧舍中。忆洛中旧游

（南宋）陈与义

忆昔午桥《嘉庆一统志·河南府》："午桥庄，在洛阳县南十里，即裴度所居之绿野堂也。……张齐贤致政后居之，有诗云：'午桥今得晋公庐，水竹烟花兴有余。'"桥上饮，坐中多是豪英。长沟指流经午桥的溪水。流月去无声。杏花疏影里，吹笛到天明。　　二十余年如一梦，此身虽在堪惊。闲登小阁看新晴。古今多少事，渔唱起三更。

（宋）刘辰翁：词情俱尽，俯仰如新。——《须溪评点简斋诗集》

（宋）张炎：词之难于令曲，如诗之难于绝句，不过十数句，一句一字闲不得。末句最当留意，有有余不尽之意始佳。当以唐《花间集》中韦庄、温飞卿为则。又如冯延巳、贺方回、吴梦窗亦有妙处。至若陈简斋"杏花疏影里，吹笛到天明"之句，真自然而然。大抵前辈不留意于此，有一两曲脍炙人口，余多近乎率。近代词人却有用功于此者。倘以为专门之学，亦词家射雕手。——《词源》

（明）沈际飞：意思超越，腕力排奡，可摩坡仙之垒。○又：流月无声，巧语也；吹笛天明，爽语也；渔唱三更，冷语也。功业则歉，文章自优。——《草堂诗余正集》

（明）吴从先：李攀龙评"天地无情吾辈老，江山有恨古人休"，亦吊古伤今之意。——《草堂诗余隽》

（明）王世贞：子瞻"与谁同坐，明月清风我"，"明月几时有，把酒问青天"，快语也；"大江东去，浪淘尽、千古风流人物"，壮语也；"杏花疏影里，吹笛到天明"，爽语也。此词在浓与淡之间。——《艺苑卮言》

（清）彭孙遹：词以自然为宗，但自然不从追琢中来，亦率然无味。如所云绚烂之极，仍归平淡。若使语意淡远者稍加刻画，缕金错彩者渐近天然，则骎骎乎绝唱矣。若《无住词》之"杏花疏影里，吹笛到天明"，《石林词》之"美人不用敛蛾眉，我亦多情无奈酒阑时"，自然而然者也。——《金粟词话》

（清）许昂霄：神到之作，无容拾袭。渔隐称为清婉奇丽，玉田称为自然而然，不虚也。——《词综偶评》

（清）张宗橚：按，思陵尝喜简斋"客子光阴诗卷里，杏花消息雨声中"之句，惜此词未经一览，不然，其受知更当如何耶？——《词林纪事》

（清）陈廷焯：笔意超旷，逼近大苏。——《白雨斋词话》

（清）刘熙载：词之好处有在句中者，有在句之前后际者，陈去非《虞美人》"吟诗日日待春风，及至桃花开后却匆匆"，此好在句中者也；《临江仙》"杏花疏影里，吹笛到天明"，此因仰承"忆昔"，俯注"一梦"，故此二句不觉豪酣转成怅悒，所谓好在句外者也。倘谓现在如此，则骎甚矣。——《艺概》

顷岁从戎南郑，屡往来兴凤间，暇日追怀旧游有赋　　（南宋）陆　游

昔戍蚕丛北，频行凤集南。烽传戎垒密，驿远客程贪。春尽花犹坼，云低雨半含。种畬多菽粟，艺木杂松楠。妇汲惟陶器，民居半草庵。风烟迷栈阁，雷霆_{读去声}起湫潭。城郭秦风近，村墟蜀语参。快心逢旷野，刮目望浮岚。考古时兴感，无诗每自惭。嘉陵最堪忆，迎马柳毵毵。

（元）方回：方翁诗出于曾茶山，而不专用"江西"格，间出一二耳，有晚唐，有中唐，亦有盛唐。此篇虽陈、杜、沈、宋，亦不过如此。——《瀛奎律髓汇评》

（清）冯舒：温丽妥贴，然只是张籍、王建语耳，陈、杜、沈、宋项背相悬。——同上

（清）纪昀：诗自不恶，以为陈、杜、沈、宋过矣。——同上

（元）方回：流丽绵密，所圈五字，以全篇太缛，到此合放淡故也。（按：方回于"怏心逢旷野，刮目望浮岚"两句旁加圈。）——同上

（清）陆贻典：有味乎其言。——同上

（清）纪昀：此入微之论。——同上

（元）方回：作此诗年八十三矣。南渡后诗至万篇，佳句无数。有《越中》诗，言鉴湖风物尤精。——同上

（清）纪昀：大段学东坡《峡中》韵。——同上

（清）查慎行："霆"字读去声，不详所出。按《吴都赋》"声若雷霆"，与"颖"同叶，音挺，乃上声也。《广韵》亦收入"迥"韵"挺"纽下。——同上

（清）无名氏（甲）：南郑，陕西汉中府。兴、凤，二州名。旧游，指四川。嘉陵，江名。〇放翁诗关于国故者，自得杜陵遗意。惜才锋未逮，此作不过写风土，更于《书怀》等作，无庸校量耳。——同上

感昔二首　　　（南宋）陆　游

三着朝冠入上都，黄封频醉渴相如。马慵立仗宁辞斥，兰偶当门敢怨锄。富贵尚思还此笏，衰残故合爱吾庐。灯前目力依然在，且尽山房万卷书。

（清）纪昀：三、四亦感慨豪宕。此种题易于着语，但笔力足以运之，即能出色。——《瀛奎律髓汇评》

（清）无名氏（甲）：刘先主杀异己者，谓如兰芝当门，不得不锄。——同上

（清）许印芳：首句借对。——同上

　　五丈原头秋色新，当时许国欲忘身。长安之西过万里，北斗以南惟一人。往事已如辽海鹤，余年空羡葛天民。腰间白羽凋零尽，却照清溪整角巾。

（清）纪昀：结得不尽。——《瀛奎律髓汇评》

（清）无名氏（乙）：腹联和平竦听。——同上

（清）许印芳：前诗和平，不愧诗人之笔。后章三、四老横，上句古调，下局拗调。凡平调中参拗调一联，乃是常格。此则拗调从古调作对，为变格也。○"过"去声。——同上

诉衷情　　（南宋）陆　游

　　青衫初入九重城，结友尽豪英。蜡封夜半传檄，驰骑谕幽并。　　时易失，志难成，鬓丝生。平章风月，弹压江山，别是功名。

（近代）俞陛云：此调仅四十余字，而豪气霜横，逸情云上。"风月"、"江山"二语，尤峭劲有味。杨升庵评其词，谓"雄概处似东坡"。此作颇近之。——《唐五代两宋词选释》

南柯子　　（南宋）范成大

　　怅望梅花驿，陆凯赠范晔诗："折梅逢驿使，寄与陇头人。"凝情杜若洲。《楚辞·九歌》："采芳洲兮杜若，将以遗兮下女。"香云低处有高楼，可惜高楼、不近木兰舟。　　缃素双鱼远，题红用红叶题诗事。片叶秋。欲凭江水寄离愁。江已东流、那肯

317

更西流。

(近代)俞陛云：上下阕之后二句，高楼而移傍兰舟，东流而挽使西注，皆事理所必无者，借以为喻，见虚愿之难偿。此与前首之"两行低雁"二句，虽设想不同，而皆从侧面极力浚发，本意遂显呈于言外矣。——《唐五代两宋词选释》

卜算子　　(南宋)游次公

风雨送人来，风雨留人住。草草杯盘话别离，风雨催人去。　　泪眼不曾晴，眉黛愁还聚。明日相思莫上楼，楼上多风雨。

安公子　　(南宋)袁去华

弱柳丝千缕，嫩黄匀遍鸦啼处。寒入罗衣春尚浅，过一番风雨。问燕子来时，绿水桥边路。曾画楼、见个人人否？料静掩云窗，尘满哀弦危柱。　　庾信愁如许，为谁都着眉端聚。独立东风弹泪眼，寄烟波东去。念永昼春闲，人倦如何度。闲傍枕、百啭黄鹂语。唤觉来厌厌，残照依然花坞。

鹧鸪天·怀王道甫　　(南宋)陈　亮

落魄行歌记昔游，心颅如许尚何求？心肝吐尽无余事，口腹安然岂远谋！　　才怕暑，又伤秋。天涯梦断有书不？大都眼孔新来浅，羡尔微官作计周。

琵琶仙　　（南宋）姜　夔

《吴都赋》云："户藏烟浦，家具画船。"唯吴兴为然。春游之盛，西湖未能过也。己酉岁，予与萧时父载酒南郭，感遇成歌。

双桨来时，有人似、旧曲曲指坊曲，旧曲，犹言旧游。桃根桃叶。歌女姊妹。歌扇轻约飞花，蛾眉正奇绝。春渐远、汀洲自绿，更添了、几声啼鴂。十里扬州，三生杜牧，黄庭坚《广陵早春》："春风十里珠帘卷，仿佛三生杜牧之。"前事休说。又还是、宫烛分烟，奈愁里、匆匆换时节。都把一襟芳思，与空阶榆荚。千万缕、藏鸦细柳，为玉尊、起舞回雪。想见西出阳关，故人初别。夏承焘云："此湖州冶游，怅触合肥归事而作。"

（宋）张炎："春草碧色，春水绿波；送君南浦，伤如之何。"矧情至于离，则哀怨必至。苟能调感怆于融会中，斯为得矣。白石《琵琶仙》云"双桨来时，……"，秦少游《八六子》云"倚危亭，恨如芳草……"，离情当如此作，全在情景交炼，得言外意。有如"劝君更尽一杯酒，西出阳关无故人"，乃为绝唱。——《词源》

（清）许昂霄："更添了几声啼鴂。"《离骚》："恐鹈鴂之先鸣兮，使百草为之不芳。"三生杜牧。涪翁诗"春风十里珠帘卷，仿佛三生杜牧之"，词中用"三生杜牧"本此。"都把一襟芳思"至末，句句说景，句句说情，真能融情景于一家者也。曲折顿宕，又不待言。——《词综偶评》

（清）张德瀛：白石《琵琶仙》词题，引《吴都赋》有"户藏烟浦，家具画船"二语，今《吴都赋》无其辞。按李庚《西都赋》云"方塘含春，曲沼澄秋，户闭烟浦，家藏画舟"，或疑"吴"字乃"西"字之讹，然唐之西都，非吴地也，殆白石误引耳。——《词征》

（清）陈廷焯：似周秦笔墨而气格后上。"前事休说"四字咽住，藏得许多情事在内。——《词则·大雅集》

忆秦娥　　（南宋）黄 机

秋萧索，梧桐落尽西风恶。西风恶。数声新雁，数声画角。　　离愁不管人飘泊，年年孤负黄花约。黄花约。几重庭院，几重帘幕。

临江仙·闺思　　（南宋）史达祖

愁与西风应有约，年年同赴清秋。旧游帘幕记扬州，一灯人着梦，双燕月当楼。　　罗带鸳鸯尘暗淡，更须整顿风流。天涯万一见温柔，瘦应缘此瘦，羞亦为郎羞。此秋夜怀人词也。

（明）潘游龙：灯燕句敲打得响。"万一"字妙。——《古今诗余醉》
（清）陈廷焯："一灯"二句警炼，后半多俚词。——《词则》
（近代）俞陛云：秋士善怀，首二句联合写之，便标新异，唐人诗如"暝色赴春愁"及"群山万壑赴荆门"句，皆善用"赴"字，此言愁与风同赴，洵君房语妙也。"灯"、"月"句以对语结束上阕，旧梦扬州，托辞双燕，见燕双而人独，句法浑成而兼韵致，殊耐微吟。"罗带"二句姑作重逢之想。"天涯"

句摇曳生姿。结句极写缠绵，"瘦"字承罗带而言，"羞"字承见面而言。吴梅村诗"当时对面忧君瘦，即便多情见却羞"，殆有同感。青衫憔悴，红粉飘零，果羞属谁边耶？此调集中凡三首，尚有"莫教无用月，来照可怜宵"及"向来箫鼓地，犹见柳婆娑"四语咸有思致。——《宋词选释》

清平乐　　(元)元好问

离肠宛转。瘦觉妆痕浅。飞去飞来双语燕，消息知郎近远。燕子能为人传递信息，见《开元天宝遗事》。　　楼外小雨珊珊。珊珊，象人声词，指雨声。海棠帘幕轻寒。杜宇一声春去，树头无数青山。

唐多令·惜别　　(南宋)吴文英

何处合成愁？离人心上秋。纵芭蕉、不雨也飕飕。都道晚凉天气好，有明月、怕登楼。　　年事梦中休。花空烟水流。燕辞归、客尚淹留。垂柳不萦裙带住，谩长是、系行舟。

(宋)张炎：此词疏快，却不质实。如是者集中尚有，惜不多耳。——《词源》

(明)沈际飞：所以感伤之本，岂在蕉雨。妙妙。"垂柳"句原不熟烂。——《草堂诗余正集》

(清)王士禛："何处合成愁，离人心上秋"滑稽之隽，与龙辅从《闺怨》诗"得郎一人来，便可成仙去"，同是《子夜》变体。——《花草蒙拾》

(清)陈廷焯：张皋文《词选》独不收梦窗，以梦窗与耆卿、山谷、改

321

之同列,不知梦窗者也。至董毅《续词选》,只取梦窗《唐多令》、《忆旧游》两篇,此二篇绝非梦窗高诣。《唐多令》几于油腔滑调,在梦窗集中最为下乘,《续选》独取,岂故收其下者以实皋文之言耶?谬矣。——《白雨斋词话》

又云:语浅情长,不第以疏快见长也。——《词则·别调集》

青玉案·彦成 作者朋友于立,学道会稽山,号虚白子。以他故去,作此怀之 （元）顾 瑛

春寒侧侧春阴薄。整半月、春萧索。晴日朝来升屋角。树头幽鸟,对调新语,语罢双飞却。　　红入花腮青入萼。尽不爽、花期约。可恨狂风空自恶。晓来一阵,晚来一阵,难道都吹落?

浪淘沙 （明）杨 慎

春梦似杨花。绕遍天涯。黄莺啼过绿窗纱。惊散香云 香云谓梦。飞不去,篆缕烟斜。　　油壁小香车。 车壁用清油涂饰,多为女子所用的车。水渺云赊 这也。青楼 古人泛指女子的居室。珠箔那人家。旧日罗巾今日泪,湿尽铅华。铅华为脂粉,由我怀佳人,进而思佳人怀我。

重经采石感怀曹梁父二首 （清）王士祜

忆向江干惜别离,黄昏石壁共题诗。今来寂寞空

江上，独酹青莲夜雨祠。

禅榻何人对寂寥？短檠和泪雨潇潇。若为洒向寒江里，月黑云深欲上潮。

寄陈伯玑金陵　　（清）王士禛

东风作意吹杨柳，绿到芜城第几桥。欲折一枝寄相忆，隔江残笛雨潇潇。

岁暮怀人绝句三十二首（录三首）　　（清）王士禛

谢郎玉树应非旧，唐观琼花半已凋。今日相逢如梦寐，禅床歌板雨潇潇。丁景吕曾有诗赠王士禛云："风神欺玉树，逸兴问琼花。"故王岁暮怀人有是诗。后来丁景吕又投诗云："阮亭爱我初延誉，海内名公竞唱酬。二十年来尘扑面，谁怜词客老南州。"不胜知己之感也。

清泉芳树任城水，柳恽文词世所知。太息杨生今宿草，南池风景古今悲。柳恽，诗人，此指柳世隆，清源人；杨生，谓杨圣宜，任城人。

焦获奇人孙豹人，枝蔚。新诗雅健出风尘。王弘不见间潜迹，端木宁知原宪贫。

323

津门官舍话归　　（清）邵长衡

对床通夕话，官舍一灯红。十年存殁泪，并入雨声中。

与王南村及陆生津门前事感赋二首　　（清）赵执信

人去朱门事事空，堂间蜡泪带经红。啼乌与唤圜扉月，莫遣笙歌入梦中。

地当沧海易扬尘，世半交游但怆神。从此令人轻郭解，黄金散尽不关身。

秋日过张氏一亩园感旧二首　　（清）查礼

满目秋光落叶黄，故家风物感苍凉。繁弦急管飘零尽，惟有寒蝉噪夕阳。

三千珠履尽能文，坐上雄谈蔚似云。朱亥侯嬴俱老去，不知谁忆信陵君。

淮上有怀　　（清）姚鼐

吴钩结客佩秋霜，临别燕郊各尽觞。草色独随孤棹远,淮阴春尽水茫茫。

岁暮怀人二十四首(录四首)　　(清)洪亮吉

法祭酒式善

翰林诗格冠词场,屡改头衔作漫郎。左手书应成绝技,苦心诗已入中唐。两番胄监迁官速,百本名经选佛忙。君时选同馆课艺。我愧枚公赋情拙,莫将疏陋玷班扬。

汪明经中

不敢随车试大廷,头衔真许号明经。人言蜂目同荆尹,自诩龙头压管宁。喜读梵书排释氏,惯餐劣药冀修龄。狂来更颂东陵跖,君有《狐父之盗颂》一篇。手劈蛮笺写作屏。

孙比部星衍

早入承明侍从庐,为郎莫更叹纡徐。经时偶断船官狱,何日同乘使者车。郭芍药诗成本事,郑樱桃室作安居。奇寒可忆茅山夜,两客同驱一蹇驴。

325

王孝廉芑孙

人言风貌太酸寒,那识词源万斛宽。吴下早闻呼短李,禁中久已识诗韩。传经帐后缣双叠,_{君以卖文为活。}写韵轩前墨数丸。谁似阿侬夫妇好,卖琴钱少减晨餐。

续怀人诗十二首_(录二首)　　(清)洪亮吉

章进士学诚

鼻窒居然耳复聋,头衔应署老龙钟。未妨障麓留钱癖,竟欲持刀抵舌锋。_{君与汪明经中议论不合,几至挥刃。}独识每钦王仲任,多容颇晋郭林宗。昌安门下三年住,一事何尝肯曲从。_{君性刚鲠,居梁文定相公寓邸三年,最为相公所严惮。}

纪尚书昀

子云笔札君卿舌,当代无人可并论。直阁新衔同掌院,曲台故事号专门。研心十载雠皇览,快意千编续琐言。只我最饶知己感,下春官第枉高轩。

感旧四首　　(清)黄景仁

大道青楼_{曹植《美女篇》:"青楼临大道,高门结重关。"}望不遮,年时系马醉流霞。风前带是同心结,杯底人如解语花。

下杜城边南北路，上阑门外去来车。"下杜城""上阑门"均是地名，在长安西郊。匆匆觉得扬州梦，检点闲愁在鬓华。以当时之乐，衬今日之悲，对比强烈，给人留下深刻印象。

　　唤起窗前尚宿酲，啼鹃催去又声声。首二句化用韩愈"唤起窗全曙，催归日未西"诗意。丹青旧誓相如札，阮籍《咏怀》诗："丹青著明誓，永世不相忘。"丹、青两种颜料不易退色。禅榻经时杜牧情。杜牧诗："今日鬓丝禅榻畔，茶烟轻飔落花风。"别后相思空一水，《诗经》："所谓伊人，在水一方。"重来回首已三生。云阶月地依然在，东坡诗："月地云阶谩一樽，玉奴终不负东昏。"细逐空香百遍行。熊盛元云：仲则之诗，大体充满一种抑郁的情调。……法国现代派诗人波德莱尔也有类似的看法，他认为诗歌的目的在发泄"人生苦恼"。任何"美"都会"有不幸在其中"，而"忧郁"则是美的最灿烂的伴侣。

　　遮莫临行念我频，竹枝留浣泪痕新。多缘刺史指杜牧。无坚约，用"绿叶成阴子满枝"杜牧的故事。岂视萧郎作路人？崔郊诗："侯门一入深似海，从此萧郎是路人。"望里彩云疑冉冉，愁边春水故粼粼。两句幻觉，描写极佳。珊瑚百尺珠千斛，难换罗敷未嫁身。罗敷为古代美女的通称。出乐府诗《陌上桑》。

　　从此音尘各悄然，春山如黛草如烟。泪添吴苑三更雨，恨惹邮亭一夜眠。二句融情入景，景中含情。讵有青乌青乌即青鸟，大概限于平仄关系。缄别句，聊将锦瑟计流年。李义山诗："锦瑟何端五十弦，一弦一柱思华年。"他时脱便微之过，百转千回只自怜。用《会真记》故事。

酷相思·寄怀少穆

酷相思·寄怀少穆<small>林则徐字少穆。</small>　　　（清）邓廷桢

百五佳期<small>指寒食节。《荆楚岁时记》："去冬至一百五日，即有疾风甚雨，谓之寒食，禁火三日。"</small>过也未？<small>寒食禁烟是当时风俗，作者引出新意，喻禁止鸦片烟。</small>但笳吹、催千骑。看珠澥<small>读解，上声。珠澥，即珠海。</small>盈盈分两地。君住也，缘何意？侬去也，缘何意？

召缓征和医并至。<small>缓与和均为春秋时期秦国良医。缓为晋景公治病，因病入膏肓而不可治。和为晋平公治病，因"病如蛊"，亦疗救无方。事见《左传》成公十年及昭公元年。</small>眼下病、肩头事。怕愁重、如春担不起。侬去也、心应碎。君住也、心应碎。<small>作者邓廷桢与林则徐在广东反毒禁烟，二人同心协力。虎门一炬，震动中外。正值禁烟之役，兵事方殷之际，邓廷桢忽奉旨移至浙闽，朝廷催促不得不去。但去后担心禁烟之事功败垂成，悲愤交集而作此词寄林则徐。</small>

台城路·易州<small>今河北易县。</small>寄高寄泉　　（清）蒋春霖

两年心上西窗雨，<small>用李商隐"西窗夜雨"事。</small>阑干背灯敲遍。雪拥惊沙，星寒大野，马足关河同贱。羁愁数点。问春去秋来，几多鸿雁。忘却华颠，昔时颜色梦中见。　　青衫铅泪<small>晶莹，凝聚之眼泪。语出李贺诗。</small>似洗，断笳明月里，凉夜吹怨。古石欹台，<small>指昔日燕昭王为招天下贤士而在易州筑的黄金台。</small>悲风咽筑，<small>筑为古代击弦乐器。</small>酒罢哀歌难遣。<small>作者曾数次考试均不利，仕途受挫，写其凄惋怆凉。</small>飞花乱卷。对万树垂杨，故人青眼。<small>晋人阮籍对看重的人用青眼相看，反之对以白眼。</small>雾隐孤城，夕阳山外远。

寄怀吴红生舍人　　（清）孔宪彝

　　雅有延陵季子风,高情肯使酒杯空。一官蓟北春云淡,别墅城南秋蓼红。入座仅容佳客至,论交能与古狂同。自注:君与龚自珍最相契。匆匆怕唱阳关曲,乐府花间制最工。

蝶恋花　　（近代）王国维

　　满地霜华浓似雪。人语西风,瘦马嘶残月。一曲《阳关》浑未彻,车声渐共歌声咽。　　换尽天涯芳草色。陌上深深,依旧年时辙。自是浮生无可说,人间第一耽离别。

蝶恋花　　（近代）王国维

　　阅尽天涯离别苦。不道归来,零落花如许。花底相看无一语,绿窗春与天俱暮。　　待把相思灯下诉。一缕新欢,旧恨千千缕。最是人间留不住,朱颜辞镜花辞树。倾吐旧恨宿怨,代替转瞬即逝的"新欢"。团聚和离别一样充满痛苦。

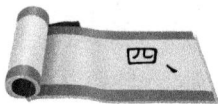

四、思乡 归

渡汉江 （唐）宋之问

岭外音书断，经冬复历春。近乡情更怯，不敢问来人。

（明）钟惺：实历苦境，皆以反说，意又深一层。——《唐诗归》

（清）朱之荆："怯"字写得真情出。——《增订唐诗摘钞》

（清）李瑛："不敢问来人"，以反笔写出苦况。——《诗法易简录》

（清）施补华：五绝中能言情，与嘉州"马上相逢无纸笔"同妙。——《岘佣说诗》

回乡偶书二首 （唐）贺知章

少小离家老大回，乡音无改鬓毛催。儿童相见不相识，笑问客从何处来。

（宋）范晞文：杨衡诗云"正是忆山时，复送归山客"。张籍云"长因送人处，忆得别家时"。卢象《还家》诗云"小弟更孩幼，归来不相识"。贺知章云："儿童相见不相识，笑问客从何处来？"语益换而益佳，善脱胎

者宜参之。——《对床夜雨》

（明）唐汝询：摹写久客之感，最为真切。——《唐诗解》

（清）王尧衢：此作一气浑成，不假雕琢，兴之偶至，举笔疾书者。——《古唐诗合解》

离别家乡岁月多，近来人事半消磨。惟有门前镜湖水，春风不改旧时波。

杂诗三首（之二）　　（唐）王　维

君自故乡来，应知故乡事。来日绮窗前，寒梅着花未？

（清）王士禛：问得淡绝，妙绝。如《东山》诗"有敦瓜苦"章，从微物关情写出归时之喜。此亦以微物悬念，传出件件关心，思家之切。此等用意，今人那得知。——《万首唐人绝句选评》

（清）赵殿成：陶渊明诗云"尔从山中来，早晚发天目。我居南窗下，今生几丛菊"，王介甫诗云"道人北山来，问松我东冈。举手指屋脊，云今如许长"，与右丞此章同一杼轴，皆情到之辞，不假修饰而自工者也。然渊明、介甫二作，下文缀语稍多，趣意便觉不远。右丞只为短句，一吟一咏，更有悠扬不尽之致，欲于此下复赘一语不得。——《唐宋诗举要》

静夜思　胡震亨曰："思归之辞也，太白自制名。"　　（唐）李　白

床上明月光，疑是地上霜。梁简文帝诗："夜月如秋霜。"举头望明月，低头思故乡。

（清）黄叔灿：即景即情，忽离忽合，极质直却自情至。——《唐诗笺注》

（近代）俞陛云：前二句，取喻殊新。后二句，在举头、低头俄顷之间，顿生乡思。良以故乡之念，久蕴怀中，偶见床前明月，一触即发，正见其乡心之切。且"举头"、"低头"联属用之，更见俯仰有致。——《诗境浅说续篇》

菩萨蛮 　　（唐）李　白

平林漠漠烟如织，寒山一带伤心碧。暝色入高楼，有人楼上愁。思乡怀人，从对方入手。　　玉阶空伫立，宿鸟归飞急。人归人未归。何处是规程？长亭更短亭。

（宋）黄昇：李白《菩萨蛮》、《忆秦娥》二词为百代词曲之祖。——《唐宋诸贤绝妙词选》

（明）沈际飞：古词妙处，只是天然无雕饰。——《草堂诗余正集》

（清）李调元：词用"织"字最妙，始于太白词"平林漠漠烟如织"，孙光宪亦有句云"野棠如织"。晏殊亦有"心如织"句，此后遂千变万化矣。——《雨村词话》

（清）陈廷焯：节短韵长，妙有一气挥洒之乐。结笔音节绵邈，神味无穷。——《云韵集》

逢雪宿芙蓉山主人 　　（唐）刘长卿

日暮苍山远，天寒白屋贫。柴门闻犬吠，风雪夜归人。

（明）唐汝询：此诗直赋实事，然令落魄者读之，真足凄绝千

古。——《唐诗解》

（明）周敬等：语清调古，含无限凄楚。——《唐诗选脉会通评林》

（清）乔亿：宜入宋人团扇小景。——《大历诗略》

送襄垣王君归南阳别墅　　（唐）韩　翃

都门霁后不飞尘，草色萋萋满路春。双兔坡东千室吏，三鸦水上一归人。愁眠客舍衣香满，走渡河桥马汗新。少妇比来多远望，应知螮子上罗巾。

（清）黄生：此人罢官在京，又从京中归家，前段写景处特觉凄凉，却是反映结句到家之乐，在送行诗中又是一种笔意也。人生骨肉相聚之乐每不自知，惟是千里暌违，一朝聚首，其乐实有不可以言语形容者。此诗中反语相映之妙，非身历不知。——《唐诗摘钞》

（清）朱之荆：一、三、四地名点染入诗，甚有色泽。即得一地，索性再入数字成句，色泽更加一倍。——《增订唐诗摘钞》

寄李儋元锡　　（唐）韦应物

去年花里逢君别，今日花开又一年。世事茫茫难自料，春愁黯黯独成眠。身多疾病思田里，邑有流亡愧俸钱。闻道欲来相问讯，西楼望月几回圆。三句承一年，放空一句。四句兜回自己。五、六接写自己怀抱，末始入今日寄意。

（宋）黄彻：韦苏州《赠李儋》云"身多疾病思田里，邑有流亡愧俸钱"，《郡中燕集》云"自惭居处崇，未睹斯民康"，余谓有官君子当切切作此语。彼有一意供祖，专事土木，而视民如仇者，得无愧此诗乎？——

《碧溪诗话》

（元）方回：朱文公盛称此诗五、六好，以唐人仕宦多夸美州宅风土，此独谓"身多疾病"、"邑有流亡"，贤矣。——《瀛奎律髓汇评》

（清）冯班：论诗不在此。——同上

（明）胡震亨：韦左司"身多疾病思田里，邑有流亡愧俸钱"，仁者之言也。刘辰翁谓其居官自愧，闵闵有恤人之心，正味此两语得之。若高常侍"拜迎官长心欲碎，鞭挞黎庶令人悲"，亦似厌作官者，但语微带傲，未必真有退心如左司之一向淡耳。——《唐音癸签》

（清）毛张健：中四句自述近况，寄怀意惟于起句作呼应。然次句击动三、四、七句，暗承五、六，又未尝不关照也。——《唐体肤诠》

（清）张世炜：此等诗只家常话，烂熟调耳，然少时读之，白首而不厌者，何也？与老杜《寄旻上人》之作，可称伯仲。——《唐七律隽》

（清）查慎行：村学小儿皆能读此诗，不可因习见而废也。——《瀛奎律髓汇评》

（清）纪昀：上四句竟是闺情语，殊为疵累。五、六亦是淡语，然出香山辈手便俗浅，此于意境辨之。○七律虽非苏州所长，然气韵不俗，胸次本高故也。——同上

（清）许印芳：晓岚讥前半为闺情语，虽是刻覈太过，然亦可见诗人措词各有体裁，下笔时检点偶疏，便有不伦不类之病，作者不自知其非，观者亦不觉其谬，病在诗外故也。——同上

长安春望　　（唐）卢　纶

　　东风吹雨过青山，却望千门草色闲。家在梦中何日到，春生江上几人还。川原缭绕浮云外，宫阙参差落照间。谁念为儒逢世难，独将衰鬓客秦关。

（元）方回：能言久客都城之意。——《瀛奎律髓汇评》

（清）查慎行：大历中诗家只是平稳。——同上

（清）纪昀：诗至大历十子，浑厚之气渐尽，惟风调胜后人耳。此诗格虽不高，而情韵特佳。——同上

（清）许印芳：中四句"中"、"上"、"外"、"间"等字相犯，亦是一病。——同上

（清）金人瑞："东风"七字，人谓只是写春，不知便是写望，如云此雨自我家中来也。"闲"字骂草，妙！如云无谓也，扯淡也。三恨自不得归。四又妒他人得归，活写尽不归人心口咄咄也(前四句下)。〇"川原"七字中有无数亲故，"宫阙"七字中止夕阳一人。"谁"字便是无数亲故也，"独"字便是夕阳一人也(后四句下)。——《贯华堂选批唐才子诗》

秋　思　　（唐）张　籍

　　洛阳城里见秋风，欲作家书意万重。复恐匆匆说不尽，行人临发又开封。

（宋）王谦：古人一倍笔墨便写出十倍精彩，只此结句类是也。如《晋史》传殷浩竟达空函，令人发笑；读此结句，令人可泣。——《碛砂唐诗》

（清）黄叔灿：首句羁人摇落之意已概见，正家书中所说不尽者；"行人临发又开封"，妙更形容得出。试思如此下半首如何领起，便知首句之难落笔矣。——《唐诗笺注》

（清）李瑛：眼前情事，说来在人人意中，如"马上相逢无纸笔，凭君传语报平安"、"儿童相见不相识，笑问客从何处来"皆是此一种笔墨。——《诗法易简录》

啰唝曲　　（唐）刘采春(女)

　　闲向江头采白蘋，常随女伴赛江神。众中不敢分

明语,暗掷金钱卜远人。

江南春暮寄家　　（唐）李 绅

　　洛阳城见梅迎雪,鱼口桥逢雪送梅。剑水寺前芳草合,镜湖亭上野花开。江鸿断续翻云去,海燕差池拂水回。料得心知近寒食,潜听喜鹊望归来。

　　（清）金人瑞:此诗只是将归家中,而先寄家书。一解,看他平用"洛阳城"、"鱼口桥"、"剑水寺"、"镜湖亭"四处地名,小儒见之,又谓不可;殊不知先生正是逐递纪程,逐日纪景。纪程则自北而渐至南,纪景则自冬而渐过春,真为最明白,最精细之家书也(前四句下)。○上解写客中归程,此解写家克期也。五言正月候雁北;六言二月玄鸟至;七、八言然则三月寒食前后,游子必归。又添写喜鹊者,欲与"江鸿"、"海燕"为伴也(后四句下)。——《贯华堂选批唐才子诗》

　　（清）毛先舒:李绅《过钟陵》之作,三、四"江"、"郭"承上,与杜公《吹笛》篇法相似,然非佳格。(此篇)《江南春暮》又学"去岁荆南梅似雪","短李",殊未精悍。——《诗辨坻》

送唐环归敷水庄　　（唐）贾 岛

　　毛女峰当户,日高头未梳。地侵山影扫,叶带露痕书。松径僧寻庙,沙泉鹤见鱼。一川风景好,恨不有吾庐。

　　（元）方回:八句皆好,三、四尤为精致。无中造有者,扫"山影"之谓

也。微中致著者，书"露痕"之谓也。人能作此一联，亦可以名世矣。——《瀛奎律髓汇评》

（清）纪昀：此联自佳，然以此名世，便是小家局面。——同上

（清）纪昀：三、四幽曲之至。然幽曲而出以自然，故异乎武功之琐屑。〇结未浑成。——同上

（清）许印芳：结句无病，此亦苟论。——同上

（清）无名氏（甲）：毛女，秦时人。——同上

郑秀才东归凭达家书　　　（唐）许　浑

欲寄家书少客过，闭门心远洞庭波。两岩花落夜风急，一径草荒春雨多。愁泛楚江吟浩渺，忆归吴岫梦嵯峨。贫居不问应知处，溪上闲船系绿萝。

（清）金人瑞：前解，为欲凭达，先道积闷。看他止是起句七字，将来一唱三叹，便成一解好诗。此另是唐人一法也。二之"心远洞庭波"便是"欲寄家书"。"闭门"便是"少客过"也。三之七字，又便是"欲寄家书"。四之七字，又便是"少客过"也。四句诗，只如向郑喃喃连诉欲寄家书。"欲寄家书少客过"，"少客过"，此是凭达家书妙绝神理。未作客人，不知道也（前四句下）。〇楚江，吴岫，是其家中。"谁泛"，妙，妙！"昨归"，妙，妙！全副呓语也，谚语也，离魂语也。末又补写凭达字，真诗中有画矣！——《贯华堂选批唐才子诗》

寄　远　　（唐）杜　牧

前山极远碧云合，清夜一声白雪微。欲寄相思千里月，溪边残照雨霏霏。

梦江南 　(唐)皇甫松

兰烬落，似兰心之蜡烛已燃尽。屏上暗红蕉。指屏风上之美人蕉。闲梦江南梅熟日，夜船吹笛雨潇潇。人语驿边桥。

(清)陈廷焯：梦境、化境。词虽盛于宋，实唐人开其先路也。——《云韶集》

(清)厉鹗：美人香草本《离骚》，俎豆青莲尚未遥，颇爱《花间》肠断句，夜船吹笛雨潇潇。——《论词绝句》

滞　雨 　(唐)李商隐

滞雨长安夜，残灯独客愁。故乡云水地，归梦不宜秋。叶葱奇《疏注》云："原意是说客愁，却只说'归梦不宜'，远思极曲。而出语极自然，耐人寻味。"

(清)姚培谦：大抵说愁雨，皆在不寐时，此偏愁到梦里去。——《李义山诗集笺注》

(清)纪昀：远思甚曲，而出以自然，故为高调。——《李义山诗集辑评》

归　墅 　(唐)李商隐

行李逾南极，先推开一笔。南极指桂林。大中二年春，郑亚贬官后，二月商隐从桂林漂泊荆南，然后从荆南返洛。旬时到旧乡。再合到本题。

言现在距家乡很近了,将要到了。**楚芝应遍紫**,承首句言离家已久。商洛山,在商州,古楚地。**邓橘未全黄**。承二句。说行近故乡情景。邓,邓州。张衡《南都赋》:"穰橙邓橘。"**渠浊村春急,旗高社酒香**。此二句紧接四句,描绘家乡附近的村景。**故山归梦喜,先入读书堂**。二句以身未到家而梦已先到作结。一、二两句,一言极远,一言将要到了。一开一合,沉着有力。不用欢乐二字而欢乐之意已在言外。

归　来　　（唐）李商隐

旧隐无何别,无何,没有多久。《史记·曹相国世家》:"萧何卒,参闻之,告舍人趣治行,吾将入相。居无何,使者果召参。"**归来始更悲。难寻白道士,不见惠禅师**。谓白道士、惠禅师皆已逝世。**草径虫鸣急**,无人。**沙渠水上迟**。半涸。**却将波浪眼,清晓对红梨**。波浪眼是看惯世上浮沉之眼,此辞新。

和孙明府怀旧山　　（唐）雍　陶

五柳先生本在山,偶然为客落人间。秋来见月多归思,自起开笼放白鹇。

（明）钟惺:见月放鹇,与归思何干? 其妙可想。——《唐诗归》

（清）黄生:因己思归,知物亦有故乡之思,故放之。此不必实有其事,特装点此语,妙尽思归之情,诗人不妨以无为有也。——《唐诗摘钞》

春夕旅怀　　　（唐）崔 涂

　　水流花谢两无情，送尽东风过楚城。蝴蝶梦中家万里，杜鹃枝上月三更。故园书动经年绝，华发春惟满镜生。自是不归归便得，五湖烟景有谁争？

　　（清）金人瑞：水流是水无情，花谢是花无情。何为无情？明见客不得归，而尽送春不少住，是以曰无情也。何人脑中无春怨，如此却是怨得太无赖矣。三是家，却不是家，却是梦；却又不是梦，都是床上客。四是月，却不是月。却是鹃，却又不是鹃，却是一夜泪。自来寄旅怀，更无有苦于此者矣（前四句下）！〇五、六，一"动"字，一"惟"字，直是路绝心穷，更无法处。七、八，却于更无法处之中，忽然易穷则变，变出如此十四字来，真令人一时读之，忽地通身跳脱也。——《贯华堂选批唐才子诗》

　　（清）黄生："水流花谢"，过楚城而去，人却羁系于此，寸步不能动移，然则有情之人何堪对此无情之物乎！妙在突然埋怨花水，然其所以怨之之故，则又轻轻只接第二句，不细读不知其意，此旅怀之最警策者也。三、四倒在后，有作法。连"蝴蝶梦"三熟字，却带好了五、六参差对：以"春"对"年"、"镜"对"书"。"满镜"有意，"俗本"作"两鬓"索然矣。——《唐诗摘钞》

　　（清）薛雪：崔礼山云"自是不归归便得，五湖烟景有谁争"与"相逢尽道休官去，林下何曾见一人"同一妙理。——《一瓢诗话》

菩萨蛮二首　　　（五代）韦 庄

　　红楼别夜堪惆怅，香灯半卷流苏帐。残月出门时，美人和泪辞。　　琵琶金翠羽，弦上黄莺语。劝我早归家，绿窗人似花。

　　（明）周珽：《菩萨蛮》一词，倡自青莲，嗣后温飞卿辈辄多佳句，然高艳涵养有请，觉端己此首大饶奇想。——《删补唐诗选脉会通评林》

　　（清）张德瀛：词有与《风》诗意义相近者，自唐迄宋，前人巨制，多寓微旨……韦端己"红楼别夜"，匪《风》怨也。——《词征》

　　（清）陈廷焯：深情苦调，意婉词直，屈子《九章》之遗。——《词则·大雅集》

　　人人尽说江南好，游人只合江南老。春水碧于天，<small>江南景色之美。</small>画船听雨眠。<small>江南生活之美。</small>　　炉边人似月，<small>暗寓卓文君。</small>皓腕凝霜雪。<small>江南人物之美。以上皆是人家劝说之语。作者长安人，唐末战乱，流落至蜀，所谓"江南"，应指蜀。</small>未老莫还乡，<small>此句大转折，表面上是顺承，实际上是反折。</small>还乡须断肠。

　　（清）陈廷焯：一幅春水图画。意中是思乡，笔下却说江南风景好，真是泪溢中肠，无人省得。结言风尘辛苦，不到暮年，不得回乡，预知他日还乡必断肠也。与第二语口气合。——《云韶集》

　　又云：端己《菩萨蛮》云"未老莫还乡，还乡须断肠"，又云"凝恨对斜晖，忆君君不知"，《归国谣》云"别后只知相愧，泪珠难远寄"。《应天长》云"夜夜绿窗风雨，断肠君信否"，皆留蜀后思君之辞。时中原鼎沸，欲归不能。端己人品未为高，然其情亦可哀矣。——《白雨斋词话》

春日登楼怀归　　（北宋）寇　准

　　高楼聊引望，杳杳一川平。野水无人渡，孤舟尽日横。荒村生断霭，古寺语流莺。旧业遥清渭，沉思忽自惊。

（元）方回：莱公诗学晚唐，九僧体相似。"野水无人渡，孤舟尽日横"之联，说者以为兆相业，只看诗景自好。下二句尤为流丽。——《瀛奎律髓汇评》

（清）纪昀：此评最通，足见诗话之陋。——同上

（清）冯班：颔联即"野渡无人舟自横"也，此只是偷句，乃韦左司句，不足奇，下联却好。——同上

（清）何焯：三、四虽有本，却不厌。——同上

（清）纪昀：气体自高。〇三、四实本苏州"野渡无人舟自横"句，然不觉其衍。——同上

撼庭秋　　（北宋）晏 殊

别来音信千里，怅此情难寄。"此情难寄"四字为中心环节。碧纱秋月，梧桐夜雨，几回无寐。　　　楼高目断，天遥云黯，只堪憔悴。念兰堂红烛，心长焰短，向人垂泪。

叶嘉莹云："念兰堂红烛"三句，与晏幾道《破阵子》"绛蜡等闲陪泪"，及《蝶恋花》"红烛自怜无好计，夜寒空替人垂泪"三句相比较，以为"向"字尚不及"陪"字文深，更不敢望"替"字矣。殊不知小晏之"陪"字、"替"字虽佳，然而其"陪"人、"替"人者，仍不过只是一支蜡烛而已，而大晏之"心长焰短，向人垂泪"二句，则使读者所感受的实在已不复仅是一支蜡烛，而同时联想到的还有心余力拙的整个人生。

乡　思　　（北宋）李 觏

人言落日是天涯，望极天涯不见家。已恨碧山相阻隔，碧山还被暮云遮。

题齐安寺山亭　　（北宋）王安石

此山无蹢躅，故国有杨梅。怅望心常折，殷勤手自栽。暮年逢火改，火改即改火也。古代钻木取火，四季换不同的木材。《逸周书·月令解》谓：春取榆柳之火，夏取枣杏之火，秋取柞楢之火，冬取槐檀之火。此逢火改谓时节改移，起衰老之叹而已。晴日对花开。万里乌塘路，春风时往来。此诗怀乡之意深矣。公故国在临川，皆有蹢躅、杨梅，而此地无之，故"手自栽"也。乌塘在抚州，公之仙人墓在焉。

寄友人　　（北宋）王安石

飘然羁旅尚无涯，一望西南百叹嗟。江拥涕洟《檀弓》："主人深衣练冠，待于庙，垂涕洟。"陆德明释文："自目曰涕，自鼻曰洟。"流入海，风吹魂梦去还家。平生积惨刘琨《诗序》："排终身之积惨，求数刻之暂欢。"应锁骨，今日殊乡又见花。安得此身如草树，根株相守尽年华。通首思乡，首尾相应。

送柳宜归　　（北宋）苏　轼

折脚铛边煨淡粥，曲枝桑下饮离杯。书生不是南迁客，魑魅惊人须早回。

和子由渑池怀旧　　（北宋）苏　轼

人生到处知何似？应似飞鸿踏雪泥。泥上偶然

留指爪,鸿飞那复计东西。老僧已死成新塔,坏壁无由见旧题。往日崎岖还记否,路长人困蹇驴嘶。自注:往岁,马死于二陵,骑驴至渑池也。按:二陵在河南崤山,渑池之西。

浣溪沙　　(北宋)周邦彦

楼上晴天碧四垂,楼前芳草接天涯。劝君莫上最高梯。　　新笋已成堂下竹,落花都上燕巢泥。忍听林表杜鹃啼。新笋成竹,落花作泥,光阴易逝,欲归不得的苦闷心情。

(清)贺裳:"宋人议论拘执"条,皮光业"何人折柳和春絮,飞燕衔泥带落花"。裴光约曰:"二句偏枯不为工,柳当有絮,泥或无花。"不知泥中不全带落花,带落花者亦间有之。此是诗家点染法。刘中叟咏桃花曰:"桃花雨过碎红飞,半逐溪流半逐泥。何处飞来双燕子,一时衔在画梁西。"又周邦彦小词:"新笋看成堂下竹,落花都上燕巢泥。"秦观:"杏花零落燕泥香。"盖词人数数用之,必欲执无有以概有者,不几乎摇手不得,毋乃太沾滞乎。——《载酒园诗话》

(近代)俞陛云:上阕有李白《菩萨蛮》词"有人楼上愁"、"玉阶空伫立"之意。下阕"新笋"二句,写景即言情,有手挥目送之妙,芳序已过,而归期犹滞,忍更听鹃声耶? ——《宋词选释》

苏幕遮　　(北宋)周邦彦

燎沉香,消溽读辱,入声。暑。溽暑为盛夏气候,潮湿闷热。《礼记·月令》:"(季夏之月)土润溽暑,大雨时行。"鸟雀呼晴,侵晓窥檐语。叶上初阳初阳,晨晖也。温庭筠《正见寺晓别生公》:"初阳到古寺,宿鸟起寒林。"干宿雨，水面清圆，一一风荷举。　　故乡遥，何日去？家住吴门，_{苏州原是吴国都城，故又称吴门。此指作都故乡钱塘，原属三吴之地。}久作长安_{今西安市为古代首都。此指北宋首都开封。}旅。五月渔郎相忆否？小楫轻舟，梦入芙蓉浦。_{此词为夏日思乡之作。王强《历代名家词新释》云："此词的特色就是安排得很缜密，上片一环扣一环，说'呼晴'，前必有雨，因而扣'消溽暑'；'窥檐语'和'干宿雨'又扣'呼晴'；'举'又扣'平'。下片和上片又以'芙蓉'相扣合，上片写眼下之荷花，下片写梦中家乡之荷花。安排自然缜密，不露安排之痕迹，所以读来仍感觉十分自然。"}

　　（清）周济：若有意，若无意，使人神眩。——《宋四家词选》

　　（清）陈廷焯：不必以词胜，而词自胜。风致绝佳，亦见先生胸襟恬淡。——《云韶集》

感皇恩　　（金）元好问

　　梦寐见并州，_{山西太原一带故称并州，作者故乡也。}今朝身到。未怕清汾照枯槁。_{汾水为山西境内黄河之一大支流。不怕清汾之水照见自己枯槁的影子也。}百年狂兴，尽与家山倾倒。黑头谁办得、归来早。　　梁苑_{指汴京。}绿波，长安春草。惆怅行人暗中老。故人相送，记得临行曾道：故园行乐地、依然好。

诉衷情　　（金）吴　激

　　夜寒茅店不成眠，残月照吟鞭。黄花细雨时候，催上渡头船。　　鸥似雪，水如天。忆当年。到家应

是、童稚牵衣,笑我华颠。华颠,犹言白首。语出《后汉书·崔骃传》。

南乡子　　（南宋）陆　游

　　归梦寄吴樯。水驿江程去路长。想见芳洲初系缆,斜阳。烟树参差认武昌。　　秋鬓点新霜。曾是朝衣染御香。重到故乡交旧少,凄凉。却恐他乡胜故乡。

（明）卓人月：可见放翁重朋友为任命。——《古今词统》

（清）潘游龙：读此,可见放翁交友情谊。——《古今诗余醉》

（清）许昂宵：南渡后,惟放翁为诗家大宗。词亦扫尽纤淫,超然拔俗。——《词综偶评》

（近代）俞陛云：入手处仅写舟行,已含有客中愁思。"斜阳"二句秀逸入画,继言满拟以还乡之乐,偿恋阙之怀,而门巷依然,故交零落,转不若寂寞他乡,尚无睹物怀人之感,乃透进一层写法。——《唐五代两宋词选释》

真珠帘　　（南宋）陆　游

　　山村水馆参差路。感羁游、正似残春风絮。掠地穿帘,知是竟归何处？镜里新霜空自悯,问几时、鸾台鳌署？唐代称门下省为鸾台,宋代称学士院为鳌署。此四字代指高官厚禄。迟暮。谩凭高怀远,书空见《晋书·殷浩传》。独语。　　自古,儒冠多误。悔当年、早不扁舟归去。醉下白蘋洲,看夕阳鸥鹭。菰菜鲈鱼都弃了,用张翰故事,见《晋书·张翰传》。

只换得、青衫尘土。休顾。早收身江上，一蓑烟雨。

　　（清）陈廷焯：怀乡恋阙有杜陵之忠爱，惜少稼轩之魄力耳。数语于放浪中见沉郁，自是高境。——《词则·放歌集》

　　（近代）俞陛云：通首大意不过言羁旅无聊，亟思归去耳。以放翁之才气，不难奋笔疾书，乃上阕以身世托诸风絮，下阕"蘋洲"三句以隐居之绝好风景，设想在抗世走俗之前，复归到一蓑烟雨，知词境之顿挫胜于率直也。——《唐五代两宋词选释》

满江红　　（南宋）辛弃疾

　　紫陌飞尘，望十里、雕鞍绣毂。春未老、已惊台榭，瘦红肥绿。睡雨海棠犹倚醉，舞风杨柳难成曲。问流莺、能说故园无，曾相熟。　　岩泉上，飞凫浴。巢林下，栖禽宿。恨荼蘼开晚，谩翻红玉。莲社岂堪谈昨梦，兰亭何处寻遗墨。但羁怀、空自倚秋千，无心蹴。

浣溪沙·春日即事　　（南宋）刘辰翁

　　远远游蜂不记家，数行新柳自啼鸦。寻思旧事即天涯。　　睡起有情和画卷，燕归无语傍人斜。晚风吹落小瓶花。"不记家"，已点明词人"记家"的内心郁结，提出本篇的主旨是写思乡情怀。柳为"新柳"，鸦为"啼鸦"，这表明是春天景物，同时柳、鸦又是我国诗文中表示离愁乡思的意象。如梁元帝萧绎《折杨柳》："巫山巫峡长，垂柳复垂杨。……寒夜猿声彻，游子泪沾裳。"上句写"游蜂"，言"不记家"，点明词人心曲；下

句写"柳、鸦",却表示衷肠。于是有后面的"寻思旧事即天涯"之句。"事"已"旧"矣,一"寻思"之,便有如"天涯"之隔也。刘禹锡《和令狐相公别牡丹》"莫道西京非远别,春明门外即天涯",即使所距甚近,而不相见,不是"即天涯"吗?写空间距离如此,写时间距离也如此。"有情",即指上句"寻思旧事"而言。故知"寻思旧事"乃是午睡初醒时的心理活动。无人赏画,遂加以卷收,而情也同画一齐卷起来。马致远《夜行船·秋思》云"和露摘黄花"是露与黄花俱摘也。"情"而可卷,是情不得舒展之意。《诗·邶风》"我心匪席,不可卷也",这里却说"我情似画,可以卷也",不是很有意思吗?○上句人事,下句景物,其手法都是用动态突现静态。○刘辰翁《点绛唇·瓶梅》云:"春堪恋,自羞片片,更逐东风转。"也写瓶花在暮春中被风吹落,不由自主,象征美人飘泊随人的不幸命运。○诗词中常用"无言"实则"无"中生"有",以无言反衬深曲的感情波澜。如温庭筠《菩萨蛮》"无言匀睡脸"写伤春女子的落寞情愫;李煜《乌夜啼》"无言独上西楼",写亡国之君无法说清的"别是一般滋味";柳永《凤栖梧》"无言谁会凭栏意",则写倚楼怀远的离人复杂心绪。刘辰翁此词是借景物(燕子、落花)来写词人的"无言",手法有别,抒情的效果则有异曲同工之妙。

山　家　　（元）刘　因

马蹄踏水乱明霞,醉袖迎风受落花。怪见溪童出门望,鹊声先我到山家。

清平乐　　（元）李好古

清淮北去,千里扬州路。过却瓜州<small>在长江和大运河交汇处。</small>杨柳树,烟水重重无数。　　柁楼<small>借指船。</small>才转前湾,云山万点江南。点点尽堪肠断,行人休望长安。<small>长安,历代作为京城的代称。此指临安(今杭州)。</small>

院中独坐　　(元)虞　集

何处它年寄此生,山中江上总关情。无端绕屋长松树,尽把风声作雨声。

点绛唇　　(元)曾允元

一夜东风,枕边吹散愁多少。数声啼鸟,梦转纱窗晓。　　来是春初,去是春将老。长亭道,一般芳草,只有归时好。

次韦德希思归韵　　(明)童　冀

韦郎五字继苏州,妙句难将尺璧酬。几度春风贫里过,十年乡国梦中游。少陵剑外犹漂泊,太史周南久滞留。闻到王师方转战,五湖何日遂归舟。

重赠吴国宾　　(明)边　贡

汉江明月照归人,万里秋风一叶身。休把客衣轻洗濯,此中犹有帝京尘。

答彦先雨夜见柬　　（明）钟 惺

萧然形影自为双,旅况乡心久客降。_{谓抑制思乡之情。}
历尽严霜如落叶,听多寒雨只疏窗。

皖江阻风得见家书　　（清）梁清标

一江风雨滞归期,谁把纯钩理乱丝。绮阁落花埋
锦瑟,津亭飞鸟避旌旗。白头浪里春愁晚,丹凤城边
字到迟。何处林香多醉客,高眠闲煞里中儿。

客发苕溪　　（清）叶 燮

客心如水水如愁,容易归舟趁疾流。忽讶船窗送
吴语,故山月已挂船头。

苏幕遮·娄江_{在江苏苏州东太湖支流。}寄家信作
（清）彭孙遹

柳花风,榆荚雨。_{指春雨。《太平御览》:"三月榆荚雨,高地强土,}
_{可种禾。"}检点春光,去也何匆遽? 红泪_{指花上露水。}飘零千
万树,乱莺啼到无声处。　　　旅颜残,归计误。日日
寻思,临别叮咛语。欲倩文鳞传尺素。_{蔡邕《饮马长城窟行》:}

"客从这方来，遗我双鲤鱼。呼儿烹鲤鱼，中有尺素书。"**娄水无情，不肯西流去。**

得　书　　（清）沈用济

半载琼函得未曾，强开醉眼剔秋灯。不知多少离居泪，湿遍杭州柿蒂纹。

寄赞皇　　（清）蕴　端

大漠归来至半途，闻君先我入京都。此宵我有逢君梦，梦里君曾见我无？

题闺秀朱则柔寄外沈用济画卷　　（清）蕴　端

柳下柴门傍水隈，夭桃树树又花开。应怜夫婿无归信，翻画家山远寄来。沈德潜云："远人不归而图家山景以动人，用意曲折，即此可见幽闲贞静之风。"

答友人书问　　（清）方贞观

故人书至问何为，落托心情老更痴。自入秋来常中酒，一从君去断吟诗。橘奴伤涝成娇仆，疟鬼公行似故知。惟有龙眠山口月，清辉夜夜照相思。

喜向子久入都　　(清)蒋 进

忽把良书带笑开,上言客到自蓬莱。<small>子久到日先书报予。</small>他乡足慰悲年往,好梦真教信夜来。策马冲寒过曲巷,班荆落日坐荒台。情怀倾倒浑无次,老大相逢又一回。

岁暮到家　　(清)蒋士铨

爱子心无尽,归家喜及辰。寒衣针线密,家信墨痕新。见面怜清瘦,呼儿问苦辛。低徊愧人子,不敢叹风尘。

禁省夜直感怀书家信后三首<small>(录一首)</small>　　(清)蒋士铨

朝衣墨渍带酸寒,谁唤仙郎上界官。海内封章留砚北,天边纶绰在毫端。画持袱被花同宿,人散黄扉月自看。那似鸣机图画里,小窗灯火坐团圞。

南归题上党官署二首　　(清)席佩兰(女)

一回头处一凄然,弱质曾经住两年。呼婢留心检妆合，莫教人拾旧花钿。

　　雨后棠梨片片残，飞来和泪湿阑干。一花一草寻常见，到得离时却耐看。

到　家　　(清)费念慈

　　才卸征帆浣洛尘，忽惊诗笔已如神。春心渐逐梅花发，秋鬓难随草色新。世味经过悲火宅，江乡重到慨风轮。桂冠岂为鲈鱼美，头白堂前有老亲。

金缕曲·丁末五月归国，旋复东渡，却寄泸上诸子
(清)梁启超

　　瀚海飘流燕。乍归来、依依难认，旧家庭院。惟有年时芳俦在，一例差池《诗·邶风·燕燕》："燕燕于飞，差池其羽。"双剪。相对向、斜阳凄怨。欲诉奇愁无可诉，算兴亡、已惯司空见。忍抛得、泪如线。　　故巢似与人留恋。最多情、欲粘还坠、落泥片片。我自殷勤衔来补，珍重断红犹软。指落花。又生恐、重帘不卷。十二曲阑春寂寂，隔蓬山、何处窥人面？休更问、恨深浅。

（五）

交

往

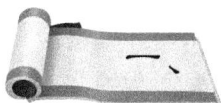

一、访　友

郑果州果州在四川。 相过　　　（唐）王　维

丽日照残春，初晴草木新。床前磨镜客，磨镜客谓负局先生，以磨镜为名，行医天下，存活以万计而不取一钱。见《列仙传》。林里灌园人。此二句谓己与道士、隐者往来也。五马为太守代称，此指郑果州惊穷巷，双童逐老身。庚信《奉和永丰殿下言志》："五马遥相问，双童来夹车。"此谓两个童子随自己出迎。中厨内厨房。办粗饭，当恕阮家贫。《晋书·阮咸传》："咸与籍居道南，诸阮居道北，北院富而南院贫。"此以阮家自喻。

待储光义不至　　　（唐）王　维

重门层层门户。朝已启，起坐不安貌。听车声。要欲犹却似，见王锳《诗词曲语词例释》。闻清佩，方将出户迎。晚钟鸣上苑，疏雨过春城。了自不相顾，知道朋友不会来了。临堂空自也。复多也。情。如李华《春行寄兴》"芳树无人花自落，春山一路鸟空啼"。回到堂内仍对友人充满感情。谢朓《同谢谘议铜雀台诗》"茅襟染泪迹，婵媛空复情"。

（清）顾安：上四句是"待"，下四句是"不至"，章法甚明。妙在从最早待至极晚。"要欲"、"方将"，说得倾心侧耳。及上苑钟鸣、春城雨过，方知其"了自不相过"也。"空复情"，"空"字说无数相待之情皆已成空，"复"字说无数相待之情仍然未已。——《唐律消夏录》

（清）宋徵璧：王摩诘有"忽过新丰市"及"疏雨过春城"，过字妙。——《抱真堂诗话》

与苏卢二员外期游方丈寺而苏不至，因有是作

（唐）王 维

共仰头陀行，李善注《头陀寺碑文》："天竺言头陀，此言斗擞，斗擞烦恼，故曰头陀。"能忘世谛谛，指真实不虚之理，世谛系世俗之谛。情。回看双凤阙，相去一牛鸣。谓牛之吼声所及的距离。此谓佛寺距皇宫甚近。法向空林说，心随宝地平。平静。宝地，佛地也。沈佺期《游少林寺》诗："长歌游宝地，徙倚对珠林。"手巾花氎读叠，入声。细毛布，细棉布，均可称氎。净，香帔稻畦成。指袈裟，因袈裟绣作方格，或由方形布连缀而成，宛如水稻田，故又名水田衣。闻道邀同舍，相期宿化城。化城指佛寺，出《法华经》。安知不来往，翻得似无生。无生，佛家语。意谓破除了生灭的烦恼。末二句的意思是：本来相约共游佛寺以求无生，今苏不来，反而更似无生。

春日与裴迪过新昌里，访吕逸人不遇　　（唐）王 维

桃源一向绝风尘，柳市南头访隐沦。隐士。到门不敢题凡鸟，用吕安访嵇康，值康不在，题"凤"字于门上而去的故事，反用之以赞逸人家中无俗也。事见《世说新语·简傲》。看竹何须问主人。用王

徽之故事。见《晋书·王徽之传》。**城上青山如屋里,东家流水入西邻。闭户著书多岁月,种松皆老作龙鳞。**

（宋）魏泰：王摩诘"闭户著书多岁月,种松皆作老龙鳞",一本作"皆老作龙鳞"尤佳。——《临汉隐居诗画》

（明）顾璘：此篇似不经意,然结语奇突,不失盛唐。又曰：信手拈来,头头是道,不可因其真率,略其雅逸也。——《批点唐音》

（清）方东树：起先写新昌里,亦是定题法,然后过访乃有根。三、四"访"字警策入妙。五、六景,七、八人。此又一章法,杜公亦用之,后半气势愈盛。——《昭昧詹言》

访戴天山道士不遇　　（唐）李　白

犬吠水声中,桃花带露浓。树深时见鹿,溪午不闻钟。野竹分青霭,飞泉挂碧峰。无人知所去,愁倚两三松。按：戴天山在四川,又名康山,李白读书处也。

（明）周敬等：起联仙境。三、四极幽野之致。○通为秀骨玉映、丰神绝胜。——《唐诗选脉会通评林》

（清）王夫之：全不添入情事,只拈死"不遇"二字作,愈死愈活。——《唐诗评选》

（清）顾安：从水次有人家起,渐渐走到深林绝壑之间,而道士竟不知在何处也,仙乎！仙乎！此等诗随手写出,看他层次之妙。——《唐律消夏录》

（清）朱之荆：写幽意固其所长,更喜其无丹鼎气,不用其所短。——《增订唐诗摘钞》

（清）贺贻孙：无一字说"道士",无一字说"不遇",却句句是"不遇",句句是"访道士不遇"。何物戴天山道士,自太白写来,便觉无烟火气,此皆不必以切题为妙者。——《诗筏》

（清）屈复：不起不承，顺笔直写六句，以不遇结。唐人每有此格。——《唐诗成法》

西阁三度期大昌严明府同宿不到 　　（唐）杜　甫

问子能来宿，今疑索故要。匣琴虚夜夜，手板自朝朝。谓勤于参谒上司也。金吼霜钟彻，《山海经》："丰山有九钟焉，知霜鸣。"注："霜降则钟鸣，故言知也。"花催蜡炬消。此二句言久待到夜深也。早凫江槛底，双影漫飘飖。早凫、双影用王乔凫舄事。

碧涧别墅，喜皇甫侍郎相访 　　（唐）刘长卿

荒村带返照，落叶乱纷纷。古路无行客，寒山独见君。野桥经雨断，涧水向田分。不为怜同病，何人到白云。

（元）方回：刘随州号"五言长城"。答皇甫诗如此句句明润，有韦苏州之风，他诗为尝贬谪，多凄怨语。——《瀛奎律髓汇评》

（清）纪昀：起四句有灝气。五、六言路之难行，以起末二句，非写意也。——同上

（清）黄生：虚实相间格。〇五、六明皇甫乃揭厉而至，却叙得雅。——《唐诗矩》

（清）屈复："荒村"至"独见君"一气说下，五、六顿住两句，第七句用折笔，亦有篇法。——《唐诗成法》

（清）胡本渊：前叙时景，后叙地景，总言荒僻而喜侍御之相访。诗中不言喜而喜意已足。——《唐诗近体》

寻陆鸿渐不遇　　（唐）僧皎然

移家虽带郭，野径入桑麻。《才调集补注》："寻。"近种篱边菊，秋来未着花。钟惺《唐诗归》云："不遇之妙，在此二句，不须下文注明。"叩门无犬吠，《才调集补注》："不遇。"欲去问西家。报道山中去，归来每日斜。

（明）杨慎：五言律八句不对，太白、浩然集有之，乃是平仄稳贴古诗也。僧皎然有《访陆鸿渐不遇》一首……虽不及李白之雄丽，亦清致可喜。——《升庵诗话》

（清）黄周星：只如未曾作诗，岂非无字禅耶？——《唐诗快》

（清）黄生：极淡极真，绝似孟襄阳笔意。此全首不对格，太白、浩然集中多有之。二公皆古诗手，不喜为律所缚，故但变古诗之音节而创为此体也。——《唐诗摘钞》

（清）沈德潜：通首散语，存此以识标格。——《唐诗别裁集》

又云：（五律）又有通体俱散者，李太白《夜泊牛渚》、孟浩然《晚泊浔阳》、释皎然《寻陆鸿渐》等章，兴到成诗，人力无与；匪垂典则，偶存标格而已。——《说诗晬语》

休暇日访王侍御不遇　　（唐）韦应物

九日驱驰一日闲，寻君不遇又空还。怪来诗思清人骨，门对寒流雪满山。

（清）王士禛：或问余古人雪诗，何句最佳。余曰，莫逾羊孚赞云"资清以化，乘气以霏。值象能鲜，即洁成辉"，陶渊明诗云"倾耳无希声，在目皓已洁"，王摩诘云"隔墙风惊竹，开门雪满山"，韦苏州云"怪来诗思

清人骨,门对寒流雪满山",此为上乘。——《带经堂诗话》

　　(清)朱宝莹:首句做休沐日,二句做不遇,所谓起承二句,平直叙起也。三句上二字有访王侍御不遇之神,下五字起四句,所谓第三句宛转变化也。四句言寒流、言雪,俱应上"清"字,而门对于寒流,雪满于山,则是不遇王侍御,但一临其门,而写出一种景象,所谓第四句如顺流之舟也。苏州诗闲淡简远,人比之陶潜,读此益信然。——《诗式》

崔敷叹春物将谢,恨不同览,时余方为事牵束,及狂寻不遇,因题留赠　　(唐)武元衡

　　九陌迟迟丽景斜,禁街西访隐沦赊。门依高柳空飞絮,身逐闲云不在家。轩冕强来趋世路,琴樽空负赏年华。残阳寂寞东城去,惆怅春风落尽花。

　　(清)金人瑞:访隐沦,写是日九陌丽景,既用"迟迟"字,又用"斜"字,真得访隐沦妙理也。盖迟迟者,春日渐长,不便得斜也。斜者,迟迟既久,不能更迟也。今又言迟迟,又言斜,则是本意出门欲访隐沦,而心闲步散,一路留赏,殆于到门,不觉傍晚也。因此一"斜"字句便早有崔君不复在家之理。三、四似更妙于右丞蓝本一层,不信,则试可共读之(前四句下)。○五,补为事牵求;六,补春物将尽,恨不同览。七、八,补因题留赠也,易解(后四句下)。——《贯华堂选批唐才子诗》

　　(清)毛张健:统括全题之意,其气浑然(前四句)。虽写残春,而怀人之意已寓,其致悠然(末句)。——《唐体肤诠》

寻郭道士不遇　　(唐)白居易

　　郡中乞假来相访,洞里朝元去不逢。看院只留双

白鹤，入门唯见一青松。药炉有火丹应伏，云碓无人水自春。欲问参同契中事，更期何日得从容？

酬乐天晚夏闲居欲相访，先以诗见赠

（唐）刘禹锡

池榭堪临泛，翛然散郁陶。步因驱鹤缓，吟为听蝉高。林密添新竹，枝低缒晚桃。酒醅晴易熟，药圃夏频薅。薅读蒿，平声。用手拔草。老是班行旧，闲为乡里豪。经过更何处，风景属吾曹。

早春寻李校书　　（唐）元　稹

款款春风淡淡云，柳枝低作翠枕裙。梅含鸡舌兼红气，江弄琼花散绿纹。带雾山莺啼尚小，穿沙芦笋叶才分。今朝何事偏相觅，撩乱芳情最是君。

（清）金人瑞：此解虽写早春，然只起句是清朝晏起，已下二、三、四句，一路推窗看柳，巡檐嗅梅，出门观江，便是渐渐行出高斋，闲闲漫寻江岸，一头虽是尝心寓目，一头已是随步访人也。逐句细玩之（前四句下）！〇后解写寻李校书。〇五、六非又写早春，正是独取"尚小"、"才分"字，言一时春物，绝无足以撩乱我心者，然则今日之寻，乃是得以为君，而君不可不知也（后四句下）。——《贯华堂选批唐才子诗》

363

寻隐者不遇 　　（唐）贾 岛

　　松下问童子，言师采药去。只在此山中，云深不知处。

　　（清）徐增：夫寻隐者不遇，则不遇而已矣，却把一童子来作波折，妙极。有心寻隐者，何意遇童子，而此童子又恰是所寻隐者之弟子，则隐者可以遇矣。问之"言师采药去"，则不可以遇矣……曰"只在此山中"，"此山中"见甚近，"只在"见不往别处，则又可以遇矣。岛方善形于色，童子却又曰："是便是，但此山中云深，卒不知其所在，却往何处去寻？"是隐者终不可遇矣。此诗一遇一不遇，可遇而终不遇，作许多层折！今人每每趁笔直下。古人有云"笔扫千军，词流三峡"，误尽后贤，此唐以后可以无诗也。——《而庵说唐诗》

僻居无可上人相访 　　（唐）贾 岛

　　自从居此地，少有事相关。积雨荒邻圃，秋池照远山。砚中枯叶落，枕上断云闲。野客将禅子，依依偏往还。

　　（元）方回：此诗中四句极其工，而皆不离乎景，情亦寓乎景中。但不善措置者，近乎冗。老杜则不拘，有四句皆景者，有两句情，两句景者，尤伶俐净洁也。——《瀛奎律髓汇评》
　　（清）冯班：唐诗初不拘情景，起伏照应则不可无法，大略太拘便不是能手。——同上
　　（清）纪昀：老杜诗伸缩变化亦不止此二格。——同上
　　（清）纪昀："照"字未工。——同上

364

原东居喜唐温琪频至　　（唐）贾　岛

曲江春草生，紫阁雪分明。汲井尝泉味，听钟问寺名。墨研秋日雨，茶试老僧铛。地近劳频访，乌纱出送迎。

（元）方回：起句十字自然而佳。中四句用工而佳，末句放宽，亦大自在。——《瀛奎律髓汇评》

（清）冯舒：会看。——同上

（清）冯班："春草生"时，又云"秋日雨"何也？——同上

（清）纪昀：结弱而少味。——同上

题松汀驿　　（唐）张　祜

山色远含空，苍茫泽国东。海明先见日，江白迥闻风。鸟道高原去，人烟小径通。那知旧遗逸，不在五湖中。

（明）叶羲昂：三、四景妙、余亦平。——《唐诗直解》

（清）周敬等：李梦阳曰："此作音响协而神气王。"○蒋一梅曰：似金山寺作较胜。○唐汝询曰：次联峻爽在四虚字。结更含蓄，大历以前语。唐解驿之所在未详，疑必依枕山陵，襟带江海，其高原险绝，小径幽僻，斯固隐沦之所也。因想世人，皆以五湖为栖逸之所，殊不知古之遗逸，乃有不居五湖而在此中者。其意必有所指，地既无考，人亦宜阙。——《唐诗选脉会通评林》

访　隐　　（唐）李商隐

路到层峰断，门依老树开。月从平楚转，泉自上方来。薤白罗朝馔，松黄暖夜杯。相留笑孙绰，空解赋天台。《文选》注："孙绰闻天台山神秀，可以长住，因使图其状遥为之赋。"

子初郊墅　　（唐）李商隐

看山对酒君思我，听鼓离城我访君。腊雪已添墙下水，斋钟不散槛前云。阴移竹柏浓还淡，歌杂渔樵断更闻。亦拟村南买烟舍，子孙相约事耕耘。

奉和夏初袭美见访题小斋次韵　　（唐）陆龟蒙

四邻多是老农家，百树鸡桑半顷麻。尽趁清明修网架，每和烟雨掉缫车。啼莺偶坐身藏叶，饷妇归来鬓有花。不是对君吟复醉，更将何事送年华。

访道者不遇　　（唐）杜荀鹤

寂寂白云门，寻真不遇真。只应松上鹤，便是洞中人。药圃花香异，沙泉鹿迹新。题诗留姓字，他日此相亲。

（元）方回：此诗刊碑在问政山白云亭。三篆字尤古。杜来访聂师道不遇，留此而去。"门"一作"亭"。今亭圮于兵矣。——《瀛奎律髓汇评》

（清）纪昀：三、四有思致，妙于不纤。——同上

婺州屏居，蒙右省王拾遗轩车枉访，病中延款不得，因成寄谢　（五代）韦　庄

三年流落卧漳滨，谓在病中。刘桢赠五官中郎将诗："余婴沉痼疾，窜身清漳滨。"王粲思家王粲，汉末诗人，避乱荆州，作《登楼赋》云："惜眷眷而怀归兮，孰忧思之可任。"拭泪频。画角莫吹残月夜，病心方忆故园春。自为江上樵苏客，不识天边侍从臣。指王拾遗。怪得白鸥惊去尽，用海上鸥鸟相亲事，见《列子·黄帝》。绿萝门外有朱轮。白鸥、绿萝、朱轮，总是写高轩过。又是一样写法。

寻隐者不遇　（北宋）魏　野

寻真误入蓬莱岛，香风不动松花老。采芝何处未归来，白云满地无人扫。

吉禅寺花将落而述古不至　（北宋）苏　轼

今岁东风巧剪裁，含情只待使君来。对花无语花应恨，直恐明年便不开。

述古闻之，明日即来，坐上复用前韵同赋

（北宋）苏 轼

仙衣不用剪刀裁，国色初酣卯酒来。太守问花花有语，为君零落为君开。

白鹤峰新居欲成，夜过西邻翟秀才二首

（北宋）苏 轼

林行婆家初闭户，翟夫子舍尚留关。连娟缺月黄昏后，缥缈新居紫翠间。系闷岂无罗带水，割愁还有剑铓山。自注：韩退之"水作青罗带，山如碧玉篸"，柳子厚诗"海上尖峰若剑铓，秋来处处割愁肠"，皆岭南诗也。中原北望无归日，邻火村春自往还。

瓮间毕卓防偷酒，壁后匡衡不点灯。待凿平江百尺井，要分清暑一壶冰。佐卿恐是归来鹤，次律宁非过去僧。次律，房琯字也，前世为僧。他日莫寻王粲宅，梦中来往本何曾。

怀天经智老，因以访之　　（南宋）陈与义

今年二月冻初融，睡起苕溪绿向东。客子光阴诗卷里，杏花消息雨声中。西庵禅伯还多病，北栅儒仙

只固穷。忽忆轻舟寻二子,纶巾鹤氅试春风。

（元)方回:以"客子"对"杏花",以"雨声"对"书卷",一我一物,一景一情,变化至此。乃老杜"即今蓬鬓改,但愧菊花开",贾岛"身事岂能遂,兰花又已开",翻窠换臼,至简斋而益奇也。后山"老形已具臂膝痛,春事无多樱笋来"一联,极其酸苦,而此联有富贵闲雅之味。后山穷,简斋达,亦可觇云。——《瀛奎律髓汇评》

（清)冯舒:第二句,睡时不向西!○此老尚不厌。——同上

（清)纪昀:次句言睡起出门,正见苕溪东流耳。冯氏以睡时不向西诋之,大苛。——同上

（清)许印芳:"氅"音倘,从"尚"不从"湘"。——同上

送客出城西　　(南宋)陈与义

邓州谁亦解丹青,画我羸骖晚出城。残年政尔供愁了,末路那堪送客行。寒日满川分众色,暮林无叶寄秋声。垂鞭归去重回首,意落西南计未成。

（元)方回:五、六一联绝妙,"分"字,"寄"字奇。

（清)纪昀:简斋风骨自不同。六句警绝,前人未道。以"分"字、"寄"字取之,浅矣。——《瀛奎律髓汇评》

（清)许印芳:"那"平声。次联与首联不粘。首句借韵。——同上

访端叔提干　　(南宋)葛天民

水趁潮头上,山随柂尾行。大江中夜满,双橹半空鸣。雁冷来无几,鸥清睡不成。平生师友地,此夕

369

最关情。

(元)方回：三、四有盛唐风味。——《瀛奎律髓汇评》

(清)许印芳：评是。——同上

(清)查慎行：前半说尽乘潮放船之乐。——同上

(清)纪昀：前四句雄阔之至。五、六起末二句，有神无迹。——同上

约　客　　（南宋）赵师秀

黄梅时节家家雨，青草池塘处处蛙。有约不来过夜半，闲敲棋子落灯花。

游园不值　　（南宋）叶绍翁

应怜屐齿印苍苔，小扣柴扉久不开。春色满园关不住，一枝红杏出墙来。

梅村先生过访　　（清）朱鹤龄

十年鱼素杳江湘，欲采芙蓉远寄将。忽访席门惊上客，旋弹瑶瑟奏清商。鲜羹白苣园菘滑，软饭红炊野稻香。感住莫论吴社事，耆英今已半凋亡。自注：时先生述吴社始末。

访姜如农城北　　（清）沈寿民

石公严谴后，又见荷戈新。旷代留遗直，残山待老臣。龙归天上驭，环赐梦中身。生死昭亭路，乡园别自春。自注：嘉靖中，石御史金以谏止醮词谪戍宣州，后百余年公继至。

顾子兼重来过访书赠　　（清）冒　襄

三十年前过半塘，舣舟宅畔共徜徉。珠槃昼拥文坛酒，锦瑟宵焚秘阁香。老我愁深怀昔梦，逢君病起挟秋霜。蓬蒿细语前朝事，海内何人厌老狂？

扬州访汪辰初二首　　（清）钱澄之

关桥乍泊旋相访，问遍扬州识者疏。市井草深寻巷入，江城花满闭门居。僮惊客到饶蛮语，作者长期追随永历朝廷、浪迹闽、粤、滇、桂、故多蛮语。箧付儿收只汉书。我过七旬君逾八，笑啼同是再生余。钱、汪二人早年曾在南明永历朝共同从事抗清斗争，失败后各自归隐田园。至康熙二十二年（1683），钱自家乡安徽桐城往赴扬州访问当年的抗清战友汪辰初，写下此诗。

犹忆城隅访旧年，孤踪早上汉阳船。一家局促三间屋，廿载崎岖万里天。笔墨资生何处卖，艰危纪事异时传。白头相见留深坐，又捐瓶中糴米钱。汪启东曰：

"第一首迤逦写来,收到相见,访字意已足。次首颇难着笔,若再铺叙,见后情形,究属平衍。却从昔年说入,一结方到本题,空灵活泼,化堆朵为烟云,此法得自杜陵。"

黄九烟居士重过宝云 　　(清)董 说

不朽文章感慨余,未成吴越卜新居。北天箫鼓仙韶乐,梦国河山太史书。自言将制《北俱芦传奇》及《梦史》。岳记清裁空左马,禹碑直诀授樵渔。何年去挈东篱叟,谓湘中陶仲调。三笑重将旅抱舒。按:作者董说号西庵,又名宝云。明亡为僧。

梅村先生枉驾相访,酒间商榷绥寇纪闻,有感赋此 　　(清)钱 曾

迢然影事未能忘,郑重停车问草堂。借箸漫言山聚米,引杯兼笑海生桑。秦关鹿走当年火,吴苑乌啼此夜霜。指点旧京愁历历,为公枨触恨偏长。

过朱十夜话 　　(清)屈大均

黄木湾头月,扶胥渡口舟。日方逾北至,火已渐西流。过雨收红豆,连波狎白鸥。夫君若萱草,一见即忘忧。

迟梁药亭孝廉不至　　（清）邵远平

高士闻人说，南中有伯鸾。才名齐邺下，诗句满长安。近郭相过易，停舟一见难。从来多闭户，不肯累猪肝。

吴江访顾茂伦不值因寄　　（清）僧大汕

松陵寂寂草芊芊，云掩茅斋一径偏。隔岸桃花开野渡，到门春水缆鱼船。黄冠应避秦时客，白眼空怀晋代贤。久立还思问童子，笛声吹散五湖烟。

访杜苍略　　（清）孔尚任

市烟尽处是茅庐，问讯渔樵识面初。古井秋槐危坐者，秃须破袖苦吟余。怕逢冠盖闻时政，闲管儿童习旧书。前辈风流存世少，况君又好闭门居。

望山公嫌枚踪迹太疏，赋诗言志　　（清）袁　枚

不是师门意懒行，尚书应谅此中情。听来官鼓心终怯，换到朝靴足便惊。老眼书衔愁小字，诗人得宠怕虚名。闲时每看青天月，长恐孤云累太清。李调元云："凡官居林下者，当以随园为法，虽遇感恩知己当道，亦不常与往来。"

二、倡 酬

赠杜二拾遗杜甫。　　（唐）高 适

传道招提客，诗书自讨论。佛香时入院，僧饭屡过门。听法还应难，寻经剩欲翻。草玄今已毕，此后更何言。《镜铨》："言当别有著作也。"

酬高使君相赠　　（唐）杜 甫

古寺僧牢落，空房客寓居。故人分禄米，邻舍与园蔬。双树《涅槃经》："世尊在双树间演法。"容听法，三车佛家以羊、鹿、牛为三车。羊车喻声闻乘，鹿车喻缘觉乘，牛车喻菩萨乘。肯载书。草玄扬雄著《太玄》。吾岂敢，赋或似相如。《汉书·扬雄传》："孝成时有荐扬雄文如相如者。仇沧柱云：此诗与高诗逐联分答，句句相应：空房客居，见无诗书可讨；邻友供给，见非取资僧饭；但容听法，则不能设难；未肯载书，亦何用翻经乎？末则谢草玄而居作赋，言词人不敢拟经也。"

赠花卿　　（唐）杜 甫

锦城丝管日纷纷，半入江风半入云。此曲只应天上有，人间能得几回闻。

（明）杨慎：（花卿）蜀之勇将也，恃功骄恣。杜公此诗讥其僭用天子礼乐也，而含蓄不露，有风人言之无罪，闻之者足以戒之旨。——《升庵诗话》

奉寄河南韦尹丈人　　（唐）杜　甫

有客传河尹，逢人问孔融。青囊仍隐逸，章甫尚西东。鼎食分门户，词场继国风。尊荣瞻地绝，疏放忆途穷。浊酒寻陶令，丹砂访葛洪。江湖漂短褐，霜雪满飞蓬。牢落乾坤大，周流道术空。谬惭知蓟子，真怯笑扬雄。盘错神明惧，讴歌德义丰。尸乡余土室，谁话祝鸡翁。此诗在感其垂问上见意。题"奉寄"，系答体非赠体也。三、四问辞也，"鼎食"四句足上意。韦则"地绝"遥"瞻"，己乃"途穷"蒙"忆"也。"浊酒"以下叙"途穷"而语壮，"盘错"两句专意颂扬。结两句归到频问故庐仍与首相顾。

九日奉寄严大夫　　（唐）杜　甫

九日应愁思，经时冒险艰。不眠持汉节，何路出巴山。小驿香醪嫩，重岩细菊斑。遥知簇鞍马，回首白云间。

酬韦韶州见寄　　（唐）杜　甫

养拙江湖外，朝廷记忆疏。深惭长者辙，重得故

人书。白发丝难理，新诗锦不如。虽无南过雁，看取北来鱼。养拙句答故人湖外客也，朝廷句答白首为郎也。末句答无南雁，盖谓雁不过衡阳而湘水北流也。

奉酬严公寄题野亭之作　　（唐）杜　甫

拾遗曾奏数行书，懒性从来水竹居。奉引滥骑沙苑马，幽栖真钓锦江鱼。谢安不倦登临赏，阮籍焉知礼法疏。枉沐旌麾出城府，草茅无径欲教锄。仇沧柱云："此诗与严诗句句相应，乃古人酬和体也。因严曰：'何须不着鹓鸶，盖劝之仕也。'公故曰：'拾遗奏书，奉引骑马，见斥官之后无复此兴尔。'因严曰：'漫把钓竿，懒眠沙草，谓不当隐也。'公故曰：'懒性从来，幽栖真钓，见托迹此亭，习而安之矣。'因严有兴发语，公故曰：'登临不倦。'因严有直到句，公故曰：'枉沐旌麾，茅径欲锄，急待其来也。'阮籍句乃先致谦词，亦因莫倚善题鹦鹉赋，有相讽意，而微托此以解嘲耳。"

酬郭十五判官　　（唐）杜　甫

才微岁老尚虚名，卧病江湖春复生。药裹关心诗总废，花枝照眼句还成。只同燕石能星陨，自得隋珠觉夜明。乔口橘洲风浪促，系帆何惜片时程。仇沧柱云："集中酬答诸诗，皆据来诗和意，语无泛设。如此章首句酬旧德，次句酬江湖，三、四酬新诗春兴，五、六酬衡阳纸贵，七、八酬天阔风涛，及莲叶操舟，逐句酬春，却能一气贯注，所以为佳。"

寄题杜拾遗锦江野亭　　（唐）严　武

漫向江头把钓竿，懒眠沙草爱风湍。莫倚善题鹦鹆赋,何须不着鹞𫛭冠。腹中书籍幽时晒,肘后医方静处看。兴发会能驰骏马,终当直到使君滩。

巴岭答杜二见忆　　(唐)严　武

卧向巴山落月时,两乡千里梦相思。可但步兵偏爱酒,也知光禄最能诗。江头赤叶枫愁客,篱外黄花菊对谁。跂马望君非一度,冷猿秋雁不胜悲。

(明)钟惺:此老七言律反似胜诸名家,以淹贯中有生骨也。"枫愁客"、"菊对谁",顿挫有腕力。——《唐诗归》

(清)胡本渊:罢脱顿挫,风骨胜人。——《唐诗近体》

(清)张世炜:直抒胸臆,绝不设色,自有一种真致。——《唐七律隽》

潭州留别杜员外院长　　(唐)韦　迢

江畔长沙驿,相逢缆客船。大名诗独步,小郡海西偏。地湿愁飞鹏,天炎畏跕鸢。去留俱失意,把臂共潸然。地湿句用贾谊事,谓杜在潭也;天炎句用马援事,谓己在韶也。

早发湘潭寄杜员外院长　　(唐)韦　迢

北风昨夜雨,江上早来凉。楚岫千峰翠,湘潭一叶黄。故人湖外客,白首尚为郎。相忆无南雁,何时有报章。

杜员外垂示诗，因作此寄上　　（唐）郭 受

新诗海内流传久，旧德朝中属望劳。郡邑地卑饶雾雨，江湖天阔足风涛。松醪酒熟旁看醉，莲叶舟轻自学操。春兴不知凡几首，衡阳纸价顿能高。

和行简《望郡南山》　　（唐）白居易

反照前山云树明，从君苦道似华清。试听肠断巴猿叫，早晚骊山有此声？

微之整集旧诗及文章为百轴，以七言长句寄乐天，乐天次韵酬之，余思未尽，加为六韵重寄　　（唐）白居易

海内声华并在身，箧中文字绝无伦。遥知独对封章草，忽忆同为献纳臣。走笔往来盈卷轴，自注：予与微之前后寄和诗百篇，近代无如此多者也。除官递互掌丝纶。自注：予除中书舍人撰制词，微之除翰林学士，予撰制词。制从长庆辞高古，自注：微之长庆初制诰文格高古，始变俗体，继者效之也。诗到元和体变新。自注：众称元白为千字律诗，或称元和体。各有文姬才稚齿，俱无通子继余尘。琴书何必求王粲，与汝犹胜与外人。

378

答乐天戏赠　　（唐）刘禹锡

才子声名白侍郎，风流虽老尚难当。诗情逸似陶彭泽，斋日多如周太常。矻矻将心求净土，时时偷眼看春光。知君技痒思欢宴，欲倩天魔破道场。

酬乐天扬州初逢席上见赠　　（唐）刘禹锡

巴山楚水凄凉地，二十三年弃置身。怀旧空吟闻笛赋，闻邻人吹笛而追思曩昔，语出向秀《思归赋》。庾信《伤王褒》诗："惟有山阳笛，凄余思旧篇。"到乡翻似烂柯人。王质遇仙，归乡则所执之樵斧，柄已烂矣。沉舟侧畔千帆过，病树前头万木春。今日听君歌一曲，暂凭杯酒长精神。

（清）胡以梅：此是从蜀赴扬州之作。——《唐诗贯珠》

（清）杨逢春："沉舟"二句，用对托之笔，倍难为情。"今日"二字，方转到"初逢"正位，结出"酬"字意。——《唐诗绎》

（清）赵执信：诗人贵知学，尤贵知道。东坡论少陵诗外尚有事在是也。刘宾客云"沉舟侧畔千帆过，病树前头万木春"，有道之言也。——《谈龙录》

（清）沈德潜："沉舟"二语，见人事不齐，造化亦无如之何！悟得此旨，终身无不平之心矣。——《唐诗别裁集》

（清）洪吉亮：刘禹锡"怀旧空吟闻笛赋，到乡翻似烂柯人"，白居易"曾犯龙鳞容不死，欲骑鹤背觅长生"，开后人多少法门。即以七律论，究当以此种为法。——《北江诗话》

张郎中籍远寄长句,开缄之日已及新秋,因举目前仰酬高韵 （唐）刘禹锡

南宫词客寄新篇,清似湘灵促柱弦。京邑旧游劳梦想,历阳秋色正澄鲜。云衔日脚成山雨,风驾潮头入渚田。对此独吟还独酌,知音不见思怆然。

秘书崔少监见示坠马长句,因以和之 （唐）刘禹锡

麟台少监旧仙郎,洛水桥边堕马伤。尘污腰间青鳌绶,_{鳌读丽,去声。古代诸侯佩的印绶。色黄而近绿,因用鳌草染制而成,故名。见颜师古注《汉书》。}风飘掌下紫游缰。上车著作应来问,折臂三公定送方。犹赖德全如醉者,不妨吟咏入篇章。

和苏十郎中谢病闲居,时严常侍、萧给事同过访,叹初有二毛之作 （唐）刘禹锡

清羸隐几望云空,左掖鸳鸾到室中。一卷素书消永日,数茎斑鬓对秋风。菱花照后容虽改,蓍草占来命已通。莫怪人人惊早白,缘君尚是黑头翁。

酬朗州崔员外与任十四兄侍御同过鄙人旧居见怀之什，时守吴郡　　（唐）刘禹锡

昔日居邻招屈亭，枫林橘树鹧鸪声。一辞御苑青门去，十见蛮江白芷生。自此曾沾宣室召，如今又守阖闾城。何人万里能相忆？同舍仙郎与外兄。自注：任侍御予外兄，崔员外南宫同官。

窦朗州见示与澧州元郎中蚤秋赠答，命同作
（唐）刘禹锡

邻境诸侯同舍郎，芷江兰浦恨无梁。秋风门外旌旗动，晓露庭中橘柚香。玉簟微凉宜白昼，金筇入暮应清商。骚人昨夜闻啼鸩，不叹流年惜众芳。

酬淮南牛相公述旧见贻　　（唐）刘禹锡

少年曾忝汉庭臣，晚岁空余老病身。初见相如成赋日，寻为丞相扫门人。魏勃少时欲求见齐相曹参，因家贫无以自通，乃每早晚扫齐相舍人门，舍人怪之，乃告以故。于是舍人引勃见齐相。事见《史记·齐悼惠王世家》。追思往事咨嗟久，喜奉清光笑语频。犹有当时旧冠冕，待公三日拂埃尘。《唐诗纪事·牛僧孺》："公赴举之秋，尝投贽于刘补阙，禹锡对客展卷，飞笔涂窜其文。历二十余载，刘转汝州，公镇海（按：当作淮）南，枉道驻旌信宿，酒酣赋诗。刘方悟往年改公文卷。僧孺诗曰（略）。禹锡和云（略）。牛公吟和诗，前意稍解，曰：'三日之事，何敢望焉（原

注：宰相三朝后主印，可以升降百司也）。'于是移宴竟夕，方整前驰也。刘乃戒其子咸元、承雍曰：'吾立成人之志，岂料为非；汝辈修进，守中为上。'"

白舍人白居易。见酬拙诗，因以寄谢 　　（唐）刘禹锡

虽陪三品散班中，资历从来事不同。名姓也曾镌石柱，瞿注："唐有尚书省郎官石柱，曾任郎官者皆镌名其上。刘贞元中曾任屯田员外郎，故云。"诗篇未得上屏风。甘陵旧党雕零尽，瞿注："东汉甘陵南北部之争，由周福、房植两家而起，遂成党锢之祸，此借喻王、韦之党。刘作此诗时，除已被害者外，党人如凌准、吕温、柳宗元、程异等皆先后物故，故有凋零尽之语。"魏阙瞿注："魏阙指朝廷。此谓居易方掌纶诰，行将显贵也。以上两联皆上句自指，下句指居易，承'资历从来事不同'之故而加以疏解。"新知礼数崇。烟水五湖如有伴，犹应堪作钓鱼翁。瞿蜕园《笺证》按：白集中有《答刘和州禹锡诗》云："换印虽频命未通，历阳湖上又秋风。不教才展休明代，为罚诗争造化工。我亦思归田舍下，君应厌卧郡斋中。好相收拾为闲件，年齿官班约略同。"刘诗首二句即答白之末句，末二句即答白之第五句也。唐人和答诗必与来诗相应，刘诗与白诗用韵又同，无疑为酬唱之作。

在巴南望郡南山呈乐天 　　（唐）白行简

临江一嶂白云间，红绿层层锦绣班。不作巴南天外意，何殊昭应望骊山。

席上赠刘梦得 　　（唐）牛僧孺

粉署为郎四十春，今来名辈更无人。休论世上升

沉事,且斗尊前见在身。珠玉会应成咳唾,山川犹觉露精神。莫嫌恃酒轻言语,曾把文章谒后尘。

(唐)范摅：襄阳牛相公赴举之秋,为同袍见忽。及至升超,诸公悉不如也。尝投贽于刘补阙,禹锡对客展卷,飞笔涂窜其文,且曰："必先辈未期至矣!"然拜谢砻砺,终为怏怏乎。历廿余载,刘转汝州,陇西公镇汉南,枉道驻旌旄。信宿,酒酣,直笔以诗喻之。刘公承诗意,方悟往年改张牛公文卷。因诫子弟咸元、承雍等曰："吾立成人之志,岂料为非! 况汉上尚书,高识达量,罕有其比。昔主父偃家为孙弘所夷,嵇叔夜身死钟会之口。是以魏武诫其子云:'吾大忿怒(于)小过失,慎勿学焉。'汝辈修进守忠为上也。"——《云溪友议》

奉和太原公王茂元。送前杨秀才戴兼招杨正字戎
(唐)李商隐

潼关地接古弘农,万里高飞雁与鸿。指杨氏兄弟。桂树一枝当白日,送戴。芸香三代继清风。招戎。仙舟尚惜乖双美,彩服何由得尽同。谁惮士龙多笑疾,美髭终类晋司空。晋司空谓张华。《晋书》:"吴平二陆入洛。(陆)机初诣张华,华问:云何在? 机曰:云有笑疾,未敢自见。俄而云至。华为人多姿制,又好帛缠须,云见而大笑,不能自己。"按:张华封广武侯进中书监拜司空。此借指太原公王茂元也。

行至金牛驿寄孙兴元渤海尚书　　(唐)李商隐

楼上春云水底天,五云章色破巴笺。诸生个个王恭柳,《晋书·王恭传》:"恭美姿仪,人多爱悦,或目之云'濯濯如春月柳'。"从

事人人庾杲_{读稿,上声。}莲。《南史·庾杲之列传》:"(王俭)乃用庾杲之为卫将军长史。安陆侯萧缅与俭书曰:'盛府元僚,实难其选。庾景行(杲之字)泛渌水,依芙蓉,何其丽也。'时人以入俭府为莲花池,故缅书美之。"六曲_{即六折。}屏风江雨急,九枝灯檠夜珠圆。深惭走马金牛路,_{自谓。}骤和陈王_{曹植。}《白马篇》。

赠王介甫　　（北宋）欧阳修

翰林风月三千首,吏部文章二百年。老去自怜心尚在,后来谁与子争先。朱门歌舞争新态,绿绮尘埃试拂弦。常恨闻名不相识,相逢樽酒盍留连。

奉酬永叔见赠　　（北宋）王安石

欲传道义心犹壮,强学文章力已穷。他日若能窥孟子,终身何敢望韩公。抠衣_{抠衣,提起衣襟。古人的趋进动作,表示恭敬。抠读平声"扣"。}最出诸生后,倒屣常倾广座中。只恐虚名因此得,嘉篇为贶_{读况去声。赠也。}岂宜蒙。韩子苍云:"欧阳文忠公寄荆公诗云:'翰林风月三千首,吏部文章二百年。'吏部盖为《南史》谢朓,于宋明帝朝为尚书吏部郎,长五言诗。沈约尝云'二百年来无此诗'也。文忠公之意,直使谢朓事,而荆公答之曰:'他日若能窥孟子,终身安敢望韩公。'则荆公之意,竟指吏部为退之矣。"○《王荆公年谱考略》云:"王荆公初未识欧阳文忠公,曾子固力荐之,公愿得游其门,而荆公终不肯自通。至和初,为群牧判官。文忠还朝,如见知,遂有'翰林风月三千首,吏部文章二百年'之句。然荆公犹以为非知己也,故酬之曰:'他日若能窥孟子,终身何敢望韩公。'自期以孟子,处(文忠)公为韩愈,(文忠)公亦不以为嫌。……欧阳公诗好李白,文宗韩昌黎，故云'老去自怜心尚在'三句作一气读，盖公所以自道也。'后来谁与子争先'，则始及介甫矣。"

次韵奉酬觉之　　（北宋）王安石

久知乘传入西州，鸡黍从容本不谋。户外惊尘尺书至，眼中白浪片帆收。山林病骨烦三顾，湖海离肠欲万周。尚有光华贲岑寂，箧中佳句得长留。

次韵答陈正叔二首　　（北宋）王安石

青衫憔悴北归来，发有霜根面有埃。群吠我方憎猘子，一鸣谁更识龙媒。功名落落求难直，日月沄沄去不回。胜事与身何等近，酒樽诗卷数须开。

田宅荒凉去复来，诗书颜发两尘埃。忘机自许鸥相狎，得祸谁期鹤见媒。此道未行身有待，古人不见首空回。何当水石他年住，更把韦编静处开。

和平甫寄陈正叔　　（北宋）王安石

强行南仕莫辞勤，闻说田园已旷耘。纵使一区犹有宅，可能三月尚无君。且同元亮倾樽酒，更与灵均续旧文。此道废兴吾命在，世间滕口任云云。

次韵酬龚深甫二首　　(北宋)王安石

恩容衰老护松楸,复得一龚从我游。讲肆剧谈兼祖谢,舞雩高蹈异求由。北寻五作故未愁,东挽三杨仍有樛。陟巘降原从此始,但无瑶玉与君舟。

握手东岗雪满篸,后期惆怅老吴蚕。芳晨一笑真难值,暮齿相思岂久堪。他日杜诗传渭北,几时周宅对漳南。百年邂逅能多少,且可勤来共草庵。

次韵答彦珍　　(北宋)王安石

手得封题手自开,一篇美玉缀玫瑰。众知圆媚难论报,自顾穷愁敢角才。君卧南阳惟畎亩,我行西路亦风埃。相逢不必嗟劳事,尚欲赓歌咏起哉!

到舒州次韵答平甫　　(北宋)王安石

夜别江船晓解骖,秋城气象亦潭潭。山从树外青争出,水向沙边绿半涵。行问啬夫多不记,坐论公瑾少能谈。只愁地僻无宾客,旧学从谁得指南。

答刘季孙　　(北宋)王安石

偶着儒冠敢陋今,自怜多负少时心。轻轩已任人前后，揭厉安知世浅深。挟策有思悲慷慨，负新无力病侵淫。愧君绿绮虚投赠，更觉贫家乏报金。

次韵酬王太祝　　（北宋）王安石

尘土波澜不自期，飘然身与愿相违。衰根要路知难植，病羽长年欲退飞。高论已嗟能听少，力行还恨赋材微。惭君俊少今知我，一见心如客得归。

酬郑闳中　　（北宋）王安石

萧条行路欲华颠，回首山林尚渺然。三釜只知为养急，五浆非敢在人先。文章满世吾谁慕，行义如君众所传。宜有至言来助我，可能空寄好诗篇。

寄友人三首　　（北宋）王安石

万里书归说我愁，知君不忘北城幽。一篇封禅_{封禅之禅应读去声}才难学，三亩蓬蒿势易求。欲与山僧论地券，愿为邻舍事田畴。应须急作南征计，漠北风沙不可留。

水边幽树忆同攀，曾约移居向此间。欲语林塘迷旧径，却随车马入他山。飞花着地容难治，鸣鸟窥人

意转闲。物色可歌春不返，相思空复惨朱颜。

一别三年各一方，此身漂荡只殊乡。看沙更觉蓬莱浅，数日空惊霹雳忙。渺渺水波低赤岸，蒙蒙云气淡扶桑。登临旧兴无多在，但有浮槎意未忘。

寄酬曹伯玉，因以招之　　（北宋）王安石

寒鸦对立西风树，幽草环生白露庭。清坐苦无公事扰，高谈时有故人经。思君异日投朱绂，过我何时载绿醽。及此江湖气萧爽，最宜相值倒吾瓶。

次韵邓子仪二首　　（北宋）王安石

青溪相值各青春，老去临流辄损神。事事只随波浪去，年年空得鬓毛新。论心未忍遗横目，干世还忧近逆鳞。嘉句感君邀我厚，自嗟才不异常人。

金陵邂逅府东偏，手得新蒲每共编。采石偶耕垂百日，青溪并钓亦三年。君才有用方求禄，我志无成稍问田。一笑欲论心迹事，白头相就且敧眠。

酬裴如晦　　（北宋）王安石

二年羁旅越人吟，乞得东南病更侵。殇子未安庄

氏义,寿亲还慰鲁侯心。鲜鲜细菊霜前蕊,漠漠疏桐日下阴。浊酒一杯秋满眼,可怜同意不同斟。

李君郼弟访别长芦至淮阴追寄 （北宋）王安石

怒水拚风雪垄高,乱流追我只鱼舠。忽看淮月临寒食,想映江春听伯劳。道义终期麟一角,文章已秃兔千毫。后生可畏吾知子,南北何时见两髦。

汪覃秀才久留山中以诗见寄,次其韵

（北宋）苏　轼

季子应嗔不下机,同苏秦事见《战国策》。弃家来伴碧云师。僧惠休姓汤氏,有诗云:"日暮碧云合,佳人殊未来。"中秋冷坐无因醉,半月长斋未肯辞。掷简摇毫无忤色,江善书法。投名入社有新诗。《庐山莲社杂录》:"谢灵运欲投名入社,远公不许。"飞腾桂籍世以登科为折桂。他年事,莫忘山中采药时。

赠王子直秀才 （北宋）苏　轼

万里云山一破裘,杖端闲挂百钱游。五车书已留儿读,二顷田应为鹤谋。水底笙歌蛙两部,山中奴婢橘千秋。幅巾我欲相随去,海上何人识故侯。

次韵刘景文见寄 （北宋）苏 轼

淮上东来双鲤鱼，巧将诗信渡江湖。细看落墨皆松瘦，想见掀髯正鹤孤。烈士家风安用此，书生习气未能无。莫因老骥思千里，醉后哀歌缺唾壶。

（元）方回：坡诗亦足敌景文。三、四劲健，五、六言景文家世壮烈而能诗，气象嵂屼，未易攀也。——《瀛奎律髓汇评》

（清）冯舒：坡诗过景文。——同上

（清）纪昀：此评亦允。前半有致。后半极其沉着。五、六是开合句法。"书生习气"乃指其慷慨悲歌，非谓其能诗也。下解误。——同上

（清）许印芳：驳得是，按景文寄诗，首句押"符"字，此诗换"鱼"字。凡和韵诗，首句不拘韵也。——同上

次韵曹九章见赠九章名演甫，其子焕为苏辙之婿。 （北宋）苏 轼

蘧瑗知非我所师，流年已似手中蓍。谓四十九也。《周易·系辞上》："大衍之数五十，其用四十有九。"正平独肯从文举，祢衡字正平，文举，孔融也。中散何曾靳读进，去声。吝啬也。孝尼。《晋书·嵇康传》："将刑东市，顾视日影，索琴弹之曰：'昔袁孝尼尝从我学《广陵散》吾每靳固之，《广陵散》于今绝矣。'"康仕晋为中散大夫。袁准字孝尼。卖剑买牛真欲老，得钱沽酒更无疑。鸡豚异日为同社，韩愈诗："愿为同社人，鸡豚燕春秋。"应有千篇唱和诗。

390

减字木兰花·得书　　(北宋)苏　轼

晓来风细,不会不领会。鹊声来报喜。却羡寒梅,先觉春风一夜来。　　香笺一纸,写尽回文机上意。欲卷重开,读遍千回与万回。

寄无斁　　(北宋)陈师道

敬问晁夫子,官池几许深?已应飞鸟下,复作卧龙吟。待我中痾愈,同君把臂临。泥涂无去马,夏木有来禽。

(元)方回:晁无斁为曹州教官,后山妇翁郭概为州守,多唱和。……自老杜后,始有后山,律诗往往精于山谷也。山谷宏大,而古诗尤高。后山严密而律诗尤高。——《瀛奎律髓汇评》

(清)冯舒:后山再起,吾亦不服。——同上

(清)冯班:结不佳。○律诗对结,初唐多如此。○后山不读齐、梁诗,只学子美,所以不得法。子美体兼古人,黄陈不知也。——同上

(清)纪昀:此诗亦老境,然无其骨力而效之,便作元白滑调。○从老杜《寄语杨员外》一首脱出,亦觉太似。——同上

寄侍读苏尚书　　(北宋)陈师道

六月西湖早得秋,二年归思与迟留。一时宾客余枚叟,在处儿童说细侯。经国向来须老手,有怀何必

到壶头。遥知丹地开黄卷,解记清波没白鸥。

（元）方回：此规东坡以进用不已,恐必有后患也。乃是颍州召入时后,又有《寄送定州苏尚书》诗,亦云"海道无违具一舟",君子爱人以德如此。——《瀛奎律髓汇评》

（清）纪昀：规戒语以婉约出现之,故是诗人之笔。——同上

（清）许印芳：西湖有四,一在鄮陵,一在许昌,一在杭州,一在颍州。此指颍州之西湖言。枚叟自比,细侯比苏,"有怀"句用马伏波征五溪蛮事。伏波年逾六十,五溪之行,知进而不知退,卒之壶头失利,病疫而殁,后山盖以此规东坡也。壶头,山名,借对"老手",不觉其纤。上句虚,下句实,亦不觉其偏重。盖能以意运典,不为故事所拘。且笔势排宕,无死于句下之病。此等可以为法。末句指老杜"白鸥没浩荡"诗,以全身远害望之也。○八句皆对。——同上

八声甘州·扬州次韵和东坡钱塘作

东坡《八声甘州·寄参寥子》　　（北宋）晁补之

谓东坡、未老赋归来,天未遣公归。向西湖两处,秋波一种,飞霭澄辉。又拥竹西歌吹,僧老木兰非。此用王播贫居扬州惠照寺木兰院,饭后钟故事。王有《木兰院》诗曰:"三十年前此院游,木兰花发院新修。而今再到经行处,树老无花僧白头。"一笑千秋事,浮世危机。　　应倚平山栏槛,是醉翁饮处,江雨霏霏。送孤鸿相接,今古眼中稀。念平生、相从江海,任飘蓬、不遣此心违。登临事,更何须惜,吹帽淋衣。

南塘冬夜倡和　　（南宋）范成大

燃萁烘暖夜窗幽，时有新诗趣倡酬。为问灞桥风雪里，何如田舍火炉头。寒釭欲暗吟方苦，冻笔难驱字更遒。绝笑儿痴生活淡，略无岁晚稻粱谋。

贺新郎 并序　　（南宋）辛弃疾

陈同父自东阳来过余，留十日。与之同游鹅湖，且会朱晦庵于紫溪，不至，飘然东归。既别之明日，余意中恋恋，复欲追路。至鹭鸶林，则雪深泥滑，不得前矣。独饮方村，怅然久之，颇恨挽留之不遂也。夜半，投宿泉湖吴氏四望楼，闻邻笛悲甚，为赋《贺新郎》以见意。又五日，同父书来索词。心所同然者如此，可发千里一笑。

把酒长亭说。看渊明、风流酷似，卧龙诸葛。何处飞来林间鹊，蹙踏松梢微雪。要破帽、多添华发。剩水残山无态度，被疏梅料、理成风月。两三雁，也萧瑟。　　佳人重约还轻别。怅清江、天寒不渡，水深冰合。路断车轮生四角，此地行人销骨。问谁使、君来愁绝？铸就而今相思错，据《资治通鉴》记载：唐末魏州节度使罗绍威为应付军内不协，请来朱全忠大军。朱军在魏州半年，耗资无数。罗绍威虽得以解危，但积蓄一空，军力自此衰弱。他后悔地对人说"合六州四十三县铁，不能为此错也"。料当初、费尽人间铁。长夜笛，莫吹裂。

（明）卓人月：两美必合，是为双跃之龙；两雄并栖，将有一伤之虎。使稼轩、龙川而得行其志，相遇中原，吾未卜其何如也。——《古今词统》

（清）李佳：辛稼轩词，慷慨豪放，一时无两，为词家别调。其集中多寓意之作，如《摸鱼儿》……又如"剩水残山无态度，被疏梅、料理成风月。两三雁、也萧瑟"。此类甚多，皆为北狩南渡而言。以是见词不徒作，岂仅批风咏月。——《左庵词话》

（近代）俞陛云：稼轩与同甫别后，意殊恋恋，往追之，雪深不得前，赋词见意。越日，同甫书来索词，两心相同，有如此者。稼轩与同甫，为并世健者，交谊之深厚，文章之振奇，可称词坛瑜、亮。此词为惬心之作。首三句言渊明之高逸，而以卧龙为比。如尚父之磻溪把钓，景略之扪虱清谈，避世而未忘用世也。"飞鹊"三句写景幽峭，兼有伤老之意。"剩水"二句见春色无私，不以陵谷沧桑而易态。兼有举目河山之异，惟寒梅聊可慰情耳。下阕言车轮生角，自古伤离，孰使君来，铸此相思大错。铸错语而用诸相思，句新而情更挚。通首劲气直达中不使一平笔，学稼轩者，非徒放浪通脱，便能学步也。——《唐五代两宋词选释》

贺新郎·同父见和，再用前韵　　（南宋）辛弃疾

老大犹堪说。似而今、元龙臭味，孟公瓜葛。我病君来高歌饮，惊散楼头飞雪。笑富贵、千钧如发。硬语盘空谁来听？记当时、只有西窗月。重进酒，换鸣瑟。　　事无两样人心别。问渠侬、神州毕竟，几番离合？汗血盐车无人顾，千里空收骏骨。正目断、关河路绝。我最怜君中宵舞，道男儿、到死心如铁。看试手，补天裂。

贺新郎·寄辛幼安和见怀韵　　(南宋)陈　亮

老去凭谁说？看几番，神奇臭腐，夏裘冬葛。父老长安今余几，后死无仇可说。犹未燥，当时生发！二十五弦多少恨，算世间、那有平分月！胡妇弄，汉宫瑟。　　树犹如此堪重别！只使君、从来与我，话头多合。行矣置之无足问，谁换妍皮痴骨。但莫使、伯牙弦绝。九转丹砂牢拾取，管精舍、只是寻常铁！龙共虎，应声裂。

(清)刘熙载：陈同甫与稼轩为友，其人才相若，词亦相似。同甫《贺新郎·寄幼安见怀韵》云"树犹如此"(下略)。其《酬幼安再用韵见寄》云(略)。观此则两公之气谊怀抱，俱可知矣。——《词概》

贺新郎·酬辛幼安再用韵见寄　　(南宋)陈　亮

离乱从头说。爱吾民、金缯不爱，蔓藤累葛。壮气尽消人脆好，冠盖阴山观雪。亏杀我、一星星发！涕出女吴成倒转，问鲁为齐弱何年月。丘也幸，由之瑟。　　斩新换出旗麾别，把当时、一桩大义，拆开收合。据地一呼吾往矣，万里摇肢动骨。这话霸、又成痴绝。天地洪炉谁扇鞴？算于中、安得长坚铁！淝水破，关东裂。

(明)卓人月：鹃叫天津，狐升帝座，有此时事，自然有此人文。故满

皆恨怨悲愁之音,忽荒诞幻之状。——《古今词统》

（清）冯煦：龙川痛心北虏,亦屡见于辞,如《水调歌头》（按:应是《贺新郎》）云"……涕出女吴成倒转,问鲁为齐弱何年月"。忠愤之气,随笔涌出,并足唤醒当时聋聩,正不必论词之工拙也。——《蒿安论词》

贺新郎·怀辛幼安,用前韵　　（南宋）陈　亮

话杀浑闲说。不成教、齐民也解,为伊为葛。尊酒相逢成二老,却忆去年风雪。新着了、几茎华发。百世寻人犹接踵,叹只今、两地三人月。写旧恨,向谁瑟?　　男儿何用伤离别。况古来、几番际会,风从云合。千里情亲长晤对,妙体本心次骨。卧百尺、高楼斗绝。天下适安耕且老,看买犁卖剑平家铁。壮士泪,肺肝裂。

呈蒋薛二友　　（南宋）赵师秀

中夜清寒入缊袍,一杯山茗当香醪。禽翻竹叶霜初下,人立梅花月正高。无欲自然心似水,有营何止事如毛。春来拟约萧闲客,同上天台看海涛。

（元）方回：此等诗平正。近世人甚夸之,乃深甫乾淳以前所作耳。然尾句高洒。——《瀛奎律髓汇评》

（清）纪昀：虚谷似不满此诗,然所赏如此诗者不少,大抵有门户之见在。——同上

（清）冯舒：三联宋甚。——同上

（清）许印芳：宋诗好作理语，此诗五、六亦然。好在不腐。——
同上

赠九华李丹士　　（南宋）翁　卷

行遍东南地，曾看江水源。袖藏勾漏药，身是老
君孙。去住云相似，枯荣事不论。九华峰最碧，相对
旧柴门。

吴霞舟先生惠诗　　（清）朱之瑜

孤生倚知己，飘泊谢浮名。自接瑶华赠，能禁白
发生。八闽秋水阔，三楚晓云横。漫作山中约，归耕
向四明。

赠刘季英　　（清）李世熊

天末幽忠四十年，自注：刘君霞起，别予应诏，在崇祯戊寅。每
传遗迹辄潸然。自注：刘之长君无咎父子先后就义于滇。间关入梦
连三揖，自注：辛丑六月，予梦霞起过我，欢容可掬，向予连揖，都无一语，即次
君无咎来寄墓志之日也。凄切书铭累百言。万里归来惊少
息，自注：无咎在滇生季英最少，今归上杭过予。立谈倾倒尽珠璇。
世家风节云霄迥，偃蹇西华何足怜。

赠阎古古二首　　（清）万寿祺

侧闻抱膝空山里，梁甫高吟兴不孤。自采荃蘅淹岁月，独留诗句满江湖。五年悲泣同嫠妇，此夕忧虞忆仆夫。怜我天涯问消息，鹿车一乘载妻孥。

天下滔滔知者稀，执鞭千里愿归依。谷城父老新黄石，衡岳山人旧白衣。忠孝百年开缵述，文章八代起衰微。只今日月光南极，莫老丘樊终采薇。

九日得顾宁人书　　（清）徐夜

故国千年恨，他乡九日心。山陵余涕泪，风雨罢登临。异县传书远，经时怨别深。陶潜篱下意，谁复继高吟？

寄怀梁公狄　　（清）孙默

何处秋声到草庐？一庭落月渺愁予。风尘孙楚难为客，杵臼梁鸿如著书。尽室南游终汗漫，侧身北望总丘墟。乾坤去住浑无定，且向湖滨学钓鱼。

读李处士颙襄城纪事，有赠　　（清）顾炎武

踯躅荒郊酹一樽，白杨青火近黄昏。终天不返收

崚骨，异代仍招复楚魂。湛阪愁云随独雁，颍桥哀水助啼猿。五千国士皆忠鬼，孰似南山孝子门。自序云：处士之父可从，崇祯十五年，以壮士隶督师汪公乔年麾下，以五千人剿贼，至襄城，死之。处士年十六，贫甚，与其母彭氏并日而食，力学有闻。越二十九年，始得走襄城，为汪公及其父设祭，招魂以归。余与处士交，为之作诗。

寄张文学弨，时淮上有筑堤之役　　（清）顾炎武

冬来寒更剧，淮堰比何如？遥忆张平子，孤灯正勘书。江山双鬓老，文字六朝余。得所寄《瘗鹤铭辨》。愁绝无同调，蓬飘久索居。

常熟归生晟、陈生芳绩书来，以诗答之　　（清）顾炎武

十载江村二子偕，相逢每咏步兵怀。犹看老骥心偏壮，岂惜飞龙羽乍乖。海上戈船连沪渎，石头烽火照秦淮。先朝旧事君休问，鼓角凄其满御街。乙酉之夏，亭林奉母避兵常熟之语濂堂。即所谓江村也。后遂久淹于此，故云十载也。

老友阎古古重逢都下感赋二首　　（清）龚鼎孳

十载逢人问死生，相看此地喜还惊。破家仍可归张俭，无礼真当责晏婴。过眼山川来倚仗，吞声宾客纵班荆。姓名已变诗篇在，尚恐人传变后名。

城南萧寺忆连床，佛火村鸡五夜霜。顾我浮踪惟涕泪，当时沙道久苍凉。壮夫失路非无策，老伴逢春各有乡。安得更呼韩赵辈，短裘浊酒话行藏。按：龚与阎乃明亡前之旧友，明亡后，阎因抗清被逮捕，两人多年未见，既而重逢，加以龚即将为阎了结此案，故惭喜交并，欲其他友人如韩圣秋、赵友沂等共来叙重逢之乐。

赠张沙白二首　　（清）龚鼎孳

娄东吴祭酒，云外尺书来。说汝扬雄赋，携登郭隗台。藏山名士业，入洛古人才。每见文章进，风檐喜一开。

高阁斜阳里，题诗为送秋。迹奇名姓换，客久室霜稠。车上谁张禄，人间问马周。因风报旧雨，老懒渐知休。按：吴梅村为介谒龚芝麓，芝麓赠以二律。

怀张菊存　　（清）王广心

渐有清霜悲画角，更无流水入瑶琴。秋草久迷王粲井，画桥犹忆伯通居。

酬王西樵员外　　（清）顾有孝

懒问江头更挂篷，旧游历历在江东。伤心忍听山阳笛，泪眼相看暮雨中。

答　人　　(清)申涵光

日日秋阴命笋舆，故人天上落双鱼。荷花未老村醪熟，为道无闲作报书。梁绍壬《两般秋雨庵随笔》云："宋山人魏野，隐居陕州，寇莱公访之。谢以诗云：'昼睡方浓向竹斋，柴门日午尚慵开。惊回一觉游仙梦，村里传呼宰相来。'逸则逸矣，而未高也，故其《侍寇公游陕郊寺》诗云：'愿得常加红袖拂，也应胜似碧纱笼。'则其处烟霞而不忘轩冕可知。申和孟(涵光)隐居广羊山中，有达官自京师寄书，申报以诗云云。简傲似更出魏上。"

次韵酬九来　　(清)僧宗渭

风急树萧萧，思君梦易销。鸟啼黄叶寺，僧语夕阳桥。得句霜钟度，安禅佛火烧。十年诗律苦，珍重贮山瓢。

招云嵊　　(清)周篔

咫尺传峰隔往还，故园流水自潺湲。寒烟岂限重湖雨，春树能深二月山。结客徒然开竹径，避人应复闭柴关。他乡纵有怜君在，何似归来十亩间。朱绪曾《金陵诗征》云："云嵊仗剑远游。福王南渡，慨然上书陈策，为马、阮所忌，几被害。南都失守，遂颓然自放。生平好结客，每遇豪士，携酒对大江痛饮。嘉兴周篔悯其流离以诗招之归云云。云嵊竟不归，佯狂以终。"

得张师石书却寄　　(清)姜宸英

杜门久与故人违,忽有音书到竹扉。过眼物华双鸟翼,惊心风雨一牛衣。春云江树黄泥坂,秋水渔灯赤鼻矶。日暮狂歌当浊酒,不禁西望思依依。

寄王阮亭索南海集　　(清)陈恭尹

酷似高人王右丞,在官萧散意如冰。时名兄弟堪方驾,家学文章自一灯。沧海乘槎曾独到,越山怀古记同登。南来新咏多如许,纸贵衡阳写未能。

赠王翚　　(清)恽格

此老胸中万卷书,溪山曳杖意何如?天涯莫怪无知己,秋水接空千顷余。

赠童二树　　(清)廖景文

我生喜见布衣雄,盖代才华屈指中。直使笔锋摇五岳,不将诗卷换三公。四海谱泅居高座,一字师甘拜下风。愿得移家高土宅,长依岩壑剪蒿篷。

和䌹斋 即廖景文。　　　（清）童　钰

谁是骚坛一世雄，百年文藻领黔中。为官绝似元
聱叟，对客豪于陈孟公。剧喜诗无纱帽气，最难交有
衣布风。相依晨夕欢如旧，不向天涯叹鬓蓬。按：童钰号
二树。以画梅著称于世，据徐珂《清稗类钞》云："童尝应道试，方入场，隶搜其身，恐
怀挟也。即拂袖归。曰：'朝廷竟以盗贼待士乎？'自是遂绝意进取。"

和海藏　　（清）桂念祖

客里风光劫外天，饮愁茹恨自年年。未成境夺还
人夺，强说禅边胜侠边。何处须弥藏芥子，早知沧海
有桑田。杜陵老子犹痴绝，苦向空山拜杜鹃。

（六）

喜

庆

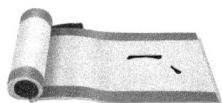 一、游　宴

大　酺读蒲，平声。国有喜庆特赐臣民聚会饮酒。《旧唐书·则天皇后纪》："永昌元年(689)春正月，神皇亲享明堂，大赦天下，大酺七日。"　　（唐）杜审言

圣后乘乾日，乘乾，指登极为帝。武则天于655年立为皇后，660年参与朝政，664年与高宗并称"二圣"，674年称"天后"，688年又加尊号，称"圣母神皇"。皇明御历辰。阿谀称颂之辞。紫宫星名，亦称紫微宫，天帝所居。初启坐，苍璧《周礼·春官·大宗伯》：以玉作器，以礼天地四方。以苍璧礼天，以黄琮礼地……正临春。雷雨垂膏泽，金钱赠下人。指百官臣僚及老年百姓。诏酺欢赏遍，交泰《易·泰》："天地交泰。"时运亨通之意。睹惟新。万象更新之意。

刘九法曹郑瑕丘石门宴集　　（唐）杜　甫

秋水清无底，萧然净客心。掾古代佐助长官之吏，因分曹治事故称掾曹。掾读怨，去声。曹乘逸兴，鞍马到荒林。能吏逢联璧，华筵值一金。晚来横吹好，泓下亦龙吟。一、二石门领起，三指刘，四含郑，五、六叙宴集，下一"逢"字连己在内；七、八酒酣乐奏，"龙吟"为"横吹"生色，亦与"秋水"相顾。

陆胜宅秋暮雨中探韵同作　　（唐）张南史

同人永日自相将，深竹闲园偶辟疆。已被秋风教忆鲙，更闻寒雨劝飞觞。归心莫问三江水，旅服徒沾九日霜。醉里欲寻骑马路，萧条几处有垂杨。

（清）金人瑞：此写君子在野，无处告诉，遂托杯斝纵心行乐也。看其"同人"字，"永日"字，"自相将"字，字字欢笑，字字眼泪。"同人"，言济济诸贤，不须惜才也。"永日"，言迟迟良日，大堪戮力也。"自相将"，言并无一人蒙被收目也。深竹闲园，即其自相将之地。已被风教，妙！更闻雨劝，妙！写得风雨一片情理，一段兴致，正复诸公一段牢骚，一片败坏也（前四句下）。○他诗不得意则亟思归，今此诗并不思归，真不辨其此日竹园，是欢笑，是眼泪也。"莫问"，妙！"从沾"，妙！"是处有"，妙！不知者便谓如此真是快活。呜呼！受父母身，读圣贤书，上承圣君，下寄苍生，我将自处何等，而取如此快活哉（后四句下）！——《贯华堂选批唐才子诗》

闲游二首　　（唐）韩愈

雨后来更好，绕池遍青青。柳花闲度竹，菱叶故穿萍。独坐殊未厌，孤斟讵能醒。持竿至日暮，幽咏欲谁听？

（元）方回：第四句"故"一作"乱"。——《瀛奎律髓汇评》
（清）纪昀："故"字恰对"闲"字，"乱"字无味。——同上
（清）冯班：次联句佳。——同上

兹游苦不数，再到遂经旬。萍盖污池净，藤笼老树新。林乌鸣讶客，岸竹长遮邻。子云只自守，奚事九衢尘。

（元）方回：此二诗一唱三叹，有余味。以工论之，只前诗第一句已极佳，后诗第六句着题，诗亦体贴不尽。——《瀛奎律髓汇评》

（清）纪昀：二诗体近江西，故虚谷取之，实无佳处。"污"、"净"、"老"、"新"四字，刻意反对、转纤。结亦直遂。——同上

（清）查慎行：老树有藤笼之，则老而能新。污池有萍盖之，则污而能净。下字有血脉。——同上

宴　散　（唐）白居易

小宴追凉散，平桥步月回。笙歌归院落，灯火下楼台。残暑蝉催尽，新秋雁带来。将何迎睡兴，临卧举残杯。

（元）方回：三、四人所共知。——《瀛奎律髓汇评》

（清）查慎行：三、四即俗所云无不散之筵席也，虚谷引此谓是富贵语，失其旨矣。——同上

（清）纪昀：五、六警。○前人讥三、四非富贵语，乃看富贵语。此就句论耳，此诗原是看富贵也。——同上

（清）许印芳：三、四善写贵人事，本是传句，是看与否，勿关得失，何足深辩耶！"残"字复。——同上

（清）无名氏（甲）：上四句不过叙事，却得力于"残暑"二句，方有归结。——同上

旅　游　　（唐）贾　岛

此心非一事，书札若为传。旧国别多日，故人无少年。空巢霜叶落，疏牖水萤穿。留得林僧宿，中宵坐默然。

（元）方回：起句十字谓心绪甚多，乡书难写。颔联十字谓别乡之久，故人皆老成，真奇语也。颈联言萧索之味。结句谓之有僧为伴，深夜无言。其酸苦至矣。诗法却自整峭。如第五句"空巢霜叶落"，乃谓鸟巢既空，叶落于巢之中，其深僻如此。——《瀛奎律髓汇评》

（清）冯舒：如此说诗，实自解颐。然亦只浪仙一辈人须如此讲，前乎此则不必矣。——同上

（清）纪昀：五句不佳，虚谷媚其初祖，曲为之词。冯氏以岛是唐人，从而附和之。使出宋人，不知作何诋诃矣。成见之难化如此。极用意而不自然，起句尤太突。若作寄人则可。——同上

（清）查慎行：三、四颇似张司业。——同上

同郑相并歌姬小饮戏赠　　（唐）李群玉

裙拖六幅湘江水，鬓耸巫山一段云。风格只应天上有，歌声岂合世间闻。胸前瑞雪灯斜照，眼底桃花酒半醺。不是相如怜赋客，争教容易见文君。

（五代）何光远：杜公（悰）镇荆渚日，夜宴，出歌姬送酒，李群玉校书于烛下飞笔献杜诗曰："裙拖六幅湘江水……"——《鉴戒录》

（宋）吴曾：东坡在西湖，戏琴（操妓）曰："我作长老，尔试来问。"琴

曰："何谓湖中景?"东坡答云："秋水共长天一色,落霞与孤鹜齐飞。"琴
又云："何谓景中人?"东坡云："裙拖六幅湘江水,鬓亸巫山一段
云。"——《能改斋漫录》

（清）金人瑞:一、二,十四字斗然出手,将姬全身毕画。不知者乃
言恐落俗艳,殊不晓此正是题中"出"字异样出跳神理。盖帘笼开处,
照眼荡心,十四字直是一片精魂。此时不唯不假安排,亦复再难按
抑,于是不觉不知一直竟吐出来。若少参第二念,已决不道也。三四
犹自深谢其出,言今日实是意外,亦不暇计蹭却"锦城丝管"旧句也
(前四句下)。此五、六方徐写小饮,即淳于"罗襦襟解,微闻香泽"时
也。七、八仍谢"出"字,而戏赠意自见(后四句下)。——《贯华堂选
批唐才子诗》

春 游 （唐）李商隐

桥峻斑骓 _{读追,平声,毛色苍白相间的马。}疾,川长白鸟
高。烟轻惟润柳,风滥欲吹桃。徙倚三层阁,摩沙七
宝刀。庾郎年最少,青草妒春袍。_{叶葱奇《疏注》云:"起二句写}
驰马远眺。三、四二句写时令和景物的妍美。五、六二句看似闲笔,却含有深意,
风调也极高。五句言立身高超,即'振衣千仞冈'之意,六句是自惜才华,有'不嫁
惜娉婷'意味。"

多丽·李良定公席上赋 （北宋）聂冠卿

想人生,美景良辰堪惜。问其间、赏心乐事,就
中难是并得。况东城、凤台沙苑,泛晴波、浅照金碧。
露洗华桐,烟霏丝柳,绿阴摇曳,荡春一色。画堂迥、
玉簪琼佩,高会尽词客。清欢久、重燃绛蜡,别就瑶

席。　　　有翩若轻鸿体态,暮为行雨标格。逞朱唇、缓歌妖丽,似听流莺乱花隔。慢舞萦回,娇鬟低嚲,腰肢纤细困无力。忍分散、彩云归后,何处更寻觅。休辞醉,明月好花,莫谩轻掷。

（宋）吴曾：翰林学士聂冠卿,尝于李良定公席上赋《多丽》词云。蔡君谟时知泉州,寄良定公书云："新传《多丽》词,述宴游之娱,使病夫举首增叹耳。又近者有客至自京师,言诸公春日多会于天伯园池,因念昔游,辄形篇咏：'绿渠春水走潺湲,画阁峰峦映碧鲜。酒令已行金盏侧,乐声初认翠裙圆。清游胜事传都下,多丽新词到海边。曾是尊前沉醉客,天涯回首重依然。'"——《能改斋漫录》

（宋）胡仔：冠卿词有"露洗华桐,烟霏丝柳"之句,此正是仲春天气。下句乃云"绿阴摇曳,荡春一色",其时未有绿阴,真语病也。——《苕溪渔隐丛话》

（宋）黄昇：冠卿之词不多见,如此篇,亦可谓才情富丽矣。其"露洗华桐"四句,又所谓玉中之拱璧,珠中之夜光。每一观之,抚玩无致。——《唐宋诸贤绝妙词选》

（清）陈廷焯：此词情文并茂,富丽精工,汤义仍《还魂记》并从此脱胎,《西厢》"彩云何在"亦是盗袭此词后阕语。长儒此篇,为词中浑极,实为曲中上乘,盖元、明人杂曲之祖也,起结相应。——《词则·闲情集》

天仙子 原注：时为嘉禾小倅,以病眠不赴府会。　　（北宋）张 先

水调数声持酒听,午醉醒来愁未醒。送春春去几时回,临晚镜。伤流景,往事后期空记省。　　　沙上并禽池上暝,云破月来花弄影。重重帘幕密遮灯,风不定。人初静,明日落红应满径。

（宋）胡仔：《遁斋闲览》云，张子野以乐章擅名一时，宋子京尚书奇其才，先往见之，将遣命者，谓曰："尚书欲见'云破月来花弄影'郎中乎？"子野屏后呼曰："得非'红杏枝头春意闹'尚书邪？"遂出，置酒尽欢。盖二人所举皆其警句也。——《苕溪渔隐丛话》

（清）黄苏：听《水调》而愁，为自伤卑贱也。"送春"四句，伤其流光易去，后期茫茫也。"沙上"二句，言所居岑寂，以沙禽与花自喻也。"重重"三句，言多蔽障也。结句仍缴送春本题，恐其时之晚也。——《蓼园词选》

（清）沈祥龙：词以自然为尚，自然者，不雕琢、不假借、不着色相、不落言诠也。古人名言，如"梅子黄时雨"、"云破月来花弄影"，不外自然而已。——《论词随笔》

（清）陈廷焯：绘影绘色，神来之笔。笔致爽直，亦芊绵，最是词中高境。——《云韶集》

定风波令·雪读札，入声。溪席上，同会者六人，杨元素侍读，刘孝叔吏部，苏子瞻、李公择二学士，陈令举贤良　（北宋）张　先

西阁名臣奉诏行。西阁即西垣，西掖，为中书省别称，此指杨元素。南床吏部锦衣荣。南床为侍御史之别称，据《通典·侍御史》："食坐之南设横床，谓之南床，殿中监察不得坐也，惟御史坐焉。"此谓刘孝叔。中有瀛仙宾与主。瀛仙，即神仙。此指李公择，时李知湖州。相遇。平津选首更神清。平津，坦途也。亦用《汉书·公孙弘传》典。此指苏、李二学士。　溪上玉楼同宴喜。欢醉。对堤杯叶惜秋英。尽道贤人聚吴分。试问。也应旁有老人星。老人星，张先

自喻。时张先年八十五岁,为最高。

（清）刘熙载：词贵得本地风光,张子野游垂虹亭,作《定风波》,有云："见说贤人聚吴分。试问。也应傍有老人星。"是时子野年八十五,而坐客皆一时名人,意确切而语自然,洵非易到。——《艺概·词概》

即　事 《王荆公诗注》题作《径暖》。　　（北宋）王安石

径暖草如积,山晴花更繁。纵横一川水,高下数家村。静憩鸡鸣午,唐诗："枫林社日鼓,茅屋午时鸡。"荒寻犬吠昏。归来向人说,疑是武陵源。

（元）方回：诗话载云："自谓武林源不好,韵中别无韵也。"东坡尝亲书此诗。——《瀛奎律髓汇评》

（清）许印芳：武陵源事已烂熟,故嫌不好,此说非是。——同上

（清）查慎行：不事组织,搞藻清华。——同上

（清）纪昀：中四句并佳,而三、四尤胜。——同上

渔家傲　　（北宋）王安石

灯火已收正月半,山南山北花撩乱。闻说浒读去声。亭亭在钟山西麓,水清山秀,是风景胜地。新水漫。骑款段。款段,马行迟缓貌。《后汉书·马援传》："乘下泽车,骑款段马。"穿云入坞寻游伴。　　却拂僧床褰素幔,千岩万壑春风暖。一弄松声悲急管。吹梦断。西看窗日犹嫌短。

定风波 并序　　（北宋）苏 轼

余昔与张子野、刘孝叔、李公择、陈令举、杨元素会于吴兴。时子野作《六客词》，其卒章云："见说贤人聚吴分，试问。也应旁有老人星。"凡十五年，再过吴兴，而五人者皆已亡矣。时张仲谋与曹子方、刘景文、苏伯固、张秉道为坐客，仲谋请作《后六客词》。

月满苕溪照夜堂，堂指湖州府之碧波澜堂。五星一老 老人星作者自指。斗光芒。十五年间真梦里，何事，长庚对月独凄凉。　　绿鬓苍头同一醉，还是。六人吟笑水云乡。宾主谈锋谁得似，看取，曹刘 刘备、曹操、曹植、刘祯皆称曹刘。今对两苏张。苏秦、张仪称呼苏张。

（宋）胡仔：吴兴郡圃，今有六客亭，即公择、子瞻、元素、子野、令举、孝叔。时公择守吴兴也。——《苕溪渔隐丛话》

（宋）韦居安：苏东坡作《定风波》词，自序云（略）。坡赋《后六客词》，又有"十五年来真一梦，何事，长庚对月独凄凉"之句。盖惜之也。坡祭令举文云："一奋而不顾，遂至于斥；一斥而不复返，遂至于死。"其哀穷悼屈，又可想见。——《梅涧诗话》

鹧鸪天　　（北宋）晏幾道

小令尊前见玉箫。泛指歌女。银灯一曲太妖娆。歌中醉倒谁能恨，唱罢归来酒未消。　　春悄悄，夜迢迢。碧云天共楚宫遥。梦魂惯得无拘检，又踏杨花过谢桥。

（宋）邵博：程叔微云，伊川（程颐）闻诵叔原"梦魂惯得无拘检，又踏杨花过谢桥"长短句，笑曰："鬼语也"。意亦赏之。——《邵氏闻见后录》

（清）况周颐：小晏神仙中人，重以名父之贻，贤师友相与沆瀣，其独造处，岂凡夫肉眼所能见及。"梦魂惯得无拘检，又逐杨花过谢桥"，以是为至，乌足与论小山词耶。——《蕙风词话》

凤栖梧·兰溪　　（南宋）曹冠

桂棹悠悠分浪稳。烟幂层峦，绿水连天远。赢得锦囊诗句满。兴来豪饮挥金碗。　　飞絮撩人花照眼。天阔风微，燕外晴丝卷。翠竹谁家门可款？舣舟闲上斜阳岸。

（清）况周颐：宋曹冠《燕喜词·凤栖梧》云"飞絮撩人花照眼，天阔风微，燕外晴丝卷"。状春晴景色绝佳。每值香南研北，展卷微吟，便觉日丽风暄，淑气扑人眉宇。全帙中似此佳句，竟不可再得。——《蕙风词话》

谒金门·和廓之五月雪楼小集韵　　（南宋）辛弃疾

遮素月。云外金蛇喻电光。苏轼《望海楼晚景》："雨过潮平江海碧，电光时掣紫金蛇。"明灭。翻树啼鸦声未彻。雨声惊落叶。　　宝蜡成行嫌热。玉腕藕花谁雪？流水高山弦断绝。怒蛙声自咽。

谒金门　　（南宋）辛弃疾

山吐月。画烛从教风灭。一曲瑶琴才听彻。金蕉<small>酒杯也。苏轼《题跋》："吾少年望见酒盏而醉，今亦能三蕉叶矣。"</small>三两叶。

骤雨微凉还热。似欠舞琼歌雪。近日醉乡音问绝。有时清泪咽。

江城子　　（金）元好问

梅梅柳柳闹新晴。趁清明，凤山行。<small>《广舆记》："山东兖州府东平州有凤山，林木荟蔚，灿若云锦。"</small>画出灵泉、<small>灵泉寺在凤山东麓。</small>三月晋兰亭。细马金鞍红袖客，能从我，出重城。<small>细马三句言参加宴集的朋友。</small>　　赏心乐事古难并。玉双瓶。为冠倾。<small>《史记·陈丞相世家》："绛侯灌婴等咸谗陈平曰：'平虽美丈夫，如冠玉耳，其中未必有也。'"集解引《汉书音义》："饰冠以玉，光好外见，中非所有。"古人以冠玉为美男子的代称。</small>一曲清歌，休作断肠声。头上花枝如解语，应笑我，未忘情。

风入松·麓翁园堂宴客　　（南宋）吴文英

一番梳雨洗芙蓉。玉冷佩丁东。辘轳听带秋声转，早凉生、傍井梧桐。<small>所谓秋声，当是梧桐落叶之声。</small>欢宴良宵好月，佳人修竹清风。　　临池飞阁乍青红。<small>油漆彩饰也。</small>移酒小垂虹。<small>垂红桥也。</small>贞元供奉梨园曲，<small>指艺人及其所作</small>

歌曲。称十香，十指。深蘸琼钟。酒满故十指深蘸。醉梦孤云
晓色，笙歌一派秋空。

红　桥　　（清）孔尚任

红桥垂柳裹烟村，隋代风流今尚存。酒旆时遮看
竹路，画船多系种花门。曾逢粉黛当筵舞，未许笙歌
避吏尊。可惜同游无小杜，扑襟丝雨总销魂。

城北道上　　（清）陈三立

晶砾新驰道，晴霆叠马蹄。以雷声喻车马声。屋阴衔柳
浪，裾色润瓜畦。两句写景。中间"衔"字、"润"字，一字妥贴，境界全出。
诣客能相避，不独避世，兼且避人。晴日出游，避开访客，亦是快事。偷
闲亦自迷。归栖枝上鹊，为我尽情啼。暗用韩愈《赠同游》：
"无心花里鸟，更为尽情啼意。"

霭园夜集　　（清）陈三立

江声推不去，携客满山堂。阶菊围灯瘦，衣尘点
酒凉。平生微自许，出处更何方。帘外听归雁，天边
亦作行。

418

清平乐·况夔笙太守索题《香南雅集图》

潞府妙塍臻禅师。僧问金粟如来为甚么却降释迦会里？师曰：

香山南雪山北。见《五灯会元》。　　　（近代）王国维

蕙兰同畹，梅兰芳到上海演出时，况周颐请著名书画家吴昌硕绘《香南雅集图》。况著有《蕙风词》及《蕙风词话》。着意春光转，劫后芳华仍婉晚，婉晚同婉娩，美好貌。《礼记·日则》："女子十年不出，姆教婉娩听从。"王安石《后殿牡丹未开》："红袄未开知婉娩，紫襄犹结想芳菲。"得似凤城初见。

旧人惟有何戡。刘禹锡《与歌者何戡》诗："旧人惟有何戡在，更于殷勤唱谓城。"玉宸宫调《新唐书·礼乐志》："凉州曲，其声本宫调。贞元初乐工康昆仑寓其声于琵琶，奏于国宸殿，因号玉宸宫调。"曾谙。肠断杜陵诗句，落花时节江南。杜甫《江南逢李龟年》诗："正是江南好风景，落花时节又逢君。"

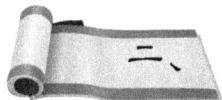

二、贺官　贺婚　贺生子

贺赵使君生子　　　（唐）僧法振

毛骨贵天生，肌肤玉雪明。见人空解笑，弄物不知名。国器嗟犹小，风姿望亦清。抱来芳树下，时引凤凰声。

闻杨十二_{杨巨源。} **新拜省郎,遥以诗贺** (唐)白居易

文昌新入有光辉,紫界宫墙白粉闱。晓日鸡人传漏箭,春风侍女护朝衣。雪飘歌句高难和,鹤拂烟霄老惯飞。官职声名俱入手,近来诗客似君稀。

(元)方回:原注:"向曾有赐杨诗,落句云:'不用更教诗句好,折君官职是声名。'今故云'俱入手'。"此杨巨源也。——《瀛奎律髓汇评》

(清)钱湘灵:次联好。——同上

(清)查慎行:五、六即切官职声名,故第七句接得紧。谁谓诗无法脉耶?——同上

(清)纪昀:乐天律诗亦自有一种佳处,而学之易入浅滑,初学不可从此入手。根柢既深之后,胸有主裁,能别白其野俚率易,而独取其真朴天然,亦不为无盖。——同上

(清)许印芳:此论最平允,"初学不可从此入手"一语,尤中要害。"入"字复。——同上

(清)无名氏(乙):新蒨。——同上

喜张十八博士_{张籍。} **除水部员外郎** (唐)白居易

老何_{何逊。}殁后吟声绝,虽有郎官不爱诗。无复篇章传道路,空留风月在曹司。长嗟博士官犹屈,亦恐骚人道渐衰。今日闻君除水部,喜于身得省郎时。

(元)方回:何逊以诗名,老杜颂之曰"能诗何水部"。张籍是除,乐天贺之,五十六字如一直说话,自然条畅。——《瀛奎律髓汇评》

420

（清）冯班：白体如此。——同上

（清）无名氏（乙）：方批尽此诗之妙。踊跃善写喜意，古人之真挚如此。——同上

（清）陆贻典：以议论作起承转合，元、白为然。——同上

（清）查慎行：八句一气呵成，章法亦本于杜。〇"今日闻君除水部"二句，足见交谊真切。——同上

（清）纪昀：此诗便嫌薄弱。虚谷评白诗"似一直说话，自然条畅"，白诗好处在此，病处亦在此。〇首句称呼杜撰，次句及中二联凡五用虚字装头，未免犯复。且气格亦因之不健，凡七律须有健句撑住。〇三、四承次句而衍之，殊为支缀。此处自应拍合文昌，乃紧健。——同上

（清）无名氏（甲）：香山诗笔健而神远者为贵，此其一也。——同上

崔侍御以孩子三日示其所生诗见示，因以二绝和之　（唐）白居易

洞房门上挂桑弧，香水盆中浴凤雏。还似初生三日魄，嫦娥满月即成珠。

爱惜肯将同宝玉，喜欢应胜得王侯。弄璋诗句多才思，愁杀无儿老邓攸。

贺陈述古弟章生子　（北宋）苏　轼

郁葱佳气夜充闾，始见徐卿第二雏。甚欲去为汤饼客，惟愁错写弄麞书。参军新妇贤相敌，阿大中郎喜有余。我亦从来识英物，试教啼看定何如。

减字木兰花　　（北宋）苏 轼

维熊佳梦。释氏老君亲抱送。壮气横秋。未满三朝已食牛。　　犀钱玉果。利市平分沾四座。多谢无功。此事如何到得侬！此系苏东坡贺老友李公择生子宴会上作也。

诉衷情·仲经举儿，小字高闲，所居名行斋

仲经姓张。行斋取君子素其位而行之义。见元好问《行斋赋》。　　（金）元好问

行斋活计五车马。直到釜生鱼。《后汉书·范冉传》："釜中生鱼范莱芜。"（因范曾为莱芜长）天公也相料理，新得掌中珠。釜生鱼，断炊也，料理，照顾也。看骥子，有才干之儿子，见《北史·裴延儁传》。弄鸑雏、鸑雏，幼凤也。见《旧唐书·薛收传》。最邻渠。青衫竹马后日，迎门好个高闲。

赠冯相国　　（清）高珩

户倚双藤禅宇开，无人知是相公来。相看一笑忘朝市，风味依然两秀才。王士禛《池北偶谈》云："康熙庚申，刑部侍郎高公再致政，归淄川，未行，移居宣武门西松筠庵。相国冯公（溥）过之，流连竟日。高公赠诗云云。冯公和云：'隐几僧寮户不开，天亲无著忆从来。而今老去浑忘却，只识维摩是辨才。'予亦和云：'二老前身二大士，相逢半日画炉灰；它年古寺经行地，记取寒山拾得来。'"

422

花烛词三首,戏为钝翁赋　　（清）王士禛

花间灵鹊报新除,才子今年典石渠。未必风流输小宋,两行红烛照修书。

碧玉回身奈此宵,汝南鸡唤夜迢迢。从今倦听兰台鼓,莫更薰衣事早朝。

嬴女吹箫引凤雏,莫将缣素怨狂夫。似闻一语分明寄,我见犹怜况老奴。

题玉堂归娶图　　（清）袁枚

愧作彭宣拜后堂,绝无衣钵继安昌。算来只有归迎事,曾学黄粱梦一场。

三、贺寿　贺生日

千秋节有感二首　　（唐）杜甫

自罢千秋节,千秋节,玄宗生日。《玄宗纪》:"每年八月五日为千秋

节，王公以下献宝镜及承露囊。天下诸州咸会宴乐，休假三日。"频伤八月来。先朝尝宴会，壮观已尘埃。凤纪编生日，龙池堙劫灰。湘川新涕泪，秦树远楼台。宝镜群臣得，金吾万国回。衢尊《淮南子》："圣人之道，其犹中衢而置尊耶，过者斟酌多少不同，各得其所宜。"不重饮，白首独余哀。李云："起语悲甚，千秋八月天然对也。龙池用兴庆事，凤纪对妙。分二段，上段圣节，下段有感。"

御气云楼敞，含风彩仗高。仙人张内乐，王母献宫桃。罗袜红蕖艳，金羁白雪毛。舞阶衔寿酒，《通鉴》："明皇教舞马四匹，衔杯上寿。"走索背秋毫。圣主他年贵，他年，当年也。边心此日劳。桂江流向北，满眼送波涛。吴星叟曰："首篇伤今，次篇念往也。"

表弟程德孺生日　　（北宋）苏　轼

仗下千官散紫庭，微闻偶语说苏程。长身自昔传甥舅，寿骨遥知是弟兄。曾活万人宁望报，只求五亩却归耕。四朝遗老零落尽，鹤发他年几个迎。

乐全先生生日，以铁拄杖为寿二首　　（北宋）苏　轼

先生真是地行仙，住世住世二字见《法华经》："正法住世二十小劫，像法住世二十小劫。"因循五百年。每向铜人话畴昔，故教铁杖斗清坚。入怀冰雪生秋思，倚壁蛟龙护昼眠。遥想人天会方丈，众中惊倒野狐禅。野狐禅见《传灯录》。

二年相伴影随身，踏遍江湖草木春。擿石擿读掷，入声。擿石即掷石。旧痕犹在眼，闭门高节欲生鳞。畏途《庄子》："夫畏途者，十杀一人，则父子兄弟相戒也，必也盛卒徒而后敢出也。"自卫真无敌，捷径争先鲍明远诗："争先万里途，各事百年身。"却累人。远寄知公不嫌重，笔端犹自斡千钧。

水龙吟·甲辰岁寿韩南涧尚书　　（南宋）辛弃疾

渡江天马南来，几人真是经纶手。长安父老，新亭风景，可怜依旧。夷甫诸人，神州沉陆，几曾回首。算平戎万里，功名本是，真儒事，公知否？　　况有文章山斗。对桐阴、满庭清昼。当年堕地，而今试看，风云奔走。绿野风烟，平泉草木，东山歌酒。待他年、整顿乾坤事了，为先生寿。

（明）杨慎：庆寿词有许多成招，当南渡时作，所谓直抵黄龙府，与诸君痛快饮耳。——《批点草堂诗余》

（明）潘游龙：大有规讽。——《精选古今诗余醉》

（明）沈际飞：《指迷》云："寿词尽言富贵则尘俗，尽言功名则谀佞，尽言神仙则迂诞。言功名而慨叹寓之寿词中合踞上座。"寿今日反言寿他年，盖欲其竖功立名，与夫功成名就身退，又寓规讽。——《草堂诗余》

（清）黄苏：韩元吉，字无咎，号南涧。许昌人。官吏部尚书。考《晋史》元帝渡江谶，五马渡江，一马化为龙。"新亭"周颛事。桓温自江陵北伐，望中原叹曰"神州陆沉，王夷甫诸人不得不任其责"。唐柳浑议和

戎事曰"夷狄易以兵制,以信结"。德宗曰"浑生未达兵事"。夜半,邠宁奏吐蕃劫盟,代宗大惊,以表示浑曰:"卿儒士,乃知军戎万里情乎?"韩愈言行文章,学者仰之如泰山北斗。裴度有绿野堂。李德裕有平泉宴游之地。谢安有东山之胜。按:幼安助耿京起义,克复东平,由山东间道赴行在奏事,忠义之气根于肺腑。见南涧而劝以功名,亦犹寿史致远之意也。《草堂诗余》载《指迷》云"(见前,略)",此犹刻舟求剑之说也。幼安忠义之气,由山东间道归来,见有同心者,即鼓其义勇,辞似颂美,实句句是规励,岂可以寻常寿词例之? 诵其词,读其书,不知其人可乎? 是以论其世,不能知人论世,又岂能以论文。——《蓼园词话》

青玉案　　(金)元好问

熙春明媚之春天。潘岳《闲居赋》:"凛秋暑退,熙春寒往。"台下花无数。红紫映、桃溪路。蝶往蜂来知几许。翠筠亭外,绿杨堤畔,时听娇莺语。　　绮筵罗列开樽俎,总是神仙侣。竞举笙歌驰玉醑。美酒也。黄庭坚《定风波》:"且共玉人斟玉醑,休听笙歌,一曲翠眉低。"介公眉寿,介,助也。《诗·豳风·七月》:"为此春酒,以介眉寿。"郑玄笺:介,助也。年年此日,长与花为主。

朝中措　　(金)元好问

香轻红浅露梅腮,江上早春来。玉佩声朝丹阙,霓旌影下瑶阶。　　朱门向晓,三千珠履,十二金钗。碧海金鸾来报,蟠桃一夜花开。

朝中措 　(金)元好问

帘旌烘日绣波翻。霜晓试轻寒。高宴黄堂初启，云外列仙班。　　昼明丽锦，香浮宝鸭，身在蓬山。三见扬尘沧海，春风一笑人间。

折丹桂 　(金)元好问

秋风秋露清秋节。秋雨过、秋香初发。二仙生日好秋天，气节与秋霜争裂。　　秋宵开宴群仙列。秋娘唱、秋云低遏。寿杯双劝祝千秋，镇长似、中秋皓月。

鹧鸪天 　(金)元好问

内府清虚息万缘。逍遥真是地行仙。从他玉带金鱼贵，听我纶巾羽扇偏。　　倾美酝，祝长年。休辞潋滟十分圆。来年此日称觞处，定有重孙戏膝前。

瑞鹤仙·寿史云麓 史弥远之子。 　(南宋)吴文英

记年时茂苑。正画堂凝香，璇奎 即魁星。二十八星宿之一，是主宰文章兴衰之神。 初焕。谓史之文才初露头角。 天边岁华转。

427

向九重春近，仙桃传宴。银罂翠管。极写仙桃之宴的繁华。宝香飞、指史之书法。蓬莱小殿。荷承也。玉皇、恩重千秋，翠麓峻齐云汉。切名字，极写其飞黄腾达。 须看。鸿飞高处，地阔天宽，承上盛况。弋人空羡。梅清水暖，苕溪上，几吟卷。再补上一笔称其文才。算金门金马门。听漏，玉墀班早，赢得风霜满面。总不如、绿野身安，裴度晚年退隐之别墅名"绿野堂"。镜中未晚。前极写其盛，后劝其归隐。

瑞鹤仙·癸卯寿方蕙岩寺簿 方万里号蕙岩，寺簿，官职名。
（南宋）吴文英

辘轳春又转。记旋又也。草新词，江头凭雁。化用温庭筠《菩萨蛮》："江上柳如烟，雁飞残月天。"乘槎上银汉。想车尘才踏，东华红软。自注：前辈戏语，西湖风月，不如东北红香土。○此句亦化用苏轼《次韵苏颖叔、钱穆父从贺景灵宫》"半白不羞垂领发，软红犹恋属车尘"意。何时赐见？漏声移、深宫夜半。用贾谊事。李商隐诗："可怜夜半虚前席，不问苍生问鬼神。"问莼鲈，今几西风，用张翰事。未觉岁华迟晚。 一片。丹心白发，露滴研朱，雅陪清宴。班回柳院。化用杜甫《晚出右掖》："退朝花底散，归院柳边迷。"蒲团底，小禅观。望罘罳读浮思，皆平声。为宫外作为守望的屏障，因上有孔，像网，故名。明月，初圆此夕，应共婵娟茂苑。愿年年，玉兔长生，耸秋井干。井干，井栏也。《庄子·秋水》："出跳梁乎井干之上，入休乎秋甓之崖。"成玄英疏："干，井栏也。"

初度日写怀　　（明）聂大年

五十一年车下坡，又逢初度意如何？床头渐觉黄金少，镜里还怜白发多。人笑能诗贫杜甫，天从善饭老廉颇。相知惟有梅花在，自折南枝伴醉歌。

寿继起和尚　　（清）吴伟业

故山东望路微茫，讲树秋风老着霜。不羡紫衣夸妙相，惟凭白足遍诸方。随云舒卷身兼杖，与月空明诗一囊。台顶最高三万丈，道人心在赤城梁。徐珂《清稗类钞》："南岳和尚退翁者，名宏储，字继起，兴化人，俗姓李氏。早岁出家，师事三峰，为其高弟。……（徐）枋曰：是非退翁之精微。但观其每年三月十九，素服焚香，北面挥涕，二十八年如一日，是何为者？退翁本明末亡之前之浮屠，而耿耿别有至性，遂为浮屠中之逸民，以收拾残山剩水之局，奇矣。"

次林茂之先生八十自纪韵　　（清）黄虞稷

八十才名遍九州，前朝遗老至今留。听谈旧事开元载，早识词人万历秋。藜杖寻诗荒径外，松风坐客小楼头。乳山咫尺能招隐，我欲从之一溯游。

七十自咏四首（录一首）　　（清）吴　历

甲子重来又十年，破堂如磬尚空悬。虫秋四壁鸣

还歇,漏雨三间断复连。不愿人扶迎贵客,久衰我梦见前贤。床头囊橐都消尽,求舍艰难莫问田。

自作寿堂　　（清）田 霖

随地便埋成底事,牛眠佳地喜初逢。倘天再许三年活,亲手还栽万树松。

齿会诗四首（录二首）　　（清）钱 琦

九人六百有余岁,每遇佳辰迭召呼。齿竟马加怜我长,杖多鸠刻健谁扶。坐消大块闲风月,好续耆英旧画图。正及天家开寿宴,白头都合醉尧衢。

萍蓬会合本前因,难得相逢一味真。天肯与闲兼与健,座忘谁主复谁宾。散花偏示维摩疾,饮酒思交公瑾醇。如此良朋如此会,径须消尽百年春。郭则沄《十朝诗乘》:"千叟宴始自康熙五十三年。是年,值六旬圣寿。三月壬寅,宴汉籍臣庶年六十五以上者千八百四十六人于畅春园正门前,遴派宗室子孙年二十以下、十龄以上者六十七人,执爵劝饮。越三日,又宴八旗员兵闲散人等年在六十五以上者千有十二人于畅春园正门前,礼亦如之。"○乾隆乙巳,值御极五十年兼诞育元孙之庆。新正六日,赐宴乾清宫,依品次列,凡八百筵,与宴者三千人。官跻一品及年逾九旬者,召至御座前赐酒,丰貂文锦,颁赉有差。○杨钟羲《雪桥诗话》:"嘉庆元年正月初四,于宁寿宫之皇极殿三举耆筵,预宴者三千五十六人,赋诗三千余首。时高丽、安南、日本各藩使臣,皆宴殿外,列名邀赏而未入宴赋诗者五千余人。"

晏彤甫自粤归祝太夫人寿二首　　（清）钱振伦

寿母欣闻颂鲁诗，宦途从此更无歧。伏波南海游
何壮，安石东山志不移。爱日春光融碧盏，好风天为
送征旗。鸣珂里第占星聚，知是慈明又淑慈。

鄙人寒饿赋河干，漂泊行踪且暂安。自是穷鳞濡
沫急，敢夸野鹤蓦天宽。唱酬渐觉齐年少，富贵深知
晚节难。独有秋储保全局，拙工袖手得旁看。

散原少予五岁，今年八十矣，记其生日亦九月，赋寄庐山　　（清）陈宝琛

平生相许后凋松，投老匡山第几峰。见早至今思
曲突，梦清特地省闻钟。直源忠孝吾犹敬，余事诗文
世所宗。五十年来彭蠡月，可能重照两龙钟。_{按：陈宝琛}
于光绪壬午主江西省试，首题为"子曰：岁寒然后知松柏之后凋也。"散原为宝琛所
取士。五十年来若师若弟，故有此作。

谢琴南寄文为寿　　（清）陈宝琛

不才社栎敢论年，刻画无盐正可怜。万事桑榆虚
逐日，半生草莽苦忧天。身名于我曾何与，心迹微君
孰与传。独愧老来诗不进，嗜痂犹说近临川。

431

（七）

贫病

自　悼　　　（唐）薛令之

朝日上团团，照见先生盘。盘中何所有？苜蓿长阑干。饭涩匙难绾，羹稀箸易宽。只可谋朝夕，何由保岁寒。《唐诗纪事》："开元中，令之为右庶子时，东宫官僚清淡。令之题诗自悼。明皇幸东宫，览之，索笔题其傍曰：'啄木口嘴长，凤凰毛羽短。若嫌松桂寒，任逐桑榆暖。'遂谢病归。"

李氏园林卧疾　　　（唐）孟浩然

我爱陶家趣，园林无俗情。春雷百卉坼，坼读拆，入声。绽开。寒食四邻清。伏枕嗟公幹，刘桢，字公幹，有《赠五官中郎将》诗"余婴沉痼疾，窜身清漳滨"之句。归山羡子平。年年白社客，《晋书·董京传》："初与陇西计吏俱至洛阳，被发而行，逍遥吟咏，常宿白社中。"后人遂以白社指隐士住所。空滞洛阳城。

空　囊　　　（唐）杜　甫

翠柏苦犹食，按：《列仙传》"赤松子好食柏实，齿落更生"。明霞高可餐。世人共卤莽，吾道属艰难。不爨井晨冻，无衣床夜寒。囊空恐羞涩，留得一钱看。

（明）王嗣奭："卤莽"二字，说尽世态，而"共"字更悲，乃知乱世情事，古今一律。……落句虽用成语，却有萧然自得之意，故不可及。——《杜臆》

（清）仇兆鳌：末作诙谐语以自解。——《杜诗详注》

（清）张谦宜：《空囊》布笔凡四层，写一"空"字，最为有法。凡看题无层次，便是思路不开。○一、二不厌其空，三、四乃所以空，五、六是空后实境，七与八则拗结扛题法。○不盥井晨冻，无衣床夜寒，写"空"字只用映衬，却又切挚。——《茧斋诗谈》

（清）浦起龙：拈结联为题，总皆自嘲自解之词。俗语嘲不食者为仙，起即此意。三、四原其故，却以庄语见清操。——《读杜心解》

（清）杨伦：写穷况妙在诙谐潇洒。——《杜诗镜铨》

老 病 　（唐）杜 甫

老病巫山里，稽留楚客中。药残他日裹，花发去年丛。夜足沾沙雨，春多逆水风。合分双赐笔，犹作一飘蓬。

摇 落 　（唐）杜 甫

摇落巫山暮，寒江东北流。烟尘多战鼓，风浪少行舟。鹅费羲之墨，貂余季子裘。长怀报明主，卧病复高秋。

秋 清 　（唐）杜 甫

高秋疏肺气，白发自能梳。药饵憎加减，门庭闷扫除。杖藜还客拜，爱竹遣儿书。十月江平稳，轻舟进所如。吴星叟云："憎字，闷字，尽久病性情。五、六高兴忽来，不复为病矣。"

病　起　　（唐）僧清江

身世足堪悲，空房卧病时。卷帘槐雨滴，扫石竹阴移。已觉生如梦，堪嗟寿不知。未能通法性，讵可免支离。

卧　病　　（唐）戴叔伦

门掩青山卧，莓苔积雨深。病多知药性，客久见人心。众鸟趋林健，孤蝉抱叶吟。沧洲诗社散，无梦盍朋簪。

（清）余成教：卢允言《蓝溪期萧道士采药不至》云"病多知药性，老近忆仙方"，于鹄《山中自述》云"病多知药性，年长信人愁"，戴幼公叔伦《卧病》云"病多知药性，客久见人心"，三人同时，皆上句优于下句，而幼公下句稍胜。——《石园诗话》

贫　居　　（唐）王　建

眼底贫家计，多时总莫嫌。蠹生腾药箧，一作"腾药纸"。字脱换书签。避湿堆黄叶，遮风下黑帘。近来身不健，时就六壬占。六壬为古代占卜吉凶的方法之一。六十甲子中的壬申、壬午、壬辰、壬寅、壬子、壬戌，为六壬，《隋书·经籍志》有记载。

闻董评事疾,因以书赠董生奉内典。　　(唐)刘禹锡

　　繁露传家学,青莲译梵书。火风乖四大,文字废三余。欹枕昼眠晚,折巾秋鬓疏。武皇思视草,谁许茂陵居。

(元)方回:末句谓相如病渴,似亦戏之。——《瀛奎律髓汇评》

(清)何焯:"三余"用董遇语,与"繁露"一联,皆以当家事对内典。——同上

(清)纪昀:三句即用内典,然殊不佳。——同上

病中一二禅客见问,因以谢之　　(唐)刘禹锡

　　劳动诸贤者,同来问病夫。添炉烹鸡舌,鸡舌香沾吃。所以三省故事,郎官口含鸡舌香,欲其奏事对答,吃芬芳。洒水净龙须。龙须席也。身是芭蕉喻,《涅槃经》云:"譬如芭蕉,生实则枯,一切众生身亦如此。行须邛竹扶。医王有妙药,能乞一丸无?

(元)方回:鸡舌香,龙须席,各去一字便佳。——《瀛奎律髓汇评》

(清)何焯:句句切禅客。第三句僧来只添茶也。——同上

(清)纪昀:此便格韵不同。刘白并称,中山未必甘心也。○结处双关,大雅,不落小巧法门。——同上

(清)无名氏(乙):都能练。——同上

(清)许印芳:"乞"读去声。以物与人也。——同上

洛滨病卧,李侍郎见惠药物,谑以文星之句

(唐)刘禹锡

隐几支颐对落晖,故人书信到柴扉。周南留滞商山老,星象如今属少微。

病　疮　(唐)白居易

门有医来往,庭无客送迎。病销谈笑兴,老足叹嗟声。鹤伴临池立,人扶下砌行。脚疮春断酒,那得有心情。

(元)方回:平正无疵,但颇未易及也。——《瀛奎律髓汇评》

(清)纪昀:此种诗外淡而中亦枯,虚谷好矫语古淡,故貌似者亦复取之。——同上

(清)无名氏(乙):吾尝谓白诗极有功夫,正谓此种。——同上

酬梦得《贫居咏怀》见赠　(唐)白居易

岁阴生计两蹉跎,相顾悠悠醉且歌。厨冷难留乌止屋,《诗》云:"瞻乌爰止,于谁之屋。"言乌多止富人之屋。门闲可与雀张罗。病添庄舄吟声苦,贫欠韩康药债多。日望挥金贺新命,梦得来篇云:"若有金挥胜二疏。"俸钱依旧又如何?

病　起　　（唐）贾岛

嵩丘归未得，空自责迟回。身事岂能遂，兰花又已开。病令新作少，雨阻故人来。灯下南华卷，祛愁当酒杯。

（元）方回：老杜此等体，多于七言律诗中变。独浪仙乃能于五言律诗中变，是可喜也。昧者必谓"身事"不可对"兰花"二字，然细味之，乃殊有味。以十字一串贯意，而一情一景自然明白。下联更用"雨"字对"病"字，甚为不切，而意极切，真是好诗变体之妙者也。若"往往语复默，微微雨洒松"，则其变太厓异而生涩矣。——《瀛奎律髓汇评》

（清）冯舒：高不在此。——同上

（清）冯班：唐人颔联常值下，何妨？——同上

（清）查慎行：巧生于熟则可，初学不可。——同上

（清）纪昀：虚谷谓"独浪仙乃能于五言律诗中变"。按：亦不独浪仙。此语欠考。○虚谷谓"以十字一串贯意，而一情一景自然明白。下联更用'雨'字对'病'字，甚为不切，而意极切"，此论亦允。——同上

（清）无名氏（乙）：肮脏不聊，在次联十字倾泻。——同上

属　疾 托疾请假也。时值其夫人逝世周年之际。　　（唐）李商隐

许靖犹羁宦，安仁复悼亡。兹辰聊属疾，何日免殊方。秋蝶无端丽，寒花只暂香。多情真命薄，容易即回肠。

南潭上亭宴集，以疾后至，因而抒情　　（唐）李商隐

马卿聊应召，谢傅已登山。歌发百花外，乐调新竹间。鹢舟萦远岸，鱼钥启重关。莺蝶如相引，烟萝不暇攀。佳人启玉齿，上客额朱颜。肯念沉疴士，俱期倒载还。

病中闻河东公乐营置酒，口占寄上　　（唐）李商隐

闻驻行春斾，<small>行春见《后汉书》谢夷吾为巨鹿太守事。</small>中途赏物华。绿忧武昌柳，<small>陶侃在武昌种柳事见《晋书》。</small>遂忆洛阳花。<small>何逊诗："洛阳城东西，却作经年别。昔去雪如花，今来花似雪。"</small>嵇鹤<small>《晋书》："嵇绍始入洛，或谓王戎曰：'昨于稠人中见嵇绍昂昂然如野鹤之在鸡群。'"</small>元无对，荀龙<small>《后汉书》："荀叔子八人并有才名，时称八龙。"按：此以况河东公柳仲郢诸子也。</small>不在夸。只将沧海月，长压赤城霞。兴欲倾燕馆，<small>燕馆即碣石宫。</small>欢终到习家。风长应侧帽，路隘岂容车。<small>《乐府》："相逢狭路间，路狭不容车。"</small>楼迥波窥锦，窗虚日弄纱。锁门金了鸟，<small>了鸟，屈戍也。</small>展障玉鸦叉。<small>画叉也。</small>舞妙从兼楚，歌能莫杂巴。必投潘岳果，谁掺祢衡挝。刻烛<small>刻烛见《南史》："萧文琰、邱令楷、江洪并以文称，竟陵王夜集赋诗为四韵，刻烛一寸。"</small>当时忝，传杯此夕赊。可怜漳浦卧，愁绪独如麻。

寄令狐郎中　　（唐）李商隐

嵩云秦树久离居，双鲤迢迢一纸书。休问梁园旧

宾客，茂陵秋雨病相如。

（明）郭濬：首句以死事为活事，妙妙！○"双鲤"句俗甚。○（末句）
于鳞七绝多此句法。——《增定评注唐诗正声》

（明）唐汝询：嵩云秦树，天各一方，所可达者惟书耳。然我秋雨抱
疴，何足问也。——《唐诗解》

（明）周敬等：义山才华倾世，初见重于时相，每以果园宾客自负，后
因被斥，所向不如其志，故此托病茂陵以致慨。——《唐诗选脉会通评林》

（清）屈复：求荐达之意在言外。——《玉溪生诗意》

水　斋　　（唐）李商隐

多病欣依有道邦，南塘宴起想秋江。卷帘飞燕还
拂水，开户暗虫犹打窗。更阅前题已披卷，仍斟昨夜
未开缸。谁人为报故交道，莫惜鲤鱼时一双。何焯曰："一
病忽忽，疑已入秋，及见飞燕拂水，暗虫打窗始觉犹是夏令，写病后真入神。更阅已
披之书，仍斟昨夜之酒，水斋之中病夫所以遣日者赖此。如此寂寞不能出户，惟望
故交时时书至以当披写，亦字字是多病人之心情也。"

贫居春怨　　（唐）雍　陶

贫居尽日冷风烟，独向檐床看雨眠。寂寞春风花
落尽，满庭榆荚似秋天。

贫居秋日　　（唐）皮日休

亭午头未冠，端坐独愁予。贫家烟爨稀，灶底阴

虫语。门小愧车马,廪空惭雀鼠。尽室未寒衣,机声
羡邻女。

病后春思　　　（唐）皮日休

连钱锦暗麝氛氲,荆思多才咏鄂君。孔雀钿寒窥
沼见,石榴红重堕阶闻。牢愁有度应如月,春梦无心
只似云。应笑病来惭满愿,花笺好作断肠文。

（清）陆次云：皮、陆多似元、白,"春梦无心"句又夺温、李之
席。——《五朝诗善鸣集》

（清）金人瑞：一解分明是病后人眠,又无奈起又不得,于是迁延被
中,闲思闲算,闲见闲闻也。"连钱"被上锦纹也;"麝"被之余香也。此因
一向病中,全然不觉,乃今始复,闲看闲嗅也。"荆思"七字,接上闲自谑浪
也。言设有楚人来见之者,定被说是舟中王子也。"见",言一向病中不
见,我今见也;"闻",言一向病中不闻,我今闻也。问其何见？曰：我见孔
雀窥沼也。又自释曰,为"屏"开（"钿寒"一作"屏开"）,故窥沼也。问其何
闻？曰,我闻石榴堕阶也。又自释曰：为红重,故堕阶也。便活画尽病新
愈人,詹詹自喜（前四句下）。○后解妙绝,妙绝！言我生平多愁,曾不暂
缀,不料一病,反得尽捐,此亦苦中之一乐,近来之私幸也。乃今病如得
去,必当愁将又来。譬如新月,终至渐渐盈满,可奈何？然我亦惟悉将春
梦尽付浮云,并弃笔墨永除绮语,一任世人笑我沉满愿犹存断肠诗,而子
病后竟至才尽耶？亦任受之矣（后四句下）！——《贯华堂选批唐才子诗》

奉酬袭美病中见寄　　　（唐）陆龟蒙

逢花逢月便相招,忽卧云航隔野桥。春恨与谁同

酩酊,玄言何处问逍遥。题诗石上空回笔,拾蕙汀边
独倚桡。早晚却还岩下电,_{袭美时有眼疾故云。}共寻芳径结
烟条。

酬袭美夏首病愈见招次韵　　（唐）陆龟蒙

雨多青合是垣衣,一幅蛮笺夜款扉。蕙带又闻宽
沈约,茅斋犹自忆王微。方灵只在君臣正,篆古须抛
点画肥。除却伴谈秋水外,野鸥何处更忘机。

点绛唇　　（北宋）韩　琦

病起恹恹,_{精神疲惫不堪。}画堂花谢添憔悴。乱红飘
砌,滴尽胭脂泪。_{指落花。}惆怅前春,谁向花前醉?愁无
际。武陵_{武陵溪,非实指。}回睇,人远波空翠。_{由落花而伤春,由}
_{伤春而怀人,暗寄时事身世之慨。全词用笔婉妙,深情幽韵袅袅若不能自胜。吴处}
_{厚《青箱杂记》云"韩魏公晚年镇北州,一日病起,作《点绛唇》词"即此。}

正月二十一日病后,述古邀往
城外寻春　　（北宋）苏　轼

屋上山禽苦唤人,槛前冰沼忽生鳞。老来厌逐红
裙醉,病起空惊白发新。卧听使君鸣鼓角,试呼稚子
整冠巾。曲栏幽榭终寒窘,一看郊原浩荡春。

病肺对雪　　（北宋）张　耒

拥庭晴雪照高堂，卧病悠悠废举觞。肺疾仅同园令渴，齿伤不为幼舆狂。交飞翠斝知谁醉，独嗅乌巾认旧香。原注：漉酒，渊明名也。惟有烹茶心未厌，故知淡薄味能长。

（元）方回：三、四句绝佳。"不为幼舆狂"，尤新异。五、六应二句，谓不能饮。"觞""斝"二字犯重。——《瀛奎律髓汇评》

（清）纪昀：亦常格。——同上

又云：此亦浅近。○注不解，再校《右史集》。——同上

满江红·病中俞山甫教授访别，病起谢之
（南宋）辛弃疾

曲几蒲团，方丈里，君来问疾。白居易《斋戒满夜戏招梦得》："方丈若能来问疾，不妨兼有散花天。"更夜雨、匆匆别去，一杯南北。万事莫侵闲鬓发，百年正要佳眠食。最难忘、此语重殷勤，千金直。　　西崦路，东岩石。携手处，今尘迹。望重来犹有，旧盟如日。莫信蓬莱风浪隔，垂天自有扶摇力。对梅花、一夜苦相思，卢仝《有所思》："相思一夜梅花发，忽到窗前疑是君。"无消息。

寄彭民望 名泽，字民望。湖南攸县人。以举人官通判，落魄归。
（明）李东阳

斫地哀歌兴未阑，归来长铗尚须弹。秋风布褐衣

445

犹短,夜雨江湖梦亦寒。木叶下时惊岁晚,人情阅尽
见艰难。长安旅食淹留地,惭愧先生苜蓿盘。

冬 夜　　(清)林古度

老来贫困实堪嗟,寒气偏归我一家。无被夜眠牵
破絮,浑如孤鹤入芦花。

卖 屋　　(清)林古度

自叹年来刺骨贫,吾庐今已属西邻。殷勤说与东
园柳,他日相逢是路人。

贺新郎·病中有感　　(清)吴伟业

万事催华发。论龚生、《汉书·龚胜传》载:"王莽篡位,遣使拜
胜为讲学祭酒,胜称疾不应召。后对门人言:'吾受汉家厚恩,亡以报,今年老矣,且
暮入地府,岂以一身事二姓下见故主哉!'"天年竟夭,夭读腰,平声,盛也。
《龚胜传》:"龚生竟然夭天年。"龚胜活至七十九岁而逝,犹言盛天年也。高名
难没。吾病难将医药治,耿耿胸中热血。待洒向、西
风残月。剖却心肝今置地,问华佗解我肠千结。追往
恨,倍凄咽。　　　故人慷慨多奇节。为当年、沉吟不
断,草间偷活。艾灸眉头瓜喷鼻,《隋书·麦铁杖传》载:"麦对医
者吴景贤说:'大丈夫性命自有所在,岂能艾炷灸额,瓜蒂喷鼻,治黄不差,而卧死儿

女手中乎？'"今日须难决绝。早患苦、重来千叠。脱屣妻孥
《史记·孝武本纪》："天子曰：'嗟乎，吾诚得如黄帝，吾视去妻子如脱屣耳。'"屣，鞋
子，同屦。　非易事，竟一钱不值何须说。人世事，几完缺。

亭林先生寓曲沃，卧病小愈，走书相闻， 即遣使起居奉诗　　（清）李因笃

涧树东连岳树深，自注：先生前寓华阴。相思北接太行
岑。蒹葭怆触居关兴，蟋蟀偏工入冀吟。世易繁霜应
有道，天留硕果定何心。晨星落落长蒿目，忍使寻盟
负断金。按：此诗勉之以有为。故炎武将易簀矣，犹答之云"一从听七发，欲起
命巾车"。喜其有同心也。

和袁子才病中自挽四首　　（清）王 昶

来本无生去岂亡，空劳薤露助悲凉。笑君不了还
诗债，又向朋侪索挽章。

挽歌聊复仿渊明，莫向观河厌此生。非直谷神常
不死，也如年老定成精。见《楞严经》。

心如智井看常涸，身似枯桐岂再华。我亦新来频
小极，药烟影里过生涯。

论齿输君小七年，发无可白总华颠。他年撒手休

447

皋复,净业终归自在天。生前自挽始于陶渊明《自祭》。惟袁子才腹疾久而不愈,乃作诗自挽,并邀同人作诗者。

秋夜病中　　（清）查为仁

　　巷尾迢迢报柝声,虚堂如水断人行。云移一朵月吞吐,竹啸几声风送迎。不向枚生求七发,只凭曲部觅三清。调糜煮药经旬卧,白发萧萧又几茎。

闻心余京邸病风却寄　　（清）赵翼

　　跋扈词场万敌摧,如何仍筑避风台。少贪酒色终偿债,老订诗文幸满堆。木有文章原是病,石能言语果为灾。可怜我亦拘挛臂,千里相忘两废材。

旅　食　　（清）汪中

　　旅食秋江上,浮生感二毛。畏谗多礼数,居贱习忧劳。野性存麋鹿,机心对桔槔。百年将毋许,未敢托名高。

病　起　　（清）徐瑛玉（女）

　　重开鸾镜施膏沐,卷上珠帘怯晓风。病起不知秋几许,飞来黄叶满庭中。

郭频迦来寓湖上,以病起怀人诗画册属题四首
（清）吴锡麒

疏鬓渐如凉鹭刷,双肩浑学瘦山支。自夸药石收奇效,添得阿侬苦硬诗。

浮眉楼上拥衾哦,合仗诗风扫病魔。旧雨停云都在眼,一灯如梦伴维摩。

枝山小草怀知句,卧病泊然成老夫。争似楞伽秋色里,榰床摇雨话江湖。

一箸思尝宋嫂鱼,孤山脚下赁新居。西湖不是多情物,珍重贪凉中酒余。

余自严江归,闻沈瞿庵病剧急往视之,但及一执手而已,哭之以诗　　（清）吴锡麒

我作孤游君独愁,独愁春去又成秋。半年怆我方归棹,一病闻君已卧楼。旧事可怜如梦过,轻帆幸不被风留。只争片刻犹相见,得见能教不泪流。

病中摘句怀人诗二首 　　(清)叶廷琯

憔悴中年黯自份,绉痕难熨旧霓裳。如何绝代婵
娟子,竟锁双蛾老上阳。吴侣裳有"绉痕难熨旧霓裳"句。

高树凉归与酒亲,崔黄叶后此传人。阿谁更赏蘋
花咏,怅望汀洲日暮春。管谷香夏日诗有"高树凉归与酒亲"句,可与
崔不雕"黄叶声多酒不辞"相匹。谷香亦有蘋花诗。

比邻徐寿蘅侍郎招饮,以疾赋诗为谢

(清)李慈铭

日日闲庭倚树吟,萧疏散发不胜簪。浮生久竭忧
时泪,多病常怀去国心。犹喜门墙邻绛帐,自惭桃李
庇清阴。幽忧未得陪佳赏,怅绝成连一曲琴。

答叔雅见过视病之作 　　(清)陈 衍

畸人丁野鹤,能访老迦陵。春去愁如海,诗来意
似冰。斜街蛮尾药,老屋半身藤。君看绳床客,枯眠
即是僧。

（八）

哀悼

一、帝王及宗室挽辞

恭懿太子挽歌五首　　（唐）王 维

何悟藏环早，才知拜璧年。翀天王子去，对日圣君怜。树转宫犹出，筂悲马不前。虽蒙绝驰道，京兆别开阡。

兰殿新恩切，椒宫夕临幽。白云随凤管，明月在龙楼。人向青山哭，天临渭水愁。鸡鸣常问膳，今恨玉京留。

骑吹凌霜发，旌旗夹路陈。礼容金节护，册命玉符新。傅母悲香袴，君家拥画轮。射熊今梦帝，秤象问何人？

苍舒留帝宠，子晋有仙才。五岁过人智，三天使鹤催。心悲阳禄馆，目断望仙台。若道长安近，何为更不来。

西望昆池阔，东瞻下杜平。山朝豫章馆，树转凤凰城。五校连旗色，千门叠鼓声。金环如有验，还向画堂生。

德宗皇帝挽歌二首　　（唐）刘禹锡

出震清多难，乘时播大钧。操弦调六气，挥翰动三辰。运偶升天日，哀深率土人。瑶池无辙迹，谁见属车尘？

凤翣拥铭旌，威迟异吉行。汉仪陈秘器，楚挽咽繁声。驻绋辞清庙，凝旐背直城。唯应留内传，知是向蓬瀛。

敬宗皇帝挽歌三首　　（唐）刘禹锡

宝历方无限，仙期忽有涯。事亲崇汉礼，传圣法殷家。晚出芙蓉阙，春归棠棣华。玉轮今日动，不是画云车。

任贤劳梦寐，登位富春秋。欲遂东人幸，宁虞杞国忧。长杨收羽骑，太液泊龙舟。惟有衣冠在，年年怆月游。

讲学金华殿，亲耕钩盾田。侍臣容谏猎，方士信求仙。虹影俄侵日，龙髯不上天。空余水银海，长照夜灯前。

文宗皇帝挽歌三首　　（唐）刘禹锡

继体三才理，承颜九族亲。禹功留海内，殷历付天伦。《调露》曲长在，《秋风》词尚新。本支方百代，先让棣华春。

月落宫车动，风凄仪仗闲。路唯瞻凤翣，人尚想龙颜。御宇方无事，乘云遂不还。圣情悲望处，沉日下西山。人君兄日娣月，出《春秋感精符》。武宗以弟及，故用之。

享国十五载，升天千万年。龙镳仙路远，骑吹礼容全。日下初陵外，人悲旧剑前。周南有遗老，掩泪望秦川。

题于家公主旧宅　　（唐）刘禹锡

树满荒台叶满池，箫声一绝草虫悲。邻家犹学宫人髻，园客争偷御果枝。马埒蓬蒿藏狡兔，凤栖烟雨啸愁鸱。何郎犹在无恩泽，不似当初傅粉时。

（清）金人瑞：前解悼公主，后解悲驸马。○看他从"叶满池"上追说仙台，从"草虫悲"上追说箫声，便自使人怅然心悲，并更不用多写荒凉败落也。三、四尤为最工，若不写得如此，便是平等人家断钗零钿，不复成公主悼亡诗也（前四句下）。○蓬蒿狡兔，烟雨愁鸱，此即"无恩泽"之三字也。七句"独"字，"在"字，不许草草连续，盖在而独，固是悲公主，乃独而在，却是悲驸马。人只知"独"字之甚悲，即岂知"在"字之尤悲耶！设使驸马早知如此，固真不如先一旦试黄泉，借蝼蚁以陪公主于地下之为得算也（后四句下）。——《贯华堂选批唐才子诗》

昭德王皇后挽歌辞　　（唐）白居易

仙去逍遥境，诗留窈窕章。春归金屋少，夜入寿宫长。凤引曾辞辇，蚕休昔采桑。阴灵何处感？沙麓月无光。

庄恪太子挽歌辞二首 太子李永，文宗长子也。　　　（唐）温庭筠

叠鼓辞宫殿，小击鼓谓之叠。悲笳降杳冥。影离云外日，光灭火前星。邺客瞻秦苑，邺客指徐幹、刘桢、陈琳、吴质等皆见友于魏太子。商公 商山四皓。下汉庭。依依陵树色，空绕九原青。

东府虚容卫，西园寄梦思。凤悬吹曲夜，周灵王太子晋好吹笙作凤鸣。鸡断问安时。《礼记》："文王之为世子，朝于王季，日三。鸡初鸣而至于寝门外，问内竖之御者曰：'今日安否何如？'内竖回安。文王乃喜。及日中又至……"尘陌都人恨，霜郊赗马悲。《穀梁传》："归死曰赗，

归生曰赗。"《白虎通》："赗，助也。赠，赴也。所以助生送死也。"**唯余埋璧地，**《左传》："楚恭王无冢适，有宠子五，无适立焉。乃大有事于群望而祈曰：'请神择五人，主社稷。'乃徧以璧见于群望曰：'当璧而拜者，神所立也。'与巴姬密埋于太室之庭，使五人拜，康王跨之，灵王肘加焉，子干、子皙皆远之，平王弱，抱而入，再拜皆压纽。"**烟草近丹墀。**

昭肃皇帝挽歌辞三首　　（唐）李商隐

九县《后汉书》："九县飚回。"**怀雄武，三灵仰睿文。周王传叔父，**《唐书》："武宗讳瀍始封颍王，开成五年立为皇太弟，废太子成美为陈王。"**汉后重神君。**神君见《汉书·郊祀志》。**玉律朝惊露，金茎夜切云。箫箫凄欲断，无复咏横汾。**

玉塞惊宵柝，玉塞，玉门关也。《唐书》："会昌三年正月，河东节度使刘沔大破回鹘于杀胡山，迎太和公主以归。故曰'玉塞惊宵柝也'。"**金桥**地名，在上党。此谓平刘稹之乱。**罢举烽。始巢阿阁凤，旋驾鼎湖龙。门咽通神鼓，楼凝警夜钟。小臣观吉从，犹误欲东封。**司马相如临终别作《封禅书》盛颂汉德宏大，请武帝东至泰山行封禅事，昭告天下太平。陈后主诗"愿上东封书"。

莫验昭华琯，《西京杂记》："高祖初入咸阳宫周行府库有玉笛，铭曰'昭华之琯'。"**虚传甲帐神。海迷求药使，雪隔献桃人。桂寝**桂寝即桂馆飞帘之属。**青云断，松扉白露新。万方同象鸟，**《帝王世纪》："舜葬于苍梧，下有众象尝为之耕。"《水经注》："禹崩于会稽，因葬之。有鸟来为耘，春技草根，秋啄其秽。"**举恸满秋尘。**

457

吴王挽词 南唐后主降宋后封吴王。一云：死后追封吴王。 二首

（五代）徐 铉

　　倏忽千龄尽，冥茫万事空。青松洛阳陌，芳草建康宫。道德遗文在，兴衰自古同。受恩无补报，反袂泣途穷。

　　土德承余烈，江南广旧恩。一朝人事变，千古信书存。哀挽周原道，铭旌郑国门。此生虽未死，寂寞已销魂。李后主葬北邙。《江南录》："乃铉与汤悦奉诏撰，故有'郑国'、'信书'之句也。"○蔡絛《西清诗话》云："南唐后主围城中作长短句云：樱桃落尽春归去，子规啼月小楼西。曲栏金泊，惆怅卷金泥。门巷寂寥人去后，望残烟草低迷。……词未就而城破。余尝见残稿，点染晦昧，心方危窘，不在书耳。"

仁宗皇帝挽词四首 　　（北宋）王安石

　　去序三朝圣，行崩万国天。忧勤无旷古，治洽最长年。仁育齐高厚，哀思馨幅员。欲知千载美，道德冠遗编。

　　凭几微言绝，群臣涕泗挥。哀号三级陛，缟素九重围。天上仙游远，宫中御座非。最悲帷幄侍，不复未明衣。

　　厌代人间世，收神天上游。遽然虚玉座，不复望

珠旒。待旦移巾帻,饔人改膳羞。寻常飞白几,寂寞
暗尘浮。

同执群方至,因山七月催。永违天日表,空有肺
肝催。帐殿流苏卷,铃歌薤露哀。宫中垂晓轫,西去
不更回。

英宗皇帝挽辞二首　　(北宋)王安石

御气方尊极,乘云已沈寥。衣冠万国会,陵寝百
神朝。夏鼎传归启,虞羹想见尧。谁当授椽笔,论德
在琼瑶。

玉册上鸿名,犹残警跸声。忽辞千岁祝,虚卜五
年征。羽卫悲哀送,山陵指顾成。讴歌归圣子,世孝
在持盈。

神宗皇帝挽辞二首　　(北宋)王安石

将圣由天纵,成能与鬼谋。聪明初四达,俊乂尽
旁求。一变前无古,三登岁有秋。讴歌归子启,钦念
禹功修。

城阙宫车转,山林隧道归。苍梧云未远,姑射露

先睎。玉暗蛟龙蛰，金寒雁鹜飞。老臣他日泪，湖海
想遗衣。

慈圣光献皇后宋仁宗曹后也。 挽辞二首 　　（北宋）王安石

国赖姜任盛，门归马邓高。《关雎》求窈窕，《卷
耳》念勤劳。圣淑才难拟，休明运继遭。冈原今献卜，
帷扆正攀号。

涂山女德茂，京室母才难。具美多前志，余光永
后观。遗衣迁馆御，祖载出宫葭。终始神孙孝，长留
万国欢。

神宗皇帝挽词三首 　　（北宋）苏 轼

文武固天纵，钦明又日新。化民何止圣，妙物独
称神。《易·说卦》："神也者，妙万物而为言者也。"政已三王上，言皆
六籍醇。巍巍本无象，刻画愧孤臣。

未易名尧德，何须数舜功。小心仍致孝，余事及
平戎。典礼从周旧，官仪与汉隆。谁知本无作，《庄子·
知北游篇》："至人无为，大圣不作。"千古自承风。

接统真千岁，膺期止一章。周南稍留滞，宣室遂凄凉。病马空嘶枥,枯葵已泫霜。余生卧江海,归梦泣嵩邙。

（宋）许顗：东坡受知神庙,虽谪而实欲用之。东坡微解此意,后作《挽词》"病马空嘶枥"四句,非深悲至痛,不能道此语。——《彦周诗话》

十月二十日,恭闻太皇太后升遐,以轼罪人,不许成服,欲哭则不敢,欲泣则不可,故作挽词二章　　（北宋）苏　轼

巍然开济两朝勋,《后汉书·和熹邓皇后纪》:"和帝崩,殇帝生始百日,后乃迎立之,尊后为皇太后,临朝,及殇帝崩,太后定策,立安帝,始临朝政。"信矣才难十乱臣。原庙固应祠百世,先王何止活千人。和熹未圣犹贪位,明德虽贤不及民。《后汉书·明德马皇后纪》:"太后曰马贵人,德冠后宫,即其人也,立为皇后。"月落风悲天雨泣,谁将椽笔写光尘。

未报山陵国士知,绕林松柏已猗猗。一声恸哭犹无所,万死酬恩更有时。梦里天衢隘云仗,人间雨泪变彤帷。《关雎》《卷耳》平生事,白首累臣《左传·成公三年》:"对曰:'以君之灵,累臣将归骨于晋。'"累臣,作者自訾。正坐诗。

题武惠妃传　　（南宋）杨万里

桂折秋风露折兰,千花无朵可天颜。寿皇不忍金

宫冷，独献君王一玉环。按：武惠妃系唐玄宗的宠爱妃子之一，在杨贵妃未进宫之前与元献皇后等相继去世。寿皇即寿王李瑁。

太皇谢太后挽章二首 （南宋）汪元量

羯鼓喧吴越，伤心国破时。雨阑花洒泪，烟苑柳颦眉。事去千年速，愁来一死迟。旧臣相吊后，寒月堕燕支。

大漠阴风起，羁孤血泪悬。忽闻天下母，已赴月中仙。哀乐浮云外，荣枯逝水前。遗书收骸骨，归葬越山边。太皇太后名谢道清，浙江天台人。理宗皇后，度宗即位，尊为皇太后。咸淳十年（1274）度宗崩，嘉国公显即位，年仅四岁，谢道清临朝听政。不久被尊为太皇太后。德祐二年（1276）元兵攻下临安，赵显尊太皇太后命，奉表乞降，国亡后北上，数年而卒。

读梅村永和宫词有感作 （清）朱鹤龄

永和妃子承恩最，锦瑟银筝亦暂娱。翻幸未秋辞玉簟，得从衰草奉珠襦。妃子先死，崇祯死后李自成藁葬于妃子之旁。松楸露冷兰丛断，环佩声凄月影孤。莫道宸游泥歌舞，椒宫从未卷龙须。

新蒲绿二首并序 （清）吴伟业

三月十九日公祭于娄东之钟楼，伟业敬赋二律，以当迎神送神之曲。

白发禅僧到讲堂,衲衣锡杖拜先皇。半杯松叶长陵饭,一炷沉烟寝庙香。有恨山川空岁改,无情莺燕又春忙。欲知遗老伤心事,月下钟楼照万方。

甲申龙去可悲哉,几度东风长绿苔。扰扰十年陵谷变,寥寥七日道场开。剖肝义士沉沧海,尝胆王孙葬劫灰。谁助老僧清夜哭,只应猿鹤与同哀。按:此诗乃明季遗臣私祭崇祯纪事之作,惜轶其年载,不可考同祭者为何如人矣。盖其时天下初定,梅村家居,恐触禁网也。

读山翁大师新蒲录,依韵柬寄　　（清）王 撰

江头老父话兴亡,蒲柳春光又十霜。徒有子规愁望帝,更无鹦鹉忆明皇。唐陵麦饮悲寒食,汉腊桑门祝上方。指示傍人尽流涕,讲堂钟鼓暮云黄。

洛阳吊明福恭王　　（清）王星诚

不是深宫宠遇隆,头颅宁值陷元戎。空传雉后怜如意,真个鸿门杀太公。拱手中原殊草草,当头春月更匆匆。还留一块官家肉,只与田横录首功。

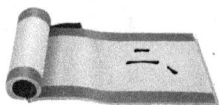

二、文武大臣

故西河郡杜太守_{杜希望。}挽歌三首　　（唐）王　维

天上去西征，_{希望在陇右任职时，曾率兵西击吐蕃。天上，形容其地极高极远。}云中护北平。_{北平为右北平与云中皆汉郡名。李广尝为云中太守，又尝拜右北平太守。}生擒白马将，连破黑雕城。_{黑雕，即黑齿雕题。此词出《战国策》及《楚辞》，即把牙齿染成黑色，在额上雕刻花纹，此泛指少数民族。}忽见刍灵苦，_{束草为人马之形，以为死者随葬之物，谓之刍灵。}徒闻_{空闻。}竹使荣。_{汉代有铜虎符、竹使符之制，铜虎符主发兵，竹使符为郡守之验。}空留左氏传，_{此以晋杜预喻杜希望。杜预立功之后为《春秋左氏经传集解》以著述遗留后世，亦切姓。}谁继卜商名。_{卜商为孔子弟子，孔子殁后，卜商居西河教授，为魏文侯师。言希望在西河任职时教授郡人，死后谁可为继者，此切其地。}

返葬金符守，_{杜希望京兆人，死于任所，谓其由西河返葬于京兆。}同归石窌_{读溜，去声，地名。}妻。_{此谓希望之妻知礼，此次能合归京兆合葬。用《左传·成公二年》故事。}卷衣悲画翟，_{翟读狄，入声。雉鸟名。画翟，夫人之衣饰。《礼记·丧大记》："北面三号，卷衣投于前。"}持翣_{读霎，入声。古代出殡时棺饰。状如扇，在路以障车，入椁以障柩，柩车行，使人持之以从。}待

鸣鸡。谓天明即行。容卫仪仗队。都人惨，山川驷马嘶。犹闻陇上客，相对哭征西。以东汉征西将耿秉比杜希望。"匈奴闻秉卒，举国号哭。"见《后汉书·耿秉传》。

涂刍去国门，《礼记·檀弓下》："涂车（泥车）、刍灵，自古有之，明器（随葬的器物）之道也。"郑玄注："刍灵，束茅为人马，谓之灵者，神之类。"秘器指棺。出东园。李贤注《汉书》："东园，置名，属少府，主作凶器，故言秘也。"太守留金印，夫人罢锦轩。用锦作障幔的车子。言夫人已死，锦轩不用也。旌旐指送葬的仪仗。转衰木，言行于衰木之中。箫鼓上寒原。指出殡时奏乐。坟树应西靡，颜师古注《汉书·东平西王宇传》："《皇览》云：'东平西王冢在无盐，人传言王在国，思归京师，后葬，其冢上松柏皆西靡（倒伏）也。'"长思魏阙恩。《吕氏春秋·审为》："身在江湖之上，心居魏阙之下。"注曰："魏同巍，巍巍高大，故曰魏阙。"

达奚侍郎夫人寇氏挽歌二首　　　（唐）王　维

束带将朝日，鸣环映牖辰。能令谏明主，相劝识贤人。遗挂潘岳悼亡诗：流芳未及歇，遗挂犹在壁。空留壁，回文日覆尘。金蚕将画柳，《释名》："舆棺之车曰輴，其盖曰柳。"何处更知春。

女史悲彤管，彤管，赤管笔，女史记事者所执，记功书过。夫人罢锦轩。卜茔占二室，行哭度千门。秋日光能澹，寒川波自翻。一朝成万古，松柏暗平原。

承闻故房相公灵榇自阆州启殡归葬东都，有作二首 （唐）杜 甫

远闻房太尉，归葬陆浑山。一德兴王后，孤魂久客间。孔明多故事，安石竟崇班。他日嘉陵泪，仍沾楚水还。

丹旐飞飞日，初传发阆州。风尘终不解，江汉忽同流。剑动新身匣，书归故国楼。尽哀知有处，为客恐长休。

哭李尚书之芳 （唐）杜 甫

漳滨与蒿里，逝水竟同年。欲挂留徐剑，犹回忆戴船。相知成白首，此别间黄泉。风雨嗟何及，江湖涕泫然。修文将管辂，奉使失张骞。史阁行人在，诗家秀句传。客亭鞍马绝，旅榇网虫悬。复魄昭丘远，招魂素浐偏。樵苏封葬地，喉舌罢朝天。秋色凋春草，王孙若个边。

重 题 （唐）杜 甫

涕泗不能收，哭君余白头。儿童相识尽，宇宙此生浮。江雨铭旌湿，湖风井径秋。还瞻魏太子，宾客减应刘。

466

哭李常侍峄二首　　（唐）杜 甫

一代风流尽,修文地下深。斯人不重见,将老失知音。短日行梅岭,寒山落桂林。长安若个伴,犹想映貂金。

青琐陪双入,铜梁阻一辞。风尘逢我地,江汉哭君时。次第寻书札,呼儿检赠诗。发挥王子表,不愧史臣词。

奉汉中王手札报韦侍御、萧尊师亡

（唐）杜 甫

秋日萧韦逝,淮王报峡中。少年疑柱史,多术怪仙公。不但时人惜,只应吾道穷。一哀侵疾病,相识自儿童。处处邻家笛,飘飘客子蓬。强吟怀旧赋,已作白头翁。李云:"霜天鹤唳,清切动人。处处二句,暗用山阳之笛,不泥定说则为使事不为事使也。对句尤高,虚实结合。论事则笛实而蓬虚,诗则反是。"○仇注云:"柱下史得长年,侍御以少年而亡,故疑之。箫史跨凤升仙,尊师学仙而亦亡,故怪之。一切官,一切姓也。"

哭严仆射归榇　　（唐）杜 甫

素幰随流水,归舟返旧京。老亲如宿昔,严武之母甚贤,及武卒,其母尚在。部曲异平生。风送蛟龙匣,《西京杂记》:"汉

467

帝送死,皆珠襦玉匣。武帝匣上皆镂为蛟龙、鸾凤、鱼鳞之象。"按:《霍光传》,人臣亦可称蛟龙匣也。杜甫《哀李光弼》诗:"零落蛟龙匣。"天长骠骑营。一哀三峡暮,哭之久也。遗后犹身后也。见君情。

故武卫将军挽词三首　　（唐）杜　甫

严警当寒夜,前军落大星。壮夫思果决,哀诏惜精灵。王者今无战,书生已勒铭。封侯竟疏阔,编简为谁青?

舞剑过人绝,鸣弓射兽能。铦锋行慊顺,猛噬失蹺腾。赤羽千夫膳,黄河十月冰。横行沙漠外,神速自今称。

哀挽青门去,新阡绛水遥。路人纷雨泣,天意飒风飚。部曲精仍锐,匈奴气不骄。无由睹雄略,大树日萧萧。

令狐仆射与予投分素深,纵山川阻峭,然音问相继。今年十一月仆射疾不起,闻予已承讣书,寝门长恸。后日有使者两辈持书并诗,计其日时,已是卧疾,手笔盈幅,翰墨尚新。新词一篇,音韵弥切。收泪握管,以成报章,虽广陵之弦于今绝矣,而盖泉之感,犹庶闻焉。焚之缞帐之前,附于旧编之末

（唐）刘禹锡

前日寝门恸,至今悲有余。已嗟万化尽,方见八

行书。满纸传相忆，裁诗怨索居。危弦音有绝，哀至
韵犹虚。忽叹幽明异，俄惊岁月除。文章虽不朽，精
魄竟焉如。零泪沾青简，伤心见素车。凄凉从此后，
无复望双鱼。

伤循州浑尚书　　　（唐）刘禹锡

贵人沦落路人哀，碧海连天丹旐回。遥想长安此
时节，朱门深巷百花开。

哭吕衡州，时予方谪居　　　（唐）刘禹锡

一夜霜风凋玉芝，苍生望绝士林悲。空怀济世安
人略，不见男婚女嫁时。遗草一函归太史，孤坟三尺
迩要离。瞿蜕园注：《后汉书·梁鸿传》：鸿至吴，依大家皋伯通居庑下。伯通
察而异之，曰：非凡人也。乃方舍之于家。及卒。伯通等为求葬地与要离冢傍。"
朔方瞿按：《后汉·蔡邕传》："于是下邕，质于洛阳狱，劾以仇怨奉公，议害大臣，
大不敬，弃市。事奏，中常侍吕强愍邕无罪，请之，帝亦更思其章，有诏减死一等，与
家属髡钳徙朔方，不得以赦令除。……会明年大赦，乃宥邕还本郡，邕自徙及归凡
九月焉。"盖禹锡引此以自况也。徙岁行当满，欲为君刊第二碑。

（清）贺裳："遗草一函归太史，孤坟三尺近要离。"若必拘拘切合，则
要离冢在吴。《旧唐书》称温自卫州还，郁郁不得志而殁。秦、吴相去千
里，不亦太失事实乎？然总以形容旅榇蒿葬之悲，所谓镜花水月，不必
果有其事。——《载酒园诗话》

（清）姚鼐：梦得此时在贬谪，故以伯喈在朔方自比。伯喈有为人作

二碑三碑者,故拟北还,虽吕已有碑,犹欲为更撰也。——《五七言今体诗钞》

（清）方东树：起突写其卒,中有哭意。五、六略转笔换气。——《昭昧詹言》

哭崔二十四常侍 　（唐）白居易

貂冠初别九重门,马鬣新封四尺坟。薤露歌词非白雪,旌铭官爵是浮云。伯伦每置随身锸,元亮先为自祭文。莫道高风无继者,一千年内有崔君。自注：崔好酒放歌,忘怀生死,知疾不起,自为志文。

同刘二十八哭吕衡州兼寄江陵李、元二侍御

孙汝听曰："元和六年九月衡州刺史吕温卒。"陈景云曰："李元二侍御,李景俭,元稹也。" 　（唐）柳宗元

衡岳新摧天柱峰,韩醇曰："衡山南岳也。"天柱峰乃衡山诸峰之一。公意借以喻衡州耳。士林憔悴泣相逢。只令文字传青简,孙汝听曰：上古以竹简写书。韩曰《后汉书·吴祐传》："祐父欲杀青简写经书。"注云："杀青简者以火炙简令汗,盖取其易书复无蠹,谓之杀青,亦谓之汗简。"不使功名上景钟。景钟,大钟也。三亩空留悬磬室,孙曰："僖二十六年《左氏》：'齐侯谓展喜曰：室如悬磬,野无青草,何恃而不恐。'"九原犹寄若堂封。韩曰："《礼记·檀弓》：'文子曰：武也得从先大夫九原'。"注："晋卿大夫之墓地在九原。"又夫子曰："吾见封之若堂者矣。"注："封,筑土为垄,堂形,四方而高。"遥想荆州人物论,几回中夜惜元龙。孙曰："《魏志》陈登字元龙,为广陵太守,年三十九卒。后许汜,刘备在荆州牧刘表坐,表与共论天

下人物。汜曰：'陈元龙湖海之士，豪气不除。'备曰：'元龙文武瞻志，当求之于古耳，造次难得比也。'时元、李二侍御皆在江陵，故用此事。"

（宋）何汶：《诗眼》云："《哭吕衡州》诗，足以发明吕温之俊伟。"——《竹庄诗话》

（元）郝天挺：首言温之死，士林相逢者，莫不悲泣而憔悴，盖惜其传文字于青简，未勒功名于景钟也。且官清而贪，室如悬磬，今已物化，见其封若高堂耳。昔刘备知惜元龙，岂二侍御而不惜衡州哉？——《唐诗鼓吹注解》

（清）朱三锡：吕温卒于衡州，故以"天柱峰"比之。"泣相逢"，言与刘同哭。三、四伤其才不逢时。五、六哀其贫不能葬。七、八寄江陵二侍御，故即刘荆州比之，言下有责望二公之意。——《东岩草堂评订唐诗鼓吹》

秘书刘尚书挽歌辞二首　　（唐）温庭筠

王笔活鸾凤，唐太宗《王羲之传赞》："烟霏露结，状若断而还连；风翥龙蟠，势如斜而反正。"谢诗生芙蓉。《世说新语》："颜尚之尝问鲍明远己诗与谢康乐优劣。鲍曰：'谢五言如初发芙蓉，自然可爱，君诗如铺锦列绣，雕缋满眼。'"学筵开绛帐，谭柄发洪钟。粉署见飞鹏，玉山猜卧龙。《晋书·嵇康传》："钟会言于文帝曰：'嵇康，卧龙也。'"遗风洒清韵，萧散九原松。

麈尾近良玉，鹤裘吹素丝。坏陵殷浩谪，春墅谢安棋。京口贵公子，襄阳诸女儿。折花兼踏月，多唱柳郎词。

哭李给事中敏　　　（唐）杜　牧

阳陵郭门外，原注：朱云葬阳陵郭外。陂陁丈五坟。九泉如结友，兹地好埋君。

闻开江相国宋申锡下世二首　　　（唐）杜　牧

权门阴奏夺移才，驿骑如星堕峡来。晁氏有恩忠作祸，贾生无罪直为灾。贞魂误向崇山没，冤气疑从湘水回。毕竟成功何处是，五湖云月一帆开。

月落清湘棹不喧，玉杯瑶瑟奠蘋蘩。谁令力制乘轩鹤，自取机沉在槛猿。位极乾坤三事贵，谤兴华夏一夫冤。宵衣旰食明天子，日伏青蒲不为言。

故驿迎吊故桂府常侍有感　　　（唐）李商隐

饥乌翻树晚鸡啼，泣过秋原没马泥。二纪征南恩与旧，此时丹旐丹旐，铭旌也。王褒《送葬诗》：丹旐书空位。玉山西。

彭阳公薨后赠杜二十七胜、李十七潘，二君并与愚同出故尚书安平公门下　　　（唐）李商隐

梁山兖水约从公，两地参差一旦空。谢墅庾楼相

吊后，自今岐路各西东。<small>梁山指彭阳公令狐楚，兖水指安平公崔戎。</small>

过伊仆射旧宅　　（唐）李商隐

朱邸<small>凡郡国朝宿之舍在京者谓之邸，邸有朱户，故曰朱邸。</small>方酬力
战功，华筵俄叹逝波穷。回廊檐断燕飞去，小阁尘凝
人语空。幽泪欲干残菊露，余香犹入败荷风。何能更
涉泷江去，独立寒流吊楚宫。<small>按：伊慎，兖州人，善骑射，大历间以
军功封南兖郡主，历官检校尚书，右仆射。</small>

吴正肃公挽辞三首　　（北宋）王安石

<small>公尝举贤良，终河南守，葬郑。予举进士时公知举。</small>

从容边塞议，慷慨庙堂争。曲突非无验，方穿有
不行。缙绅终倚赖，赗襚极哀荣。岂慕公孙相，平生
学董生。

应世文章手，宜民政事才。朝多侧目忌，士有拊
心哀。书蠹平生简，香寒后夜灰。悠悠国西路，空得
葬车回。

昔继吴公治，今从子产游。里门无旧客，乡国有
新丘。谋让裨谌远，<small>裨谌人名。《左传·襄公三十年》：裨谌能谋，谋于</small>

473

野则获，谋于邑则否。文归贾谊优。此时辜怨宠，西望涕空流。

哭张唐公 　　（北宋）王安石

棠邑山林久寂寥，属车前日驻鸡翘。冥冥独凤随云雾，南陌空闻引葬箫。

王中甫学士挽词 　　（北宋）王安石

同学金陵最少年，奏书曾用牍三千。盛名非复居人后，壮岁如何弃我先。种橘园林无旧业，采蘋洲渚有新篇。蒜山东路春风绿，埋没谁知太守阡。按：中甫与安石同学，安石被召，中甫寄诗云："草庐三顾动幽蛰，蕙帐一空生晓寒。"安石答云："丈夫出处非无意，猿鹤从来自不知。"及安石得政，神宗转对群臣，中甫进疏云："愿陛下师心勿师人。"安石不乐，深辟其言。

贾魏公挽辞二首 贾昌朝字子明谥文元。 　　（北宋）王安石

功名烜赫在三朝，经术从容辅汉条。儒服早纡丞相绂，戎冠再插侍中貂。开仓六塔流民复，出甲甘陵叛党销。东第只今空画像，当时于此识风标。

铭旌萧飒九秋风，薤露悲歌落月中。华屋几人思谢傅，佳城今日闭滕公。名垂竹帛书勋在，神寄丹青

审象同。天上貂蝉曾梦赐，归魂应侍紫阳宫。

韩康公韩绛字子华封康国公。 挽辞三首　　（北宋）苏　轼

故国非乔木，兴王有世臣。嗟予后死者，犹及老成人。德业《周易》："可久则贤人之德，可大则贤人之业。"经文武，风流表缙绅。空余行乐地，处处泣遗民。

再世忠清德，三朝翊赞勋。功成不归国，就访敢忘君。旧学严诗律，余威靖塞氛。何当继《韩奕》，《毛诗·韩奕》："尹吉甫美宣王也。"故吏总能文。

西第开东阁，汉公孙弘为相，开东阁以延贤人。初筵《诗·小雅》："宾之初筵，左右秩秩。"点后尘。笙歌邀白发，灯火乐青春。扶路三更罢，回头一梦新。赋诗犹墨湿，把卷独沾巾。

陆龙图诜字介夫。 挽辞　　（北宋）苏　轼

挺然直节庇峨岷，谋道从来不计身。属纩《礼记·丧大记》："属纩以俟绝气。"注："纩即今之新绵，易动摇，置口鼻之上以为候。"家无十金产，《汉书·扬雄传》："家产不过十金。"过车巷哭六州民。用《晋书》羊祜事。尘埃辇寺三年别，樽俎岐阳一梦新。东坡与介夫相别于京师而会于凤阳，故诗及之。他日思贤见遗像，自注：成都有思贤阁，画诸公像。不论宿草《礼记·檀弓》："朋友之墓，有宿草而不哭焉。"更沾巾。

姚屯田挽词　　（北宋）苏　轼

京口年来耆旧衰,高人沦丧路人悲。空闻韦叟一经在,《汉书·韦贤传》:"宣帝初即位,(韦)贤以先帝师为丞相,少子玄成复以明经,位至丞相。故邹鲁谚曰:遗子黄金满籝,不如一经。"不见恬侯万石时。石奋有四子,皆二千石,因号为万石君。奋谥恬侯。见《汉书·石奋传》。贫病只知为善乐,《后汉书·东平宪王传》显宗诏曰:"日者问东平,处家何等最乐,王言为善最乐,其言甚大。"逍遥却恨弃官迟。七年一别真如梦,犹记萧然瘦鹤姿。

同年王中甫挽词　　（北宋）苏　轼

先帝亲收十五人,四方争看击鹏鹍。如君事业真堪用,顾我衰迟不足论。出处升沉十年后,死生契阔几人存。他时京口寻遗迹,宿草犹应有泪痕。

吕与叔学士挽词　　（北宋）苏　轼

言中谋猷行中经,关西人物数清英。欲过叔度留终日,《世说新语》:"郭林宗至汝南,造袁奉高,车不停轨,鸾不辍轭。诣黄叔度乃弥日信宿。人问其故,林宗曰:'叔度汪汪如万顷波,澄之不清,挠之不浊,不可量也。'"未识鲁山空此生。《新唐书·元德秀传》:"尝为鲁山令,天下高其行,谓之元鲁山。"论议凋零三益友,功名分付二难兄。《世说新语》:"陈元方子长文,与子方子孝先,各论其父功德,争之不决,咨于太丘，曰：'元方难为兄，季方难为弟。'"**老来尚有忧时叹，此涕无从何处倾。**

胡完夫母周夫人挽词_{何焯曰："夫人非嫡，故题系之子。"}

何焯曰："夫人非嫡，故题系之子。"

（北宋）苏 轼

柏舟高节冠乡邻，《诗经·柏舟》序：卫世子共伯早死，其妻守义，父母欲夺而嫁之，誓而勿许。绛帐清风耸搢绅。岂似凡人但慈母，能令孝子作忠臣。当年织屦读具，去声，鞋也。母随子进京织屦，以供其子求学。见《汉书·翟方进传》。随方进，晚节称觞见伯仁。回首悲凉便陈迹，凯风吹尽棘成薪。《诗经·邶风》："凯风自南，吹彼棘薪。母氏圣善，我无令人。"

挽张魏公　　（南宋）刘 过

背水未成韩信阵，明星已殒武侯军。平生一点不平气，化作祝融峰上云。

杨之美尚书挽章　　（金）元好问

冠盖龙门此日空，人知麟出道将穷。景星明月归天上，和气春风在眼中。千古孙刘有余责，一时燕许更谁同？受恩知己无从报，独为斯文泣至公。

内相杨文献公哀挽三章效白少傅体

（金）元好问

征南谏疏无多语，大度高皇有至仁。留得青囊一丸药，异时犹可活斯民。

中台启事山吏部，东阁词臣何水曹。松柏萧萧一丘土，龙门依旧泰山高。

姓名三字金瓯重，事业千年片简青。试向云间望光彩，看从何地现文星。

哭樊帅 （金）元好问

自倚沉冤有舌存，争教无路叩天阍。装囊已竭千金赐，绝幕谁招万里魂。东道漫悲梁苑客，南园多负寿张孙。春风花落歌声在，梦里能来共酒尊。

三、师 友

怀 旧　　（唐）杜 甫

地下苏司业，情亲独有君。那因丧乱后，便作死生分！老罢知明镜，<small>谓览镜自知衰老也。</small>悲来望白云。<small>用陶渊明停云思友意，即所谓"哭友白云长"也。</small>自从失词伯，不复更论文。<small>此悼苏源明也。</small>

遥伤邱中丞<small>并序</small>　　（唐）刘禹锡

河南邱绛有词藻，与余同升进士科，从事邺下，不幸遇害，故为伤词。

邺下杀才子，苍茫冤气凝。枯杨映漳水，野火上西陵。马鬣今无所，龙门昔共登。何人为吊客，唯是有青蝇。<small>刘向《楚辞·九叹》："若青蝇之伪质兮，晋骊姬之反情。"王逸注："青蝇变白使黑，变黑使白，以喻谗佞。"</small>

哭孟郊　　（唐）贾 岛

身死声名在，多应万古传。寡妻无子息，破宅带林泉。冢近登山道，诗随过海船。故人相吊后，斜日下寒天。

（宋）刘克庄：贾岛《哭孟郊》云"冢近登山道，诗随过海船"，此为郊写真也。及《哭张籍》云"即日是前古，何处耕此坟"，施之他人皆可，何必籍也。——《后村诗话》

（元）方回：凡哭友诗，当极其哀。彼生而荣者，虽哀不宜过也。如孟郊之死，三、四所道，人忍闻乎？并尾句味之至矣。——《瀛奎律髓汇评》

（清）纪昀：亦视交情之浅深，岂以荣枯为限哉！结得不尽。——同上

伤李秀才　　（唐）许 浑

曾醉笙歌日正迟，醉中相送易前期。易，容易也。言今虽暂别，后当即晤。橘花满地人亡后，菰叶连天雁过时。琴倚旧窗尘漠漠，剑横新冢草离离。河桥酒熟平生事，更向东流奠一卮。琴倚剑横用王氏兄弟及季子事。弹琴是王氏平生事，赠剑是季子平生事；作者与李秀才的平生事是饮酒。落句与开头的两醉字成章法。

经故翰林袁学士居　　（唐）温庭筠

剑逐惊波玉委尘，谢安门下更何人。西州城外花千树，尽是羊昙醉后春。《晋书·谢安传》："羊昙为太傅所知，太傅亡

后，羊缀乐弥年，行不出西州路。尝因石头大醉，扶路唱乐，不觉到州门。左右白曰'此西州门'，羊悲感不已，以马策叩扉，咏曹子建诗曰'生存华屋处，零落归山丘'。恸哭而去。"

闻著明卢献卿字著明，曾著《愍征赋》，连不中第，薄游衡湘而卒。
凶问哭寄飞卿　　（唐）李商隐

昔叹谗销骨，《史记·张仪传》："积馋销骨。"今伤泪满膺。空余双玉剑，无复一壶冰。"一壶冰"指著明。三、四二句言他书剑空存，身已长殁。江势翻银汉，天文露玉绳。此二句就地致感。郴县在郴江西岸，闻讣时正当秋日故云。何因携庾信，同去哭徐陵。

哭刘司户蕡　　（唐）李商隐

路有论冤谪，言皆在中兴。空闻迁贾谊，不待相孙弘。公孙弘再举贤良乃遭遇人主而至相位，而刘不及待。此句最警切。江阔惟回首，天高但抚膺。去年谓去年送刘至柳州不经岁而卒也。相送地，春雪满黄陵。黄陵庙在潭州，此处地暖而方春雨雪，是非君子道消，阴气盛长之所致乎？落句深痛刘之冤也。

哭刘司户二首　　（唐）李商隐

离居星岁易，失望死生分。酒瓮凝余桂，屈原《九歌》："奠桂酒兮椒浆。"书签冷旧芸。芸草可以避蠹。江风吹雁急，山木带蝉曛。一叫千回首，天高不为闻。叶葱奇《疏注》云："五、

六二句写秋日萧瑟之景,暗含比喻,五句比刘被恶势力再四摧折,六句比刘的奋忽迟暮,结二句紧接此一气说下,加倍显得苍凉,沉痛。"

有美扶皇运,无谁荐直言。已为秦逐客,复作楚冤魂。溢浦应分派,荆江有会源。并将添恨泪,一洒问乾坤。叶葱奇《疏注》云:"首句'扶皇运'即指赍对策切论'黄门太横,将危宗稷'事,三句指对策被斥,四句指更遭诬而死于江乡。五、六二句就客死之地发挥,和结二句一气斡旋而下,说使溢浦九派分流与荆江、洞庭汇合,再把愤恨的泪水添了进去,尽情地一洒来问问天,意趣极沉郁,悲楚,笔力也极劲挺。"

哭刘蕡   （唐）李商隐

上帝深宫闭九阍,巫咸屈原《离骚》:"巫咸将夕降兮,怀椒糈而要之。"注:巫咸,神巫也。不下问衔冤。黄陵别后春涛隔,溢浦书来秋雨翻。只有安仁能作诔,潘岳字安仁。《晋书·潘岳传》:"辞藻绝丽,尤善哀诔之文。"何曾宋玉解招魂?平生风义兼师友,不敢同君哭寝门。《礼记·檀弓》:"孔子曰……师吾哭诸寝,朋友,吾哭诸寝门之外。"叶葱奇《疏注》云:"首二句悲愤李昂为宦官阉蔽,不能为赍的受诬远谪平反。三句追念相别,四句说知道了他的死讯。五、六二句悲痛自己只能在死后作诔相哀,不能在他生前稍有帮助。末二句总平生的肝胆相契和钦爱之深,意尤沉痛深挚。"

哭刘得仁   （唐）僧栖白

为爱诗名吟至死,风魂雪魄去难招。直须桂子落坟土,生得一枝冤始消。

重过随州，忆故兵部李侍郎恩知，因抒长句

（唐）罗　隐

庄周高论伯牙琴，闲夜思量泪满襟。四海共谁言近事，九原从此负初心。鸥翻汉浦风波急，雁下郧溪雾雨深。惭愧苍生还有意，解歌襦袴至如今。襦袴，短衣和裤。东汉廉范为蜀郡太守，政治清明，百姓富庶，人民作《襦袴歌》颂扬之。后遂用《襦袴歌》作为对官吏惠民德政的称颂。言彼为庄则我为惠；彼为牙则我为期也。○五、六"汉浦"、"郧溪"写重过随州。末二句，惭愧还有意，不是写侍郎遗爱，而是写纷纷无数门下受恩人，皆已默然舍此，又向别处之馆去矣。

哭严恽　　（唐）皮日休

十哭都门榜上尘，盖棺终是五湖人。生前有敌唯丹桂，没后无家只白苹。箸下斩新醒处月，江南依旧咏来春。知君精爽应无尽，必在酆都颂帝晨。按：严恽考试落第。有诗云："春光冉冉归何处，更向花前把一杯。尽日问花花不语，为谁零落为谁开？"

沈下贤　　（唐）杜牧

斯人清唱何人和？草径苔芜不可寻。一夕小敷山下梦，水如环佩月如襟。小敷山名，在吴兴，诗人沈亚之居之。

（宋）范晞文：唐人绝句有意相袭者，有句相袭者……杜牧《沈下贤》云"一夕小敷山下路，水如环佩月如襟"，白乐天《暮江吟》云"可怜九月

初三夜,露似珍珠月似弓",……此皆意相袭者。——《对床夜语》

(近代)俞陛云:前句言独行苔径,清咏无人,乃怀沈下贤也。后言重过小敷山下,明月堕襟,水声鸣佩,凝想悠然。诗意若有微波通辞之感.不类《停云》怀友之诗。何风致绰约乃尔! 其有哀窈窕、思贤才之意乎! ——《诗境浅说续编》

重到襄阳哭亡友韦寿朋　　(唐)杜 牧

故人坟树立秋风,伯道无儿迹更空。重到笙歌分散地,隔江吹笛月明中。

池州李使君殁后十一日,处州新命始到,后见归妓,感而成诗　　(唐)杜 牧

缙云新命诏初行,才是孤魂寿器成。黄壤不知新雨露,粉书空换旧铭旌。巨卿哭处云空断,阿鹜_{阿鹜,妾也。嫁阿鹜见《魏志·朱建平传》。}归来月正明。多少四年遗爱事,乡间生子李为名。_{事见《后汉书·任延传》。}

哭建州李员外频　　(唐)郑 谷

令终_{令终,善终也。见《诗经》郑玄注。}归故里,末岁道如初。旧友谁为志,清风岂易书。雨坟生野蕨,乡奠钓江鱼。独夜吟还泣,前年伴直庐。

（清）陆次云："末岁如初"一语，将员外生平括定，足以书清风，志旧友矣。四十字重于九鼎。——《五朝诗善鸣集》

（清）李怀民：都于虚处写其实行（"旧友"句下）。〇品高情深（"雨坟"句下）。——《重订中晚唐诗主客图》

哭陈庚　　（唐）周　朴

系马向山立，一杯聊奠君。野烟孤客路，寒草故人坟。琴韵归流水，诗情寄白云。日斜休哭后，松韵不堪闻。

（清）谭宗：高清虚怆（"琴韵"一联下）。〇与贾岛《哭孟郊》之收结，气格略同。彼悲浩，此凄清，然彼有二句之累，三、四、五、六极平稳尔，无甚警出，则此作殊过之。——《近体秋阳》

思王逢源三首　　（北宋）王安石

布衣阡陌动成群，卓荦高才独见君。杞梓豫章蟠绝壑，骐驎䮵騕跨浮云。行藏已许终身共，生死那知半道分。便恐世间无妙质，鼻端从此罢挥斤。

蓬蒿今日想纷披，冢上秋风又一吹。妙质不为平世得，微言唯有故人知。庐山南堕当书案，湓水东来入酒卮。陈迹可怜随手尽，欲欢无复似当时。

百年相望济时功，岁路何知向此穷。鹰隼奋飞凰

485

羽短，骐骥埋没马群空。中郎旧业无儿付，康子高才有妇同。想见江南原上草，树枝零落纸钱风。

张庖民挽词　　（北宋）苏 轼

东晋巾车令，西京执戟郎。甘心向山水，结发事文章。故自轻千户，何曾羡一囊。天高鬼神恶，骨朽姓名芳。庾岭铭旌暗，秦淮旧宅荒。<small>张庖，金陵人。卒于曹溪。</small>吾诗不用刻，妙语有黄香。<small>黄山谷已作挽辞故云。</small>

孔长源挽词二首　　（北宋）苏 轼

少年才气冠当时，晚节孤风益自奇。君胜<small>切姓。韩愈《孔戮墓志铭》："戮字君严，弟戡，字君胜。"</small>宜为夫子后，林宗不愧蔡邕碑。<small>以曾子固志其墓也。</small>南荒尚记诛元恶，<small>谓广东治狱大案。</small>东越谁能事细儿，<small>此谓盐课事。</small>耆旧如今几人在，为君无憾为时悲。

小堰门头柳系船，吴山堂上月侵筵。潮声夜半千岩响，诗句明朝万口传。<small>孔长源诗云："天目远随双凤落，海门遥蹙两潮趋。"</small>岂意日斜庚子后，<small>用贾谊事。</small>忽惊岁在己辰年。<small>谓年当终。用郑玄梦孔子事，事见《后汉书》。</small>佳城一闭无穷事，南望题诗泪洒笺。

486

董储郎中尝知眉州,与先人游,过安丘,访其故居,见其子希甫,留诗屋壁 　　(北宋)苏　轼

白发郎潜旧使君,至今人道最能文。只鸡敢忘桥公语,斗酒只鸡。见《后汉书·桥玄传》载桥公与曹操事。下马来寻董相坟。下马陵。《国史补》"董仲舒墓",门人过此便下马,故名。冬月负薪虽得免,《史记》:楚相叔孙敖死,其子穷困负薪。邻人吹笛不堪闻。死生契阔君休问,洒泪西南向白云。《唐书》:"狄仁杰赴并州,其亲在河阳,过太行山,反顾见白云孤飞,谓左右曰:'吾亲舍在其下。'"

苏子瞻哀辞　　(北宋)张舜民

石与人俱贬,人亡石尚存。却怜坚重质,不减浪花痕。满酌中山酒,重添丈八盆。公兮不归北,万里一招魂。作者与苏轼兄弟友谊甚深。绍圣元年(1094)苏轼知定州期间,得墨石,作大盆盛之,激水其上,名其室为雪浪斋。不久,苏轼贬岭南,张贬潭州。徽宗立,苏轼遇赦北归,张知定州,重新葺治雪浪斋。他在《哀辞》序中说:"我守中山,乃公旧国。雪浪萧斋,于焉食宿。俯察履綦,仰看梁木。思贤阅古,皆经贬逐。玉井芙蓉(谓盛石之盆有"玉井芙蓉丈八盆"句),一切牵复。"张舜民正要把这一切告之苏轼,九月得知苏轼病逝噩耗,写下了这首睹物思人的哀辞。

鲁如晦郎中挽词二首　　(北宋)范成大

术业推游刃,功名苦溯洄。着鞭孤壮志,筹草老奇才。星省庞眉去,云山袖手来。知公了时命,何必

诔余哀。

自古归来引,于今遂隐篇。棋灯荧夜观,歌板聒春船。陈迹空华似,佳城露草边。寂寥鸡黍约,望眼一潜然。

沁园春·送孙季蕃 孙惟信字季蕃。 吊方漕

方漕为方信儒,因曾任淮东转运判官故称方漕。 **西归** （南宋）刘克庄

岁暮天寒,一剑飘然,幅巾布裘。尽缘云鸟道,跻攀绝顶,拍天鲸浸,笑傲中流。畴昔奇君,紫髯铁面,生子当如孙仲谋。争知道,向中年犹未,建节封侯。

南来万里何求。因感慨桥公 桥公名桥玄。据《后汉书·桥玄传》记载:"曹操微时,人莫知者,独桥公识之,曹操感其知己。后经桥公墓,凄怆致奠。" 成远游。 远游谓其去世也。 叹名姬骏马,都成昨梦,只鸡斗酒,谁吊新丘? 天地无情,功名有命,千古英雄只么休。平生客,独羊昙一个,洒泪西州。 羊昙,晋名士,曾为谢安爱重,安死后,羊昙泪洒西州。事见《晋书·谢安传》。上片赞美孙惟信才干与风度,描绘出一个胸怀大志的奇才俊杰形象。下片悼念方信儒。方曾三次受命使金,力折强敌。与作者过从甚密。

（清）陈廷焯:沉痛激烈,敲碎唾壶。——《词则·放歌集》

秋 夜 （金）元好问

九死余生气息存,萧条门巷似荒村。春雷谩说惊

坏户，昆虫在地里封塞巢穴。《礼记·月令》："是月也……蛰虫坏户。"皎日何曾入覆盆。济水有情添别泪，吴云无梦寄归魂。百年世事兼身事，尊酒何人与细论！

乔千户挽诗　　（金）元好问

高冢惊看石表新，空将事业望麒麟。燕辽部曲千夫长，楚泽风云百战身。赤羽有神留绝艺，素旗无诔记连姻。阴功未报天心在，累得重侯又几人。自注：潘安仁《杨使君诔》有"表之素旗"之句，乔与予皆毛氏之婿。

李屏山挽章二首　　（金）元好问

世法拘人虱处裈，忽惊龙跳九天门。牧之宏放见文笔，白也风流余酒樽。落落久知难合在，堂堂原有不亡存。中州豪杰今谁望，拟唤巫阳起醉魂。

谈麈风流二十年，空门名理孔门禅。诸儒久已同坚白，博士真堪补太玄。孙况小疵良未害，庄周阴助恐当然。遗编自有名山在，第一诸孤莫浪传。

哭曹徵君子玉二首　　（金）元好问

去岁流言到处疑，闻君哭我不胜悲。今年我在君

先殁,泪尽荒城君得知。

绕坟三匝去无因,千里冰霜半病身。斗酒只鸡孤旧约,素车白马属何人?

四哀诗　　(金)元好问

一、李钦叔

赤县神州坐陆沉,金汤非粟祸侵寻。当官避事平生耻,视死如归社稷心。文采是人知子重,交朋无我与君深。悲来不待山阳笛,一忆同衾泪满襟。

二、冀京父

先公藻鉴识终童,曾拔昆山玉一峰。不见连城沽白璧,早闻烈火燎黄琮。重闻急变纷纷口,九地忠魂耿耿胸。欲吊南云无觅处,士林能不泣相逢。

三、李长源

冀都事死东州祸,李翰林亡陕府兵。方为骚人笺楚些,更禁书客堕秦坑。石苞本不容孙楚,黄祖安能贷祢衡。同甲四人三横殒,此身虽在亦堪惊。

四、王仲泽

太学声华弱冠驰，青云歧路九霄飞。上前论事龙颜喜，幕下筹边犬吠稀。壮志相如头碎柱，赤心嵇绍血沾衣。从来圣牍褒忠义，谁为幽魂一发辉。

哭子畏 唐寅字子畏，又字伯虎，自号六如居士。 （明）祝允明

万安 虚假。安能灭一真，六如今日已无身。周山 周朝之山。 既不容神凤，周因得凤而国兴。 鲁野何须哭死麟。 麟，仁兽。意谓唐寅之才如凤毛麟角。 颜氏道存非谓夭， 夭读远，上声。颜回死时年三十二岁。 子云 扬雄字子云。 玄在岂称贫。高才剩买红尘妒，身后犹闻乐祸人。 谓死后世俗对唐的评论不好。祝允明为唐寅写的《墓志铭》云："有过人之才，人不歆而更毁；有高世之才，世不用而更摈，此其冤何如已。"

哭麻孟璇 （清）邢昉

笑看头颅只自知，冲冠发在蜕形初。乡人莫话琴高事，不学长川跨鲤鱼。 琴高，周末赵人，善鼓琴。后于涿水乘鲤鱼归仙，见刘向《列仙传》。按：孟璇临殁有诗云"怒冲千丈发，笑看百年头"。

哭吴次尾 （清）邢昉

九死聊将一羽轻，齐山真共首阳名。乾坤此日犹

长夜,枉使夷齐号劣生。自注：时移文称次尾劣生。

再哭赵以卿　　（清）邢 昉

颈血鲜鲜百日中,握拳透爪气如虹。平生陋巷谁知者,死后方同颜鲁公。自序云："以乡死逾百日,其家始得其尸葬之。肌肉如生,以针刺之血出。"

挽潘江如二首　　（清）朱鹤龄

薤露歌何数,穷交独叹君。束刍无俗客,挂壁有遗文。纸帐萦虚网,书签惨落曛。魂归应有路,终恋穆溪云。江如故居在黄溪。

寂寞华山畿,人亡井径疑。尺书来未久,永逝讣相随。笔冢生秋草,乌巢别故枝。相逢邢顾在,邢孟贞和顾与治。泉路续交期。

挽姜农给谏　　（清）朱鹤龄

谏草留遗笥,丹枫照旅魂。风霾终日变,海岳此心存。九死衔朝命,一抔拜主恩。陵阳松槚在,千古暮云昏。

伤史弱翁　　（清）朱鹤龄

井径阴风迸泪流，遗书空散白云秋。泉台莫更求知己，执绋何人到寝丘？

哭周钟　　（清）李　雯

乱世身名可自由，恨君不及郑台州。剧秦新论谁曾草，月旦家评总世雠。国事既看如覆水，斯人岂合付刀头。平生尚有延陵剑，不敢高悬陇树头。吴伟业《梅村诗话》云："周钟，字介生。以陷贼污伪命，自投南归。南中诬其贺贼表有尧、舜、汤、武语。论斩西市。其实乃张嶙然陕西贺表语，非钟笔也。钟以文章负海内重名，不能徇节，死固其罪。独为党人所杀，诬以大逆，则冤甚矣。云间李雯亲见其事，曾为诗哭之云云。钟从兄曰镳，字仲驭，亦负重名，想忌积不能平。闻此言即仲驭文致，竟以他狱与钟同死，家评盖指此也。"按：周钟以冤狱死，言其受伪命。此其从兄镳素与钟相忌，致之故也。钟兄铨驸马，阮以他狱劾镳，竟与钟同死。月旦家评指此。

哭黄蕴生　　（清）归　庄

故人宿草满幽宫，何事魂交泪眼红？忠义同心情特切，死生异路气常通。愁瞻碧血荒庵里，惜取遗文敝箧中。太息典型无复在，孔融何处想高风。计六奇《明季南略》云："黄淳耀，字蕴生，号陶庵。崇祯癸未进士，弟渊耀，字伟恭。……乙酉闰六月，清兵围嘉定，淳耀居城中寺内，渊耀宿城堞，昼夜拒战。七月，势益急，淳耀语渊耀曰：'城破，驰信于我。'……癸丑，城破，趋报淳耀。淳耀曰：'吾了纱

帽事耳。子若何?'渊耀曰:'吾亦完秀才事,复何言。'淳耀整袍服,渊耀亦儒冠,
同缢寺中。"

哭张尔歧　　（清）顾炎武

历山东望正凄然,忽报先生赴九泉。寄去一书悬
剑后,贻来什袭绝韦前。衡门月冷巢鸲室,墓道风枯
宿草田。从此山东问三礼,康成家法竟谁传。顾亭林《与
汪钝庵书》云:"张君稷岩(即张尔歧)所作《仪礼郑汪句读》一书,根本先儒,立言简
当。使朱子见之,当不仅谢监狱之称许也。"

挽汪蛟门　　（清）车万育

淮海维扬一俊人,清词丽句必为邻。名垂万古知
何用,白水青山空复春。

邺城吊谢茂秦山人　　（清）计 东

邺中怀古正秋风,词赋深惭谢氏工。生欲移家辞
白雪,没随疑冢对青枫。诸王礼数何常绝,七子交期
竟不终。自是贵游无远识,布衣未必叹飘蓬。沈德潜云:
"玉、李始推茂秦为盟长,后称眇山人而黜之,见交道之不古也。后半大为布衣吐
气。予有论诗绝句云:'眇目山人足性灵,诗盟寒后苦飘零。后来谁吊荒坟者,只有
吴江计改亭。'"

哭魏叔子二首　　（清）姜宸英

鸾江哀挽一时闻,惜别他年怅离群。天末无因能致酹,夜台谁与共论文。江山寂寂归魂断,葭莩凄凄去路分。尚有蔡邕书籍在,独随秋草伴孤坟。

苦节谁云不可贞,翠微山共首山清。更无安道能求死,只有韩康解避名。原注:甲午鸿博之召,惟君不至。远愧文章当纻缟,不教官爵累铭旌。临风一恸江天豁,未觉前贤畏后生。魏叔子名魏禧。甲申之变,其父髡发为头陀,并诫诸子。魏禧曾谋倡义兵,不果,乃弃巾服,隐居教授,征召不至。

刘富川死事诗二首　　（清）李天馥

千秋峻节峙昆仑,志决身歼运独屯。自有精灵能杀贼,不教海岛遁孙恩。

一片丹心自不灰,丈夫如此复何哀。故乡好荐招魂赋,瓜步江潮白马来。阮元《广陵诗事》:"刘钦邻字江屏,马世骏榜进士,始以养母家居,继官广西富川县知县。逆贼孙延龄叛桂林,伪将围富川,刘力拒之,以有内应,城遂陷,刘被执。迫以伪官,掷其印,作绝命诗云:'反覆南疆远,辜恩逆丑狂。微臣犹有舌,不肯让睢阳。'遂缢死。处士陶鉴有诗吊之云:'书生办贼事分明,变起南荒鼓角声。绝命大书清进士,毁符盖作伪公卿。白头万里心难死,碧血千年气尚生。持此区区堪报国,笑他身外总浮名。'"

舟经震泽　　（清）朱彝尊

泽国东南远，楼船旧荷戈。明霞开组练，恶浪走蛟鼍。横海将军号，临江节士歌。重来已陈迹，叹息此经过。按：此诗于顺治四年作。盖吊吴日生，易也。顺治二年六月，清军破吴江，易与举人孙兆奎等起兵，屯长白荡，出没五湖三泖间，屡败清军。次年为清兵所获，被害于杭州草桥门。竹垞作此诗时，去易殉国已一年，故有"重来已陈迹"之句。

送左大来先生葬　　（清）季开生

重关不禁旅魂过，梦里看君渡塞河。白日总悲生事少，黄泉翻羡故人多。荒台啼鸟围松柏，废苑寒云锁薜萝。未遂首丘须浅葬，好留枯骨待恩波。沈德潜云："宋辕文'时异灵均死亦难'以死为幸。此云'黄泉翻羡故人多'，以处为乐。皆刻骨入髓语也。"

次谷兄自粤西扶先伯榇归里二首　　（清）查慎行

万里行何畏，归来始泫然。乱离成子孝，危苦得天怜。泪尽干戈外，魂惊瘴疠边。路难经死地，初不计生还。

自古苍梧道，征人半舁棺。猿猱啼赤子，父老冒清官。竟返天南魄，翻疑梦里看。附书吾久望，执手

496

杂悲欢。汪佑南《山泾草堂诗话》云："上首曲折写来，题面似已了结；下首提粤西说入归途，不易并写生前德政，亦题中应有之义，不易归而竟归，疑在梦中，题意思十分醋足。"

挽老师鄂太傅五首（录二首）　　（清）郑 燮

西华门外草萋萋，白塔金鳌树影迷。北斗有光清漏肃，三台无力晓云低。上方一夜调丹药，七校春风送紫泥。其奈巫阳下霄汉，钧天有诏意先赉。

平泉草木锡天家，石槛松门竹径赊。笼鸟放还天地囿，池鱼乐并海江涯。布衣屡卧平津阁，远泪难挥杜曲花。华屋山丘何限痛，终须来吊旧烟霞。

挽副宪赵学斋先生　　（清）袁 枚

日斜庚子岁匆匆，星陨湖山半夜风。直道一生形顾影，文章四海水朝东。乌台人去黄封在，紫府仙归绛帐空。争奈九原难瞑目，庭萱百岁泪犹红。

子才书来，惊闻心余之讣，诗以哭之　　（清）赵 翼

斯人遂已隔重泉，肠断袁安一幅笺。预乞碑铭如待死，久淹床第本长眠。贫官身后惟千卷，名士人间

值几钱？磨镜欲寻悲路阻，茫茫烟树哭江天。

留题故太宰宋漫堂先生西陂别业　　（清）管世铭

十载三吴风泽存，一时桃李尽公门。谁知马策西州恸，犹到羊昙末叶孙。自注：先曾祖青郮公以诗受知太宰，选列《江左十五子诗》中。

己亥杂诗　　（清）龚自珍

端门受命有云礽，一脉微言我敬承。宿草敢祧刘礼部，东南绝学在毗陵。自注：年二十有八，始从武进刘申受礼部授公羊《春秋》，近岁成《春秋决事比》六卷，刘先生卒已十年矣。

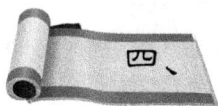

四、悼亡及自悼

悼妓东东　　（唐）窦巩

芳菲美艳不禁风，未到春残已坠红。惟有侧轮车上铎，耳边长似叫东东。

和杨师皋给事伤小姬英英　　（唐）刘禹锡

见学胡琴见艺成,今朝追想几伤情。撚弦花下呈新曲,放拨灯前谢改名。但是好花皆易落,从来尤物不长生。鸾台夜直衣衾冷,云雨无因入禁城。

和乐天题真娘墓　　（唐）刘禹锡

蒼卜林中黄土堆,罗襦绣黛已成灰。芳魂虽死人不怕,蔓草逢春花自开。幡盖向风疑舞袖,镜灯临晓似妆台。吴王娇女坟相近,一片行云应往来。

过小妓英英墓　　（唐）杨虞卿

凌晨骑马出皇都,闻说埋冤在路隅。别我已为泉下土,思君犹似掌中珠。四弦品柱声初绝,三尺孤坟草已枯。兰质蕙心何所在,焉知过者是狂夫。

遣悲怀三首　　（唐）元　稹

谢公最小偏怜女,自嫁黔娄百事乖。顾我无衣搜尽箧,泥他沽酒拔金钗。野蔬充膳甘长藿,落叶添薪仰古槐。今日俸钱过十万,为君营奠复营斋。

（明）杨慎：俗谓柔言索物曰泥，乃计切，谚所谓"软缠"也。杜子美诗"忽穷惆愁泥杀人"，元微之诗"泥他沽酒拔金钗"。——《升庵诗话》

（清）毛张健：四句极写"百事乖"（首四句下）。○以反映收，语意沉痛（末二句下）。——《唐体余编》

（清）黄叔灿：此微之悼亡韦氏诗。通首说得哀惨，所谓贫贱夫妻也。"顾我"一联，言其妇德，"野蔬"一联言其安贫。俸钱十万，仅为营莫营斋，真可哭杀。——《唐诗笺注》

（近代）王寿昌：于夫妇则当如苏子卿之《别妻》、顾彦先之《赠妇》、潘安仁之《悼亡》，暨张正言之"南园春色正相宜，大妇同行小妇随……"元微之云"谢公最小偏怜女……"——《小清华园诗谈》

昔日戏言身后事，今朝都到眼前来。衣裳已施行看尽，针线犹存未忍开。尚想旧情怜婢仆，也曾因梦送钱财。诚知此恨人人有，贫贱夫妻百事哀。

闲坐悲君亦自悲，百年多是几多时。邓攸无子寻知命，潘岳悼亡犹费词。同穴窅冥何所望，他生缘会更难期。惟将终夜长开眼，报答平生未展眉。

（清）毛张健：真镂肝擢肾之语（末二句下）。○第一首生时，第二首亡后，第三首自悲，层次即章法。末篇末句"未展眉"即回绕首篇之"百事乖"，天然关锁。——《唐体余编》

（清）潘德舆：微之诗云"潘岳悼亡尚费词"，安仁《悼亡》诗诚不高洁，然未至如微之之陋也。"自嫁黔娄百事乖"，元九岂黔娄哉。"必曾固梦送钱财"，真可配村笛山歌耳。——《养一斋诗话》

（清）周咏棠：字字真挚，声与泪俱。骑省悼亡之后，仅见此制。——《唐贤小三昧续集》

感王将军柘枝妓殁　　（唐）张　祜

寂寞春风旧柘枝,舞人休唱曲休吹。鸳鸯钿带抛何处,孔雀罗衫付阿谁。画鼓不闻招节拍,锦靴空想挫腰肢。今来座上偏惆怅,曾是堂前教彻时。

和友人悼亡　　（唐）温庭筠

玉貌潘郎泪满衣,画罗轻鬓雨霏微。红兰委露愁难尽,白马朝天望不归。宝镜尘昏鸾影在,钿筝弦断雁行稀。春来多少伤心事,碧草侵阶粉蝶飞。

和友人伤歌姬　　（唐）温庭筠

月缺花残莫怆然,花须终发月终圆。更能何事销芳念,亦有浓华委逝川。一曲艳歌留婉转,九原春草妒婵娟。王孙莫学多情客,多古多情损少年。

经旧游　　（唐）温庭筠

珠箔金钩对彩桥,李白诗:"双桥落彩虹。"昔年曾此见娇娆。香灯怅望飞琼鬓,飞琼仙女。《汉武内传》:"王母命飞琼鼓震灵之瑟。"凉月殷勤碧玉箫。《乐苑》有《碧玉歌》,宋汝南王作。碧玉,汝南王爱

501

妾也。屏倚故窗山六扇,柳垂寒砌露千条。坏墙经雨苍苔遍,拾得当时旧翠翘。

悼伤后赴东蜀辟,至散关遇雪 （唐）李商隐

大中五年秋李商隐妻王氏卒于京师,冬应东蜀柳仲郢辟赴东川。

剑外从军远,无家与寄衣。散关途经大散关。三尺雪,回梦旧鸳机。妇女织布之机也。叶葱奇《疏注》云:"末句说梦中以为家人尚在,旅途中的寒冷、孤寂以及内心的悲楚俱溢于言外。纪昀称为'盛唐余响',说陈陶《陇西行》的'可怜无定河边骨,犹是春闺梦里人'是此诗对面,很对。但诗人这末二句措语却更含蕴深婉。"

（清）何焯:通首不离"悼伤后"三字。——《义门读书记》

（清）纪昀:盛唐余响。"回梦旧鸳机"犹作有家想也。"可怜无定河边骨,犹是春闺梦里人",是此诗对面。——《李义山诗集辑评》

（清）王士禛:此悼亡诗也,情深语婉,意味不尽。义山五绝中压卷之作。——《万首唐人绝句选评》

西 亭 （唐）李商隐

此夜西亭月正圆,疏帘相伴宿风烟。梧桐莫更翻清露,孤鹤从来不得眠。

正月崇让宅作洛阳崇让坊是作者夫人王氏娘家老宅。

（唐）李商隐

密锁重关掩绿苔，廊深阁迥此徘徊。作此诗时距夫人之父王茂元逝世已十多年，其兄弟多不居此，故庭院荒废，景物凄凉。先知风起月含晕，《广韵》："月晕则多风。"尚自露寒花未开。何焯云："第三句比妻死身去；四句则未得富贵而开眉。"蝙拂帘旌终展转，帘旌拂动疑是王氏走来。鼠翻窗网小惊猜。窗网微响疑是王氏在闭窗。背灯独共余香语，不觉犹歌《起夜来》。柳恽有《起夜来》曲。叶葱奇《疏注》云："'背灯'是说向着暗处，惝恍中独自喃喃谈说，几乎忘却她已逝去。"

王十二兄与畏之员外相访，见招小饮，时予以悼亡日近不去，因寄 （唐）李商隐

谢傅门庭旧末行，王十二为茂元之子，商隐娶茂元女故有此句。畏之，韩偓之父瞻也。今朝歌管属檀郎。潘安仁，小字檀奴，后人呼为檀郎。作有悼亡诗。更无人处帘垂地，欲拂尘时簟竟床。潘安仁《悼亡诗》："长簟竟空床。"嵇氏幼男犹可悯，左家娇女岂能忘。嵇康与山巨源绝交书有"女年十三，男方八岁未及成人，况复多病"等语。左思著有《娇女诗》。时商隐之子尚幼。下句似对畏之说。秋霖腹疾俱难遣，万里西风夜正长。

次韵和王员外杂游四韵 （唐）吴 融

一分难减亦难加，得似溪头浣越纱。两桨惯邀催

去艇,七香曾占取来车。黄昏忽堕当楼月,清晓休开满镜花。谁见王郎肠断处,露床风簟半欹斜。

(元)方回:三、四句好。——《瀛奎律髓汇评》

(清)冯班:五、六好。——同上

(清)陆贻典:此和王涣悼亡诗,题作"杂游"误。——同上

(清)查慎行:五、六无谓。——同上

(清)纪昀:五句言喜其相见,如月入怀。六句言勿以艳妆惹人别思。七句情出和意。——同上

悼 亡 　　(唐)王 涣

春来得病夏来加,深掩妆窗卧碧纱。为怯暗藏秦女扇,江淹《什体诗》:"纨扇如团月,出自机中素。画作秦王女,乘鸾向烟雾。"怕惊愁度阿香车。《续搜神记》:"义兴人姓周,出都日暮,道边有一新草小屋,一女子出门,周求寄宿。一更中闻外有小儿呼阿香,声云:'官唤汝推雷车。'女乃辞去,遂大雷雨。向晓,周视所宿处,止见一新冢。"腰肢暗想风欺柳,粉态难忘露洗花。今日青门葬君处,乱蝉衰草夕阳斜。

悼亡姬 　　(五代)韦 庄

凤去鸾归不可寻,十洲仙路彩云深。若无少女西风称少女风。语出《三国志·管辂传》。花应老,为有姮娥月易沉。竹叶岂能消积恨,丁香空解结同心。湘江水阔苍梧远,何处相思弄舜琴。

（清）金人瑞：前解写亡。○"十洲"七字，即"不可寻"三字；"若无"十四字，即"凤杳鸾冥"四字。○相其三、四，悟此姬不止是色，直是时时在病，忽忽多情人也。看"少女"、"嫦娥"字可知。○后解写悼。——《贯华堂选批唐才子诗》

伤灼灼 灼灼，蜀之丽人也。近闻贫且老，殂落于成都酒市中，诗以吊之。

（五代）韦　庄

尝闻灼灼丽于花，云髻盘时未破瓜。旧称女子十六岁为破瓜。因瓜字拆开为两个八字，故称。桃脸曼长横绿水，玉肌香腻透红纱。多情不住神仙界，薄命曾嫌富贵家。流落锦江无处问，断魂飞作碧天霞。

江城子·乙卯正月二十日夜记梦 （北宋）苏　轼

十年生死两茫茫，不思量，自难忘。千里孤坟，无处话凄凉。纵使相逢应不识，尘满面，鬓如霜。　　夜来幽梦忽还乡，小轩窗，正梳妆。相顾无言，惟有泪千行。料得年年肠断处，明月夜，短松冈。

西江月·梅花 此借咏梅以悼亡，实为侍妾朝云而作也。

（北宋）苏　轼

玉骨那愁瘴雾，朝云即死于瘴疫。见苏轼《惠州荐朝云疏》。冰姿自有仙风。海仙时遣探芳丛。倒挂绿毛幺凤。自注：

岭南珍禽有倒挂子,绿毛,红喙,如鹦鹉而小,自东海来,非尘埃中物也。**素面翻嫌粉浣,洗妆不褪唇红。高情已逐晓云空,不与梨花同梦**。王建《梦为梨花歌》:"落落寞寞路不分,梦中唤作梨花云。"从字面上看,句句都是咏梅,但仔细体会,却句句都是写人。若隐若现,不即不离,花耶?人耶?两者已经融为一体。花即人,人即花,惜花而是悼亡,悼亡即是惜花。

(宋)惠洪:(东坡)又作梅花词曰"玉骨那愁瘴雾"者,其寓意为朝云作也。又云:《蝶恋花》词云"花褪残红青杏小",东坡渡海,惟朝云王氏随行,日诵"枝上柳棉"二句,为之流泪。病极,犹不释口。东坡作《西江月》悼之。——《冷斋夜话》

(宋)陈鹄:闻陆辰州子逸言:"某尝于晁以道家,见东坡真迹,晁氏云:东坡有妾名朝云,榴花。朝云死于岭外,东坡尝作《西江月》寓意于梅,所谓高情已逐晓云空是也。"——《耆旧续闻》

(明)潘游龙:末二句不必有所指,即"咏梅绝佳"。——《精选古今诗余醉》

清平乐《复斋漫录》云:"刘伟明(弇)既丧爱妾而不能忘,为《清平乐》云云。"

(北宋)刘 弇

东风依旧,有怀旧之意。**着意**承东风。**随堤柳,搓得鹅儿黄欲就**。东风有心,杨柳会意,"搓"字用得好。**天气清明时候。去年紫陌青门,今宵雨魄云魂**。"去年"与"今宵"成鲜明对比。暗用宋玉《高唐赋》巫山云雨典故。**断送一生憔悴,能消几个黄昏**。语极凄惨。

鹧鸪天为妻赵氏所作悼亡词也。 (北宋)贺 铸

重过阊门苏州城之西门。**万事非,同来何事不同归?**

梧桐半死崔豹《古今注》：“合欢树，似梧桐。枝叶繁，互相交结。”故历以梧桐半死，喻丧偶。白居易《为薛台悼亡》诗："半死梧桐老病身。"清霜后，头白鸳鸯失伴飞。　　　原上草，露初晞。旧栖新垅两依依。陶渊明《归田园居》诗："徘徊丘垅间，依依昔人居。"空床卧听南窗雨，谁复挑灯夜补衣。

（清）陈廷焯：此词最有骨，最耐人玩味。——《云韶集》

又云：悲惋于直截处见之，当是悼亡作。——《词则·别调集》

（近代）俞陛云：此在悼亡词中，情文相生，等于孙楚。“鸳鸯”句与潘安仁诗“如彼翰林鸟，双飞一朝只”正同。下阕从“新垅”、“旧栖”见意。“草上草”二句“新垅也”。“空床”二句，悲“旧栖”也。郭频伽词“挑灯影里、还认那人无睡”，宜其抚寒衣而陨涕矣。——《唐五代两宋词选释》

声声慢　　（北宋）李清照（女）

寻寻觅觅，冷冷清清，凄凄惨惨戚戚。乍暖还寒时候，最难将息。三杯两盏淡酒，怎敌他，晚来风急。雁过也，正伤心，却是旧时相识。　　　满地落花堆积。憔悴损，如今有谁堪摘。守着窗儿，独自怎生得黑。梧桐更兼细雨，到黄昏、点点滴滴。这次第，怎一个、愁字了得。

（宋）张瑞义：易安居士李氏，赵明诚之妻。《金石录》亦笔削其间。南渡以来，常怀京洛旧事……秋词《声声慢》“寻寻觅觅，冷冷清清，凄凄惨惨戚戚”，此乃公孙大娘舞剑手。本朝非无能词之士，未曾有一下十

四叠字者,用《文选》诸赋格。后叠又云"梧桐更兼细雨,到黄昏、点点滴滴"。又使叠字,俱无斧凿痕。更有一奇字云"守着窗儿,独自怎生得黑"。"黑"字不许第二人押。妇人中有此文笔,殆间气也。有《易安文集》。——《贵耳集》

(宋)罗大经:诗有一句叠三字者,如吴融《秋树》诗云"一声南雁已先红,槭槭凄凄叶叶同"是也。有一句连三字者,如刘驾云"树树树梢啼晓莺"、"夜夜夜深闻子规"是也。有两句连三字者,如白乐天云"新诗三十轴,轴轴金石声"是也。有三联叠字者,如古诗"青青河畔草,郁郁园中柳,盈盈楼上女,皎皎当窗牖,娥娥红粉妆,纤纤出素手"是也。有七联叠字者,昌黎《南山》诗云"延延离又属,央央叛还遒。喁喁鱼闻萍,落落月经宿。暗暗树墙垣,巇巇架库厩。参参削剑戟,焕焕衔莹琇。敷敷花披萼,阗阗屋摧霤。悠悠舒而安,兀兀狂以狃。超超出犹奔,蠢蠢骇不懋"是也。近时李易安词云"寻寻觅觅,冷冷清清,凄凄惨惨戚戚",起头连叠十四字,以一妇人,乃能创意出奇如此。——《鹤林玉露》

(明)杨慎:宋人中填词,李易安亦称冠绝。使在衣冠,当与秦七、黄九争雄,不独雄于闺阁也。其词名《漱玉集》,寻之未得。《声声慢》一词,最为婉妙。其词云(略)。山谷所谓以故为新,以俗为雅者,易安先得之矣。——《词品》

(明)茅暎:连用十四叠字,后又四叠字,情景婉绝,真是绝唱。后人效颦,便觉不妥。——《词的》

(明)吴承恩:易安此词首起十四字叠字,超然笔墨蹊径之外,岂特闺帏,士林中不多见也。——《花草新编》

(清)沈谦:予少时和唐宋词三百阕,独不敢次"寻寻觅觅"一篇,恐为妇人所笑。——《东江集钞》

(清)刘体仁:柳七最尖颖,时有俳狎,故瞻以是呵少游。若山谷亦不免,如"我不合太捆就"类,下此则蒜酪体也。惟易安居士"最难将息","怎一个愁字了得",深妙稳雅,不落蒜酪,亦不落绝句,真此道本色当行第一人也。——《七颂堂词绎》

(清)万树:《声声慢》用仄韵。从来此体皆收易安所作,盖其遒逸之气,如生龙活虎,非描塑可拟。其用字奇横而不妨音律,故卓绝千古。

人若不及其才而故学其笔，则未免类狗矣。观其用上声、入声，如惨字、戚字、盏字、点字、滴字等，原可作平，故能谐协，非可泛用仄字而以去声填入也。其前结"正伤心，却是旧时相识"。于"心"字豆句，然于上五下四者，原不拘，所谓此九字一气贯下也。后段第二三句"憔悴损，如今有谁堪摘"，句法亦然。如高词应以"最得意"为豆，然作者于"输他往"句，亦不妨也。今恐人因易安词高难学，故录竹屋此篇。——《词律》

（清）周济：双声叠韵字要着意布置。有宜双不宜叠，宜叠不宜双处。重字则既双且叠，尤宜斟酌。如李易安之"凄凄惨惨戚戚"三叠韵，六双声，是锻炼出来，非偶然拈得也。——《宋四家词选序论》

（清）孙致弥：凡例：须戒重叠字面前后相犯，虽绝妙好词，毕竟不妥。如易安《声声慢》叠用三"怎"字，虽曰读者全然不觉，究竟敲打出来，终成白璧微瑕，况未能尽如易安之善运用？慎之是也。——《词鹄》

示　儿　　（南宋）陆　游

死去元知万事空，但悲不见九州同。王师北定中原日，家祭无忘告乃翁。

风入松·福清道中作作者亡妻林节，福清人。三十九岁病故。
（南宋）刘克庄

橐泉地名。在陕西邻县。据《秦梦记》载："沈亚之出长安到此，客橐泉客舍，昼梦入秦，立功做官，娶秦穆公女弄玉为妻事。"梦断夜初长。别馆凄凉。细思二十年前事，结婚十九年妻亡。叹人琴、已矣俱亡。改尽潘郎鬓发，消残荀令衣香。　　多年布被冷如霜。到处同床。箫声一去无消息，但回首、天海茫

茫。旧日风烟草树,而今总断人肠。

三奠子·离南阳后作 作于丁忧后起为南阳令,
其妻子病逝南阳任上。 (金)元好问

怅韶华流转,无计留连。行乐地,一凄然。笙歌寒食后,桃李恶风前。连环玉,回文锦,两缠绵。作者《玉连环》诗云:"玉环何意两相连,环取无穷玉取坚。" 芳尘未远,幽意谁传?千古恨,再生缘。闲衾香易冷,孤枕梦难圆。西窗雨,南楼月,夜如年。

瑞鹤仙 (南宋)吴文英

泪荷抛碎璧。正漏云筛雨,斜捎读烧,平声。拂,掠也。窗隙。林声怨秋色。对小山不迭,小山谓画屏上的山峦。寸眉愁碧。凉欺岸帻。暮砧催、银屏对方所居之所。剪尺。对方所用之物。最无聊、燕去楼空,旧幕暗尘罗额。 行客。自指。西园有分,"分"谓情分。化用曹植《赠白马王彪》"恩爱苟不亏,在远分日亲"诗意。断柳凄花,似曾相识。西风破屐。林下路,水边石。念寒蛩残梦,归鸿心事,那听江村夜笛。看雪飞、苹底芦梢,未如鬓白。

(清)陈廷焯:笔致幽冷。——《词则·大雅集》
(近代)陈洵:此词最惊心动魄,是"暮砧催,银屏剪尺"一句,盖因闻砧而思裁剪之人也。堂空尘暗,则人去已久,这是其最无聊处,风雨不过佐人愁耳。上文写风雨，层联而下，字字凄咽，谁知却只为此。"行客"，点出客即燕，《三姝媚》之"孤鸿"言客，此之"燕去"亦言客，皆言在此而意在彼也。似曾相识，言其不归来，语含吞吐，此曲断肠，惟此声矣。"林下"二句，西园陈迹。今惟有寒蛩残梦，归鸿心事耳。一"念"字有无可告诉意。"夜笛"比"暮砧"又换一境地，"暮砧"提起，"夜笛"益悲，人生如此，安得不老。结句情景双融，神完气足。——《海绡说词》

清平乐·行郡歙城寒食日伤逝有作

（元）卢　挚

年时寒食，直到清明日。草草杯盘聊自适，不管家徒四壁。今年寒食无家，东风恨满天涯。早是海棠睡去，莫教醉了梨花。<small>末句以轻盈笔法写出沉痛心情，有其独到之处。</small>

就义诗　　（明）杨继盛

浩然还太虚，丹心照千古。生平未报国，留作忠魂补。

吊王桂卿　　（明）邝　露

登楼未散香烟梦，披发犹存石鼓歌。雁柱只今遗玳甲，为怜落木晚风多。<small>胡思敬《十朝新语外编》："番禺张参戎妾王桂卿，顺治庚寅为贼骑所得，不辱，贼杀之。临危弹琵琶一曲，延颈受刃。"</small>

绝命词　　（清）金人瑞

鼠肝虫臂久萧疏，_{鼠肝虫臂，比喻生命微末卑贱。语出《庄子·大}宗师》。只惜胸前几本书。虽喜唐诗略分解，庄_{《庄子》。}骚_{《离骚》。}马_{《史记》。}杜_{杜诗。}待何如。_{马祖熙云："作者尝言天下才子之书，计有六种，即《庄子》、《离骚》、《史记》、《杜诗》、《水浒》、《西厢》，他以《离骚》代表辞赋，《庄子》代表先秦哲理散文，《史记》代表史、传、文，《水浒》代表小说，《西厢记》代表戏剧，的确具有很高的见解，因此称誉这六种书为才子书，誉其作者为才子。他批的第五才子书《水浒》于崇祯十四年(1641)刊行，第六才子书《西厢记》也在顺治十三年(1656)镌板问世，并且在文坛和读者中起了很大影响。显然，这里痛惜的是没有刊成的《庄》、《骚》、《史记》和正在评析的杜诗。后两句承前作具体说明：'虽喜唐诗略分解，庄、骚、马、杜待如何？'作者所指唐诗，即指杜诗，是在他有生命的最后两年——顺治十七年庚子至顺治十八年辛丑(1660—1661)。自谓'能将诗圣之诗，句解明晰，则杜诗一日不灭，句解亦一日不灭也'。在这一期间，他尝'深宵不寐，勤心用事'，没有全部完成，即遭狱祸，所以在诗中只说'略分解'。而对于批成尚未刊行的《庄》、《骚》、《史记》，以及没有评解完成的杜诗，则以'待何如'表示深沉的感叹。"}

断肠诗哭亡姬乔氏　　（清）李　渔

各事纷纷一笔销，安心蓬户伴渔樵。赠予宛转情千缕，偿汝零星泪一瓢。偕老愿终来世约，独栖甘度可怜宵。休言再觅同心侣，岂复人间有二乔。_{周中明云：爱姬乔氏不仅生前对诗人非常温柔多情，更为感人至深的是，在她临终前，焚香说道："死无可撼，但惜未能偕老，愿以来生续之。"}

悼亡五首_{（录一首）}　　（清）顾炎武

贞姑马鬣在江村，_{作者嗣母王贞如对亡妻而言，故称姑。"马鬣"}

即坟墓。送汝黄泉六岁孙。地下相烦告公姥，遗民犹有一人存。作者嗣母乃忠于故国之刚烈老人。据记载，顺治二年（1645）七月十四日，闻清兵攻下昆山城而开始绝食，至三十日而卒。临终嘱付顾炎武勿更出仕。炎武始终牢记嗣母遗言，誓死不与清廷合作。

悼亡后安昌绝句　　（清）吴 雯

蒲叶青青夹堰齐，残云掠雨郭门西。绿杨尽是伤心树，只遣黄鹂一个啼。

点绛唇·对月　　（清）纳兰性德

一种犹云一样或同是也。蛾眉，下弦不似初弦好。庾郎庾信著有《伤心赋》，其序曰："一女成人，一长孙孩稚，奄然玄壤，何痛如之。既伤即事，追悼前亡，惟觉伤心，遂以伤心为赋。"未老，何事伤心早？素壁斜辉，竹影横窗扫。空房悄，乌啼欲晓，又下西楼了。

南歌子　　（清）纳兰性德

暖护樱桃蕊，寒翻蛱蝶翎。东风吹绿渐冥冥，不信一生憔悴伴啼莺。此句暗示妻子已死。　　素影飘残月，香丝指女子头发。李贺《美人梳头歌》："一编香丝云撒地，玉钗落处无声腻。"拂绮棂。百花迢递玉钗声，索向绿窗寻梦寄余生。

鹧鸪天·十月初四夜风雨，其明日是亡妇生辰 （清）纳兰性德

尘满疏帘素带飘，真成暗度可怜宵。几回偷拭青衫泪，忽傍犀奁见翠翘。　　惟有恨，转无聊。五更依旧落花朝。衰杨叶尽丝难尽，冷雨凄风著画桥。

悼亡二十八首（录二首）自注：哭内子庄孺人作。 （清）黄 慎

端江共汝买归舟，翠羽明珠海不收。只裹生春红一片，至今墨瀋泪交流。自注：予宰端江日，孺人蓄一砚，肤理细腻，紫翠焕发，砚背刻"生春红"。盖取"小窗书幌相妩媚，令君晓梦生春红"之句。○法式善《梧门诗话》谓此砚后归华亭沈大成学子。

每为逐客滞天涯，万里寒更鬓有华。没齿一言忘不得，七年除夜五离家。

诸公挽章不至，口号四首催之 （清）袁 枚

久住人间去已迟，行期将近自家知。老夫未肯空归去，处处敲门索挽诗。

挽诗最好是生存，读罢犹能饮一樽。莫学当年痴宋玉，九天九地乱招魂。

莫怪诗人万念空，一言我且问诸公。韩苏李杜从头数，谁是人间七十翁。

腊尽春归又见梅，三才万象总轮回。人人有死何须讳，都是当初死过来。《随园诗话补遗》云："庚戌冬，余有感于相士寿终七六之言，戏作《生挽诗》，招同人和之。不料壬子春，竟有传余已故者。信至苏州，徐朗斋孝廉邀王西林、林远峰诸人，为位以哭。见挽云：'名满人间六十年，忽闻骑鹤上青天。骚坛痛失衰临汝，仙界争迎葛稚川。著作自垂青史后，彭殇早悟黑头先。望风不敢吞声哭，但祝迟郎继后贤。'余读之，笑曰：'昔范蜀公误哭东坡，有泪无诗；今诸君误哭随园，有诗无泪。然而泪尽数行，诗留千古矣。'"

云谷接玉溪京中信，传余已作古人，以书见示，因戏答之　　（清）李调元

连绵一病辄兼旬，此话传来亦有因。科第已如祧庙主，姓名都似隔朝人。只愁不死将为贼，纵使长生也怕贫。从此天公应不管，免教重铸二回身。

过竹士瘦吟楼哭纤纤夫人三首　　（清）吴嵩梁

片纸飞来已断肠，青青潘鬓乍成霜。今生文字因缘重，此去人天离别长。三岛旧游云惨绿，一楼残梦月昏黄。罗衣单薄仙风冷，鹤背先愁怯晚凉。

书奁药裹乱成堆，日日题笺傍镜台。一代红妆归间气，九闺彩笔仗仙才。生前手草教亲定，病里心花

更怒开。闻说前宵犹强坐,挑灯为和一诗来。

文采谁传绛幔经,寄生小凤<small>夫人继沈散花女史之女凤珍为女</small>。乍梳翎。床前诗卷抛犹满,画里眉峰惨不青。蝴蝶飘来秋影瘦,水仙梦到夜凉醒。旁人只赏流传句,不管酸心不要听。

又一首　　（清）吴嵩梁

鸥波曾约共携家,买屋枫树愿太奢。絮酒重斟当夜半,扁舟一放即天涯。得埋仙骨山何幸,招到诗魂月正华。会葬我来题片石,墓门围种万梅花。<small>自注:纤纤题余《拜梅图末章》云:"埋骨青山后望奢,种千梅树当生涯。孤坟三尺能来否?记取诗魂是此花。"其绝笔也。○徐世昌《晚晴簃诗汇诗话》:"(金逸)纤纤归(陈基)竹士茂才,夫妇能诗,与吴兰雪(即吴嵩梁)、郭频伽、蒋伯生多酬唱之作。殁年二十五。兰雪曾与竹士约为婚姻,拟卜筑枫桥,结邻而居。纤纤殁,兰雪挽诗有云云。"</small>

怀仙四首　　（清）张维屏

澹妆风貌转清妍,药店飞龙欲化烟。温峤镜台来此日,阿娇金屋贮何年。落梅风飐雕栏外,修竹寒生翠袖边。不信痴蟆吞魄去,几香翘首望团圆。

天女乘风访素娥,怕来禅榻伴维摩。韦郎再世风情减,崔护重来泪点多。纵有胡麻难作饭,空留团扇不成歌。年年寒食梨花节，一盏椒浆奠女萝。

双鱼碧海盼迢遥，独鹤瑶台耐寂寥。洒泪雨零红豆湿，步虚风起白榆摇。聘钱天上偿非易，铸铁人间恨未销。藏得彩鸾书一纸，此生无计学文箫。

星辰昨夜已前尘，欲向修罗问夙因。浪说兰香嫁张硕，不知仙子忆刘晨。一弦残月如初月，十载新人念故人。日把沉檀熏小像，可能纸上降真真。_{徐珂《清稗类钞·文学类》："番禺张南山，名维屏，道光时以文学，负盛名。年十三时，聘方氏女，越五载，将卜吉请期，而女以哭母病殁。其兄以女小影及手临《洛神赋》纸，属南山藏之。女所居小阁前，有紫藤一株，女殁，藤亦枯死。南山既作《紫藤吟》吊之，更作《怀仙》四律诗以志永悼。事既哀艳，诗尤凄婉。诗云云。"}

春闺词　　　（清）黄子云

宝鸭香浓逗画檐，春寒幂历雨㴞㴞。_{㴞㴞读廉纤，皆平声。小雨连绵貌。}榆钱买断东风路，从此深闺不卷帘。

兰因馆纪事四首　　（清）汪　端（女）

郑家娇婢解吟诗，和靖风流想见之。遗址误寻高菊涧，_{翟晴江以菊香墓为高菊涧臆说也。}前身合是谢芳姿。踏青春访琼姬墓，_{朱竹垞、毛驰黄两先生曾访问之。}飞白宵题玉女碑。_{诸九鼎作墓志。}更乞茂漪书一过，簪花楷法妙临池。_{翁大人乞}

墨琴夫人楷字勒石,此咏菊香。

　　焚余诗草返魂香,遗集真应号断肠。齐国淑妃原著姓,<small>小青冯姓。</small>蒋家小妹是同乡。<small>小青广陵人。</small>镜湖桃叶鸥盟远,<small>女弟紫云适会稽马髦伯。</small>画阁梅花鹤梦凉。<small>屏居孤山别业。</small>最忆横波摹小影,眉楼一角写斜阳。<small>顾眉楼有摹小青小影,此咏小青。</small>

　　又见杨娃小印红,容华才笔丽惊鸿。<small>容华,杨炯女侄。</small>从残著录留湖上,<small>诗见张遂辰《湖上篇》。</small>轻薄姻缘说意中。<small>李笠翁《意中缘》传奇以杨云友配董香光,谬论也。</small>谢逸画图寒翠晚,<small>谢彬有云友及林天素小像。</small>汪伦潭水夜星空。<small>尝客汪然明春星堂。</small>依然智果西头路,绝胜仙霞万点枫。<small>云友死,天素返闽中,此咏云友。</small>

　　碧城坛坫久名家,多少蛾眉礼绛纱。仙子玉垆三涧雪,美人湘管一枝花。隔湖香冢秋飞蝶,映水红楼晚噪鸦。更访吴宫双玉墓,牡丹厅畔竹阴斜。<small>翁大人近为琼姬小玉,营墓于虎阜塔院牡丹厅下,琼姬阊阖女,名胜玉,又名滕玉。小玉,夫差女,亦名紫玉。〇《自序》云:"翁大人得隙地于孤山,为菊香、小青两女士修墓,并建兰因馆其上,为夕阳花影楼,楼左为绿阴西阁,以祀小青;右为秋芳阁,以祀菊香。先是为明女士杨云友修墓于智果寺,因以袝祀。遍征海内题咏,裒为《兰因集》,端亦赋四律。"</small>

翠渌园　　　　（清）吴　藻（女）

云满楼台水满津,栏干十二碧城春。隆中风月真

名士，林下烟霞彼美人。卧砌茗碑昏柳是，隔湖花树
暝兰因。辋川傥问王摩诘，金粟如来是后身。俞陛云《清
代闺秀诗话》："所云柳是者，谓重修虞山河东君墓。所谓兰因者，陈文述于西湖孤
山，为菊香、小青二女士修墓，并建兰因馆。其上为夕阳花影楼。楼左为绿阴西阁，
以祀小青。右为秋芳阁，以祀菊香。先是为明女士杨云友，修墓于智果寺，广征题
咏，编为《兰因集》。"汪允庄《咏菊香》云："踏青春访琼姬墓，飞白宵题玉女碑。"原注
曰：朱竹垞、毛稚黄，曾访其墓。诸九鼎为作《墓志》。《咏小青》云："齐国淑妃原著
姓，蒋家小妹是同乡。"原注曰：小青冯姓，广陵人。《咏云友》云："谢逸画图寒翠
晚，汪伦潭水夜星空。"原注曰：谢彬曾绘其小像，云友尝客汪然明之春星草堂。苹
香所咏兰因者，即此事也。

大桥墓下 作者夫人吴大桥死于光绪十年(1884)。 （清）范当世

　　草草征夫往月归，今来墓下一沾衣。百年土穴何
须共，三载秋坟且汝违。当时作者供职湖北通志局，光绪十二年始归。
树木有生还自长，草根无泪不能肥。泱泱河水东城
暮，伫立何人守落晖。当作者在湖北闻噩耗时，有诗哭之曰："迢迢江汉
泪滂沱，秉烛修书且奈何？读罢五千嫠妇传，可知男子负心多。"

菩萨蛮·悼亡 （近代）王国维

　　高楼直挽银河住，当时曾笑牵牛处。今夕渡河
津，牵牛应笑人。　　　桐梢垂露脚，梢上惊乌掠。灯
焰不成青，绿窗纱半明。"桐梢"两句，谓当他听到露水滴下来的声音
之后，马上又发现原来是一只夜中受惊的乌鸦，从树边掠过，才碰落了桐梢的露滴。

五、亲及友亲

初丧崔儿报微之晦叔 　　（唐）白居易

书报微之晦叔知，欲题崔字泪先垂。世间此恨偏敦我，天下何人不哭儿。蝉老悲鸣抛蜕后，龙眠惊觉失珠时。文章十帙官三品，身后传谁庇荫谁？

哭小女痴儿 　　（唐）李群玉

平生未省梦熊罴，稚女如花坠晓枝。条蔓纵横输葛藟，子孙蕃育羡螽斯。方同王衍钟情切，犹念商瞿有庆迟。负尔五年恩爱泪，眼中惟有洞泉知。

亡伯提刑郎中挽词二首 　　（北宋）苏 轼

才贤世有几，廊庙忍轻遗。公在不早用，人今方见思。子产云："政如农功，日夜思之。"故山松郁郁，旧史印累累。惟有同乡老，闻名尚涕洟。

挥手东门外，朱颜鬓未霜。至今如梦寐，未信有
存亡。后事书千纸，新坟天一方。谁能悲楚相，楚相用优
孟事。抵掌悟君王。

余主簿母挽词　　（北宋）苏　轼

闺庭兰玉见《晋书·谢玄传》。叔父安尝曰："子弟亦何豫人事，而正
欲使其佳。"玄曰："譬如芝兰玉树欲使其生于庭阶尔。"照乡闾，自昔虽贫
乐有余。岂独家人在中馈，《易·家人》："无攸，遂在中馈。"孔颖达
疏曰："妇人之道，……其所职，主于家中馈食供祭而已。"却因《麟趾》识
《关雎》。云轩忽已归仙府，乔木依然拥旧庐。忍把还
乡千斛泪，一时洒向老莱裾。

潘推官母李氏挽词　　（北宋）苏　轼

南浦凄凉老逐臣，东坡还往尽幽人。杯盘惯作陶
家客，《晋书·陶侃传》：侃家贫，鄱阳孝廉范远过侃，其母截发易酒肴，虽仆从亦
过所望。弦诵尝叨孟母邻。尚有升堂他日约，岂知负土
一阡新。《晋书·许孜传》：亲没柴毁，负土成坟，不受乡人之助。按：母殁负
土成坟见《汉书》《晋书》等多处。今年我欲江湖去，暮雨连山宰
树春。

东山谒外大父墓　　（北宋）陈师道

　　土山宛转屈苍龙，下有槃槃盖世翁。万木刺天元自直，丛篁侵道更须东。百年富贵今谁见，一代功名托至公。少日拊头期类我，暮年垂泪洒西风。

　　（元）方回：后山先母夫人，皇佑丞相庞公籍之女。初丞相父格官彭城，丞相与孔道辅从后山祖洎游而成此姻。后山父讳琪，字宝之，受丞相恩，仕至国子博士，通判绛州。熙宁九年卒，年六十。母夫人绍圣二年卒，年七十七岁。——《瀛奎律髓汇评》

　　（清）查慎行：叙后山家世最详。——同上

　　（清）纪昀：但首二句注明庞公已足，余皆支蔓，无与于诗。一气浑成，后山最深厚之作。〇"更须东"三字欠通，任渊注亦附会无理，余定为"通"字之误。盖此诗三句比庞之孤直，四句比小人之党尚在。——同上

　　（清）冯班："元自"、"更须"不妥。——同上

　　（清）许芳印："年"字复。——同上

陈叔易学士母阮氏挽词二首　　（南宋）陈与义

　　典刑奕奕照来今，鹤发鱼轩鱼轩，车也。夫人乘鱼轩见《左传·闵公二年》。汝女浔。避地梁鸿不偕老，弄乌莱子《老莱子传》："老莱子奉二亲，行年七十或弄乌于亲侧，欲之喜焉。"若为心。送葬忽见三千乘，汉楼护为五侯上客。母死，送葬者致车二三千乘。奉祝读税，去声。馈赠死者的衣被。那闻五百金。《汉书·朱建传》："辟阳侯欲知建，建不肯见，及建母死，贫未有以发丧。辟阳侯用陆贾计，乃奉百金祝。列侯贵人以辟阳故，往赙凡五百金。"妇德母仪俱不愧，碑铭知已托张林。

欧修询《艺文类聚》载，晋张林作《陈夫人碑》。

去年披雾卫瓘见乐广曰："诸贤既没，常恐微言将绝，今乃复闻斯言于君，命诸子造焉。曰：'此人之水镜，见之莹然若披雾而睹青天也。'"识儒先，欲拜萱堂未敢前。卢壶人名。符坚幸太学问博士经典。卢壶对曰："太常违呈母宋氏得《周官音义》，自非此母，无以传绶。"于是就宋氏家立讲堂，置生员百二十人，隔绛纱幔受业，号宋氏为"宣文君"。要传纱缦业，王哀忽废蓼莪篇。秀眉隔梦黄垆里，黄垆见《淮南子》："上际九天，下契黄垆。"高诱注："黄泉下有垆土也。"落日驱风丹旐边。佛子归真定何处，空令苦泪涨黄泉。

哭妹二首　　(清)冯如京

大节甘心死，沉河无一言。寒江流积恨，明月吊孤魂。两岸啼鹃血，千秋怨女冤。夜风吹冷骨，不复葬家园。

义死终非死，偷生岂是生。啼猿空有泪，鹤梦已无情。江月年年白，秋风夜夜清。冥台休更怨，湘水此芳名。自序云：客自广陵来，知吾妹避乱客舟，寇兵将及，遂投河死……

哭安儿　　(清)席佩兰(女)

一杯凉酤奠灵床，滴向泉台哭断肠。谁是酒浆谁是泪，教儿酸苦自家尝。

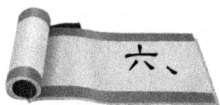

六、方　外

伤岘山云表观主　　（唐）孟浩然

少小学书剑，秦吴多岁年。归来一登眺，陵谷尚依然。岂意餐霞客，忽随朝露先。因之问闾里，把臂几人全。

过景空寺故融公兰若　　（唐）孟浩然

池上青莲宇，林间白马泉。故人成异物，过客独潸然。既礼新松塔，还寻旧石筵。平生竹如意，犹挂草堂前。

过沈居士山居哭之　　（唐）王　维

杨朱来此哭，桑扈返于真。独自成千古，依然旧四邻。闲檐喧鸟雀，故榻满埃尘。曙月孤莺啭，空山五柳春。野花愁对客，泉水咽迎人。善卷明时隐，黔娄在日贫。逝川嗟尔命，丘井叹吾身。前后徒言隔，相悲讵几晨。

（明）周珽：哭得出。"独自"句幻境，"依然"句深沉，"曙月"二句悲景在言外，"野花"二句悲意在景中。○吴山民曰：通篇清婉凄切。"成千古"、"归四邻"二语，发出几许酸辛！"善卷"、"黔娄"引喻居士。佳。——《唐诗选脉会通评林》

（清）吴瑞荣：有这才华，有这性情，方不是孟浪一哭，不然恐悲喜都无是处。——《唐诗笺要》

伤桃源薛道士　　（唐）刘禹锡

坛边松在鹤巢空，白鹿闲行旧径中。手植红桃千树发，满山无主任春风。

韩漳州书报彻上人亡，因寄二绝
孙汝听曰："韩漳州名泰。灵彻字原澄，会稽人。贞元中游京师，名振辇下。缁流疾之，造飞语，因得罪，徙汀州。会赦归东越，吴、楚间诸侯多宾礼招延之。元和十一年，卒于宣州开元年，年七十一。"
　　（唐）柳宗元

早岁京华听越吟，用越人庄舄事，见《史记·张仪列传》。韩醇曰："彻，会稽人，故用此事。"闻君江海分逾深。他时若写兰亭会，莫画高僧支道林。韩曰："兰亭修禊（支）遁与焉。故后人写修禊图，遁亦在其列。"

频把琼书出袖中，孙汝听曰：《选》诗："置之怀袖中，三年字不灭。"独吟遗句立秋风。孙曰："遗句灵彻诗也。"桂江日夜流千里，指

韩泰所在地漳州。**挥泪何时到甬东**。涌江之东应是彻死之所。

闻彻上人亡寄侍郎杨丈杨于陵。　　　　（唐）柳宗元

东越高僧还姓汤，孙曰："惠休上人姓汤，今灵彻亦姓汤，故曰'还姓汤'也。"**几时琼佩触鸣珰**。**空花一散不知处**，**谁采金英与侍郎**。孙曰："休上人赠鲍照诗曰：'玕枝兮金英，绿叶兮紫茎。不入君玉杯，低采还自荣。想君不相艳，酒上视尘生。当今芳意重，无使盛年倾。'"

题灵祐和尚故居　　　　（唐）刘长卿

叹逝翻悲有此身，禅房寂寞见流尘。六时行径空秋草，几日浮生哭故人。风竹自吟遥入磬，雨花随泪共沾巾。残经窗下依然在，忆得山中问许询。

（清）金人瑞：哭和尚，看他不悲和尚无身，反悲自己有身，妙绝妙绝。便知和尚自住寂寞真境，而人自随流尘起见，于是既已偃然寝于巨室而不通命者，犹欲嗷嗷然哭之也。三、四承之，言随尘起见，诚有满庭秋草，但观化及我，竟存几日余年？必如此，方是哭沩山大师诗。不然，岂不被某甲水牯牛痛棒打杀哉。（首四句下）！〇然而师恩深重，终又不得不哭也。所谓是其始死，我独胡能无慨然也（后四句下）。——《贯华堂选批唐才子诗》

（清）张世炜：深情婉致，已入三昧，真杰作也。盖唐诗有三变，盛唐以气胜，中唐以情胜，晚唐以意胜。文房（刘长卿字文房）七律，皆以情胜，非但超健而已。——《唐七律隽》

送澹公归嵩山龙潭寺葬本师　　（唐）杨巨源

野烟秋水苍茫远，禅境真机去住闲。双树为家思旧壑，千花成塔礼寒山。洞宫曾向龙边宿，云径应从鸟外还。莫恋本师金骨地，空门无处复无关。

（清）金人瑞：一写"嵩山"，二写"归"，三写"本师"，四写"葬"。纯在寻常道途、寻常哀乐、寻常生死父子之外，此非寻常文人之所知也。一、二更不烦解，只看其三、四两句，此是何等境界！"双树为家"者，言其本师百年弱丧，今始归家，而旁人乃复思其旧壑，谓之已死，此大不合也；"千花成塔"者，言其本师藏身沙界，处处安稳，而旁人乃复负上寒山，与之营葬，又大无谓也。"双树"，法身涅槃场也；"旧壑"，夜半负舟处也；"千花"，法身遍现无量国土也（前四句下）。○此欲其葬毕即来也。五、六、七易解，末言"无处"、"无关"者，言澹公若使一归永不更来，则岂误认寺中是公道场耶？若寺中是公道场，则岂误认寺外非公道场耶？"无处"，言道场不必在寺中；"无关"，言道场不必在寺外。盖欲其来之至也！呜呼，世岂有如此诗人哉（后四句下）！——《贯华堂选批唐才子诗》

过惠崇旧居　原注：崇工诗，有名于世。予为郡之年，师之去世已二纪矣。　　（北宋）宋　祁

虽昧平生契，怀贤要可伤。生涯与薪尽，法意共灯长。遗画空观貌，残诗孰补亡。原注：本院惟有师诗稿数卷。神期通一语，无乃困津梁。

（元）方回：原注云"予为郡之年，师之去世已二纪矣"。○景文年四

十四,初得郡寿阳,惠崇旧居院在境内。选此一诗,以见惠崇之死,宋公年二十也。——《瀛奎律髓汇评》

　　(清)纪昀:何必定要见惠崇死时宋公年二十?此种取义,殊不可解。窘狭殊甚,第五句"补亡"字不切。结寓倦游之感,用释氏事,关合不泛。——同上

　　(清)冯舒:何逊唐人?——同上

　　(清)冯班:"西昆"真妙!——同上

　　(清)陆贻典:三、四是"西昆"面目。——同上

　　(清)无名氏(甲):旧居在寿州。○宋僧惠崇,善画芦雁,东坡尝题之。——同上

北寺悟空禅师塔　　(北宋)苏　轼

　　已将世界等微尘,空里浮花梦里身。岂为龙颜更分别,只应天眼识天人。按:悟空禅师名齐安。唐宣宗微时,为武宗所忌,宦者拯护,髡发为僧,纵之而逸。齐安识其非凡,厚遇之。及宣宗即位,而安已终,因敕谥悟空为建塔。事见《高僧传》,正史无可考。

吊天竺海月辩师三首　　(北宋)苏　轼

　　欲寻遗迹强沾裳,本自无生可得亡。今夜生公讲堂月,刘禹锡诗:"生公说法鬼神听,身后空堂夜不扃。高坐寂寥尘漠漠,一方明月可中庭。"满庭依旧冷如霜。

　　生死犹如臂屈伸,情钟我辈一酸辛。乐天不是蓬莱客,凭仗西方作主人。

欲访浮云起灭因，无缘却见梦中身。安心好住王文度，《晋书·王坦之传》：字文度。初，坦之与沙门竺法师甚厚，每共论幽明报应，便要先死者当报其事。后经年，师忽来云："贫道已死，罪福皆不虚，惟当勤修道德，以升济神明耳。"言讫不见，坦之寻亦卒。此理何须更问人。

过永乐，文长老已卒　　（北宋）苏　轼

初惊鹤瘦不可识，旋觉云归无处寻。三过门前老病死，一弹指顷去来今。存亡惯见浑无泪，乡井难忘尚有心。欲向钱塘访圆泽，葛洪川畔待秋深。

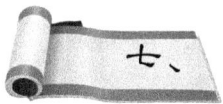

七、墓　碑

吊王将军墓　　（唐）常　建

骠姚北伐时，深入强千里。战余落日黄，军败鼓声死。尝闻汉飞将，可夺单于垒。今与山鬼邻，残兵哭辽水。

（宋）范晞文：哀之至矣。第二联尤妙。——《对床夜话》

（明）高棅：殷云"一篇尽善。属辞既苦，辞亦警绝，潘岳虽云能序悲

怨,未见如此章。"——《唐诗品汇》

(明)陆时雍:三、四古色黯淡。——《唐诗镜》

(明)钟惺:疏壮,又是一调。○"鼓声死",从师旷"南风不竞多死声"出。——《唐诗归》

(明)邢昉:极其悲壮,幽奇寓于其中。——《唐风定》

(清)沈德潜:"哭枯骨"、"哭明月"、"哭辽水",长于写哭。——《唐诗别裁集》

阆读浪,去声。地名,在四川。州别房太尉墓　　(唐)杜　甫

他乡复行役,时将自阆州赴成都。驻马别孤坟。近泪无干土,低空有断云。《镜铨》云:"生死交情,令人心恻。"对棋陪谢傅,把剑觅徐君。谓殁后。唯见林花落,莺啼送客闻。带记时。

(元)方回:少陵因救房公琯而去谏职。阆州别墓,足见少陵于交谊不薄也。第一句自十分好:他乡已是客矣。于客之中又复行役,则愈客逾远,此句中折旋法也。"近泪无干土"尤佳。"泪"一作"哭",可谓痛之至而哭之多矣。"对棋"、"把剑"一联,一指生前房公之待少陵为何如,一指身后少陵之所以感房公为何如,诗之不苟如此。其后房公改葬东都,少陵复有二诗,更痛切悲悼。前云:"一德兴王后,孤魂久客间。"后云:"风尘终不解,江汉忽同流。"乃知陈后山"丘原无起日,江汉有东流",实本诸此。句法同,诗意不同。——《瀛奎律髓汇评》

(清)冯舒:不谓之诗圣不可。——同上

(清)纪昀:情至之语,然却不十分精警。○三句太着迹,须是四句一旁托。五句"陪"字不似追叙,且复"对"字。——同上

经檀道济故垒　　（唐）刘禹锡

万里长城坏，荒营野草秋。秣陵 地名，即今南京。汉时称秣陵。多士女，犹唱白符鸠。瞿蜕园《笺证》："《南史·檀道济传》略云：宋武帝建义，道济与兄韶、祇等从平京城。……文帝即位，迁征南大将军，开府仪同三司，江州刺史。……进位司空，镇寿阳。……道济立功前朝，威名甚重，左右腹心并经百战，诸子又有才气，朝廷疑畏之……元嘉十二年（435）上疾笃，会魏军南伐，召道济入朝。……十二年春，将遣还镇，下渚未发，有似鹠鸟，集船悲鸣，会上疾动，义康矫诏入祖道，收付廷尉，及其子八人并诛。时人歌曰'可怜白浮鸠，枉杀檀江州'。道济见收，愤怒气盛，目光如炬，俄尔间引饮一斛，乃脱帻投地，曰：'乃坏汝万里长城。'魏人闻之，喜曰：'道济已死，吴子辈不足复惮。'自是频岁南伐，有饮马长城之志。二十七年（450），魏军至瓜步，文帝登石头城，望之甚有忧色。叹曰：'若道济在，岂至此。'"○又按：《宋书·乐志》引杨泓《拂舞序》曰："自至江南，见白符舞，或言《白凫鸠舞》，云有此来数十年，察其词旨，乃是吴人患孙皓虐政，思属晋也。"又《乐府诗集》：吴均《白附鸠》、《白浮鸠》各一篇，引《古今乐录》，白浮鸠倚歌，亦曰白浮鸠，本拂舞曲也。

　　（宋）葛立方：（刘）宋彭城王义康忌檀道济之功，会文帝疾动，乃矫诏送廷尉诛之，故时人歌云："可怜《白浮鸠》，枉杀檀江州。"当时人痛之盖如此，奈何王纲下移，主威莫立！洎魏军至瓜步，帝方登石头以思之，又何补哉！刘梦得尝过其墓而悲之曰："万里长城坏……"盖伤痛之深，虽历三百年而犹不泯也。——《韵语阳秋》

　　（明）周珽：伤痛之深，历三百年而犹不泯，道济虽死犹生矣。——《唐诗选脉会通评林》

伤独孤舍人并引　　（唐）刘禹锡

贞元中，余以御史监祠事，河南独孤生始仕为奉礼郎，有

事宗庙郊時，必与之俱，由是甚熟。及余谪武陵九年间，独孤生仕至中书舍人，视草禁中，上方许以宰相。元和十年春，余抵京师，次都亭曰：舍人疾不起，余闻因作伤词以为吊。

昔别矜年少，今悲丧国华。远来同社燕，不见早梅花。

撰彭阳公志，_{彭阳公，令狐楚也。}文毕有感

（唐）李商隐

延陵留表墓，<small>延陵季子墓在晋陵县北七十里（今属江苏省），有古篆文曰："呜呼，有吴延陵季子之墓。"相传为孔子所书。</small>岘首送沉碑。<small>《晋书·杜预列传》："以功进爵当阳县侯……刻石为二碑，纪其功绩，一沉万山之下，一立岘山之上。"</small>敢伐<small>自夸。</small>不加点，<small>《后汉书·祢衡传》："衡揽笔而作，文不加点，辞采甚丽。"</small>犹当无愧辞。<small>《后汉书·郭太传》："刻石立碑，蔡邕为文……曰：吾为碑铭多矣，皆有惭德，惟郭有道，无愧色耳。"</small>百生终莫报，九死谅难追。<small>作者系令狐楚高徒，故云。</small>待得生金后，川原亦几移。<small>《晋书·五行志》："怀帝永嘉元年，项县魏豫州刺史贾逵石碑，生金可采。"庾信《豆卢永恩神道碑》："刺史贾逵之碑，既生金粟；将军卫青之墓，方留石麟。"何焯曰："恩门非寻常可报，惟在此文使托以不朽而已。落句意微旨远，非细读无由知也。"</small>

吊费冠卿墓 　　（唐）杜荀鹤

凡吊先生者，多伤荆棘间。不知三尺墓，高却九华山。天地有何外，子孙无亦闲。当时若征起，未必

得身还。按：费及第后母卒，遂隐。后以其节孝征为右拾遗，费不应命，死葬九华山。

读金太祖武元皇帝平辽碑　　（元）迺贤

千丈丰碑势倚空，风云犹忆下辽东。百年功业秦皇帝，一代文章太史公。石断龙鳞秋雨后，苔封鳌背夕阳中。行人立马空惆怅，禾黍离离满故宫。按：秦皇帝指金太祖阿骨打，金立国119年。司马迁指韩昉。

过古墓　　（明）孙友篦

野水空山拜墓堂，松风湿翠洒衣裳。行人欲问前朝事，翁仲无言对夕阳。

休息庵　　（清）程先贞

版屋萧然密四周，愚人自矣圣人休。百年恍惚真疑梦，万事纷纭已到头。广柳何时催去驾，猗兰此夕咏闲愁。相烦雅客来欣赏，莫待遥怜土一丘。王士禛《池北偶谈》："梁国儿，仕姚秦，封平舆侯。尝于平凉自作寿冢，将妻妾入冢饮宴。酒酣，升灵床而歌。八十余乃卒，可谓达者。近淄川高侍郎念东亦自作生圹，时与友人唐翰林济武饮酒赋诗其中，德州程工部正夫（先贞）自作一棺，题曰：'休息庵。'自作铭刻其上，酒酣便即偃卧。有诗云云。"

题盛叟生圹　　（清）朱彝尊

宜山居士抱诗癖，老傍江湖度幽宅。莫嫌丙舍少儿孙，且免他时卖松柏。按：盛宜山（远）自筑生圹，有"不知一盏花前酒，谁向刘伶墓上浇"之句。○张维屏《听松庐诗话》："李锴自营生圹，既成，作诗，有句云：'固应无物还天地，或不将身玷水云。'可想其旷然高洁之致。"○徐经《雅歌堂诗话》："陕抚毕中丞（沅），吴人。尝于灵岩自为生圹，题其额曰'栖托好佳'。又题一联云：'花草旧吴宫，卜兆千秋如待我；湖山新画障，卧游终古定何年。'"

十八先生墓　　（清）杨　宾

董曹李郭总难驯，漫说中兴气象新。十八先生同日死，更将密诏与何人？自注：十八先生者，南明永历朝从官。吴贞毓、张镌、周允吉、杨钟、徐极、蒋乾昌、李元开、李颀、朱议㸔、郑允元、赵赓禹、蔡缜、易士佳、胡世瑞、朱东旦、任斗墟及内侍张福禄、全为国等也。时孙可望拔扈，谋与李定国共图之，谋泄，皆遇害。葬贵州安顺府之安龙所。

题钱南淳生圹　　（清）武　亿

白筑蓉城寄此身，达观岂必厌红尘。纵然岁月留人住，马鬣高封不碍人。